grafit

Dieses Buch erscheint zeitgleich im Niederländischen unter dem Titel *Het Leugenarchief* bei De Geus, Breda.

Die Übersetzung ins Deutsche wurde von der Stiftung für die Produktion und Übersetzung niederländischer Literatur *Nederlands Literair Productie- en Vertalingenfonds* gefördert.


Chemnitzer Str. 31, D-44139 Dortmund
Internet: http://www.grafit.de
E-Mail: info@grafit.de

Umschlagfoto: Carsten Hardt, www.carsten-hardt.de
Druck und Bindearbeiten: CPI – Clausen & Bosse, Leck
ISBN 978-3-89425-360-8
1. 2. 3. 4. 5. / 2011 2010 2009

Thomas Hoeps / Jac. Toes

# Das Lügenarchiv

Kriminalroman

Niederländischer Teil des Romans
übersetzt von Stefanie Schäfer

grafit

## Die Autoren

**Thomas Hoeps,** geb. 1966, lebt und arbeitet in Krefeld und Mönchengladbach. Für seine Romane und Erzählungen wurde er mit dem Literaturförderpreis der Stadt Düsseldorf sowie dem Nettetaler Literaturpreis ausgezeichnet.
www.myspace.com/ts_pop

**Jac. Toes,** geb. 1950 in Den Haag, lebt in Arnheim. Bei Grafit erschienen bisher sechs seiner Bücher, darunter der Roman *Fotofinish*, der mit dem niederländischen Krimipreis ›Gouden Strop‹ ausgezeichnet wurde. 2007 erhielt Toes den Œuvrepreis der Stadt Herzogenrath.
www.jactoes.nl

Für ihren ersten gemeinsamen Krimi um Robert Patati und Micky Spijker *Nach allen Regeln der Kunst* wurde das internationale Autorenduo für den niederländischen Krimipreis ›Gouden Strop‹ und den belgischen Krimipreis nominiert.

# Prolog

Robert Patati stand allein und fröstelnd weit oben auf der Außentreppe des Designerhauses und fluchte leise vor sich hin. Vom breiten Strom des IJ surften unentwegt nicklige, nasskalte Windböen in die Gracht hinein und zerrten wie verspielte junge Hunde an T-Shirt und Pyjamahose. Das Lochmuster des stählernen Bodenrostes bohrte sich in seine nackten Füße und vom lächerlich kleinen Regenschirm lief ein feiner Streifen Amsterdamer Regenwassers direkt in seinen Nacken.

Was für eine bescheuerte Schnapsidee! Nach kaum drei Stunden Ausnüchterungsschlaf hatte er sich mit brummendem Schädel aus dem Bett geschält, nur um zuzusehen, wie sein Freund Wolfgang gleich mit einem perfekt restaurierten 71er Jaguar E-Type aus dem Untergrund emporstieg.

Im Haus auf der gegenüberliegenden Seite der Gracht sah Robert eine Familie, die sich in einem der hinteren Zimmer zum Frühstück versammelt hatte. Die Frau des Hauses warf ihm einen langen Blick zu. Er grüßte, aber sie starrte ihn weiter nur an, als wäre er ein Wesen aus einem anderen Universum. Zu Recht, sie konnte ja nicht ahnen, dass er sich hier nur wegen eines Sammlerstücks nass regnen ließ, von dem Autoliebhaber träumten.

Als Wolfgang und Robert ihre Verabredung getroffen hatten, war die Stadt allerdings auch noch von einer herrlich milden Sommernacht verzaubert gewesen. Und niemand – außer jenen, die abends trotz des Traumklimas vor dem Fernseher hockten – hatte geahnt, dass am frühen Morgen ein heftiges Unwetter von der Nordsee heraufziehen würde.

Im Haus klingelte das Telefon. Bitte jetzt bloß keine unnötigen Verzögerungen, flehte Robert lautlos und sah unglücklich auf seine Hose, die inzwischen erstaunliche Qualitäten als Regenspeicher bewies. Aber Wolfgang führte ein Blitzgespräch und kurz darauf fiel die Haustür ins Schloss. Robert beugte sich über die Brüstung. Sein Freund spurtete die schmale Straße entlang und über eine kleine Brücke, er hielt einen Sommermantel als Regenschutz über den Kopf. Er erreichte die Einfahrt der schräg gegenüberliegenden Tiefgarage, winkte Robert zu und verschwand. In der Ferne zerriss ein Blitz den grauschwarzen Himmel.

Patati unterdrückte heroisch seine Sehnsucht nach dem trockenen Gästezimmer in seinem Rücken und wartete.

Es war erst kurz nach sieben. Außer ihm und den Leuten gegenüber schien ganz Java-Eiland noch zu schlafen. Rechts und links entlang der engen Wasserstraße dümpelten angetäut ein paar Motorboote, die in leichte Bewegung gerieten, als ein Speedboot von der Landseite aus gemächlich in die Gracht einbog. Robert legte die Hand an eine imaginäre Kappe, um die beiden in dunkle Regenpelerinen gehüllten Ausflügler zu grüßen. Aber sie waren ganz auf die Gracht konzentriert und nahmen ihn nicht wahr.

Das markante Motorengeräusch des E-Type brodelte auf. Robert sah, wie sich die lange, abgerundete Nase des legendären Gefährts über den Rand der Auffahrt schob. Wolfgang hatte nicht zu viel versprochen – der fast vierzig Jahre alte Sportwagen wirkte in seinem schwarzen Lack so makellos, als käme er gerade aus der Manufaktur. Patati war jetzt trotz der ungeselligen Naturgewalten froh, von weit oben einen freien Blick auf das Automobil zu haben, denn unten glitt das Boot sehr langsam und störend an der Tiefgarage vorüber.

Wolfgang hielt den Wagen schräg auf der Straße an, damit Robert auch die seltenen Speichenräder würdigen konnte. Das hatte er so bereits am Vorabend angekündigt.

»Du musst dir natürlich vorstellen, welche Musik ich in diesem Schmuckstück höre«, hatte er mit grappagetränkter Zunge gesagt.

»Und zwar?«, hatte Robert die erwünschte Frage gestellt.

*»My Definition Of A Boombastic Jazz Style!«*

»Dieser Rap-Bossa-nova-Klassiker von den Dream Warriors? Das ist cool – obwohl, in dem Wagen bekommst du damit schon einen ziemlichen Gangsta-Touch.«

»Das ist doch wohl nicht dein Ernst!«

»Willst du mit mir über Fakten streiten?«

Robert musste lachen, als er daran dachte, wie Wolfgang daraufhin beleidigt verstummt war. Musikfragen waren eben Ehrenfragen. Der Zorn war freilich schnell wieder verraucht und Robert meinte, seinen alten Freund jetzt durch das schmale Seitenfenster des Jaguars hindurch breit grinsen zu sehen.

Aber dann zieht sich die Zeit plötzlich so abrupt zusammen, verdichtet sich bis zur Implosion, dass die Ereignisse aus ihr herauszustürzen beginnen.

Aus den Augenwinkeln registriert Robert hektische Bewegungen auf dem Boot, das kurz vor der Fußgängerbrücke gestoppt hat. Einer der Männer hat seine Regenpelerine von sich geworfen. Wendet sich gegen die Fahrtrichtung. Legt ein kurzes gewehrartiges Ding mit großem Aufsatz an. Richtet es auf den Jaguar. Robert will schreien, Wolfgang warnen, ohne wirklich zu begreifen, was dort überhaupt geschieht, aber seine Stimme versagt im Schock, der den Schuss vorwegnimmt, der auch schon so schnell kommt, dass Wolfgang das Gaspedal nicht einmal mehr antippen kann, und der überraschenderweise gar nicht so furchtbar laut ist, dann aber im Bruchteil einer Sekunde überholt wird vom taub machenden Schall einer alles erschütternden Explosion.

Feuer birst durch den Qualm, Fensterscheiben zerplatzen, Glas splittert, Metallteile schlitzen in Häuserwände. Der Jaguar bäumt sich in der Explosion auf, als wollte er vor der Sprengkraft zurückweichen, prallt von einer Hauswand ab und rollt – ein aufgerissenes, brennendes Wrack – ein ganzes Stück über die niedrige Kaimauer. So, dass er, mit dem Heck auf der Straße, mit der Front halb in der Luft schwebend, zur taumelnden Feuerskulptur wird, von der Flammen ins Wasser tropfen. Aus der Robert Wolfgang schreien zu hören meint.

Da sieht Robert sich die Stahltreppe herunterstürzen, den Freund aus dem Wrack ziehen, der glücklich gerettet wie irre auflacht, aber seine Füße versagen den Dienst, ehe er überhaupt einen Schritt gemacht hat, denn da ist kein Freund mehr zu erkennen, nichts Menschliches mehr, während jetzt das Auto wie in Zeitlupe aus seinem prekären Gleichgewicht gerät und mit einem hässlichen metallenen Kratzen weiter über die Kaimauer rutscht und schließlich über die Boote hinweg krachend in das Wasser stürzt. Zischend und kleine Inseln aus Feuer auf der Wasseroberfläche zurücklassend.

Und dann fallen immer mehr von Roberts Sinnen aus. Die Botenstoffe in seinem Gehirn scheinen in Sekundenbruchteilen zu verklumpen, sodass die Impulse seiner Sinnesorgane nicht mehr weitergeleitet werden. Und dann dringt doch noch ein Geräusch zu Robert durch. Eine zweite Explosion. Weit weg, beinahe unwirklich, ein Echo vielleicht.

# 1

Nachdem die Amsterdamer ArenA mit dem Logo von Ajax am Fenster des ICE vorübergezogen war, begann Robert Patati seinen Rucksack zu packen. Er sah auf die Uhr. Keine drei Stunden. Ein Katzensprung. Sollte man viel häufiger machen. Aber da musste erst sein guter alter Freund und Restauratorenkollege Wolfgang Altenburg einen privaten Auftrag annehmen und ihm Kost und Logis anbieten.

Amsterdam. Zahl der Galerien: circa zweihundert. Zahl der erfolgreichen und versuchten Morde und Totschläge pro Jahr: circa vierhundert. Eine Stadt für Kunstliebhaber und eine für Polizisten. Okay, okay. Aber trotzdem – war es unbedingt nötig, dass nun auch noch eine Arnheimer Polizeiprofilerin namens Micky Spijker hierher abgeordnet wurde? Natürlich gab es gute Gründe. Es musste zwangsläufig so kommen, dass sich ihre Erfolge als herausragende Verhörspezialistin bis in die Randstad herumsprachen. Aber warum in Herrgotts Namen gerade zu der Zeit, da Robert die Chance hatte, ein paar Tage Urlaub in Amsterdam zu machen? Er wollte einfach Abstand von dieser unglücklichen deutsch-niederländischen Liebesgeschichte zwischen ihm und Micky gewinnen.

Als Wolfgang ihn einlud, hatte Patati deshalb zunächst noch dankend abgelehnt, aber der Krefelder Restaurator hatte nicht lockergelassen: »Die Stadt ist groß genug. Ihr werdet euch niemals begegnen. Es sei denn, du lungerst aus lauter Sehnsucht vor dem Polizeipräsidium herum.«

»Eher ess ich Bitterballen auf dem Damrak«, hatte Robert gebrummt.

Und als Wolfgang dann ihre Erlebnisse während eines gemeinsamen Praktikums im *Rijksmuseum* Mitte der Achtzigerjahre farbenfroh heraufbeschwor, hatte Robert kapituliert. Die Aussicht, noch einmal zusammen durch die Amsterdamer Clubs zu ziehen, war einfach zu verlockend gewesen.

So hatte Patati beschlossen, die ganze Sache als Prüfung zu deuten. Das verdammte Schicksal war also offenbar der Meinung, er sollte endlich Stärke beweisen und lernen, die wenigstens theoretische Nähe Mickys auszuhalten. Und dafür hatte es eine Menge Aufwand betrieben. Es hatte einen Amsterdamer Nahrungsmittelkonzern dazu gebracht, Bilder restaurieren zu lassen, die ein deutscher Fotograf namens August Saalfeld vor fast achtzig Jahren von diesem Unternehmen gemacht hatte. Und dafür den einzig wahren Experten für das saalfeldsche Werk zu buchen: Wolfgang Altenburg. Wer war schon Robert Patati, sich gegen ein solch mächtiges Schicksal zu stellen?

Der ICE fuhr pünktlich um einundzwanzig Uhr fünfundfünfzig in Amsterdam Centraal ein. Robert schulterte den Rucksack und zog den kleinen Koffer von der Gepäckablage. Hoffentlich hatte Kollege Altenburg wieder etwas bessere Laune. Bei ihrem letzten Telefonat war er so kurzab gewesen, dass Robert ihn schließlich fragte, ob sein Besuch nun doch ungelegen käme. Ihm sei beim Restaurieren etwas schiefgegangen, hatte sein Freund geantwortet und sich entschuldigt.

Eingequetscht von ein paar jungen amerikanischen Rucksacktouristen in Bermudashorts und Nikes schob sich Robert zur Tür. Auf dem Bahnsteig stand Wolfgang und winkte. Sie fielen einander in die Arme, als hätten sie sich Jahre nicht gesehen.

»Wir bringen jetzt erst mal deine Klamotten ins Schließfach«, bestimmte Wolfgang.

»Ich könnte sie ganz gut gebrauchen«, warf Robert ein.

»Pack Zahnbürste und Pyjama in den Rucksack. Wir holen den Koffer morgen. Der würde heute Abend nur stören.«

Sie schlossen den Koffer weg und verließen die ewige Baustelle Centraal durch den östlichen Seitenausgang.

»Bus oder Tram?«, fragte Patati.

»Zu Fuß. Komm, es geht gleich los.«

Sie liefen unter einer unwirtlichen Bahnunterführung hindurch und die Piet Heinkade am alten Hafen entlang auf ein großes Gebäude zu, das wie ein Schiff am Kai lag und mit dem Bürgersteig durch einen langen, steilen Steg verbunden war.

»Das *Muziekgebouw.* In der zweiten Etage der Jazzklub *Het Bimhuis*«, gab Wolfgang auf halbem Wege schnaufend bekannt.

»Hm. Und was spielen sie?«

»Heute ist Singer/Songwriter-Abend.«

»Ordentliches Gitarrengeschrammel würde eher zu meinem Zustand passen«, zweifelte Patati.

»Hör dir Leine an – und wenn du danach wirklich noch Gitarrentrash hören willst, wechseln wir die Location, versprochen.«

»Ich komm drauf zurück«, sagte Robert. »Wer ist denn dieser Leine?«

»Diese Leine. Es ist eine Sie und diese Sie hat den *Grote Prijs van Nederland* gewonnen.«

Sie betraten den Saal durch schwere schwarze Holztüren. Wie in einem kleinen Amphitheater war die Bühne von vier halbrund aufsteigenden Sitzreihen mit roten Sesseln umgeben. Auf den oberen Ebenen saßen die Zuschauer an kleinen runden Tischen. Obwohl hier sicher an die zweihundert Leute Platz fanden, war man der Bühne doch ganz nah. Ein schöner Klub mit intimer Atmosphäre, fand Robert.

Sie hatten gerade noch zwei freie Plätze in der ersten Reihe gefunden, als die schwarzen Vorhänge hinter der Bühne aufgezogen wurden. Durch ein großes Panoramafenster hindurch erstreckte sich der Blick auf das breite Schienennetz des Bahnhofs und das dahinter im Oosterdok liegende

*Nemo-Museum.* Mit seiner mächtigen bugartigen Architektur und seiner grünkupfern schimmernden Haut erinnerte es an ein fluchbelegtes Gespensterschiff, das soeben aus den Untiefen des Meeres aufgetaucht war, um nun Kurs auf das *Bimhuis* zu nehmen.

Doch ehe Robert sich irgendwelchen Störtebekerfantasien hingeben konnte, betrat eine Frau im Sommerkleid die Bühne. Die nächste Dreiviertelstunde lang war er hin und weg von einer Stimme, die auf betörende Weise mal sanft, mal energisch klang.

»Na, zu viel versprochen?«, fragte Wolfgang, als sie nach zwei Zugaben den Saal verließen.

Patati nickte nur.

Die Aussicht durch die große Fensterfront der Bar war noch eindrucksvoller als die im Saal. In der Dunkelheit steuerten kleine Motorboote und vereinzelte späte Binnenschiffe aus den nordwestlichen Hafengebieten auf das *Bimhuis* zu, um in der sanft geschwungenen Kurve der Wasserstraße am *Muziekgebouw* vorbeizuziehen. Das Spiel der Positionsleuchten korrespondierte mit den Lichtern der Stadt, die sich hinter dem Bahnhof bis zum Horizont erstreckte. Amsterdam brillierte an diesem Sommerabend, als hätten die Diamantenhändler ihre besten Steine über den Dächern der Stadt verstreut. Patatis Herz wurde in der Nachbarschaft einiger Paare, die den Ausblick miteinander genossen, einer sorgfältigen Sehnsuchtsakupunktur unterzogen.

Wolfgang zog Robert zur Theke, wo sie sich in die Schlange der durstigen Kehlen einreihten.

»Du hattest mal wieder das dritte Ohr«, bestätigte Robert endlich. »Wenn sie singt, ist sie ganz bei sich. Mächtig charmant.«

»Ja, das absolute Gegenteil von all diesen geklonten nordischen Barjazz-Damen. Und pfeifen kann sie auch noch – hey, what's up, he?«, schoss Wolfgang plötzlich herum und ging auf einen Mann hinter ihm los, der erschreckt die Augen aufriss.

»Wolf, komm runter«, schob sich Robert schnell zwischen die Männer. »Sorry, mein Freund ist heute etwas nervös«, entschuldigte er sich auf Niederländisch bei Wolfgangs Opfer, das glücklicherweise entspannt genug war, die Sache nicht an die große Glocke zu hängen. Wenigstens dafür war die Streiterei mit Micky gut gewesen. Sein Niederländisch war inzwischen beinahe perfekt, egal wie brenzlig die Situation wurde.

»Was heißt hier nervös? Der Typ hatte die Hand in meiner Jacketttasche«, empörte sich Altenburg.

»Er hat dich ein bisschen angerempelt. In diesem Gedrängel.« Robert klopfte Wolfgang beruhigend mit dem Handrücken gegen die Brust.

»Twee pilsje, alstublieft«, wandte er sich der Barkeeperin zu, die seinen Freund misstrauisch musterte.

»Letzte Woche haben sie mir das Portemonnaie geklaut«, versuchte sich Wolfgang zerknirscht zu erklären, als sie an einem Tisch Platz genommen hatten.

»Und alles weg? Papiere, Geld, Karten?«, fragte Robert.

Wolfgang winkte ab. »Gott sei Dank nur fünfzig Euro und der Führerschein.«

»Na dann. Aber erzähl doch mal. Wie läuft's mit den Saalfeld-Arbeiten? Was Besonderes entdeckt? Und du hast mir noch immer nicht richtig erklärt, wieso eine niederländische Firma einen Deutschen als Fotografen engagiert hat.«

»Hey, nicht alles auf einmal! Wir haben noch den ganzen Abend Zeit.« Wolfgang hob abwehrend die Hände und grinste. »Also von Anfang an: Die Firma heißt *Duneko* – eine Abkürzung für *Duits-Nederlandse koloniale onderneming*. 1910 gegründet von einem Paul Anstütz aus Berlin und einem Pieter de Kooning aus Amsterdam. Anstütz hatte eine Seifenfabrik in Berlin und eine Ölpalmplantage in Deutsch-

Kamerun, de Kooning betrieb hier eine kleine Margarinefabrik und einen Kolonialwarenhandel mit Niederländisch-Indien. Die beiden hatten offenbar dieselbe Vorstellung von einem weltumspannenden freien Handel …«

»Globalisierungspioniere?«

»So in etwa. Jedenfalls hatten sie einen Narren aneinander gefressen und warfen ihre Geschäfte zusammen. Als niederländisches Unternehmen, weil Anstütz seinem Kaiser Wilhelm klugerweise weniger traute als der hiesigen Wilhelmina. Die beiden waren so erfolgreich, dass sie zum zwanzigjährigen Bestehen ihrer Firma beschlossen, alles für die Nachwelt zu dokumentieren. Auf Wunsch von Anstütz engagierten sie Herbert Saalfeld, der sich gerade als Industriefotograf einen Namen gemacht hatte.«

»Du meinst August.«

»Wie?«

»Du hast Herbert Saalfeld gesagt.«

»Und du bist manchmal ein richtiger Korinthenkacker«, pampte Wolfgang gereizt, sodass Robert überrascht verstummte. Er hatte es doch nur bemerkenswert gefunden, dass Wolfgang seinem Helden Saalfeld den Vornamen seines Vaters gab. Eine kleine freudsche Fehlleistung oder nur eine Vergesslichkeit, nichts weiter. Welchen wunden Punkt hatte Robert denn da bei Wolfgang erwischt?

Die Bar leerte sich, nachdem ein Gong den Auftritt der nächsten Songwriterin angekündigt hatte.

»Du kannst gerne reingehen«, sagte Robert. »Ich warte hier. In meinem Kopf schwirren die Leine-Songs noch so schön herum.«

»Lass uns an die Theke setzen«, schlug Wolfgang versöhnlich vor.

Robert bestellte zwei große Biere. »Und jetzt plant diese *Duneko* eine Ausstellung zur Hundertjahrfeier und braucht dazu die Saalfeld-Fotos?«, fragte er.

»Nicht ganz. Ruud de Kooning, Enkel des Firmengründers, wird siebzig und zieht sich aus dem Geschäft zurück. Schon nächste Woche. Das gibt einen riesigen Festakt mit Bürgermeisteraufgalopp. Und zu dem Anlass will ihn der Vorstandsvorsitzende mit der Ausstellung überraschen.«

»Nett von ihm.«

»Wie nett er ist, wirst du später noch am eigenen Leib erleben. Aber jetzt will ich erst mal hören, was da mit Micky gelaufen ist. Kaum ist man mal weg, bricht bei dir alles zusammen.«

Roberts Miene verdüsterte sich. Er bestellte zwei Grappa.

»Oje«, sagte Wolfgang.

Sie tranken und Patati begann mit einem großen »Also«, um gleich wieder zu verstummen. Er schob die leeren Gläser von sich weg. Die Barkeeperin füllte stirnrunzelnd auf.

Wie sollte er das jetzt bitte zusammenfassen ... Dieses ständige Hin und Her zwischen ihm und Micky. Dass die Welt sich gegen sie stellte. Wenn sie Zeit hatte, steckte er im Mönchengladbacher Museum Abteiberg im tiefsten Restaurierungsstress, und wenn er Zeit hatte, wurde sie mit Fällen überhäuft. Dass aber auch keiner von ihnen bereit war, Kompromisse einzugehen, aber jeder umso bereiter, dies dem anderen als Misstrauensvotum gegen ihre Beziehung auszulegen.

»Ach«, sagte er, »alles nicht so einfach.«

Wolfgang nickte. Sie setzten die Gläser an.

Drei Trennungen in den letzten fünf Monaten, die letzte offenbar endgültig. Roberts dumme Vorwürfe über ihren Sportsfrauenaktivismus, der dem Irrtum unterliege, man könne vor Problemen davonjoggen, stießen auf ebenso dumme Vorwürfe von ihr über seine Genusssucht, die die Probleme in Blätterteig einwickele und in Balsamico-Jus zu ertränken versuche. Und dann wiederum heftigste Versöhnungstreffen, zu denen er rannte wie einst Carl Lewis und während derer sie karamellisierte wie Crème brulée.

»Tja«, sagte Robert nach langem brütendem Schweigen plötzlich, »verstehst du jetzt?«

»Ja, ja, ich versteh schon«, behauptete Wolfgang und war nett genug, Robert nicht darauf hinzuweisen, dass er gar nichts gesagt hatte.

Als die Leute wieder aus dem Saal strömten und in den beginnenden Montag verschwanden, schlug er vor, ebenfalls zu gehen.

»Aber jetzt Tram, Nachtbus, Taxi?«, fragte Patati.

»Auf uns wartet erneut ein kleiner Marsch, mein Freund«, meinte Altenburg und wandte sich ostwärts. »Jetzt kommt nämlich die große Überraschung, die wir dem netten Herrn Vorstandsvorsitzenden der *Duneko* verdanken. Meneer CEO Karl – genannt Charlie – van Stutten. Donnerstag hatte ich ihm meine Arbeit präsentiert und Freitagabend taucht er plötzlich im Archiv auf. Er sei sehr beeindruckt. Jetzt wisse er, warum seine Archivarin darauf bestanden habe, einen Experten zu engagieren.«

»Schön, dass das mal jemand einsieht«, sagte Robert, während sie auf eine Brücke zuliefen, die wie eine zum Sprung bereite Heuschrecke über dem IJ lag, jenem ehemaligen Meeresarm, den man vor über hundert Jahren eingepoldert und so zum Fluss und weiter zum Nordseekanal gezähmt hatte.

»Er werde in der kommenden Woche segeln gehen und schon das ganze Wochenende auf seinem Boot sein. Ich sollte doch aus dem Hotel auschecken und es mir in seinem Stadthaus gemütlich machen.«

»Nicht schlecht.«

»War mir ein bisschen unangenehm, so in anderer Leute Intimsphäre einzudringen. Aber er meinte, sein eigentlicher Rückzugsort wäre ein Haus in Schaarsbergen.«

»Und wo ist sein Stadthäuschen?«

»Wir müssen nur hier über die Jan Schaeferbrug rüber zum Java-Eiland. Siehst du da drüben die kleine Gracht? Da wohnen wir.«

»Schick!«

»Ja, und genauso schick ist es, dass ein 71er Jaguar E-Type zum Haus gehört. Den muss ich aber leider morgen ziemlich früh in der Firma abliefern.«

»Scheinst ja ein echter Glückspilz zu sein. Wollen wir ihn gleich ansehen?«

»Nein, ich finde, er hat Tageslicht verdient. Ich erwarte, dass du ihm morgen früh die Ehre erweist.« Wolfgang grinste.

Eine gute Viertelstunde später hatten sie die Brantasgracht erreicht. Wolfgang schloss die Haustür auf und forderte Robert auf einzutreten.

»Du kannst gleich weiter nach oben gehen. Das Wohnzimmer ist im zweiten Stock. Und ganz oben unterm Dach findest du das Gästezimmer.«

Mit seinem ersten Schritt über die Schwelle aktivierte Robert die Beleuchtung im Erdgeschoss. Und als er den Fuß auf die Treppe setzte, wurde sofort auch die erste Etage erhellt.

»Oh, ein intelligentes Haus«, spöttelte er. »Ich bring eben meinen Rucksack hoch.«

Als er das Wohnzimmer erreicht hatte, hielt er irritiert inne. Schubladen und Türen eines Schranks im Kolonialstil waren weit geöffnet. Ihm lag schon ein Satz über Ordnung auf der Zunge, doch er schluckte ihn schnell hinunter, weil es genau der Satz war, mit dem Micky mal seine Wohnung bedacht hatte, und nahm die nächsten Stufen bis zum Schlafzimmer.

»Mein Gott, was ist denn hier passiert?«, entfuhr es ihm.

Wolfgang stand ganz schnell hinter Robert.

»Na ja«, sagte Wolfgang nach kurzem Schweigen. »Ich gestehe alles. Ich wollte dich mit dem Jaguar abholen, aber ich hatte den Schlüssel versteckt. Aus Angst, dass mir jemand dieses Juwel klauen könnte. Und dann bin ich total nervös geworden. Ich habe den vermaledeiten Schlüssel so gut versteckt, dass ich ihn einfach nicht wiederfinde.«

»Dafür, dass du nicht in seine Privatsphäre eindringen wolltest, hast du ganz schön gewütet. Sucht man neuerdings so Schlüssel?«

»Was soll das heißen?«, schnaubte Wolfgang. »Meinst du, ich lüge dich an?«

»Hey, hey. Ich bin's – dein Freund Robert. Natürlich nicht. Junge, du solltest deinen Jahresurlaub vielleicht nicht immer für Privataufträge opfern, sondern lieber mal was für dein Nervenkostüm tun«, schlug Robert versöhnlich vor. Er wies auf die teils aus den Schubladen heraushängenden, teils auf dem Boden verstreuten Kleidungsstücke. »Ich kann ja morgen die Putzfee spielen, während du die Werke von Herrn Saalfeld pflegst.«

»Das wäre nett«, seufzte Altenburg, der jetzt mitten im Chaos stand und ein paar unmotivierte Aufräumversuche machte. Er hob einen Stapel Wäsche auf und stockte. »Nicht zu fassen!« Er zauberte einen Schlüssel mit Jaguar-Signet aus den Klamotten hervor. »Ich bin echt ein Idiot.«

»Noch einen Gutenachtschluck?«, schlug Wolfgang auf dem Weg nach unten vor. Robert nickte.

Sie setzten sich an einen Teaktisch und ließen die Grappagläser gegeneinanderklirren. Nachdem Wolfgang reichlich vom E-Type geschwärmt hatte, kam er auf ein unerfreuliches Thema zurück. »Und mit Micky, das ist wirklich endgültig vorbei?«

»Seit drei Wochen Funkstille. Und ich melde mich nicht bei ihr. Sie ist an der Reihe.«

»Vielleicht traut sie sich nicht.«

»Ganz genau. Sie traut sich nicht. Wirft mir aber vor, ich wäre egozentrisch, weswegen ich angeblich auch keine Kinder wollte. Dabei ist sie es, die keine will.«

»Und woher weißt du das?«

»Also«, sagte Robert zögerlich, »ich habe sie beim Sex mal auf die Probe gestellt. Wir machen jetzt ein süßes grenzüberschreitendes Baby, habe ich ihr gesagt. Du Spinner, meinte sie. Ich: Von wegen, das Kondom hat sich gerade verabschiedet. Wie von der Tarantel gestochen ist sie aus dem Bett gesprungen. Das war übrigens der Anlass für Trennung Nummer drei.«

»Klarer Fall von Bindungsangst, Robert.«

»Ich weiß. Ich les' beim Friseur auch ab und zu die Frauenmagazine.«

»Ich meinte eigentlich, bei euch beiden. Außerdem war das eine Scheißaktion von dir«, sagte Wolfgang.

»Weiß ich ja. Ich hab's schon beim Aussprechen bereut. Andererseits ist so mal einiges klar geworden.«

»Ich würde sogar sagen: superklar.«

»Wie sieht's denn so mit deinem Liebesleben aus?«, versuchte Robert zu kontern.

Wolfgang nahm Gläser und Flasche. »Na ja«, sagte er gedehnt. »Es gibt da eine ganz nette Archivarin bei der *Duneko.* Komm, wir setzen uns noch was raus.« Er winkte Robert, ihm die Treppe hinauf zum Wohnzimmer zu folgen, von wo aus man auf einen kleinen Balkon gelangte.

»Schwankt ganz schön, so 'n kleines Haus in so 'ner Gracht auf so 'ner Insel«, meinte Patati grinsend, als auch er endlich auf dem mit viel Grün ausgestatteten Balkon stand.

»Was für eine Sommernacht! Setz dich«, sagte Wolfgang und zeigte auf einen blauen Klappstuhl. »Weißt du, bei dieser ganzen *Duneko*-Geschichte muss ich dauernd an den Kiosk von meinem Alten denken«, sagte er.

Robert sah ihn fragend an.

»Na ja, mein Vater hatte auch seinen Traum vom eigenen Geschäft. Genau wie Anstütz und de Kooning.«

»Na ja.«

»Was heißt da ›na ja‹? Weißt du noch den Namen des Kiosks?«

»Klar.«

»Weißt du nicht, wetten?«

»Na, hör mal.«

»Dann sag doch.«

Robert ächzte. »Dann gib aber auch Ruhe. Also, der Kiosk deines werten Herrn Vaters hörte auf den schönen Namen *Zur kleinen Freiheit.*«

»Sehr gut. Z-u-r k-l-e-i-n-e-n F-r-e-i-h-e-i-t«, wiederholte Wolfgang langsam, als hätte man Robert gerade die Hirnlappen entfernt. »Gegründet anno 1973. Ich war gerade zehn, aber das habe ich nie vergessen. Jedenfalls, bei der ganzen *Duneko*-Sache geht's auch um Freiheit.«

»Aber doch wohl eher um die, die es in den Kolonien nicht gab.«

»Ganz genau. Für meinen Vater war der Kiosk der Weg zur kleinen Freiheit. Aber damit war er auch an den Laden gefesselt. Tagtäglich. Von morgens sieben bis abends sieben. Von 1973 an. Er hat sich selbst ausgebeutet, statt es wie de Kooning und Co zu machen und andere auszubeuten. Weil mein Vater so eine ehrliche Haut war. Deshalb war er immer nur auf dem Weg zur kleinen Freiheit und ist da nie angekommen.«

Robert hielt sich verzweifelt die Hände vors Gesicht. »Früher hast du solche Theorien nur beim Kiffen entwickelt.«

»Ach, Unsinn. Du bist nur zu betrunken, um es zu verstehen. Wir reden irgendwann noch mal darüber.«

»Du bist mindestens genauso betrunken wie ich«, brummte Patati.

»Genau. Und darum – für den Fall, dass ich es vergessen sollte« – Wolfgang stockte kurz, als wunderte er sich über seine Worte –, »für diesen Fall merkst du dir jetzt, dass wir noch mal darüber sprechen wollen. Stichwort: *Zur kleinen Freiheit.* Gegründet …«

»Anno 1973, ja, ja, mein Lieber, ich weiß, ich weiß.«

Und dann schauten sie abwechselnd in den Terrassendschungel und in den Himmel und schwiegen.

»Ich muss jetzt echt schlafen«, sagte Wolfgang gegen halb vier und stand auf. »Aber Mensch, bevor ich das auch wieder vergesse: Ich wollte dich noch um einen Gefallen bitten. Hier«, er zog einen iPod aus der Tasche. »Kannst du den mit nach Hause nehmen? Der muss einen Wackler haben. Zickt ständig herum. Ein Bekannter von mir ruft dich an. Er soll ihn reparieren. Du weißt ja, wie lebenswichtig dieses Ding sein kann.«

»O ja«, antwortete Robert und ließ das Gerät in die Innentasche seines Sommerjacketts gleiten.

Sie stiegen die Treppen nach oben, Robert bis ganz unters Dach. Er ließ sich aufs Bett fallen. Was für ein Tag! Ein schönes Konzert. Eine tolle Stadt. Und ein Freund, der ihm zunehmend Sorgen bereitete. Diese Launenhaftigkeit und all die hingeworfenen halben Erklärungen und Entschuldigungen. Er würde mit ihm sprechen müssen. Morgen. Gleich nach Wolfgangs Rückkehr von der Arbeit. Die Augenlider wurden ihm schwer. Robert fiel in tiefen Schlaf.

Aber schon wenige Stunden später weckte ihn auf unbarmherzigste Weise ein Freund, der ihm unbedingt ein schickes Auto vorführen wollte. Robert hatte es ja versprochen. Er öffnete die Tür, beschloss, das Wetter tapfer zu ignorieren, und betrat den obersten Absatz der Außentreppe. Von hier aus würde er alles bestens sehen können.

## 2

Micky Spijker schreckte aus dem Schlaf hoch, weil unmittelbar vor ihrem Haus eine Polizeisirene losging. Sie streckte den Arm aus und drehte den Radiowecker zu sich um. Sieben Uhr fünfzehn. Weniger als sechs Stunden Nachtruhe, und an Schlaf war jetzt nicht mehr zu denken.

»Idioten!«, murmelte sie.

Sie blieb auf dem Bauch liegen, zog sich das Kissen über den Kopf und drückte es auf ihre Ohren. Doch sie konnte sich nicht gegen die Gedanken, Vorstellungen und Erinnerungen wehren, die wieder einmal in ihr aufstiegen. Diesmal quälten sie Bilder von Verkehrsunfällen aus ihrer Ausbildungszeit. Damals hatte sie mehrfach erlebt, wie Kollegen zu Unfällen gerufen wurden und vor Ort eigene Verwandte in den zerstörten Fahrzeugen fanden. Nachdem sie den Bürojob bei der Arnheimer Polizei in der Abteilung *Prozessanalyse und Profile* angetreten hatte, ertappte sie sich dabei, dass diese Erlebnisse bei ihr zu einem Zwangsverhalten geführt hatten. Immer, wenn sie eine Sirene hörte, machte sie sich schreckliche Sorgen um alle, die ihr am Herzen lagen.

Zum Glück war es ihr in den zwei Wochen, in denen sie nun schon nach Amsterdam abgeordnet worden war, noch nicht gelungen, neue Freundschaftsbande zu knüpfen. Sie brauchte sich also über niemanden Sorgen zu machen. Einsamkeit hatte auch ihre Vorteile.

Als ein Hupkonzert das Sirenengeheul zu begleiten begann, stand sie auf, um nachzusehen, was da los war. Sie ging zum Fenster an der Straßenseite und hob eine Lamelle der Jalousie an. Regentropfen spritzten von der Fensterbank auf.

Nur wenige Meter entfernt stand ein Einsatzbus der Polizei mit Blaulicht und voll aufgedrehter Sirene. Zu welchem Notfall sie unterwegs waren, konnte sie nicht ahnen, doch sie erkannte, dass die Kollegen nicht weiterkamen. Ein Kombi mit Warnblinker blockierte die schmale Straße entlang der Bloemgracht. Dennoch blieben die Uniformierten im Bus seelenruhig sitzen und sahen zu, wie zwei Frauen versuchten, einen schweren Herd aus dem Kombi zu hieven, der sich hinter einer Metallkante verhakt hatte.

In Fernsehspots zur Förderung des Bürgersinns wurden solche Situationen gelöst, indem der blockierte Autofahrer ausstieg und beim Ausladen half.

Die Beamten jedoch warteten stoisch, bis die Frauen den Gasherd losgeruckelt und in das angrenzende Gebäude geschleppt hatten. So dringend war ihr Notfall dann wohl doch nicht.

Als die Sirene sich entfernte, kehrte Micky ins Schlafzimmer zurück. Unschlüssig blieb sie neben dem Bett stehen. Sie war eine Dreiviertelstunde zu früh dran, also konnte sie in aller Ruhe überlegen, was sie anziehen wollte, und ausgiebig frühstücken, anstatt nur eine Tasse Kaffee hinunterzuschütten und ein paar Käsecracker zu essen.

Micky lauschte dem Gepolter im Nebenhaus. Die Frauen waren inzwischen dabei, den Herd in den ersten Stock zu bringen, indem sie ihn von einer Stufe auf die nächste zerrten. Vielleicht waren auch sie nur Zwischenmieterinnen. Micky wohnte in einer Gegend, in der die Hauseigentümer häufig für eine Weile ins Ausland gingen und ihre Immobilie solange an Nomaden wie sie vermieteten. Da sie Tag und Nacht verfügbar sein musste, hatte sie sich eine Unterkunft in der Nähe des Polizeipräsidiums gesucht. Eigentlich war das Haus zu groß für sie. In den ersten Stock, in dem eine weitere Wohnung eingerichtet war, kam sie nur selten.

Das Handy störte sie bei der Zubereitung ihrer ersten Tasse Kaffee. Den Mann, der sich meldete, kannte sie nicht persönlich, aber sie hatte von ihm gehört. Er hieß Tol Skieter und war Leiter der Abteilung für Schwerverbrechen in Amsterdam.

»Könntest du für ein Stündchen an einem Tatort einspringen?«, fragte er.

»Warum ich?«, fragte sie zurück.

»Du bist doch die Superpsychologin aus Arnheim?«

»Das hast du gesagt. Also, warum?«

»Ein paar Idioten haben heute Morgen einen Typen mitsamt seinem Sportwagen in die Gracht geschossen«, antwortete Tol. »Es gibt einen Zeugen, aber der ist vollkommen durchgedreht.«

»Akutes traumatisches Stresssyndrom?«, fragte Micky. »Damit habe ich keine Erfahrung.«

»Bei uns heißt das ›Schock‹!«, meinte Tol. »Jedenfalls lallt dieser Scherzkeks die ganze Zeit dasselbe …« Er räusperte sich und jammerte dann mit weinerlicher Stimme: »Miekie Spaiker … Miekie Spaiker … Kommt wahrscheinlich aus Moffenland. Hast du da zufällig Bekannte?«

Micky schaltete die Espressomaschine ab. »Wie sieht er aus?«

»Als hätte er selbst in der Gracht gelegen. Wir haben ihn vom Balkon runtergeholt, wo er im Regen stand und nach Luft schnappte. Hatte nichts als ein T-Shirt und eine Schlafanzughose an.«

»Personenbeschreibung?«

Um den Zeugen erkennen zu können, musste sich Tol Skieter unbequem weit recken, wie Micky seinem Geseufze entnahm.

»Dunkle Haare, Alter plus/minus fünfundvierzig, tief liegende Augen, stinkt nach Schnaps …«

»Wo soll ich hinkommen?«

»In die Brantasgracht. Gib Gas, ja?«

Es konnte sich nur um Robert handeln. Aber was in Gottes Namen hatte er hier zu suchen?

Während sich Micky mit dem Dienstwagen durch den stockenden Morgenverkehr quälte, versuchte sie, eine Antwort auf diese Frage zu finden. Er war doch nicht etwa ihretwegen nach Amsterdam gekommen? Unsinn. Sie waren in Misstrauen und Groll auseinandergegangen. Hatten zu viel beieinander gesucht und zu wenig gefunden.

Schon von der Javabrug aus war erkennbar, dass die Amsterdamer Kollegen eine große Show abzogen. Im IJ-Hafen lag die halbe Flotte der Wasserschutzpolizei, um den Eingang der Brantasgracht zu bewachen. Die angrenzende Javakade wimmelte von Polizeifahrzeugen, alle mit Blaulicht. Das graue Wasser des IJ erhielt dadurch einen hektischen bläulichen Schimmer. Zwei Hubschrauber drehten über Java-Eiland ihre Runden. Direkt hinter der Brücke blieb Micky im Stau stecken. Sie beschloss, auf die linke Spur zu wechseln, und kam bis zu einer Absperrung, an der sie von zwei Motorradpolizisten angehalten wurde. Ein tropfender Helm erschien in ihrem Blickfeld. Sie zeigte ihren Ausweis.

»Park dein Auto auf der Sumatrakade, Schnucki.« Der Mann zeigte auf eine schlammige Freifläche hinter einem Stapel bunter Container.

Micky hatte es aufgegeben, den Amsterdamer Bullen einen frauenfreundlicheren Wortschatz nahezulegen. »Mach ich, Süßer«, antwortete sie. Sie gab Gas und ließ die Kollegen hinter einem Schwall aufspritzenden Wassers zurück. Einen Parkplatz fand sie am Denkmal des Seemanns, der über das IJ hinweg Ausschau hielt – auf seine Kameraden wartend, die niemals wiederkehren würden.

Von da aus setzte sie zu einem langen Sprint bis zur Brantasgracht an, wo sie in eine dicht gedrängte Menschenmenge geriet. Sich mit Regenschirmen und Zeitungen vor dem Regen schützend, versuchten die Gaffer, einen Blick auf den Tatort zu erhaschen. Micky drängte sich zwischen ihnen hindurch. Am Absperrgitter zeigte sie erneut ihren Ausweis und quetschte sich an einem bekannten Sensationsjournalisten vorbei, der den Polizisten vorschlug, sein Millionenpublikum um Hilfe bei den Ermittlungen zu bitten. Im Gegenzug wollte er Aufnahmen vom Tatort machen.

Die Beamten schüttelten nur den Kopf. Der Journalist versuchte, sich mit Micky zusammen hineinzudrängen, doch ein Kollege schloss das Gitter hinter ihr.

»Immer mit der Ruhe!«, brüllte der Journalist, als die Beamten ihn unsanft zurückschoben. Sein Kameramann drückte den Aufnahmeknopf.

Micky blickte sich um und beobachtete, wie der Journalist sich demonstrativ hintenüberfallen ließ. »Schwalbe!«, rief sie den Kollegen zu.

Auch in den schmalen Gassen rechts und links der Brantasgracht standen Einsatzfahrzeuge. In der Gracht dümpelte ein Schlauchboot zwischen den Schaluppen der Anwohner. Vom Achterdeck ließen sich zwei Taucher ins Wasser fallen. Micky ging auf eine Frau zu, die die Aufschrift *Leiter Tatort* auf dem Rücken trug und dem Fahrer eines Tiefladers Anweisungen gab, um einen Anhänger mit Hebekran von der Sumatrakade auf die Brantasgracht zu manövrieren.

»Ich suche Tol Skieter«, sagte Micky.

Die Frau warf ihr einen kurzen Blick zu und zeigte zur offen stehenden Tür eines Gebäudes auf der anderen Straßenseite. Micky eilte hinüber und stieg über das Absperrband hinweg die kleine Treppe zur Eingangstür hinauf. Sie stieß auf ein Team von Ermittlern, die im Treppenhaus dabei waren, die Stufen auf Spuren zu untersuchen und mit einem kleinen Besen alles, was sie fanden, in Plastiktüten zu kehren. Einer von ihnen drehte sich um und sah sie stirnrunzelnd an – ein kleiner, magerer Mann mit rotbraunem Haar, durch das sich schwarze und graue Locken kringelten. Ein gescheckter Straßenkater, dachte sie und öffnete den Mund, um sich vorzustellen.

»Presse?«, fragte er abweisend.

»Micky Spijker«, erwiderte sie. »Ich su…«

»Du suchst mich«, unterbrach er sie. »Tol Skieter, angenehm.« Er schüttelte ihr die Hand und zeigte die Treppe hinauf. »Der Patient wartet oben«, bemerkte er. »Es lohnt sich, den Mann zum Reden zu bringen. Er scheint der einzige Zeuge des Anschlags zu sein. Die Nachbarn haben ihn kurz vor der Explosion auf dem Balkon stehen sehen.«

»Ich versuch's«, versprach Micky. Sie schluckte und spürte, wie ihr das Blut in den Kopf stieg. Nicht Robert, lass es bitte nicht ihn sein ... Sie hielt sich am Treppengeländer fest, während sie Skieter nach oben folgte. Es war ein schmales Haus mit fünf Stockwerken.

»Das Gebäude gehört einem Mann namens van Stutten«, erklärte Skieter unterwegs. »Er ist aber nicht das Opfer. Wir haben ihn schon ausfindig gemacht. Er ist auf seiner Yacht im Hafen von IJmuiden. War unterwegs zu einem Segeltörn Richtung Nordsee. Wir haben die Kollegen vor Ort gebeten, das Schiff aufzuhalten. Er hatte sein Haus einem gewissen Wolfgang Altenburg zur Verfügung gestellt. Kennst du den zufällig?«

»Ja«, sagte Micky. »Er ist Kunstrestaurator.« Sie hatte ihn einmal auf einer Party kennengelernt, zu der sie und Robert eingeladen waren. Ein hibbeliger Mann, immer zum Scherzen aufgelegt, der wie ein Wahnsinniger auf alte Nummern von *Fischer-Z* getanzt hatte. Robert hatte behauptet, damit kompensiere sein Freund die Geduld, die er für die Kunstwerke aufbringen müsse.

»Und weißt du auch, wo der Kerl sich rumtreibt?«, fragte Tol weiter. Im dritten Stock blieb er stehen und blickte hinaus auf die schmale Gracht. Der Hebekran rollte vom Hänger.

»Nein«, antwortete Micky. »Er ist ein Freund eines Exfreundes.«

»Wir müssen weiter nach oben«, sagte Tol. »Dieser van Stutten scheint ein hohes Tier bei der Firma *Duneko* zu sein. Du-ne-ko bedeutet *Duits-Nederlandse koloniale onderneming*, eine Art *Unilever*, nur einige Nummern kleiner.«

Das Handy in seiner Brusttasche unterbrach das Briefing.

Er fischte es heraus, meldete sich und hielt den Apparat eine Weile schweigend ans Ohr.

»Legt den Schiffsverkehr still«, befahl er schließlich. »Die Taucher müssen alles raufholen können, was sie im Umkreis der Unglücksstelle finden.«

Er steckte das Handy wieder weg und wandte sich Micky zu. »Es hat eine zweite Explosion gegeben«, erklärte er. »Mitten auf dem IJ. Ein Schnellboot ist kurz nach dem Attentat aus der Brantasgracht rausgerast. Fünfzig Meter weiter gab es einen Knall und das Boot war weg. Vielleicht waren es die Täter. Vielleicht haben sie sich selbst in die Luft gesprengt. Vielleicht dies und vielleicht jenes. Deswegen wäre es ziemlich praktisch, wenn dieser Deutsche die Klappe aufmachen würde. Wir brauchen dringend eine Beschreibung der Täter und der Art, wie sie entkommen sind. Und es wäre auch hilfreich zu wissen, wer überhaupt ermordet worden ist ...«

Micky spürte die tief verwurzelte Verbitterung eines Ermittlers, der es nur selten erlebt hatte, dass nach einem Mord in Amsterdam der Täter gefasst wurde.

Wieder klingelte Skieters Handy.

»Einer der Taucher hat gerade gemeldet, dass nur eine Person in dem Jaguar sitzt. Der Wagen ist auf van Stutten angemeldet. Sie holen die Kiste jetzt hoch.«

In jeder Etage waren Ermittler am Werk und durchkämmten das Haus nach Spuren. Ganz oben befanden sich zwei Schlafzimmer. Vor der Tür des einen stand ein Kollege Wache. In einer Ecke des Zimmers, mit dem Rücken zum Fenster, saß Robert Patati auf einem Hocker. Er war barfuß und trug eine Hose, darüber ein offenes Hemd. Ein kurzer Blick des Wiedererkennens huschte über sein Gesicht. Er sah so hilflos aus, dass Micky sofort auf ihn zuging und seinen Kopf an ihren Bauch zog. Im ersten Moment schien es, als wollte er in Tränen ausbrechen, aber er kam nicht über ein paar Schluchzer hinaus. Sie spürte, wie verkrampft seine Nackenmuskeln waren.

»Das ist Robert«, sagte sie zu Skieter. »Robert Patati.«

»Und weiter?«, fragte Skieter.

»Mein Exfreund.«

»Oje. Kommst du damit so klar, dass du ihn zum Sprechen bringen kannst?«

»Ich sagte doch: Exfreund!«, schnaubte Micky.

Tol blieb in der Tür stehen und beobachtete die Szene. Nach ein paar Minuten fragte er: »Kaffee?«

Micky ließ Robert los. »Kaffee?«, wiederholte sie Skieters Frage.

Robert schüttelte den Kopf.

»Ich schon«, sagte sie zu Tol Skieter.

Schweigend ging er. Der Wachtposten schloss die Tür.

Micky zog einen Stuhl heran und setzte sich Robert gegenüber. »Robert?«

Er reagierte, indem er ihr das Gesicht zuwandte. Dann verzog er die Lippen zu einer Art Lächeln, aber es sah eher aus wie ein nervöser Tic. Sie nahm seine Hand und legte sie an ihre Wange. Sie fühlte sich eiskalt an.

»Robert, was ist passiert?«

Er öffnete den Mund. »Micky …«

Im ersten Moment glaubte Micky, dass nun ein ganzer Satz folgen würde, aber er schüttelte nur den Kopf und schluckte ein paarmal.

»Was kann ich für dich tun, Robert?«, fragte sie. Sie sah, wie er sich abmühte, aus dem Chaos in seinem Kopf einige verständliche Wörter zu filtern. Doch sein verkrampftes Gesicht sagte ihr zugleich, dass es ihm nicht gelang. Dann eben eine einfache Ja/Nein-Frage.

»Robert, war es Wolfgang?«, fragte sie und zeigte zur Gracht.

Robert nickte nachdrücklich. Dann seufzte er tief und zog

seine Hand so heftig weg, als habe Micky ihn gebissen. Er begann, sich mit beiden Fäusten auf die Knie zu schlagen.

Micky ließ ihn gewähren, bis er sich wieder beruhigte und die Arme um seinen Oberkörper schlang. Über seine Schultern hinweg beobachtete Micky, wie der Hebekran ein Stahlseil hinunterließ, das von den Tauchern ergriffen wurde.

»Dann kann ich gut verstehen, warum du so durcheinander bist«, sagte sie. »Und es war sehr vernünftig von dir, mich holen zu lassen.« Sie merkte, dass sie ihm zuredete wie einem Kind, und fragte sich, ob das der richtige Ansatz war. Im Studium hatte sie zwar etwas über Patienten mit Schocktrauma gelernt, war aber noch nie selbst mit einem Betroffenen konfrontiert worden. Doch sie musste auf jeden Fall Erste Hilfe leisten.

»Möchtest du etwas essen?«, fragte sie und fasste in ihre Tasche, in der sie immer einige Müsliriegel hatte.

Robert schüttelte den Kopf.

»Verrückt, was, dass wir uns so wiedersehen?«, fragte sie.

Ganz kurz verengten sich seine Augen, als betrachtete auch er es als Ironie des Schicksals, dass sie trotz ihres definitiven Abschieds doch wieder zueinandergefunden hatten.

»Und? Hast du schon was aus ihm rausgekriegt?«

Hinter ihr stand Tol mit zwei Tassen Kaffee in den Händen. Micky sah, dass Roberts Blick wieder in sich gekehrt wurde. Erneut verschloss er sich. Sie drehte sich um und nahm Tol die beiden Becher ab. Einen reichte sie Robert.

»Jetzt trink doch mal«, ermunterte sie ihn und wandte sich an Skieter. »Robert steckt momentan mitten in der akuten Phase eines Stresssyndroms. Das heißt, er leidet unter starker Bewusstseinseinengung.«

Tol Skieter schüttelte gereizt den Kopf. »Er kann also nicht erzählen, was geschehen ist?«

»Meneer Patati hat angegeben, dass es sich bei dem Todesopfer um Wolfgang Altenburg handelt«, teilte sie förmlich mit und fügte nachdrücklich hinzu: »Aber ansonsten ist er zurzeit nicht in der Lage, auf Reize von außen zu reagieren. Vor allem nicht, wenn er unter Druck gesetzt wird, die traumatische Situation noch einmal zu durchleben.«

»Ja, und was jetzt?«, fragte Skieter.

Micky stand auf. In der Gracht erschienen zwei Taucher an der Oberfläche und schwammen von dem Seil weg, das vom Kran aus gespannt wurde.

Ja, was jetzt? Aus den Augenwinkeln heraus sah sie die vordere Stoßstange des Unfallfahrzeugs aus dem Wasser auftauchen. Trotz Regen und Wind drängten sich die Anwohner auf die Balkone und setzten alles daran, das Geschehen irgendwie zu filmen oder zu fotografieren. Micky dachte, dass diese Aufnahmen innerhalb der nächsten Viertelstunde per Internet um die ganze Welt gehen würden.

»Der Zeuge muss schnellstmöglich in eine sichere Umgebung gebracht werden«, sagte sie.

Tol zuckte die Achseln. Das Wrack war jetzt ganz aus dem Wasser gezogen worden. Aus dem Fenster auf der Fahrerseite baumelte etwas, das ein Arm hätte sein können.

»Was heißt ›sicher‹?«, fragte Tol. »Hier kann ihm nichts passieren. Alles, was Uniform trägt, läuft hier herum.«

»Ich nehme ihn mit zu mir«, beschloss sie. »Bis er sich wieder erholt hat. Er muss bei jemandem zu sich kommen, der ihm vertraut ist. Das ist die beste Lösung, sowohl für ihn als auch für uns. Du willst doch auch, dass er so schnell wie möglich aussagen kann.«

»Augenblick mal«, bremste Skieter. »Er ist unser einziger Zeuge.«

»Genau darum.«

»Trotzdem gebe ich dir ein paar Leute zur Bewachung mit«, erwiderte Skieter.

»Aber draußen, ich will sie nicht im Wohnzimmer haben«, verlangte Micky.

Sie fasste Robert am Ärmel.

»Er könnte sich noch als Tatverdächtiger entpuppen«, meinte Skieter.

Das hielt Micky für unwahrscheinlich, aber sie beschloss, darüber keine Diskussion zu beginnen. »Komm, zieh deine Schuhe an. Wir gehen.«

Zu ihrer Erleichterung tat Robert, was sie ihm auftrug, bückte sich und langte unter den Stuhl. Das ersparte ihm den Anblick des Autos, das in dem Moment auf den Kai gezogen wurde. Jetzt erst erkannte Micky das volle Ausmaß der Zerstörungen durch die Explosion und den darauf folgenden Brand. Das Wrack war vorn vollkommen eingedrückt und schwarz verkohlt, ebenso wie die Leiche, oder besser das, was von ihr übrig geblieben war.

»Ich gebe dir eine halbe Stunde, um diesen Meneer in Sicherheit zu bringen«, sagte Tol. »Die Kollegen in IJmuiden haben inzwischen van Stutten und seinen Steuermann von der Yacht geholt. Wie ich gehört habe, kann es nützlich sein, wenn du das erste Verhör beobachtest. Oder begleitest. Oder was auch immer.« Von wem er das gehört hatte, ließ er offen, aber aus seinem Ton ging deutlich hervor, dass er ernsthafte Zweifel am Nutzen dieser Anordnung hegte.

»Erst mal brauche ich einen Wagen«, antwortete Micky. »Hier vor der Tür. Mit getönten Scheiben.«

Sie nahm Roberts Hand und zog ihn vom Fenster weg.

Micky hatte Robert die Hektik auf Java-Eiland ersparen wollen. Dennoch musste sie hilflos mit ansehen, wie ihr Ex zusammenzuckte, als kurz nach ihrer Abfahrt ein Hubschrauber in den Tiefflug ging, und auch, als der Wagen sich einen Weg durch die Menge hinter den Absperrgittern bahnen musste und der Fahrer ganz kurz die Sirene einschaltete.

Noch einmal blieben sie stecken, als sie auf die Javabrug einbogen und eine große Gruppe Kinder und Jugendlicher passierten. Der Fahrer wies auf die bunte Ansammlung der Container am Fuße der Brücke. Es stellte sich heraus, dass eine Schule darin untergebracht war. »Aber heute fällt der Unterricht aus«, erklärte er.

Im Schritttempo fuhren sie weiter. Einige Kinder schlugen dreist mit der flachen Hand auf die Motorhaube. Der Fahrer ließ den Motor aufheulen, sodass sie beiseitesprangen. Robert schreckte auf, aber Micky legte ihm beruhigend die Hand auf den Oberschenkel.

Als sie im Haus an der Bloemgracht angekommen waren, brachte sie Robert ins Schlafzimmer und setzte ihn auf den Bettrand. Sie versprach ihm, früh nach Hause zu kommen. Von den Polizisten vor der Tür sagte sie ihm nichts. Es wäre sowieso nicht zu ihm durchgedrungen.

»Und jetzt ruh dich erst mal aus«, schlug sie vor.

Robert nickte und ließ sich hintenüberfallen. Micky sah, dass er sich ein wenig entspannte. An der Tür warf sie ihm eine Kusshand zu.

Sie stellte fest, dass die Bewacher bereits in einem Zivilfahrzeug vor dem Haus Posten bezogen hatten, und eilte zu dem wartenden Polizeiauto. Erst als sie über den Dam fuhren, erteilte sie dem Fahrer die Erlaubnis, Blaulicht und Sirene einzuschalten.

Auf der Brantasgracht war es ein wenig ruhiger geworden, nachdem das Autowrack zur Werkstatt der Spurensicherung abtransportiert worden war. Nur auf der Sumatrakade waren noch ein paar Zuschauer übrig geblieben, die die Aktivitäten des Taucherteams verfolgten. Die Routiniers unter ihnen hatten Ferngläser mitgebracht und suchten konzentriert das Wasser ab, als gäbe es einen seltenen Vogel zu entdecken. Die Kamerateams hatten sich in ihre Kleinbusse zurückgezogen und behielten von dort aus das Schlauchboot genauestens im Auge.

Auf dem Weg zu van Stuttens Haus sah sich Micky die Stelle an, an der das Auto ins Wasser gestürzt war. Von der Uferbefestigung waren einige Steine abgebrochen und Ölspuren glitzerten auf dem Wasser. Dort dümpelte noch immer das Schlauchboot der Taucher, doch die hatten bereits ihre Hauben abgestreift und tranken dampfenden Kaffee.

Im Haus traf sie van Stutten und seinen Steuermann an, die in eine heftige Diskussion mit Tol Skieter verwickelt waren. Er hatte sie in die Küche im zweiten Stock gebracht, wo sie an einer Frühstückstheke saßen. Als Skieter Micky erblickte, stand er auf.

»Meine Kollegin, Mevrouw Spijker«, stellte er sie vor und wandte sich dann an Micky. »Das sind die Herren Charlie van Stutten und Stefane Bilderberg. Wir können anfangen.«

»Charlie«, sagte van Stutten knapp, als er Micky die Hand schüttelte. »Auf hoher See bin ich sicherer als hier, finden Sie nicht auch? Also bringen Sie uns bitte anschließend zurück zur *Sebastian.*«

Verwirrt schüttelte Micky den Kopf. »Ich weiß ehrlich gesagt nicht …«

»Mevrouw hat keine Befugnis, das zu entscheiden«, unterbrach Skieter sie rigoros. »Sie erhalten keine Erlaubnis zum Ablegen, Punkt.«

Charlie van Stutten warf seinem Steuermann einen Blick zu. Lass die nur reden, schien er zu sagen, wir machen sowieso, was wir wollen. Er hatte ein gebräuntes Gesicht, als sei er bereits wochenlang auf See gewesen, und trug einen leichten Regenanzug und Leinen-Bootsschuhe. Stefane Bilderberg hatte eine makellos weiße Hose und einen blauen Marinepulli an.

Tol Skieter gab zwei Kollegen einen Wink, die an der offenen Tür zum Balkon eine Zigarette rauchten. Sie schnippten ihre Kippen hinaus und drehten sich um. Einer von ihnen nahm ein Diktiergerät aus einer Tasche und sprach Ort und Datum auf das Band, gefolgt von Namen und Status der Anwesenden. Micky erfuhr dadurch, dass die beiden zum Erkennungsdienst gehörten und Tom Alburg und Jos Werst hießen.

»Wir gehen mit 99,9-prozentiger Sicherheit davon aus, dass es sich bei dem Toten um Meneer Wolfgang Altenburg handelt«, begann Tom. »Haben Sie irgendeine Vorstellung, warum ausgerechnet er Opfer dieses Anschlags wurde?«

»Nein, ich bin noch immer fassungslos«, antwortete Charlie van Stutten. »Wolfgang war ein Freelancer, der für die *Duneko* eine Fotoausstellung vorbereitete. Nächsten Samstag wird sie offiziell eröffnet. Aber ich sehe keinen einzigen Grund, ihn aus dem Weg …«

Er hielt auf einmal inne, als würde ihm in diesem Moment erst bewusst, dass tatsächlich ein Mensch ums Leben gekommen war.

Stefane legte die Hand auf Charlies Arm und übernahm das Gespräch. »Charlie war völlig außer sich, als er davon erfahren hat«, sagte er. »Wolfgang war Restaurierungsexperte. Er hat das Werk eines Fotografen aufgearbeitet, der in den Dreißigerjahren für *Duneko* gearbeitet hat. Er war fast fertig mit dem Auftrag. Charlie hatte ihm sein Haus zur Verfügung gestellt, sodass er sich noch eine Woche ungestört in Amsterdam vergnügen konnte.«

Tom nickte. Er warf einen kurzen Blick in sein Notizbuch und wandte sich wieder an van Stutten. »Gut, aber wir können nicht ausschließen, dass der Anschlag eigentlich Ihnen galt«, sagte er. »Schließlich saß das Opfer in Ihrem Wagen. Haben Sie irgendeine Idee, wer es auf Sie abgesehen haben könnte?«

Charlie van Stutten hatte mit dieser Frage gerechnet. Oder er hörte sie nicht zum ersten Mal. »Wenn ich ein Fest für alle meine Feinde ausrichten wollte, müsste ich das Fußballstadion mieten«, antwortete er prompt. »Wir mussten erst vor Kurzem eine *Duneko*-Filiale in Deutschland schließen. Darüber war wohl niemand erfreut, weder die Gewerkschaften noch die Landesregierung von Nordrhein-Westfalen und am allerwenigsten die Arbeitnehmer selbst. Ich im Übrigen auch nicht. Und dann haben wir da noch den Verein *Best for Africa*, der es auf die *Duneko* abgesehen hat.«

»Was hat der denn gegen die Firma?«, fragte Jos Werst. Er hielt den Aufnahmeapparat näher an Charlies Mund.

Stefane reagierte mit einer wegwerfenden Geste, aber Charlie bedeutete ihm, dass er bereit sei, ernsthaft auf die Frage einzugehen.

»Kurz gesagt, glauben die, *Duneko* wolle Afrika erneut kolonialisieren«, sagte Charlie.

»Hat es konkrete Drohungen gegeben?«, fragte Tom.

»Unzählige«, antwortete Charlie. »Unser Sicherheitsdienst hat eine Analyse durchgeführt und kam auf Gefahrenstufe drei. Erhöhte Alarmbereitschaft. Aber was kann man sich dafür schon kaufen?«

»Ihr Leben«, erwiderte Tol. »Wie wir gesehen haben. Eine andere Frage: Haben Sie Meneer Altenburg die Erlaubnis erteilt, Ihren Wagen zu fahren?«

»Er durfte von allem, was zum Haus gehörte, Gebrauch machen«, antwortete Charlie.

»Haben Sie eine Idee, wohin er heute Morgen wollte?«

»Nein. Ich brauchte den Wagen nicht. Er stand zu seiner freien Verfügung.«

»Haben Sie ihn darüber in Kenntnis gesetzt, dass er möglicherweise in Gefahr schwebte?«

»Nein, Drohungen sollte man niemals öffentlich bekannt geben«, antwortete van Stutten ruhig. »Lernt man das nicht schon im ersten Jahr auf der Polizeischule?«

»Also wusste Wolfgang Altenburg nicht, dass er ein Risiko einging, als er in Ihren Wagen stieg?«, bohrte Tol weiter.

»Wolfgangs Risiko, mit dem Jaguar einen Unfall zu haben, war größer, als darin erschossen zu werden«, entgegnete Charlie.

»Sie haben ihn also nicht als, sagen wir, Ihren Doppelgänger eingesetzt?«

Die Frage ging zu weit und war nicht sachdienlich, fand Micky. Dieser Skieter konnte wahrhaftig einen Auffrischungskurs für Verhörstrategien gebrauchen. Jos und Tom schwiegen, peinlich berührt von Skieters Anspielung. Mickys Befürchtung bewahrheitete sich prompt.

»Ich beende das Gespräch an dieser Stelle«, verkündete Charlie van Stutten. »Ihre bösartigen Unterstellungen zwingen mich, erst einmal juristischen Rat einzuholen.«

Als Micky abends nach Hause kam, hatte sie einen überdurchschnittlich stressigen Tag hinter sich. Nicht nur hatte sie mit ansehen müssen, wie Tol Skieter die Zeugen Charlie van Stutten und dessen Steuermann Stefane Bilderberg offiziell verhaftete, weil sie sich weigerten, eine Aussage zu machen. Auch hatte sie anschließend noch stundenlang den Auseinandersetzungen der Ermittler mit dem Anwalt der beiden zuhören müssen. Irgendwann war man übereingekommen, dass sich van Stutten und Bilderberg am nächsten Morgen freiwillig bei der Kripo melden sollten und zusichern mussten, die Niederlande nicht zu verlassen.

In ihrem Mietshaus an der Bloemgracht fand Micky Robert genauso vor, wie sie ihn zurückgelassen hatte. Im Halbschlaf in ihrem Bett und noch immer nicht in der Lage, ein Wort hervorzubringen. Auch als sie ihm ein Blatt Papier hinhielt und ihn fragte, ob er etwas aufschreiben wolle, schüttelte er den Kopf.

Micky beschloss, etwas Leichtes zu kochen. Ein Käsesoufflé, dazu etwas Reis und pfannengerührtes Gemüse.

Während sie kochte, erschien Robert in der Küche. Er hatte sich angezogen und setzte sich auf einen Hocker in der

Ecke. Sie ließ ihn gewähren und stellte ihm keine Fragen, nicht nur, weil sie todmüde war, sondern auch, weil sie annahm, dass Stille ihm vielleicht helfen würde.

»Du schaffst das schon«, sagte sie nur, als sie neben ihm im Küchenschrank nach einem Sieb suchte.

Welche Wirkung ihre Bemerkung hatte, konnte sie nicht von seinem Gesicht ablesen, nur, dass er sie offenbar verstanden hatte.

Als sie einander eine halbe Stunde lang schweigend gegenübergesessen hatten, erkannte sie, dass seine Erschütterung vom Vormittag in tiefe Niedergeschlagenheit übergegangen war. Nach dem Essen stellte sie die Teller in die Spülmaschine und wischte den Tisch ab. Robert folgte ihr mit seinen Blicken.

Trotz des dramatischen Anlasses gefiel ihr das schweigende Beisammensein ganz gut. Dass er keine Worte mehr fand und auch keine von ihr erwartete, ersparte es ihr, Meinungen zu äußern, Erwiderungen zu geben, zu urteilen, zu argumentieren, zu diskutieren, zu giften oder sonst wie zu streiten.

Und zum ersten Mal seit ihrer Trennung konnte sie ihn mit anderen Augen sehen.

## 3

Am nächsten Morgen wurde Micky von einem angstvollen Stöhnen geweckt, das jedoch in ein befreites Aufatmen überging. Sie öffnete die Augen und spürte die Wärme von Roberts Körper. Sie kannte seine unbewussten Regungen im Schlaf. Früher hatte er ihr dann am Frühstückstisch von seinen Albträumen erzählt. Sie hatte ihn bei sich im Bett schlafen lassen, angesichts seines Stresstraumas erwartete sie keine Komplikationen. Er trat mit einem Fuß gegen den Bettrand. Ein gutes Zeichen, diese heftigen Bewegungen: Er war dabei, seine Erlebnisse im Unterbewusstsein zu verarbeiten.

Sie drehte sich langsam auf die Seite und betrachtete ihn. Seine Anspannung war immer noch so stark, dass er mit den Zähnen knirschte. Sie unterdrückte die Versuchung, ihm die Falte über der Nasenwurzel glatt zu streichen. Er könnte wach werden und ihre Berührung als Einladung zum Sex auffassen. Und darauf würde sie nicht eingehen, sie musste jetzt professionell bleiben, wo er so kindlich-verletzlich dalag. Schon, dass er nach dem Anschlag nichts als ihren Namen gesagt hatte, hatte sie in Verwirrung gestürzt. Seine Gefühle für sie schienen doch tiefer zu sein, als sie gedacht hatte. Nachdem er erneut einen verzweifelten Seufzer ausgestoßen hatte, stand sie auf.

Er hatte seine Kleidung über einen Stuhl gelegt, eine Socke war runtergefallen. Als Micky sie aufhob, roch sie Schweiß. Er brauchte saubere Unterwäsche, aber in dem Haus an der Brantasgracht hatte sie keinen Koffer gesehen. Im Zuge der Ermittlungen beschlagnahmt, vermutete sie.

Sie schloss die Schlafzimmertür und brühte sich schnell eine Tasse Kaffee auf. Während sie sich anzog, aß sie zwei Müsliriegel. An der Rozengracht eilte sie in einen Discounter und besorgte Socken, Shorts und ein Kakihemd.

Bei ihrer Rückkehr wollte sie ihn wecken, aber Robert hatte sich umgedreht und schien tief und fest zu schlafen. Sie beschloss, ihn nicht zu stören, und legte die Sachen auf den Stuhl. Als sie zur Haustür hinausging, winkte sie den beiden Wachtposten zu, die noch immer in ihrem Auto am Rande der Gracht saßen. Sie reagierten mit einem müden Nicken.

Die Tür fiel ins Schloss. Robert öffnete die Augen und starrte regungslos gegen die Decke, so wie er die ganze Nacht lang gegen die Decke gestarrt hatte. Es war sinnlos, liegen zu bleiben. Es war sinnlos, aufzustehen. Nichts von dem, was niemals hätte geschehen dürfen, war rückgängig zu machen. Gestern hätte er sich aus seiner Erstarrung reißen und die Treppe hinunterlaufen müssen. Gestern. Er hatte nicht einmal versucht, Wolfgang zu retten. Unerheblich, ob es eine Chance gegeben hätte. All die klugen Entschuldigungen. Auf den Versuch wäre es angekommen. Nur auf den Versuch.

Roberts Lider waren unendlich schwer. Wie verführerisch, einfach die Augen zu schließen. Aber der schlimmste Albtraum wäre gegenüber der Realität noch ein Vergnügen gewesen.

Nur vereinzelt bildeten sich in ihm noch vollständige Gedanken. Anfangs hatte in seinem Hirn ein sich selbst verschlingender Tumult aus Bildern, Vorwürfen und Entschuldigungen geherrscht. Ein grelles Wetterleuchten hektisch feuernder Neuronen, das erst gegen Ende der Nacht abrupt nachließ. Als hätte das völlig übertaktete Organ kurz vor dem Durchglühen ein Selbstschutzprogramm aktiviert.

In den letzten drei Stunden war Robert alle zehn Minuten in einen kurzen Schlaf gefallen, aus dem er ebenso regelmäßig gleich wieder aufschreckte, weil das wiedergewonnene Minimum an Energie erneut die Bilder des Anschlags aufblitzen ließ. Jetzt spürte er, dass ihn die Erschöpfung bald endgültig überwältigen würde. Doch ein tiefer, erholsamer Schlaf erschien ihm nun als Vergünstigung, für die er Wolfgang ein zweites Mal im Stich lassen würde.

Es bereitete ihm Mühe, sich aufzurichten. Er blieb auf dem Bettrand sitzen, rieb sich mit beiden Händen das Gesicht, strich schwer über sein Haar. Neben dem Bett stand eine Flasche Mineralwasser. Er trank sie in einem Zug leer. Dann sah er sich in der fremden Wohnung um. Was hatte er hier verloren? Er sollte aufstehen, sich anziehen, gehen. Aber wohin?

Wenn er nicht einschlafen und trotzdem nicht dem Irrsinn der Bilder erliegen wollte, musste er sich irgendwie wieder in das Leben einklinken. Vorsichtig. Sich herantasten. Ans Fenster.

Robert stand ächzend auf. Blieb erneut minutenlang stehen, als hätte er vergessen, was er tun wollte. Kam endlich in Bewegung, öffnete das große Fenster und setzte sich auf die breite hölzerne Fensterbank, die Füße gegen den Rahmen stemmend.

Der Blick auf die Gracht peinigte ihn, ehe ihm noch bewusst werden konnte, warum. Robert atmete tief durch, versuchte sich auf eine lange Kette von Touristen auf der gegenüberliegenden Seite zu konzentrieren, die im Gänsemarsch den schmalen Bürgersteig entlangtappte.

Die Tür des Nachbarhauses schlug laut zu. Ein Mann um die fünfzig mit kurzem grauem Haar überquerte mit Eimer und Feudel bewaffnet die Straße, stieg in ein grünes Kunststoffboot und begann es zu wischen. Nach einer Weile bemerkte er, dass er beobachtet wurde, sah herauf und winkte Robert zu. Ein freundliches Lächeln aus hell leuchtenden Augen. Robert winkte langsam zurück.

Das Nächste, was er registrierte, war, wie sich seine Hände in die alten gewachsten Holzdielen zu krallen versuchten. Er lag auf dem Boden. Sein Körper hatte sich in Embryonalhaltung zusammengekrümmt und suchte unter dem schmalen Heizkörper Schutz. Schweiß rann ihm aus allen Poren, sein Herz schlug wild, er bekam kaum noch Luft.

Etwas in ihm begann beruhigend auf ihn einzureden. Robert erkannte diese innere Stimme sofort wieder. Er hatte sie ein Jahr zuvor zum ersten Mal gehört. Sie hatte ihm geholfen, nicht verrückt zu werden, während ihn ein serienmordender Kunstfanatiker seelenruhig zu einer Gipsskulptur verarbeitete.

Robert begann Vertrauen zu fassen. Es stimmte. Da war

ein Boot unter der Brücke hindurchgeglitten. Nur eines von Hunderten hier. Mit Leuten in Regenpelerinen. Nein, sie trugen helle Kleidung, es regnete auch nicht. Er begriff allmählich, dass dieses Boot einen Flashback in ihm ausgelöst hatte und er sich vor einer längst vergangenen Gefahr hatte retten wollen.

Er rappelte sich auf und zog sich an der Fensterbank hoch. Weiter hinten in der Gracht entdeckte er ein langes, flaches Boot, auf dem sich ein paar junge Leute fläzten. Das war das Boot, das seine Fluchtinstinkte geweckt hatte. Ein Zittern durchzog seinen Körper. Der Nachbar hatte den Außenborder angeworfen. Und wieder drohte Robert von der Erinnerung überwältigt zu werden und zu Boden zu stürzen, um sich zu verstecken. Er klammerte sich mit beiden Händen im Fensterrahmen fest, zwang sich, auf das Boot zu schauen, dessen Motor immer mehr aufdrehte, je weiter der Nachbar es in die Mitte der Gracht manövrierte. Es war nur die Ähnlichkeit des Motorengeräuschs, es geschah alles nur in seinem Kopf, nur in seinem Kopf.

Als der Nachbar aus dem Blickfeld verschwunden war, lockerte Robert den Griff, machte ein paar unsichere Schritte vom Fenster weg und sank auf einen Stuhl, über dessen Lehne Micky sein Jackett gehängt hatte. Schweißtropfen rannen von seiner Stirn und brannten in den Augen. Er suchte in seinem Sakko nach einem Taschentuch. Beim Griff in die Innentasche hielt er plötzlich inne. Wolfgangs iPod.

Er zog ihn heraus und starrte ihn an. Ein Relikt aus einer anderen Zeit. Als Robert Patatis bester und ältester Freund noch lebte. Der so musikverrückt war wie Robert. Und seinen Spaß hatte an ihrem unausgesprochenen Wettbewerb, wer den anderen häufiger mit einer neuen interessanten Musik, einer ungewöhnlichen Band, einer spannenden CD überraschen konnte.

Ein Fundament ihrer Freundschaft lag in einer Entdeckung, die sie unabhängig voneinander in ihrer Jugend gemacht hatten. Musik hatte sich für sie nicht nur als großartigster Speicher für alle wichtigen Erlebnisse und Gefühle, sondern auch als Trostspender und Traumgenerator erwiesen. Wie viele Mixtapes hatten sie zusammengestellt, für sich, für die Mädchen, in die sie verliebt waren. Und wie hatten sie die elterliche Anweisung verflucht, allerhöchstens zehn, zwölf Kassetten in den Urlaubskoffer einzupacken. Und wie sehr hatten sie davon geträumt, eines Tages in weiter Zukunft über ein Gerät verfügen zu können, auf dem alle Musik gespeichert sein würde, die ihnen wichtig war. Robert musste lächeln und sehnte sich danach, zu weinen.

Das hier war, was ihm von seinem Freund blieb. Die letzte Zusammenstellung der Songs und Stücke, die Wolfgang kurz vor seinem Tod wichtig gewesen waren. Robert schaltete das Gerät ein und legte die Kopfhörer an. Er horchte. Der Zufallsmodus war eingestellt. Nach ein paar Akkorden drückte Patati hastig weiter, die ersten Songs der automatischen Auswahl waren unerträglich hart. Dann zeigte das Display das dritte Stück von Keith Jarretts *Köln Concert* an.

Robert bemerkte, wie die Klänge des Klaviers durch seine geschundene Seele mäanderten, Raum gewannen, Aufmerksamkeit forderten. Und in der Bedingungslosigkeit seiner unermesslichen Erschöpfung folgte er diesem Weg, den der Pianist Jahrzehnte zuvor gefunden hatte. Er spürte den langen und gewundenen Aufstiegen nach, dem Anbranden des musikalischen Flusses gegen Wände, die sich hinter einer Kehrung auftaten, dem beharrlichen Anrennen der immerselben Klangfolgen dagegen, dann dem Zurückweichen, um einen anderen Ansatz zu finden, der plötzlichen Freude über die Entdeckung eines zuvor übersehenen Seitenwegs – ja, so geht es – oder dem erneuten Aufprall, dem sturen Wissen, nur hier kannst du durch, es gibt keinen anderen Weg, bis endlich unter Schmerzen die Sperre durchbrochen ist und sich eine weite Fläche von unglaublicher Schönheit eröffnet, einmündend in eine Kaskade herabtropfender einzelner Klänge, deren letzter schließlich verhallt und Stille wird.

Der einsetzende Applaus riss Robert in den grellen Schrecken der Gegenwart zurück. Ein panischer Druck auf das Scrollrad stoppte den Jubel und der nächste Song setzte ein. Robert erkannte ihn sofort. Wolfgang hatte das Stück von *Nouvelle Vague* erst vor Kurzem entdeckt, ein Cover eines Hits aus den Achtzigern, und sie waren beide so begeistert davon gewesen, dass sie diese Version als das eigentliche Original betrachteten.

Von der ersten Sekunde an grub sich das Lied in Robert hinein, einen Kanal in Richtung des Schmerzes vorantreibend.

Sphärische Soundfetzen, ferne Klänge einer Stadt, Erinnerungen an weit Zurückliegendes, eine kleine Melodie in melancholisch-schweren Akkordeonklängen. Eine Frau singt von einem Mann *on a lonely platform, one case sitting by his side.* Sie erinnert, mahnt, dass wir vergehen, *we fade to grey,* fließen ein ins Nichts, ein geflüstertes *devenir gris,* ein paar schlichte, kindliche Xylofontöne und das wie ein letztes Aufbäumen des aushauchenden Lebens aufflackernde Spiel von Steeldrums, deren schillernde metallische Klänge schließlich verlöschen, von Meereswellen davongespült werden, wie wir selbst uns irgendwann auflösen im Meer der Zeit, im steten Rhythmus von Kommen und Gehen.

Roberts Trauer war endlich ganz emporgestiegen und hatte die weißen Kämme dieser Brandung erreicht. Seine Hand tastete blind vor Tränen nach dem Ausschalter, das erste Schluchzen setzte den Beginn einer zitternden Erlösung. Robert beugte sich über den Tisch, legte den Kopf in seine Arme und weinte.

Mickys Team bei der Sitte war nach dem Schutzheiligen der Sklaven benannt, dem heiligen Leonardus. Er war der einzige

Mann in der Gruppe, die ansonsten von Fahnderinnen gebildet wurde. Die Sondereinheit ermittelte gegen eine international operierende kriminelle Organisation, deren Schwerpunkt auf Menschenhandel und Zwangsprostitution lag. Da Micky auf die Verhöre von Opfern spezialisiert war, die aus Angst vor Repressalien keine Aussage machen wollten, hatte die Arnheimer Kripo sie den Amsterdamer Kollegen eine Zeit lang zur Verfügung gestellt. Das Leonardusteam operierte vom Präsidium an der Elandsgracht aus.

Micky spazierte in aller Ruhe hin, in Gedanken bereits bei dem Verhör eines niederländischsprachigen Hauptverdächtigen, der im Laufe des Tages von Italien ausgeliefert werden sollte.

Als sie den Besprechungsraum des Teams betrat, traf sie nur ihre direkte Vorgesetzte an. Unvermittelt fragte sie Micky, ob sie bereit sei, für ein paar Tage Skieters Team zu verstärken.

»Wegen dieses Deutschen«, fügte sie hinzu.

Micky zögerte einen Moment, stimmte dann aber zu. Sie konnte Robert wirklich nicht diesen Raubeinen der Abteilung *Schwerverbrechen* überlassen, die sämtliche Verhörtricks aus dem Hut zaubern würden, um ihn zum Reden zu bringen. Wenn es ihnen passte, würden sie Robert mit größter Leichtigkeit eine Mitschuld an dem Mord an Wolfgang in die Schuhe schieben. Und Robert würde in seinem Zustand sogar den Mord an Willem van Oranje gestehen. Aus diesem Grund meldete sich Micky zehn Minuten später bei der Abteilung *Schwerverbrechen,* wo das Morgenbriefing gerade begonnen hatte.

»Sehen Sie, meine Damen und Herren, schweres Geschütz«, sagte Tol Skieter, als sie das Besprechungszimmer betrat.

Respekt schwang in seiner Stimme mit und nur darum wusste Micky, dass seine Bemerkung nicht auf ihr Eintreten zielte. Tatsächlich bezog sich Skieters Bemerkung auf die Waffe, die bei dem Anschlag benutzt worden war. Er stand vor einem Tisch, auf dem Fotos der Spurensicherung ausgebreitet lagen. Ungefähr zwanzig Ermittler hatten sich zum Briefing um ihn herum versammelt. Sie betrachteten die Bilder, während Skieter aus einem vorläufigen Bericht vorlas.

»Der ersten Analyse zufolge hat das Projektil die Motorhaube durchschlagen ...« Skieter griff nach dem obersten Foto, auf dem der Jaguar zu sehen war. Dicht über dem Kühlergrill klaffte ein Loch von der Größe eines Tennisballs.

»Eine Todsünde«, bemerkte Jos Werst.

»Ist doch nur Blech mit Farbe«, urteilte Skieter. »Anschließend hat das Projektil den Motorblock gestreift ...« Er wühlte zwischen den Aufnahmen herum, konnte aber das dazugehörige Foto nicht finden. »Na schön. Danach hat das Projektil das Armaturenbrett durchschlagen ...«, er zog das zuunterst liegende Foto heraus und hielt es hoch, »... und blieb in dem Fahrer stecken, wo es schließlich explodierte.«

Manchmal war eine Leiche derart verstümmelt, dass man sie kaum noch als menschlichen Körper erkennen konnte. Genau das war bei Wolfgang Altenburg der Fall. Bemerkenswerterweise fiel es dadurch leichter, ihn anzusehen, und die meisten Ermittler beließen es daher bei einem knappen Nicken.

»Was für eine Waffe haben sie benutzt?«, sagte Skieter und ließ den Blick über sein Team schweifen. »Das ist die Kernfrage.«

Sein Blick blieb an Micky haften, die den Kopf schüttelte.

»Leider können wir die Täter nicht danach fragen, denn die liegen auf dem Grunde des IJ. Das heißt, größtenteils. Darauf komme ich gleich noch zurück ... Ja, Micky?«

»Die Kernfrage lautet doch eher: Welches Problem löst man, indem man derart übertriebene Gewalt anwendet?«, sagte sie. »Warum genügt es nicht, das Opfer mit einer Salve von Pistolenschüssen zu liquidieren? Warum muss es vollständig vernichtet werden?«

»Die wollten auf Nummer sicher gehen«, erwiderte Skieter achselzuckend. »Heutzutage kann sich doch jeder Depp eine kugelsichere Weste im Internet besorgen. Hat dein Deutscher die Waffe gesehen?«

Micky öffnete den Mund, aber Skieter wandte sich an die Teammitglieder, noch ehe sie etwas sagen konnte: »Tut mir leid, fast hätte ich vergessen, euch unsere neue Mitarbeiterin vorzustellen: Micky Spijker. Sie ist auf Verhörtechniken und Täterprofile spezialisiert. Sie hat den Deutschen unter ihre Fittiche genommen, den wir gestern vom Balkon gepflückt haben.«

»Er heißt Robert Patati«, sagte Micky, während sie einen nach dem anderen ansah und Tom Alburg und Jos Werst grüßend zunickte. »Patati war ein Freund und Kollege des Opfers. Ich habe seine Taschen durchsucht und an dieser Zugfahrkarte«, sie holte ein Ticket aus ihrem Terminkalender und hielt es in die Luft, »ist zu sehen, dass er am Abend vor dem Anschlag angekommen ist. Danach hat er sein Gepäck …«

»Redet er mittlerweile?«, unterbrach sie Skieter. »Über den Anschlag, meine ich? Er hatte ja quasi einen Logenplatz.«

»Wie ich schon sagte, leidet er unter einem akuten Stresstrauma. Er ist buchstäblich mit Stummheit geschlagen.«

»Ach ja? So was erleben wir hier öfter«, bemerkte Skieter. »In den Niederlanden nennt man das Schweigerecht. Hast du ein Attest von einem Psychiater?«

»Schweigerecht? Er ist doch kein Verdächtiger?«, fragte Micky erschrocken.

Es klang so ängstlich, dass sich Skieter ein mitleidiges Lächeln erlaubte. »Wir halten ihm ein Plätzchen im Zellenblock frei«, sagte er. »Du kannst ihn nicht auf Dauer pampern. Oder willst du ihn vielleicht behalten?«

Als sei Robert ein streunender Hund, der ihr nachgelaufen war! Micky presste die Hände gegen die Unterseite des Tisches, um nicht vor Wut aus der Haut zu fahren. Der Rest des Brantasteams beobachtete neugierig, ob Neuling Micky sich gegen die verbale Säureattacke Skieters behaupten konnte.

»Sobald er in der Lage ist, eine Aussage zu machen, bekommst du einen Bericht«, sagte sie beherrscht.

»Schön«, sagte er. »Wir geben dir noch vierundzwanzig Stunden. Die Bewachung ist teuer genug.«

Vierundzwanzig Stunden! Da setzte sie Robert besser in einen Zug Richtung Heimat. Außer Reichweite dieser plumpen Trampel.

»Nein!«, entgegnete sie. »Robert Patati erhält die Zeit, die er braucht. Wenn nicht, liegt spätestens eine Stunde nach der Befragung ein Attest von mir auf dem Tisch. Inhalt: Der Zeuge war zum Zeitpunkt des Verhörs nicht zurechnungsfähig und seine Aussagen kamen unter unzulässigem Druck zustande. Ich werde direkt an den Staatsanwalt berichten.«

Oder gleich an die Presse, dachte sie bei sich. Es gab genügend Sensationsjournalisten, die auf einen Blick hinter die Kulissen der Polizei scharf waren.

Über Skieters Gesicht zog eine Wolke von Ärger. »Das entscheide ich!«, gab er zurück. »Hier läuft alles über die Führung. Du bist ...«

»... abgeordnet«, sagte sie. »Offiziell falle ich unter Gelderland-Mitte.« Sie bezweifelte, dass ihr Vorgesetzter Jan Duut damit einverstanden wäre, wenn sie sich direkt an die Staatsanwaltschaft wenden würde.

Doch Skieter merkte, dass er sich in einen Konflikt verrannt hatte, bei dem er keine Lorbeeren einheimsen konnte, und wandte sich wieder an das übrige Brantasteam. »Die Angehörigen des Opfers müssen informiert werden. Vielleicht ein Job für die deutschen Kollegen … Wer regelt das?« Sein Blick schweifte durch die Runde.

»Ich übernehme die Angehörigen«, erklärte Micky.

»Gut«, sagte Skieter. »Ihr Arnheimer werdet schon den richtigen Draht zu unseren Nachbarn haben.« Er setzte seinen Bericht fort. »Nach der Waffe wird also noch gesucht. Wir haben einige Wrackteile eines Schnellbootes gefunden, leider ohne Kennzeichen oder Namen. Und jetzt wird es Zeit für die gute Neuigkeit.«

Er fischte ein Foto aus seiner Tasche und hielt es hoch. Es war die vergrößerte Aufnahme einer Hand mit einem Stück Handgelenk. »Heute Vormittag wurde dieser Körperteil aus dem IJ gefischt. Er wird momentan im Labor untersucht. War noch ziemlich frisch. Vor weniger als vierundzwanzig Stunden war da noch Leben drin. Leider ist er teilweise verbrannt, aber nicht so sehr, dass wir nicht noch Fingerabdrücke hätten abnehmen können. Und zur Abwechslung haben wir die mal im System gefunden. Wir haben die Hand auch auf Schmauchspuren untersucht und siehe da, es gab welche.«

»Wer war es?«, fragte Jos Werst dazwischen.

»Vermutlich haben wir also einen Teil des Täters gefunden. Ist ja schon mal ein Anfang. Er hieß Winston Lafaylle, Bürger der Elfenbeinküste. Bis vor Kurzem wohnte er allerdings im Asylbewerberheim Vreedenburgh in …«

»Arnheim-Süd«, ergänzte Micky.

Skieter dankte ihr mit einem kurzen Nicken. »Er soll siebzehn gewesen sein, aber oft wissen die Kerle ja selbst nicht, wann sie geboren wurden«, fuhr er fort. »Oder sie geben sich absichtlich für jünger aus, um als minderjährig registriert zu werden. Dieser Winston ist seit Mittwoch nicht mehr im Heim aufgetaucht, aber das hat die in Arnheim nicht weiter interessiert. Ich habe mit der Heimleiterin gesprochen. Der Junge hat sich wohl öfter mal für einen Tag verdrückt.«

Er sah Micky an, als sei sie persönlich dafür verantwortlich, was alles bei Gelderland-Mitte schiefging. »Er ist regelmäßig in Begleitung eines Freundes ausgerissen, eines gewissen Sal Monroe, auch von der Elfenbeinküste. Der wurde ebenfalls seit Mittwoch nicht mehr gesehen. Wer weiß, vielleicht finden wir ja bald auch ein Stückchen von ihm.«

»Also war der Täter kein erfahrener Profikiller«, stellte Tom fest.

»Exakt, deswegen haben sie sich auch selbst in die Luft gesprengt«, sagte Skieter mit einer Voilà-Gebärde.

»Vielleicht waren es Kindersoldaten«, wandte Micky ein. »In manchen Gebieten der Elfenbeinküste lernst du eher schießen als schreiben.«

»Kindersoldaten werden nur als Kuriere oder Kundschafter eingesetzt«, entgegnete Tom. »Die sind noch zu klein für eine Bazooka.«

»Wie dem auch sei«, sagte Skieter ungeduldig. »Jemand muss die Sachen der beiden abholen, recherchieren, zu wem sie Kontakt hatten, nachfragen, wo sie sich rumgetrieben haben, Unterlagen checken …« Er sah sich im Kreis um. »Wer meldet sich freiwillig?«

»Ich bin morgen sowieso in der Gegend«, sagte Micky. Es war eine spontane Eingebung. Wenn sie mit Robert nach Deutschland fuhr, würde ihn das vielleicht auf andere Gedanken bringen. Außerdem konnte es nicht schaden, wenn sie sich mal wieder in ihrem Revier zeigte.

»Und was tun wir mit Patient Patati?«, fragte Skieter.

»Ist in guten Händen. Er wird doch bewacht!«

»Dann mal los«, sagte Skieter und zum ersten Mal an diesem Morgen wich die Gereiztheit von seinem Gesicht. »Ich benachrichtige schon mal deine Vorgesetzten in Gelderland-Mitte, dass wir ein bisschen in ihrem Zuständigkeitsbereich ermitteln.«

Micky ignorierte die vielsagenden Blicke des Teams.

Skieter holte einen dicken Packen Papier aus seiner Aktentasche. »Das hier ist gestern Abend reingekommen. Eine Analyse des AIVD. Charlie van Stutten ist dort kein Unbekannter. Will heißen: Er taucht in Berichten von Informanten in den Kreisen der Globalisierungsgegner auf. *Duneko* war diesen Aktivisten ein Dorn im Auge. Daraus muss ein handlicher Text für die Akten zusammengefasst werden. Wer meldet sich freiwillig?«

Er sah sich in der Gruppe um, bereit, den Stapel Papier sofort demjenigen aufs Auge zu drücken, der auch nur mit der Wimper zuckte. Micky hob die Hand. Sie wusste, dass sie sich mit dem Dokument des Geheimdienstes einen Haufen Arbeit aufhalste, aber die Sache war es wert.

»Überlass das ruhig mir«, sagte sie. »Wenn es um Opferprofile geht, sind die Kollegen vom AIVD immer verdammt gründlich.«

Er war eingeschlafen. Als er den Kopf wieder hob, war es vier Uhr nachmittags. Draußen waren erneut düstere Wolken aufgezogen. Windböen verirrten sich durch das große geöffnete Fenster in die Wohnung und ließen ihn frösteln. Robert war immer noch erschöpft, aber er spürte auch, dass die gewonnene Kraft nicht wieder in die Projektionsmaschinerie der Erinnerung eingespeist wurde, sondern seinen Überlebenstrieb aktivierte.

Er stand schwankend auf, befreite sich auf dem Weg ins Badezimmer von T-Shirt und Shorts und stellte sich unter die Dusche. Mit Zeitverzögerung registrierte er, wie das über seinen Leib fließende Wasser erst eiskalt war, dann langsam wärmer und schließlich so heiß wurde, dass er handeln musste, die Temperatur einregelte, sich wusch, begierig wurde, nach draußen zu gehen.

Ratlos, was er anziehen sollte, entdeckte er im Wohnzimmer Kleidung, die Micky offenbar für ihn besorgt hatte. Dass sie ihn so selbstverständlich bei sich aufgenommen hatte. Und dass er so froh darüber war. Sollte diese Katastrophe die Chance für einen Neuanfang mit Micky bieten? Robert hatte nicht genug Kraft, um weiter darüber nachzudenken.

Er steckte Wolfgangs iPod ein und verließ das Haus. Sobald er an der Gracht entlanglief, in deren Wasser die ersten Regentropfen Kreise zogen, spürte er wieder namenlose Angst in sich aufsteigen. Er beschleunigte seinen Gang. Die Angst blieb und er bog an der ersten Querstraße rechts ein, wurde wütend über diese Schwäche und nutzte die nächste Gelegenheit, um zurück auf die Bloemgracht zu gelangen. Er blieb vor einem Café stehen und spürte plötzlich, dass er abgesehen von drei Gabeln Käsesoufflé seit anderthalb Tagen nichts gegessen hatte.

Robert betrat das Lokal, setzte sich an einen alten Holztisch und nahm die Karte. Erst da erkannte er, dass es sich beim *Paradox* um einen Coffeeshop handelte. Er sah sich um. An den Tischen saßen vor allem Leute seines Alters. Leise Musik, keine hektischen Bewegungen, es herrschte Siestastimmung. In einer Ecke stand eine Devotionalienvitrine mit Heiligen und Göttern unterschiedlichster Religionen, Kifferutensilien, Postkarten und Zeichnungen. Auf einer Wand leuchtete ein Comicstrip-Fresko, auf der gegenüberliegenden bröckelte der Putz. Wolfgang hätte es so formuliert: Der Laden hatte etwas Patina angesetzt.

»Was kann ich für dich tun?« Ein großer Typ mit lichtem rötlichem Haar stand vor ihm.

Robert überflog die Karte. »Kaffee und ein Pistolet mit Käse«, sagte er mit brüchiger Stimme und musste sich räuspern. »Und dann Gras. Eines, das nicht so stoned macht.« Er sah die Liste durch, die als besondere Serviceleistung gleich auch die Effekte der verschiedenen Hasch- und Marihuana-Sorten notierte: von ›natural stoned‹ bis ›super high‹.

»Nimm am besten *Jamaica.* Macht high, aber ganz smooth«, empfahl der Wirt.

Robert nickte und orderte einen vorgefertigten Joint.

Als das Bestellte eintraf und Robert die Tüte gleich anzünden wollte, hob der Wirt bedauernd die Hand. »Sorry, hier herrscht Rauchverbot.«

Robert sah ihn verstört an. »Du meinst, man darf hier nicht mehr kiffen?«

»Doch, klar. Aber nur Joints auf Kräuterbasis. Wir haben jetzt auch so ein Antinikotingesetz wie ihr. Wahrscheinlich sind wir das einzige Land auf der Welt, wo die Polizei nicht nach Shit im Tabak sucht, sondern nach Tabak im Shit. Also, wenn wir keinen Ärger haben wollen, musst du dir das Ding leider draußen reinziehen.«

Robert seufzte. Er entschloss sich, erst einmal zu essen und den Kaffee zu trinken. Danach setzte er sich auf eine Bank vor dem Laden und rauchte. Glücklicherweise hatten sich die Wolken verzogen. Nach dem dritten Zug entfalteten die ätherischen Stoffe langsam ihre Wirkung. Er wartete, bis die erste unmittelbare Weichmacherwelle abgeflacht war, und ging dann zurück an seinen Platz im Café.

»Habt ihr Süßigkeiten?«

»Nein, aber ich könnte dir einen frischen Saft aus Bananen und Erdbeeren pressen.«

»Klingt gut. Und was Würziges?«

Der Wirt brachte ihm den Saft und eine Schale mit gerösteten Cashewkernen.

Es hatte etwas eminent Tröstendes, sich plötzlich so auf seine unmittelbaren Bedürfnisse und basalen Sinneserfahrungen konzentrieren zu dürfen. Der Saft war ein dickflüssiger

Gaumenschmeichler, in dem die kleinen gelbgrünen Erdbeernüsschen freundlich knusperten.

Nachdem Micky vergeblich versucht hatte, Robert ans Telefon zu bekommen, zog sie sich hinter eine Bürotrennwand zurück und blätterte den Papierstapel durch. Sie füllte einen Wasserbecher mit Espresso und vertiefte sich in den Bericht.

Wie üblich hatte der AIVD ganze Arbeit geleistet. Mochte die niederländische Öffentlichkeit die Behörde als Ansammlung gutwilliger, aber nichtsnutziger Versager betrachten, ihre Berichte zeichneten sich durch tief greifende Gründlichkeit aus.

Der erste Teil des Berichts enthielt eine Beschreibung des derzeitigen Status quo der Antiglobalisierungsbewegung. Es wurde unterschieden zwischen dem harten Kern, der auch vor Gewalt nicht zurückschreckte, und jenen Aktivisten, die sich mehr oder weniger an die bestehende demokratische Rechtsordnung hielten. Im zweiten Teil ging der Bericht auf die konkreten Ziele und die Aktionen ein, die bisher stattgefunden hatten, um diese Ziele zu erreichen.

Die Firma *Duneko* wurde häufig erwähnt, oft in Verbindung mit dem Verein *Best for Africa.* Als Micky sich weiter in dem Bericht vorarbeitete, erfuhr sie, dass bei verschiedenen *Duneko*-Filialen Aktionen durchgeführt worden waren, von der Verteilung von Handzetteln vor dem Eingang bis zum ›Purren‹ der Zugangstore, bei dem die Schlösser mit Polyurethanschaum ausgespritzt wurden. Außerdem hatten verschiedene Mitarbeiter Drohanrufe erhalten und die Autos von Niederlassungsleitern waren mit Farbe beschmiert worden. Charlie van Stutten war mehrmals zur Zielscheibe dieser Aktionen geworden, hatte aber nie Anzeige erstattet.

Ehe sich Micky weiter in die Hintergründe dieser Aktionen vertiefte, rief sie noch einmal Robert an. Er meldete sich immer noch nicht.

Es waren gründliche Untersuchungen durchgeführt worden, warum ausgerechnet die *Duneko* zum Hauptziel der Globalisierungsgegner geworden war. Seit der Ernennung van Stuttens zum CEO hatte es einen Umschwung in der Firmenpolitik gegeben. Die Firma hatte ihren Schwerpunkt vom Geschäft mit Halbfabrikaten für die Nahrungsmittelindustrie auf den Handel mit Pflanzen verlegt, die zu Biotreibstoff verarbeitet wurden. Und nicht nur das: Das Unternehmen hatte in großem Maßstab Grund und Boden in Afrika erworben, der unverzüglich für die Produktion dieser Gewächse genutzt wurde. Vor allem in Ländern, in denen laut der Aktivisten Demokratie und Menschenrechte mit Füßen getreten wurden, machte die *Duneko* gute Geschäfte. Etwa in Kamerun, wo das Unternehmen bereits insgesamt Hunderttausende Hektar landwirtschaftlicher Fläche nutzte, um Mais, Soja und seit Kurzem hauptsächlich Jatropha anzubauen.

Micky fasste die wichtigsten Informationen zu einem kurzen Bericht zusammen, in dem sie die fast gleichgültige Haltung betonte, die Charlie van Stutten gegenüber seinen Widersachern an den Tag gelegt hatte. Er hatte sämtliche Warnungen in den Wind geschlagen. Unverantwortlich, urteilte sie auf dem Weg nach Hause. Und arrogant. Van Stutten war nicht nur mit seinem eigenen, sondern auch mit dem Leben anderer extrem fahrlässig umgesprungen. Das war Wolfgang wahrscheinlich zum Verhängnis geworden. Morgen würde sie Robert davon erzählen. Es würde ihm helfen, wenn er erfuhr, dass er keine Chance zum Eingreifen gehabt hatte.

Er lag nicht mehr in ihrem Bett, befand sich auch nicht im Wohnzimmer, war weder im ersten Stock noch auf dem Dachboden zu finden, stellte sie bei ihrer Heimkehr fest. Sie inspizierte den kleinen Keller. Sie sah sogar in den Booten nach, die vor dem Haus in der Gracht schaukelten. Kein Robert. Sie bemerkte mit aufsteigender Panik, dass auch die beiden Wachtposten verschwunden waren. Vielleicht hatte er ihr irgendwo eine Nachricht hinterlassen …

Sie ging wieder hinein, wühlte die Zeitungen durch, die auf dem Tisch lagen, und wählte erneut seine Handynummer. Er ging nicht dran. Sie unterdrückte die aufsteigende Panik. Wo konnte er bloß sein? Sollte sie Alarm schlagen? Und wo waren die beiden Personenschützer geblieben? Sie rief im Präsidium an und ließ sich mit Skieter verbinden.

»Habt ihr Robert Patati irgendwo hingebracht?«, fragte sie ohne Einleitung.

»Moment«, knurrte Skieter.

Sie hörte ihn im Hintergrund telefonieren. Nach einer Minute meldete er sich wieder.

»Wo bist du?«, fragte er.

»Zu Hause, in der Bloemgracht.« Sie klang ängstlicher, als ihr lieb war.

»Du kannst ihn um die Ecke abholen. Er hockt da in 'nem Kifferladen. Ist das die Arnheimer Methode, ein Trauma loszuwerden?«

Robert nahm begeistert seine sensorischen Erweiterungen wahr und widmete sich in aller Intensität wahlweise mal dem Geschmack der Erdbeeren, mal dem der Bananen und mal dem der beiden Früchte im Zusammenspiel. Wenn er der Süße überdrüssig wurde, zerkaute er eine Zeit lang genießerisch die salzigen Cashewkerne, ehe er sich wieder dem Saft zuwandte. Eine wunderbar harmonische Kombination, dachte er und hörte das zugleich von Wolfgang gesprochen. Es war einer seiner Standardsätze gewesen, wenn sie sich gemeinsam eine naturstofffundierte Auszeit von der Mühsal des Restauratorenalltags gönnten.

Robert erschrak, als er begriff, dass er einige Minuten lang nicht an Wolfgang gedacht hatte. Scham stieg in ihm auf – und wurde sogleich von der Einsicht gedämpft, wie nah er ihm dennoch geblieben war und immer bleiben würde.

Er holte den iPod des Freundes aus der Jacketttasche und scrollte durch die Liste der Interpreten. Er erwartete keine großen Überraschungen. Sie hatten eine Menge musikalischer Vorlieben geteilt und die wenigen Differenzen waren eher das bekannte Salz in der Suppe gewesen. Roberts Daumen stockte beim Buchstaben L. Der Auswahlbalken hob den Namen Leine hervor. Patati zögerte, drückte dann aber doch die Taste und hörte den ersten Song des Albums *Truth Be Told.* Nach wenigen Sekunden stieg die Erinnerung an den Abend im *Bimhuis* empor – er schien Patati Monate zurückzuliegen.

Wolfgangs Bild blieb seltsam unscharf. Es dauerte ein wenig, bis Robert erkannte, dass es kein Problem seiner wie Seeanemonenfühler dahinschwebenden Nervenverbindungen war, sondern an Wolfgangs eigenartigem Verhalten lag. Er hatte oft unkonzentriert und abwesend gewirkt, manchmal sogar nach den einfachsten Worten gesucht. Und dann sein fast cholerisches Aufbrausen, wenn er sich infrage gestellt oder angegriffen fühlte. Kaum war er einmal locker gewesen. Zum Beispiel, als er von der *Duneko*-Archivarin erzählt hatte, mit der er zusammenarbeitete: Anneke Ke. Die hatte es ihm schwer angetan. Eine Traumfrau hatte er sie sogar genannt. So viel Enthusiasmus pflegte er sonst nur an neue Restaurierungsmethoden zu verschwenden.

Robert beschloss, diese Anneke Ke zu besuchen. Er wollte mehr über Wolfgangs letzte Tage erfahren. Warum er so angespannt gewesen war. Womit er sich beschäftigt hatte. Und ob Anneke Wolfgang auch so großartig gefunden hatte wie er sie. Dann würde es ihr jetzt auch nicht besonders gut gehen.

Robert schaute nachdenklich auf den iPod. Auch das Lied, das jetzt gerade lief, hatte Leine im *Bimhuis* gespielt. Ein schönes, ruhiges Stück. Aber wieso zum Teufel hieß es *Pump up the volume, Bob?* Er starrte ungläubig auf das Display. Das war doch der Titel eines alten Disco-Knallers – und zwar ohne Bob. Entweder hatte die Sängerin einen ziemlich schrägen Humor oder es war ein Fehler in der Titeldatenbank. Egal, die Musik stimmte. Robert war dankbar, dass Wolfgang ihm seine Micro-Jukebox zur Reparatur mitgegeben hatte. Dabei funktionierte sie bis jetzt einwandfrei. Keine Aussetzer, kein Aufhängen. Wolfgang konnte manchmal so pingelig sein.

Was für ein Gras, dachte er plötzlich beeindruckt. Er meinte das schubweise Drängen der Erinnerungen nun sogar körperlich zu spüren: als eine Art brummendes Vibrieren bis in die Hüften hinein. Er musste laut lachen, als er endlich begriff, dass es nur sein Handy war, das in der Außentasche seines Jacketts pulsierte. Er hatte es seit dem Konzertabend auf lautlos gestellt. Patati zog es heraus und sah auf das Display. Es war Micky. Sie hatte schon zweimal angerufen.

»Wo bist du? Die ganze Zeit versuche ich, dich zu erreichen«, schallte es ihm entgegen.

Eine lange Gedankenkette zwirbelte sich durch sein Gehirn. Die Gute. Machte sich Sorgen um ihn. Dass sie immer die Harte spielen musste. Sie hatte doch einen Scheißjob. Dabei war sie so verletzlich. Wenn sie ein Bild wäre und er sollte sie restaurieren, er müsste die feinsten Pinsel und Spatel …

»Robert? Bist du noch dran?«

»Äh, ja natürlich. Ich befinde mich in einem Paradoxon.«

»Du befindest dich in was?«

»Ich wollte sagen, im *Paradox.* Eerste Bloemdwarsstraat. Glaube ich. Kommst du vorbei?«

»Das muss ich mir noch ziemlich gut überlegen.«

»Ich muss dir aber ganz viel sagen.«

Micky schwieg eine Weile, ehe ihr Okay und das Wegklicken der Verbindung einen unsanften Schlussakkord bildeten.

Oh, oh, dachte Robert und bestellte schnell noch einen Flug nach Jamaica.

Fünf Minuten später fand Micky ihn auf einer kleinen Bank draußen vor dem Coffeeshop. Er warf gerade den Filter eines Joints weg und stand auf, als er sie erblickte. Er begrüßte sie mit einer Umarmung, die inniger war als alle anderen während des ganzen letzten Jahres. Es hätte wenig gefehlt und er hätte sie auf seinen Schoß gezogen. Sie nahm sein Gesicht zwischen beide Hände und sah ihn eindringlich an. Seine Augen waren geschwollen und wässrig.

»Hast du geweint?«, fragte sie.

»Ich konnte gar nicht mehr aufhören«, antwortete er.

»Um Wolfgang?«

»Um alles, um dich und mich, aber vor allem um ihn.«

»Fühlst du dich schuldig?«

»Er war in letzter Zeit gar nicht mehr er selbst, er war nicht mehr der Wolfgang, wie ich ihn kannte. Er war angespannt, leicht reizbar, komplett überdreht sogar. Ich dachte, er wäre wegen der Deadline für die Ausstellung so.«

»Wolfgang war nicht das Ziel«, erwiderte Micky. »Er war nur zur falschen Zeit am falschen Ort.«

Robert schien sie nicht zu hören.

»Und dann der Einbruch …«

»Welcher Einbruch?«

»Als wir Sonntagnacht nach Hause kamen, war das Haus ein einziges Chaos. Alles war auf den Kopf gestellt worden. Wolfgang behauptete, das wäre er selbst gewesen, aber so sucht man doch nichts. Außerdem hielt er sonst seine Wohnung und seinen Arbeitsplatz immer perfekt in Ordnung. Er hat nach dem Schlüssel für den Jaguar gesucht. Behauptete er. Ich wusste sofort, dass das der pure Unsinn war. Und was habe ich getan, ich Idiot? Ich habe es ihm abgenommen.«

Micky hatte das nur allzu oft erlebt. Opfer, die lieber die Schuld bei sich suchten, als ihre Machtlosigkeit zu akzeptieren.

»Dieser Einbruch«, fragte Micky, »war da eine Tür oder ein Fenster aufgebrochen?«

Robert schüttelte den Kopf. »Wolfgang war selbst überrascht«, sagte er. »Nur ganz kurz. Dann ist er schnell darüber hinweggegangen.«

Micky erkannte, dass es seine Selbstvorwürfe waren, die ihn zum Reden gebracht hatten. Sie nahm ihn an der Hand. »Komm«, sagte sie. »Lass uns nach Hause gehen. Und da erzählst du mir alles in Ruhe.«

Sie lief zum Wagen der beiden Wachtposten.

»Ihr könnt fahren«, sagte sie. »Ich nehme die Zielperson in meine Obhut.«

»Befehl vom Chef?«, fragte der Fahrer.

Micky nickte. »Klar. Ist doch sowieso kein Job für Männer mit eurem Dienstgrad.«

## 4

Urlauber, die jedes Jahr zum selben Campingplatz zurückkehrten. Micky graute davor. Gefahrlos und doch mit einem Hauch des Abenteuers vom ersten Mal. Sex mit dem Ex war genau das Gleiche. Zurück zu den Gerüchen und den Geräuschen und den Gesten, deren Zauber schon seit Langem verflogen war und die nichts weiter als Betäubung brachten. Aus Angst vor dem Sprung ins kalte Wasser einer neuen Beziehung. Bestenfalls endete eine solche Liebesnacht mit einer sanften Landung im Netz der Vertrautheit. Schlimmstenfalls erwachte man in dem geflickten alten Mantel geteilter Geschichte, nur noch gut für die Altkleidersammlung.

Als Robert allerdings halb auf ihr lag, den rechten Arm unter ihrem Kopf und die linke Hand genau da, wo sie sie am liebsten hatte, nämlich unter ihrer rechten Pobacke, schob sie ihre Vorbehalte beiseite. In den ersten Augenblicken, als er sich mehr als zufällig an sie geschmiegt hatte, hatte sie den Impuls gespürt, ihn mit einigen gut gemeinten Worten abzuweisen. Doch alles, was ihr einfiel, kam ihr lächerlich vor, feige sogar. In den letzten Tagen hatte sie den wahren Robert erlebt. Kein Taktieren, keine heimlichen Pläne – er war auf dem Boden seiner Seele angelangt, und dort hatte er sich nur an zwei Wörter erinnert: ihren Namen.

Robert drückte sie an sich und flüsterte ihr etwas ins Ohr. Er richtete sich auf, legte ihre Hände über ihren Kopf und schob sich auf sie. Im orangefarbenen Schein des Radioweckers erkannte sie so große Lust in seinem Blick, dass sie den Rücken durchbog und ihm ihre Brüste entgegenstreckte. Mit einer Hand umfasste er ihre Handgelenke, mit der anderen streichelte er ihr Gesicht. Sie spürte das Kratzen einer kleinen Narbe an seinem Daumen, suchte mit den Lippen danach, küsste sie. Sie schmiegte ihr Gesicht in seine Handfläche und ließ ihn gewähren. Er streichelte ihr über den Hals und über die Schultern, nahm ihre Brust. Sie öffnete die Augen, um seine Erregung zu sehen und seine Erleichterung, dass sie nachgab.

Einige Stunden später stand sie auf, obwohl eine fröhliche Stimme aus dem Radio verkündet hatte, dass der Sommer weiterhin wechselhaft und vor allem nass bliebe. Robert lag auf dem Rücken, den Kopf halb zu ihr gewandt. Ein gutes Zeichen, er schottete sich nicht mehr ab.

Sie ging ins Wohnzimmer und rief Tol Skieter an. In einer halben Stunde erwarte er sie zum Morgenbriefing, erklärte er. Die Aussicht, sich unter die gehorsam lauschenden Mitglieder des Brantasteams zu mischen, mit Kommandant Skieter vorneweg, begeisterte sie kaum.

»Übrigens, das machst du nicht noch mal mit mir«, fuhr Tol fort. »Eigenmächtig meine Jungs nach Hause schicken ...«

Micky wollte einwenden, dass sie den Bewachungsjob kostenlos übernommen hatte. Aber Skieter ließ ihr keine Chance. »Du greifst in meine Befugnisse ein«, sagte er knapp. »Halt dich zurück, ja? Was macht Patati?«

»Er hat gesprochen«, meldete sie.

»Halleluja«, antwortete Skieter. »Lasst die Engel herniederfahren! Und was hatte der Prophet zu verkünden?«

Micky griff nach dem Notizblock, auf dem sie Roberts Geschichte stichwortartig zusammengefasst hatte.

»Meneer Patati ist letzten Sonntag mit dem Zug von Krefeld über Duisburg nach Amsterdam gereist«, begann sie. »Das Opfer, Wolfgang Altenburg, hat ihn um zweiundzwanzig Uhr an der Centraal Station abgeholt. Robert Patati ließ seinen Koffer in der Gepäckaufbewahrung zurück ...«

Sie hörte Skieter demonstrativ seufzen. »Liegt der da etwa noch?«

»Ja, ich glaube schon. Soll ich ihn abholen?«

»Im Leben nicht«, erwiderte Skieter. »Mit solchen Meldungen gehen wir hier anders um. Das ist eine Aufgabe für unsere Spezialisten. Gepäckfachnummer?«

»Spezialisten?«

»Ja, die mit dem Scanner und dem Roboter. Explosionsgefahr. Schon mal was davon gehört in Arnheim? Hattet ihr da 44 nicht ein Problemchen mit so einer Brücke? Los, gib schon die Gepäckfachnummer durch.«

»Robert ist doch kein Verdächtiger!«

Wieder stieß Skieter demonstrativ einen Seufzer aus. »Ich habe keine Lust, dich aus den Fugen zu kratzen, falls zufällig doch eine Bombe hochgeht.«

Micky eilte ins Schlafzimmer, griff nach dem Terminkalender in ihrer Jacke und fischte eine zerknüllte Quittung mit dem Code und der Gepäckfachnummer heraus. Robert wurde wach und sah sie an. Sie verzog in gespielter Verzweiflung das Gesicht, legte den Zeigefinger an die Lippen und kehrte ins Wohnzimmer zurück. Sie hörte das Bettzeug rascheln.

»Hier hast du die Angaben«, sagte sie zu Tol Skieter. Sie las die Nummern vor und hörte, wie er einige hastige Befehle gab.

»Red weiter«, sagte er danach.

»Er hat an diesem Abend zusammen mit Wolfgang Altenburg ein Konzert der Sängerin Leine im *Bimhuis* besucht. Wolfgang hat Robert erzählt, dass Charlie van Stutten ihm sein Haus an der Brantasgracht zur Verfügung gestellt hatte, als Dank für seine Arbeit für *Duneko.* Anschließend haben sie sich über alles Mögliche unterhalten und einen getrunken.«

Dass *sie* unter ›alles Mögliche‹ gefallen war, verschwieg Micky.

»Wolfgang Altenburg machte einen nervösen Eindruck«, fuhr sie fort. »Er legte sich mit einem Kneipengast an, den er des Taschendiebstahls bezichtigte. Robert vermutet, dass das an dem Stress bei der Arbeit für die *Duneko* lag. Als sie das Haus betraten, stießen sie dort auf ein enormes Chaos. Robert glaubte, dass eingebrochen wurde, aber Wolfgang behauptete, er selbst habe das Haus auf den Kopf gestellt, weil er die Schlüssel für den Jaguar gesucht hatte …«

Skieter unterbrach sie mit einem lauten Fluch. »Ein Einbruch? Ich hätte diesen Patati sofort auf die Folterbank legen sollen, dann hätten wir dahingehend ermitteln können! Jetzt sind alle Spuren zerstört!«

»Ist euch denn gar nichts aufgefallen, als ihr das Haus betreten habt? Habt ihr vielleicht geglaubt, ihr kommt in einen Affenstall?«

Skieter schwieg. Wahrscheinlich strich er seine Straßenkaterfrisur glatt und verdaute die Retourkutsche, die er seiner eigenen Nachlässigkeit zu verdanken hatte. »Ist in dieser Nacht sonst noch etwas geschehen?«, fragte er kurz angebunden.

»Die beiden sind dann schlafen gegangen. Wolfgang musste am nächsten Tag arbeiten. Außerdem sagte er, er müsse den Wagen morgens früh zur *Duneko* bringen.«

»In wessen Auftrag?«, fragte Skieter.

»Hat er nicht gesagt. Robert hat ihn am Morgen noch mit irgendjemandem telefonieren hören, er weiß nicht, mit wem …«

»Handy oder Festnetz?«

»Keine Ahnung. Das Gespräch war nur kurz. Weil es regnete, nahm Wolfgang einen Sommermantel von der Garderobe …«

»Von Charlie van Stutten?«

»Vermutlich, ja. Er hat ihn über den Kopf gehalten, als er zur Tiefgarage rannte …«

»Sodass die Mörder nicht erkennen konnten, mit wem sie es zu tun hatten.«

»Wolfgang Altenburg hat den Jaguar aus der Garage gefahren. Da erst fiel Robert das Schnellboot auf, das durch die Brantasgracht fuhr. Es kam vom IJ-Hafen. Zwei Mann Besatzung. Sie fuhren ganz langsam die Gracht entlang …«

»Und er stand die ganze Zeit auf dem Balkon, um ein wenig frischen Regen zu schnappen?«

»Wolfgang wollte ihm den Wagen zeigen.«

»Das behauptet dein Ex, aber wer sagt, dass er den Leuten im Schnellboot kein Zeichen gegeben hat? Es ist schon ein verdammter Zufall, dass er dort stand. Findest du nicht auch?«

»Um seinen Jugendfreund zu ermorden? Also lassen wir die Hypothese fallen, dass van Stutten das eigentliche Ziel war?«

»Nein, aber wir verbeißen uns auch nicht in eine einzige Theorie. Tunnelblick, heutzutage strengstens verboten.«

»Hör mal, Tol, die beiden kannten sich länger, als ich lebe …«

»Na schön. Hast du eine Personenbeschreibung? Wie sahen die Typen in dem Boot aus? Würde er sie wiedererkennen, wenn wir ihm ein Foto vorlegten?«

»Sie trugen Regenmäntel. Einer der jungen Männer hat seinen abgeworfen, bevor er schoss. Aber es hat ja wie aus Eimern gegossen. Robert meint …«

»Hautfarbe?«

»Dunkel.«

»Alle beide?«

»Bei einem ist er sich sicher, bei dem anderen glaubt er, dass …«

»Alter, Größe, Statur?«

»Sie haben kaum die Kaimauer überragt. Robert vermutet, dass sie noch sehr jung waren, vielleicht noch Teenager, magere Jungs, höchstens eins siebzig groß, und der Schütze hatte Rastalocken …«

»Schön, das könnte zu unserer Hand passen. Und die Waffe?«

»Die Waffe sah aus wie ein kurzes Gewehr oder etwas Ähnliches.«

»Stimmt. Es war eine *Brügger & Thomet GL-06*, ein Granatwerfer, Schweizer Fabrikat. Die Taucher haben sie heute Morgen gefunden. Es handelt sich um eine Waffe, für die man unterschiedliche Munition verwenden kann. Hauptsache großkalibrig.«

»Die Frage bleibt aber: Warum so viel Gewalt, wenn man sich mit viel weniger hätte begnügen können? Da muss es ein ganz besonderes Motiv geben!«

»Wir konzentrieren uns weiter auf die Täter. Sie haben logistische Unterstützung gehabt. Wenn wir die Komplizen erwischen, finden wir auch das Motiv. Hat der Deutsche irgendwelche Wachtposten bemerkt? Andere auffällige Boote, Autos, die plötzlich wegfuhren?«

»Wenn wir die Hintergründe kennen, wissen wir, nach wem wir suchen müssen«, fuhr Micky ungerührt fort. »Es scheint mir keine normale Abrechnung gewesen zu sein ...«

»Weiß dein deutscher Freund etwas über das Boot?«

»Es war nicht besonders groß und hatte ein orangefarbenes Deck. Nach dem Anschlag sind die Täter mit Vollgas in Richtung IJ geflüchtet.«

»Bis ein Sprengstoffpaket unter dem Steuermechanismus explodierte. Das konnte die Spurensicherung anhand der gefundenen Teile rekonstruieren. Es war weder ein Unfall noch ein Selbstmordanschlag. Außer den Trümmern haben sie übrigens einen noch relativ frischen Rumpf mit einem halben Kopf raufgeholt. Das Dumme ist, dass das Boot mitten in der Fahrrinne auseinandergeflogen ist. In den Fleischwölfen ist dann nur wenig von der Besatzung übrig geblieben.«

»Den Fleischwölfen?«

»Seemannssprache für Schiffsschrauben, Spijkertje. Wie dem auch sei, der Rumpf könnte der von Sal Monroe sein. Das Gesicht wird gerade für die Identifizierung zurechtgemacht. Anschließend können wir es mit den Fotos von der Einwanderungsbehörde vergleichen.«

Micky nickte Robert zu, der eine Tasse hochhielt und auf die Kaffeemaschine zeigte.

»Wo ist deine Plaudertasche denn jetzt?«, fragte Skieter. »Er soll seine Geschichte mal artig vor zwei von unseren Kollegen aufsagen. Dann kannst du inzwischen in aller Ruhe zu dem Asylbewerberheim nach Arnheim fahren.«

»Er ist weg«, log Micky.

»Hockt er wieder im Kifferladen?«

»Nein, er ist unterwegs nach Deutschland.«

»Wie bitte? Hast du ihn etwa laufen lassen? Hast du die Kollegen deshalb weggeschickt?«

Micky bedeutete Robert mit zwei Fingern, dass sie einen doppelten Espresso brauchte. »Robert wird den Vater des Ermordeten informieren.«

»Was für ein Bullshit! Das solltest du doch unseren deutschen Kollegen überlassen!«

»Nein, es ist besser, wenn Robert das selbst übernimmt. Es hilft ihm bei der Traumabewältigung.«

Es krachte in der Leitung. Vermutlich hatte Skieter gerade einen Kaffeebecher zu einem Plastikball zusammengepresst.

»So, du schickst also unseren wichtigsten Zeugen in einem Megafall genau in dem Moment ins Ausland, als er seine Sprache wiederfindet? Ist das so üblich bei euch in Arnheim? Bist du von allen guten Geistern verlassen? Verdammt! Wer garantiert mir, dass er wieder zurückkommt?«

»Ich. Morgen früh ist er wieder da. Ehrenwort.«

»Ehrenwort? Ist das deutscher Humor? Du holst ihn jetzt sofort zurück! Nimm meinetwegen einen Dienstwagen!«

»Selbst wenn ich es wollte, ich wüsste in diesem Augenblick nicht, wo er sich aufhält.«

»Okay, soll ich die *Marechaussee* einschalten? Ich lasse ihn einfach an der Grenze einkassieren … Unfassbar!«

»Ich fahre heute Abend zu ihm und liefere ihn morgen persönlich bei dir ab. Jetzt glaub mir einfach, es ist schon in Ordnung.«

Skieter sagte ein paar Sekunden lang nichts. Offenbar dachte er über die Konsequenzen eines Einsatzes an der Grenze nach.

»Morgen?«, fragte er barsch. »Okay, du bekommst vierundzwanzig Stunden, um ihn hier abzuliefern. Danach füttere ich alle Ermittlungssysteme mit seinen Daten. Notfalls knalle ich sofort ein Rechtshilfeersuchen an die Moffen raus … Bis dahin hast du Carte blanche und ich weiß von nichts. Aber wenn das schiefgeht, kannst du ganz oben erklären, wie du die Sache verbockt hast!«

Er wollte weiterreden, aber diesmal unterbrach ihn Micky mit einem deutschen Satz. »Zu Befehl, Herr Kommissar!«

Skieter verstummte. Micky wünschte ihm einen guten Tag und legte auf.

»Wer war das?«, fragte Robert verwundert.

»Mein derzeitiger Chef. Eigentlich sollte er besser erst den Basislehrgang *Personalführung* wiederholen, aber er will dich unbedingt sprechen. Das machst du morgen. Erst mal fährst du nach Krefeld zu Wolfgangs Vater. Wir können uns im Zug überlegen, wie man einem Alzheimerpatienten am besten beibringt, dass sein Sohn tot ist. Unterwegs steige ich aus und sehe mir an, wo die mutmaßlichen Täter gewohnt haben. Danach komme ich zu dir. Morgen darfst du dann auf dem Präsidium deine Aussage machen.«

Er wollte seine Shorts anziehen, doch sie hielt ihn fest und drängte ihn zurück in Richtung Schlafzimmer.

»Wir haben noch Zeit. Wir nehmen den ICE um halb elf, den um acht Uhr kriegen wir sowieso nicht mehr.«

Robert genoss den ›Tag nach der Tüte‹ noch mehr als den Joint selbst. Während des Rausches hatte die unmittelbare Erfüllung spontan auftretender Bedürfnisse erste Priorität. Alle Sinne meldeten sich zur gleichen Zeit und wollten möglichst abwechslungsreich beschäftigt sein. Sobald die Wirkung des Marihuanas verflogen war, legten sich die Sinne wie satt gefressene Katzen auf eine Mauer und ließen sich faul die Sonne auf den Pelz scheinen. Sie schliefen nicht, behielten das Terrain im Auge, aber nicht mal eine fette Maus konnte sie dazu bringen, ihr gemütliches Plätzchen aufzugeben. Das war der Tag danach. Alle alten Lüste waren mehr als befriedigt, neue noch nicht entstanden. Robert fühlte, wie er befreit, zufrieden und in aller Ruhe seinen eigenen Rhythmus wiederfand, der sonst vom Tempo des Alltags verschüttet wurde. Natürlich hätte er sofort zugestimmt, dass es besser wäre, dieses Gefühl kosmischen Einklangs durch meditative Yogaübungen herbeizuführen. Aber es gelang ihm einfach nicht, im Sitzen die Beine untereinanderzuschlagen.

Bahnfahren war eine ideale Beschäftigung für den Tag danach. Niemand fragte blöd, warum man die ganze Zeit das Gesicht in der Hand parkte und aus dem Fenster schaute. Ab und zu schaukelte das Gefährt angenehm. Man hatte nichts anderes zu tun, als sich ganz allmählich seinem Ziel zu nähern.

Micky saß neben Robert und studierte einen dicken Aktenordner. Er bereute nichts von dem, was er ihr in der Nacht gesagt hatte. Wie sehr er sie mochte, die Hartnäckigkeit ihres gerechten Zorns, ihre Ernsthaftigkeit. Dass ihr Anblick vom Scheitel bis zum kleinen Zeh ihn immer wieder sofort elektrisierte und dass er sich nichts sehnlicher wünschte, als mit ihr einen Weg zu finden, miteinander leben zu können.

Um sich besser verständlich zu machen, hatte er ihr sogar ein Lied des Berliner Songwriters Wolfgang Müller vorgespielt: *Und ein Stück von mir wird ein Teil von dir, doch zu zweit passen wir durch keine Tür. Und jeder Raum wird sofort zu klein, und wir wissen beide, was nicht sein soll, soll nicht sein. Nur manchmal kann ich dich nicht verschmerzen, und dann find ich dich in meinem Herzen.* Aber verdammt, sie würden schon einen wachsenden Raum und genügend große Türen finden, hatte er ausgerufen, und Micky hatte lachen müssen und ihn plötzlich lange und heftig geküsst.

Er schaute sie an und lächelte. Sie sah von ihren Papieren auf.

»Wie geht es dir?«, fragte sie.

»Ich versuche, nicht an vorgestern zu denken und nicht an

das, was heute vor mir liegt. Aber spätestens ab der Grenze muss ich mir überlegen, was ich ihm sage.«

Er war froh, dass Micky ihm zugeraten hatte, Wolfgangs Vater über den Tod seines Sohnes zu unterrichten. Natürlich hätte das eigentlich die deutsche Polizei erledigen müssen, aber Micky hatte ihre guten Kontakte genutzt, die sie während ihrer grenzüberschreitenden Ermittlungen nach dem Kunstserienmörder geknüpft hatte. Es hatte keiner großen Überredungskünste bedurft. Von den Kollegen vor Ort war niemand scharf darauf gewesen, einem Alzheimerpatienten schlechte Nachrichten zu überbringen.

»Es wird ihn sicher ein bisschen weniger verwirren, wenn es aus dem Mund eines Bekannten kommt«, hatte sie Robert ermutigt. »Und dir wird es auch weiterhelfen. Das Geschehen in Worte zu fassen, ist der erste Schritt, damit umzugehen. Du gewinnst etwas Abstand von den Bildern und Eindrücken, sodass sie dich nicht immer wieder sofort überwältigen.«

Sie drückte seine Hand. »Wir sind gleich in Arnheim. Ruf mich an, wenn es zu viel wird, ja?«

Er nickte. »Es wird schon gehen.«

»Wir sehen uns heute Abend in Krefeld.«

»Findest du den Weg zu mir noch?«

»Blödmann.« Sie gab ihm einen flüchtigen Kuss auf die Wange, schnappte ihre Tasche und verließ den Großraumwagen.

Herbert Altenburg war in den Siebzigerjahren von der ersten großen Globalisierungswelle erfasst worden, die über die rheinische Textilindustrie hereinbrach. Als Kartenschläger hatte er in einer Tuchfabrik neu entworfene Jacquardstoffmuster maschinenlesbar gemacht. Vielleicht war es sein Glück gewesen, so früh entlassen zu werden und nicht erst, als mit der Computerisierung Tausende weiterer Arbeitsplätze wegrationalisiert wurden. So hatte er jung genug noch den Mut gehabt, sich mit einem Kiosk selbstständig zu machen.

Hart war er gewesen, zu sich selbst, zu seiner Frau, zu den Kindern. Und fast alle hatte er über die Jahre verloren. Die Frau starb, die Tochter zog zum Studium nach Hamburg und wurde eine gefragte PR-Beraterin, die die Charaktermasken gerade jener Politiker zu polieren wusste, die Herbert für ganz besonders korrupt hielt. Der Alte vergrub sich in seinen Kiosk, vergrantelte auch die letzten treuen Kunden, wurde krank vom Herumsitzen und Schimpfen und musste den Laden kurz vor seinem siebzigsten Geburtstag schließen.

Nur Wolfgang hatte sich nicht vertreiben lassen. Sein Vater war ihm ein großes Rätsel gewesen, seit der sich im Streit um die Berufswahl des Juniors ohne Zögern auf Wolfgangs Seite gestellt hatte. Während die Mutter den Sohn zu Jura oder wenigstens Betriebswirtschaft hatte zwingen wollen, polterte Herbert: »Wenn der Junge in Kunst machen will, soll er's tun. Ich habe mich nicht krummgelegt, damit meine Kinder machen, was andere ihnen sagen.«

Erst Jahre später hatte sich der Schleier, hinter dem sich Herberts Motive für dieses Machtwort verbargen, ein wenig gelüftet. Robert würde nie vergessen, wie Wolfgang vor anderthalb Jahren abends bei ihm auftauchte und fassungslos erzählte, was er beim Ausräumen der väterlichen Wohnung gefunden hatte: einen Brennofen, eine Batterie von Dosen voller Emailgranulate, Kupferplatten, Gussformen und ein ganzes Lager voller Emailarbeiten. Gebrauchsgegenstände jedweder Art, abstrakte Reliefs, sogar Figuren.

»Er hatte immer einen Kellerraum. Den durfte niemand betreten, nicht mal unsere Mutter. Wir haben wer weiß was gedacht, was er da unten tun würde – aber dass er emaillieren würde, unser Vater, der das Wort ›schön‹ niemals in den

Mund genommen hat. Und mit wie viel Liebe er all diese Dinge gemacht hat«, hatte Wolfgang erhitzt berichtet. »Einfach irre. Er hat es sicher aus Angst davor verschwiegen, dass wir den Respekt vor ihm verlieren würden. Unser alter autoritärer Knochen.«

Wolfgang hatte seinem Vater einige besonders gelungene Stücke ins Altersheim gebracht. Tatsächlich hatte sich seine Miene sofort aufgehellt, als er die Arbeiten sah. Aber dass es seine eigenen waren, schien er nicht mehr zu begreifen.

Das wenige, was Robert über Alzheimer wusste, hatte er von Wolfgang. Als die Diagnose bei seinem Vater gestellt wurde, hatte der Freund sich zwar intensiv damit beschäftigt, aber er wurde sehr wortkarg, wenn man ihn danach fragte. Zu stark belastete es ihn, dass er den Alten gegen dessen Willen aus der Wohnung hatte holen müssen, nachdem er zum wiederholten Male das Essen auf dem Herd vergessen hatte und die Feuerwehr anrückte. Wolfgang hatte es als Verrat empfunden, dass er den Vater in ein Heim geben musste. Daran änderte auch die Einsicht nichts, dass Herbert Altenburg es niemals zugelassen hätte, von seinem Sohn gepflegt zu werden.

Wolfgang war kein angenehmer Angehöriger. Er mischte sich ein, hinterfragte die Verordnung neuer Medikamente, forderte eine bessere Betreuung, schrieb Beschwerden, dass man für über dreitausend Euro im Monat doch wohl mehr als nur eine eilige körperliche Pflege erwarten durfte.

»Es gibt da engagierte Leute, gar keine Frage, Robert. Die tun mehr, als sie eigentlich sollen. Aber bei der Patientenquote ist das trotzdem viel zu wenig. Dieses System ignoriert frech, dass die Leute immer älter werden und die Demenzrate steil ansteigt. Dahinvegetieren in der Verwahranstalt – mehr steht uns nicht zu, wenn sie uns nicht mehr brauchen.«

Robert erinnerte sich an dieses Gespräch so lebhaft, als

liefe Wolfgang in diesem Augenblick schimpfend neben ihm her, während Robert den lang gestreckten Flachdachbau des Altersheims aus den Siebzigerjahren ansteuerte.

Er war schon einmal hier gewesen, als er half, einige persönliche Dinge des Alten in die zweite Etage zu schleppen. Herbert Altenburg bewohnte das hinterste Zimmer im rechten Flügel. Die sterile Anonymität des linoleum- und latexfarbbeschichteten Flurs löste sofort Fluchtreflexe aus.

Er klopfte an und öffnete vorsichtig die Tür. Die Jalousie war heruntergezogen, das Zimmer lag im Halbdunkel. Robert bemühte sich, in dem Mann, der da im Bett lag, Herbert Altenburg zu erkennen. Ehe er etwas sagen konnte, richtete der erschreckt den Blick auf ihn und begann abwechselnd nach seiner Mutter und »Diebe!« zu rufen. Robert hob beschwichtigend die Arme, aber der Mann schrie weiter, bis ein Pfleger und eine Pflegerin über den Gang herbeieilten.

»Was tun Sie hier?«, fragte die Schwester barsch.

»Entschuldigung, ich suche Herbert Altenburg.«

Während der Pfleger in das Zimmer ging, um den Alten zu beruhigen, erklärte Robert, warum er hier war.

»Herbert Altenburg wohnt hier nicht mehr«, antwortete die Schwester nun ein wenig freundlicher. »Sein Sohn hat ihn abgeholt.«

»Wie? Das hätte Wolfgang mir doch erzählt«, sagte Robert irritiert.

Die Frau gab ihm ein Zeichen, ihr in ein Badezimmer gegenüber zu folgen. Sie schloss die Tür. »Ich darf Ihnen eigentlich keine Auskunft geben. Aber in Anbetracht der Umstände … Herr Altenburg hat für seinen Vater vor etwa zwei Wochen eine private Betreuerin engagiert. Die Heimleitung war damit nicht einverstanden. Eigentlich sind wir ja froh über jede helfende Hand, aber Herr Altenburg hat seinen Wunsch mit so vielen Vorwürfen verbunden … Die Pflegeleiterin meinte, wenn er so wenig von unserem Seniorenheim halte, solle er seinen Vater doch einfach gleich mitnehmen. Und das hat er gemacht.«

»Wissen Sie, wohin er ihn gebracht hat?«

»Wir haben unsere Betreuungsakte an die *Seniorenresidenz Waldschlösschen* nach Mönchengladbach geschickt.«

»Dieses neue Luxusheim im Hardter Wald?«

Die Frau nickte. »Mehr kann ich Ihnen nicht sagen.« Sie öffnete die Tür und verschwand in einem der Zimmer.

Robert wunderte sich nur wenig. Wolfgang hatte schon einige Male überlegt, die Einrichtung zu wechseln. Ob er fünfhundert Euro im Monat zuschieße, weil Herberts Rente und Pflegeversicherung nicht ausreichten, oder tausend, das sei ihm letztlich egal. Immerhin habe ihn sein Vater durch Schule und Studium gebracht und er selbst habe sonst keine Familie zu versorgen. Bislang hatte er allerdings kein Heim gefunden, das wirklich mehr bot, aber nicht gleich Fünf-Sterne-Preise verlangte. Anscheinend war Wolfgang das am Ende egal gewesen.

Also fuhr Robert einmal mehr nach Mönchengladbach, in jene Stadt, die ein Juwel internationaler Museumsarchitektur ihr Eigen nennen durfte, das Museum Abteiberg, seinen Arbeitsplatz. Beinahe wäre er seiner üblichen Route gefolgt, aber er realisierte gerade noch rechtzeitig, dass vor ihm noch anderthalb Wochen Urlaub lagen. Er seufzte schwer und sehnte sich nach seinem Atelier weit oben im Turm des Abteibergs. Und nach Wolfgang, der ohne ein einziges Wort genau Bescheid gewusst hätte.

Das Gebäude der *Seniorenresidenz Waldschlösschen* war eine ästhetische Entgleisung aus Stahl und Glas. Der Architekt hatte sich aus der Geschichte der Baukunst alles herausgepickt, was irgendwie der Repräsentation von Macht und Herrschaft gedient hatte. Unter anderen Umständen hätte Robert sich mit Grausen abgewendet. Heute jedoch spielte er zum wiederholten Mal in Gedanken durch, wie er den Vater vom Tod seines Sohnes unterrichten würde.

Er betrat das Haupthaus durch ein großes Portal. Die hohen Glastüren glitten leise auf. Mitten im Foyer stand ein Empfangstresen. Ein Bediensteter führte Robert zum Appartement Herbert Altenburgs.

Es war ein komfortabel eingerichtetes Zimmer von etwa dreißig Quadratmetern, zu dem ein geräumiges Badezimmer gehörte. Altenburg saß in einem Sessel und lauschte aufmerksam einer Schallplatte, die sich auf einem tragbaren Monoplattenspieler drehte. Unter dem fortwährenden Knacken eines Kratzers im Vinyl versprach Udo Jürgens, dass immer wieder die Sonne aufgehen würde. Eine Frau saß neben Altenburg und musterte Robert.

»Mein Name ist Patati. Ich bin ein Freund von Wolfgang Altenburg.«

»Magdalena Konstantynow. Ich betreue Herrn Altenburg«, antwortete sie mit leicht osteuropäischem Akzent.

Patati überlegte kurz, ob er erst mit der Frau allein sprechen sollte. Aber da der alte Mann einen ganz wachen Eindruck machte, entschied er, es sofort hinter sich zu bringen.

»Herr Altenburg. Ich bin's. Robert. Wolfgangs Freund und Kollege. Erinnern Sie sich?«

»Natürlich. Wolfgangs Freund und Kollege.«

»Ich habe leider eine sehr schlechte Nachricht für Sie«, Robert musste schlucken, obwohl er seine Sätze so lange geübt hatte. Die Bilder von der Brantasgracht stiegen aufs Neue in ihm empor. »Wolfgang, Ihr Sohn. Er ist – es gab ein Unglück. Er ist tot.«

Herbert Altenburg schaute verwirrt. »Mein Sohn?«

»Ja. Wolfgang.«

»Mmh. So was. Ich habe einen Sohn?«, wandte er sich an die Betreuerin.

Sie nahm seine Hand. »Wolfgang ist Ihr Sohn. Sie be

kamen einen Anruf in der Firma. Die Wehen hatten zu früh eingesetzt. Gertrud war schon im Krankenhaus und Sie sind hingefahren. Mit der Linie vier.«

Robert starrte die Pflegerin überrascht an. Woher wusste sie diese Details?

Der alte Mann nickte wieder. »Die Vier. Natürlich. Wolfgang. Schöne Grüße, ja? Er soll mich mal besuchen. Gertrud kommt auch nie. Ist auch besser so. Aber mein Sohn. Ist sicher schon ein Großer, nicht wahr?« Er zeigte auf den Plattenspieler. »Jetzt Wencke Myhre. Das macht Gertrud wütend. Die ist so eifersüchtig.«

Als aus dem Deckellautsprecher *Er steht im Tor* ertönte, stand die Frau auf. »Ich muss dem Herrn eben den Weg zeigen, Herr Altenburg. Ich bin in zehn Minuten wieder bei Ihnen.« Sie wies auf eine Wanduhr mit Zigarettenwerbung, die noch aus Herberts Kiosk stammte, und ging zur Tür. Robert folgte ihr, während Altenburg schon ganz in der Musik versunken war.

»Er hat es nicht begriffen«, sagte Robert mehr zu sich selbst.

Magdalena Konstantynow nickte. »Die Demenz ist sehr weit fortgeschritten. Kennen Sie sich damit aus?«

»Eher weniger.«

»Es ist, als würde das Gedächtnis Schicht um Schicht abgetragen. Die jüngsten Erinnerungen zuerst, die ältesten zuletzt. Das betrifft alles, was die Patienten selbst erlebt haben. Sie wissen zum Beispiel zwar noch, wann ihre Kinder geboren wurden, aber sie haben keine Erinnerung mehr daran, dass sie bei der Geburt dabei waren und wie sie ablief.«

»Aber er weiß doch nicht einmal mehr, dass er überhaupt Kinder hat«, wandte Robert ein.

»Ja, später wird auch das semantische Gedächtnis angegriffen und das Wissen um die Fakten verschwindet. An dem Punkt befindet sich Herr Altenburg. Im Prinzip hat er noch keine Kinder. Er lebt zurzeit eigentlich in den Fünfzigerjahren.«

»Die Musik kannte er aber doch? Und die war aus den Sechzigern und Siebzigern.«

Magdalena lächelte kurz. »Mit etwas Glück und vielen Anregungen erreicht er manchmal noch kleine Gedächtnisinseln aus späteren Jahren. So wie gerade durch die Musik. Aber sagen Sie, was ist mit Wolfgang Altenburg geschehen?«

Robert gab einen kurzen Bericht, in dem er die Details aussparte. »Wie geht es weiter mit ihm?«, fragte er schließlich und zeigte auf die Tür.

Sie zog die Schultern hoch. »Das *Waldschlösschen* ist ziemlich teuer. Vielleicht müssen wir wieder umziehen?«

»Wir?«

»Ich habe einen Jahresvertrag mit Herrn Altenburg junior geschlossen. Mein Gehalt wird mir von einem Sperrkonto überwiesen, auf dem das Jahresgehalt liegt. Also kann ich weiterarbeiten.«

»Ist das so üblich?« Robert wunderte sich.

»Herr Altenburg war sehr großzügig. Aber wir haben auch ein sehr aufwendiges Programm entwickelt.«

»Was macht es denn so aufwendig?«

»Ich bin auf Biografiearbeit mit Dementen spezialisiert«, erklärte die Frau mit einigem Stolz. »Herr Altenburg wird von mir acht Stunden am Tag betreut. Ich habe alles über sein Leben gelernt, was sein Sohn mir berichten konnte. So kann ich gezielt auf die Erinnerungen eingehen, die Herr Altenburg noch hat, und ich verstehe viele seiner Reaktionen besser als ein normaler Pfleger. Das heilt die Krankheit nicht, aber es verlangsamt sie. Und es lässt ihn würdevoller leben.«

»Wie lange?« Robert registrierte den irritierten Blick der Pflegerin. »Ich meine, weil Wolfgang Sie für ein Jahr engagiert hat.«

»Ich bin keine Ärztin. Manche Patienten leben noch zehn Jahre mit Alzheimer. Herr Altenburg ist neunundsiebzig und leider sehr schwach. Ein, zwei Jahre? Das wäre schon ein Erfolg. Informieren Sie die Tochter?«

Robert nickte. Er nahm eine Visitenkarte des Abteiberg-Museums aus seinem Portemonnaie, schrieb seine private Handynummer darauf und gab sie Magdalena Konstantynow. »Wenn etwas ist, rufen Sie mich an. Wolfgang ist – er war mein bester Freund.«

Eine Dreiviertelstunde später parkte er seinen Wagen am Rheinufer unterhalb des Düsseldorfer Kunstzentrums Ehrenhof. Robert besuchte die in der Weimarer Republik geschaffene monumentale Anlage mit ihren lang gezogenen Backsteinbauten oft und gerne. Denn im NRW-Kulturforum wurden regelmäßig herausragende Fotografen gezeigt und im *Museum Kunst Palast* reihte sich eine sinnenfreudige und kluge Ausstellung an die andere, seitdem es ein neuer Direktor leitete. Vor allem aber arbeiteten hier die Kolleginnen und Kollegen des städtischen Restaurierungszentrums, mit denen er und Wolfgang in regem Austausch standen.

Als Robert klingeln wollte, verließ ein Mann das Gebäude. Robert schlüpfte durch die geöffnete Tür hinein und stieg die Treppen in die zweite Etage hinauf.

Der helle Arbeitsraum der Papier- und Fotorestaurierung war verwaist. Aber Patati hörte Musik aus dem Nachbarraum, der normalerweise von den Gemälderestauratoren genutzt wurde, und das leise Mitsummen einer wohlbekannten Stimme. Er steckte den Kopf durch den Türrahmen.

Franziska Brandner hatte sich tief in den japanischen Urwald hineingearbeitet. Mit der linken Hand hielt sie ihre schönen rötlich braunen Locken zurück und legte das Ohr an den Eingang zu einer mächtig verwunschenen Lichtung. Einer Musik lauschend, die nur sie hören konnte. So jedenfalls stellte sich die Szene Robert dar, dessen Sinn für fantastische Gedankenfolgen auch am ›Tag nach der Tüte‹ noch keineswegs erloschen war.

Tatsächlich hing an der großen Gitterarmierung der Wand eine nicht weniger als vier Quadratmeter große, unglaublich dreidimensional wirkende Dschungel-Fotografie des Düsseldorfer Fotografen Thomas Struth. Franzi hockte seitlich davor und musterte die oberste Schicht der Fotografie.

»Lass dich nicht von bösen Mangas fressen«, warnte Robert.

Franziska fuhr auf. »Mein Gott, hast du mich erschreckt. Was machst du denn hier?«

Dass sie ihm nicht böse war, konnte er an ihrem Lächeln ablesen. Sie erhob sich und umarmte ihn. »Warum hast du nicht Bescheid gesagt? Jetzt habe ich leider kaum Zeit. Der Struth ist ein absoluter Notfall. Beim Umhängen heruntergefallen. Wie geht's dir? Hast du Urlaub?«, sprudelte es aus der jungen Frau heraus.

Robert musste lachen und zugleich schossen ihm die Tränen in die Augen. »Wolfgang ist tot.«

»Was?«

»Er ist tot. Er fuhr mit dem Wagen seines Auftraggebers. Ein Boot kam, zwei Männer haben auf ihn geschossen, der Wagen ist explodiert.« Patatis Hals war wie zugeschnürt. Er wandte sich ab, seine Augen suchten hektisch nach einem Fluchtweg, er bemühte sich vergeblich, die Kontrolle über seine Gefühle zurückzugewinnen. Da spürte er, wie ihn Franziskas Hände festhielten. Auch sie weinte, während sie Robert zu einem Tisch schob.

»Wolfgang war zuletzt so angespannt«, sagte Franziska schniefend. »Ich glaube, ihm war der Job über den Kopf gewachsen. Wäre er doch nicht nach Amsterdam gefahren.« Dicke Tränen kullerten über die Sommersprossen auf ihren Wangen. »Und ich habe ihn überredet, den Auftrag anzunehmen.«

»Wieso du?«, fragte Robert erstaunt.

Sie drückte das Kreuz durch. »Versteh mich nicht falsch. Du weißt, wie sehr ich ihn als Papierrestaurator schätze. Aber zu seiner Zeit gab es noch keine spezielle Ausbildung zur Fotorestaurierung. Seine Abschlussarbeit über Saalfeld war zwar wegweisend. Aber es war eine reine Theoriearbeit. Und es ist zwanzig Jahre her. Wolfgang überlegte, den Job in Amsterdam abzulehnen.«

»Aber dann hat er sich doch entschlossen, die *Duneko* über seine Fähigkeiten zu bluffen«, vermutete Robert.

»Ja, weil ich ihm sagte, dass er verrückt wäre. Ein Saalfeld-Liebhaber wie er bekommt die einmalige Chance, ein bisher vollkommen unbekanntes Fotokonvolut zu studieren. Er hat einen kleinen Auffrischungskurs von mir bekommen – ein paar neuere Techniken und Hilfsmittel. Und ich habe ihm versprochen, dass er mich Tag und Nacht anrufen kann, sobald er auf Probleme stößt. Da hat er zugesagt.«

Robert griff nach ihrer Hand. »Mach dir keine Vorwürfe. Er hätte in jedem Fall zugesagt. Diese Zweifel – das war nur Wolfgangs Art, jemanden um Hilfe zu bitten, ohne offiziell anzufragen. Ein Knacks. Er hatte immer Angst, dass man ihn zurückweisen könnte.«

Franziska weinte noch eine Weile still vor sich hin. Dann putzte sie sich die Nase und sprang plötzlich auf. »Ich weiß, es ist pervers. Aber ich muss an den Struth. Wenn ich jetzt nicht weitermache, wird er zum Totalschaden.«

»Kann ich Fotolaie dir helfen?«

»Leider nein. Hier hilft nur noch, gegen alle Regeln zu verstoßen. Und dazu muss man sie kennen. Siehst du?« Sie zeigte auf die untere linke Bildecke. »Heftig gestaucht. Das geplatzte Acrylglas habe ich schon abgenommen. Aber jetzt muss ich die Fotoemulsion mit Feuchtigkeit bearbeiten, um sie zu glätten.«

»Du pinselt das direkt von vorne drauf?«

Robert zog die Augenbrauen hoch.

»Sag ich ja. Verboten. Aber was willst du machen, wenn hinten eine Aluminiumplatte den Weg versperrt. Die Alternative wäre, das Bild in die Tonne zu hauen.« Sie versuchte zu lächeln. »Robert? Könntest du heute Abend noch ein bisschen in Düsseldorf bleiben?«

Er nickte. »Ich muss nur Micky anrufen. Sie hat mich in Amsterdam sozusagen ins Leben zurückgeholt. Die Details erzähl ich dir später. Wir sind in Krefeld verabredet, um morgen zurückzufahren. Aber sie hat sicher nichts gegen einen kleinen Abstecher in die Düsseldorfer Altstadt. Das wäre für Niederländer jedenfalls ganz untypisch.« Roberts Grinsen verunglückte.

Franzi strich sanft über seinen Arm. »Wie steht's um dich und Micky?«

Robert zog die Schultern hoch.

»Also um sieben in Wolfs Lieblingslokal?«, fragte sie.

»Um sieben im *Füchschen*«, bestätigte er.

Micky ging bereitwillig auf den Vorschlag ihres Arnheimer Chefs Jan Duut ein, sie vom Bahnhof abzuholen. Sie erwartete ihn am Hinterausgang. ›Bahnhof‹ war eine schmeichelhafte Bezeichnung für das improvisierte Labyrinth von Treppen, Fluren und Korridoren zwischen den Bahnsteigen und der bewohnten Welt. Das Ganze erinnerte noch am ehesten an ein militärisches Nahkampf-Übungsgelände. Das alte Bahnhofsgebäude war bereits abgerissen worden, in der Hoffnung, dass ein Bauinvestor eine neue, ultramoderne Transferhalle errichten würde. Drei Beigeordneten hintereinander war es nicht gelungen, einen Interessenten zu finden.

»Und, wie geht es bei euch?«, fragte Micky, als sie zu Jan Duut ins Auto stieg. Er antwortete mit einer So-lala-Geste und gestand, dass ihr Anruf gerade zur rechten Zeit ge kommen sei. Er hatte ihn aus einer Teambesprechung gerettet, bei der zum x-ten Mal über den Arbeitsdruck diskutiert worden war. Selten hatte man Zeit, einen Fall richtig auszurecherchieren und die jährliche Top-Ten-Liste der Prioritäten war nichts als ein Feigenblatt, mit dem man notdürftig verbarg, welchen Straftaten man nicht die geringste Aufmerksamkeit schenkte. Es gab Hunderte unbesetzter Stellen innerhalb des Korps und die internen Anzeigen wegen Einschüchterung, Machtmissbrauch, Diskriminierung und Klüngelei in der Führungsspitze häuften sich. Alles zusammengenommen führte zu einer hypergestressten Arbeitsatmosphäre mit Chaos und Frustration als Gehaltszulage und einem Burn-out als Bonusprämie.

Die Diskussion zwischen dem Bürgermeister, dem Oberstaatsanwalt und dem Polizeipräsidenten hatte den Vorschlag erbracht, ein abteilungsübergreifendes Komitee zu gründen, das endgültig für Ordnung sorgen sollte. Es sollte *Kommission Kurswechsel* heißen und Duut hatte erfahren, dass man ihn als Vorsitzenden im Auge hatte.

»Falscher Mann am falschen Ort«, beklagte sich Duut bei Micky, während er den Mittagsstaus auswich, indem er auf die Busspur schwenkte. »Das wird mich Unmengen von Zeit und Energie kosten!«

Und deine Karriere, dachte Micky, denn diese Aufgabe war von vornherein zum Scheitern verurteilt. Schon seit dem Mittelalter war Arnheim dafür bekannt, dass dort mehr Pläne geschmiedet als ausgeführt wurden.

»Wohin fahren wir eigentlich?«, fragte Duut.

»Zum Asylbewerberheim in Arnheim-Süd«, antwortete Micky. »In Amsterdam ist ein Kollege von Robert ermordet worden …, das war vielleicht auch der falsche Mann am falschen Ort. Die Kollegen haben zwei Verdächtige aus Arnheim auf dem Kieker.«

Sie winkte der Besatzung eines Streifenwagens zu. Die

beiden Beamten hatten Duut zweifellos erkannt, denn sie unternahmen nichts, obwohl Micky und er mit fast hundert Sachen in einem Zivilfahrzeug über die Busspur rasten. Micky konnte sich vorstellen, was sie dazu sagten: Die da oben dürfen sich eben alles erlauben.

»Ach, der Anschlag auf van Stutten? Wir haben eine Anfrage erhalten, sein Haus in Schaarsbergen zu observieren. An dem Fall ist irgendetwas faul, oder?«

Skieter hatte nichts von einer Observation erzählt, aber Micky antwortete: »Stimmt. Es sieht danach aus, dass eine *Arnheim-Connection* besteht.«

»Sollte dann nicht einer von unseren Männern in die Soko aufgenommen werden?«

»Ja, und der Mann bin ich«, sagte Micky.

Sie erzählte Duut die Einzelheiten über den Fall, während sie über die alte Rheinbrücke fuhren. Wie immer hatte Micky das Gefühl, dass im südlichen Stadtteil jeder Versuch missglückt war, dem Leben ein wenig Glanz zu verleihen. Die exotischen Grünpflanzen, eigenwilligen Unterführungen, kleinen Plätze und verwinkelten Wohneinheiten hatten einzig und allein zur Entstehung düsterer Ecken geführt, die die Bewohner möglichst mieden. In einzelne Gettos eingeteilt wurde das Gebiet durch breite An- und Abfahrtsstraßen, die man Singels, ›Gräben‹, getauft hatte, obwohl weit und breit außer dem Rhein keine nennenswerte Wasserstraße zu finden war. Wegwerfarchitektur, die Arnheim-Süd das Flair einer Strafkolonie verlieh, urteilte Micky.

»Die Amsterdamer Kollegen interessieren sich für den Hintergrund der Jungs aus dem Asylbewerberheim«, erklärte sie. »Es ist ausgeschlossen, dass sie eine solche Aktion auf eigene Faust durchgeführt haben. Also untersuchen wir, zu wem sie Kontakt hatten, was sie in ihrer Freizeit getrieben haben ...«

»Das ist ja das Einzige, was sie haben«, brummte Duut.

»Freizeit haben die hier bis zum Erbrechen. Übrigens nicht zu verwechseln mit Freiheit.«

Das Asylbewerberheim Vreedenburgh lag an einem der wasserlosen Gräben. Auf der südlichen Seite befanden sich einige Gebäude zur gemeinschaftlichen Nutzung. Micky zählte in aller Eile drei Schulen und eine Erste-Hilfe-Station. Der ganze Komplex war durch einen meterhohen Zaun mit Stacheldraht von der Umgebung abgeschottet. Auf der Nordseite standen Reihenhäuser, Gärten, die zur Straße hin lagen. Auch deren Bewohner bewiesen durch hohe Zäune, dass sie weder etwas mit dem öffentlichen Leben noch mit den Nachbarn zu tun haben wollten.

Micky und Duut meldeten sich am Empfang, wo ein Pförtner in Hemdsärmeln widerwillig ein Fenster aufschob. Hinter ihm fläzten sich zwei unifomierte Bewacher in Bürostühlen. Duut zeigte seinen Ausweis und kündigte an, dass er Informationen über mehrere Bewohner benötige. Der Pförtner griff ohne ein Wort zum Telefon und meldete ihre Ankunft der Heimleiterin.

»Sie kommt gleich«, sagte er.

»Um wen geht es denn?«, fragte einer der Wachtposten, der auf den Hinterbeinen seines Stuhls an der Wand lehnte.

»Sal Monroe und Winston Lafaylle«, antwortete Micky.

Der Wachtposten wechselte einen kurzen Blick mit seinem Kollegen.

»Kennen Sie die beiden?«, fragte Micky.

»Ach, hier wohnen so viele«, erwiderte der andere ausweichend. Er rollte ein Stück Papier zwischen Daumen und Zeigefinger zu einer Kugel und schoss sie in Richtung seines Kollegen am Fenster.

Micky hielt es für einen Mythos, dass man jemandem ansehen konnte, ob er log oder nicht. Erröten, wegschauen, mit den Fingern trommeln, ein Pokerface aufsetzen – das alles waren Signale, die höchstens Nervosität verrieten. Und das war noch kein Indiz, denn manchmal kann das Wissen um die Wahrheit ebenso beunruhigend sein wie das Auftischen einer Lüge. Micky hatte gelernt, lieber ihrer Intuition zu vertrauen.

»Aha? Sie kennen sie also nicht?«, fragte sie schneidend und so laut, dass auch Duut sie überrascht ansah.

Micky registrierte das Zögern des Mannes am Fenster, bevor beide Wachleute den Kopf schüttelten. Sie zog einen Stift und ein Notizbuch aus ihrer Brusttasche. »Ich werde mir für alle Fälle Ihre Namen notieren«, verkündete sie.

Der Mann am Fenster holte seinen Ausweis heraus und warf ihn dem Pförtner zu, der ihn vor Micky hinlegte. Der andere Mann brachte ihr seinen herüber. Duut sah gleichgültig zu.

»Da kommt die Chefin«, sagte der Pförtner.

Die Heimleiterin stieß die Zwischentür auf. Sie hatte es eilig, sagten ihr schneller Gruß und die routinierte Art und Weise, mit der sie sich vorstellte. »Anja Kraai.«

Mit raschen Schritten führte sie Duut und Micky nach oben. Im Treppenhaus schlug sie vor, zuerst zum Zimmer der Verdächtigen zu gehen.

»Das mit den Wachen war ein Volltreffer«, flüsterte Duut in Mickys Ohr. »Aber anders, als du denkst.«

»Und, wo haben Sie unsere Ausreißer erwischt?«, wollte Anja Kraai wissen.

Duut sah Micky an. Skieter hatte sich also nicht die Mühe gemacht, das Asylbewerberheim darüber zu informieren, dass zwei seiner Bewohner umgekommen waren.

»Von Winston Lafaylle wissen wir sicher, dass er tot ist«, antwortete Micky. »Und von Sal Monroe vermuten wir es. Ich nehme an, sie wurden nicht mehr gesehen seit …«

»… letzte Woche Mittwoch«, ergänzte Anja Kraai automatisch.

Winston und Sal hatten ein Eckzimmer im obersten Stockwerk bewohnt. Erst vor der Tür schien es Anja Kraai zu dämmern, dass sie diese zwei Gäste für immer verloren hatte. »Tot?«, fragte sie. »Alle beide?« Sie schüttelte den Kopf, als wollte sie einen schwarzen Gedanken verjagen.

Micky nickte. »Und es sieht ganz so aus, als seien sie beim Verüben eines Anschlags ums Leben gekommen.«

»Unfassbar!«, sagte Anja Kraai. Sie wirkte tatsächlich bestürzt. »Die Jungs kamen von der Elfenbeinküste, aus der Stadt Bouaké«, fuhr sie fort. »Ihre Akte ist mir noch ziemlich gut in Erinnerung. Die beiden gehörten zur christlichen Minderheit und haben die ganze Härte des Bürgerkriegs am eigenen Leib erlebt. Von Rebellen aus dem Norden aus der Schule entführt. Zum Kämpfen gezwungen. Geflüchtet und anschließend für die Regierungsarmee rekrutiert. Von den eigenen meuternden Truppen attackiert. Den letzten Waffenstillstand 2007 haben sie dann genutzt, um zu fliehen.«

»Wohnen hier noch mehr Jungs von der Elfenbeinküste?«, fragte Micky.

»Wir hatten noch einen, André Mazour, aber der ist vor ein paar Wochen freiwillig nach Hause zurückgekehrt. Konnte hier nicht Fuß fassen. Sie haben sich zu dritt ein Zimmer geteilt.« Sie öffnete die Tür zum Zimmer der Jungen. Es roch muffig darin, nach Staub und altem Bettzeug. In die Gardinen war ein Knoten geschlungen und auf einem Bett fehlte die Matratze. Micky sah in den Eckschrank. Sie fand ein paar Holzkohlestifte und einige Zeichnungen.

»Wie kommt es, dass noch keine Vermisstenmeldung vorliegt?«, fragte Duut.

»Ich fand das übertrieben«, erwiderte Anja Kraai diplomatisch. »Im Prinzip darf niemand auch nur eine Nacht ohne unsere Erlaubnis wegbleiben. Aber es ist wie bei Teenagern. Sie testen ihre Grenzen aus. Soll man da sofort Alarm schlagen?«

Micky betrachtete die Zeichnungen. Schießende Menschen, brennende Panzer. Vielleicht während einer Zeichenstunde entstanden, vielleicht ein Hinweis auf den Anschlag, den sie vorbereiteten. Eine Aufgabe für die Spurensicherung, entschied sie. Sie öffnete einen zweiten Schrank, der jedoch komplett leer war. »Teenager haben allerdings nicht die Angewohnheit, ihr gesamtes Hab und Gut mitzunehmen«, bemerkte Micky.

»Stimmt«, sagte Anja Kraai. »Aber unsere Bewohner befinden sich in einer anderen Situation als die meisten Jugendlichen. Wenn sie vom ewigen Warten genug haben, tun sie irgendetwas Drastisches, um uns dazu zu zwingen, sie ernst zu nehmen. Wir sind daran gewöhnt. Warum sollten wir Ihnen unnötige Arbeit verursachen, wo die Ausreißer doch in der Regel schon nach ein paar Tagen mit eingekniffenem Schwanz wieder zurückkehren?«

»Sind sie öfter für mehrere Nächte weggeblieben?«

»Das lässt sich anhand ihrer Akten überprüfen, aber das würde mich wundern. Höchstens gelegentlich mal.«

Wenn es der Heimleiterin Kraai in den Kram passte, hatte sie die Akten wohl doch nicht mehr so genau in Erinnerung, dachte Micky.

Duut bemerkte die Skepsis auf ihrem Gesicht und fragte: »Hatten die beiden Kontakt zu Leuten von außerhalb?«

»Ja, zu den Ehrenamtlern«, antwortete Anja Kraai, ohne zu zögern. »Es gibt hier eine sehr engagierte Gruppe von Leuten, die den Bewohnern verschiedene Freizeitbeschäftigungen anbieten. Sal und Winston haben an der Computer- und der Sportgruppe teilgenommen und dreimal pro Woche trainiert.«

»Und zu anderen Bewohnern?«

»Kaum, sie blieben lieber unter sich, obwohl sie gut Englisch und Französisch sprachen. Sie kochten immer selbst. Ich werde Ihnen eine Kopie ihrer Akten zuschicken. Darin stehen unsere Beobachtungen und andere Informationen.«

Das Handy der Verwalterin klingelte. Sie nahm den Anruf an und hörte einige Sekunden lang zu. Dann schloss sie mit der Mitteilung, sie sei auf dem Weg. »Ein kleines Problem, tut mir leid. Ich werde anderswo gebraucht.«

Duut gab Micky die Autoschlüssel und bat sie zu fahren. Kaum hatte Micky den Motor angelassen, bog ein Krankenwagen auf das Gelände ein. Duut klappte sein Handy auf und begann, auf einer Minitastatur herumzutippen.

Während sie den Singel entlangfuhren, sagte er: »Ich bekomme gerade die Meldung rein, dass ein Opfer häuslicher Gewalt aus Vreedenburgh abtransportiert wird. Das war das kleine Problem von Mevrouw Kraai. Sollten wir nicht lieber umkehren?«

»Die Securitys sollen sich kümmern«, entgegnete Micky. »Ein bisschen Bewegung wird ihnen guttun.«

Duut nickte abwesend und bediente erneut die Tastatur. Auf der alten Brücke, wo sie auf einen Stau stießen, wollte Micky wieder auf die Busspur einbiegen, aber Duut tippte sie an. »Hey, Micky, schließ dich mal eben den Normalbürgern an«, bat er. »Der Wachtposten, der am Fenster saß, heißt Frank Wilzen. Er ist ein Informant.«

»Für wen?«, fragte Micky.

»Für eine örtliche Behörde, mehr darf ich leider nicht sagen«, antwortete Duut.

Die Antwort genügte Micky. Bei jedem Polizeikorps gab es einen lokalen Posten des Geheimdienstes, den RID, besetzt mit besonders diskreten Kollegen. Auch Duut war einige Jahre dabei gewesen, doch er hätte niemals darüber gesprochen. Damals verschwand er regelmäßig in den Kellerräumen des RID, besser bekannt als ›das schwarze Loch‹.

»Diese Anja Kraai hat gelogen«, sagte er. »Es wäre leichter gewesen, die Nächte zu zählen, die die Jungs mal in ihrem Zimmer verbracht haben.« Er las vom Display seines Handys ab. »Beide Personen wurden seit September wiederholt im Sonsbeekpark gesehen, wo sie mit Männern sexuelle Kontakte knüpften. Gewöhnlich kamen sie erst im Laufe des nächsten Vormittags oder gegen Mittag ins Asylbewerberheim zurück, um sich dort auszuruhen. Seit Mai hielten sie sich auch regelmäßig in Amsterdamer Saunaklubs und Bars auf. Von dort aus kehrten sie nur ins Asylbewerberheim zurück, um ihre Wäsche zu waschen. Zwischendurch nutzten sie die Möglichkeit, an Kursen teilzunehmen, vor allem im Bereich Sport.«

»Strichjungen, die ihren Körper in Form hielten«, schlussfolgerte Micky.

»Ihr Arbeitskapital«, stimmte Duut ihr zu. »Na, mit diesen Informationen kannst du bei den Amsterdamer Kollegen doch punkten, oder? In den Knochen können sie sich erst mal verbeißen.«

»Hast du die Namen der Bars in Amsterdam?«

Duut tippte erneut etwas in sein Handy ein. »Unser Mann überprüft es. Ich gebe dir die Namen später durch. Sag mal, Micky …«

Duuts Stimme bekam einen leidvollen Unterton, und Micky schwante, dass er sie um einen Gefallen bitten wollte.

»Du als Psychologin wärst in der *Kommission Kurswechsel* die richtige Frau am richtigen Ort. Deine Abteilung arbeitet relativ unabhängig, sodass du über allen Verdacht erhaben wärst, aus persönlichen Interessen zu handeln.«

»Ich bin aber vorübergehend versetzt«, erwiderte sie.

»Umso besser«, fand Duut. »Dann siehst du bei deiner Rückkehr alles aus einer ganz neuen Perspektive.«

Mickys Handy rettete sie. Sie nahm den Anruf an, obwohl sich die Autoschlange allmählich in Bewegung setzte. Es war

Robert. Er bat sie, nach Düsseldorf anstatt nach Krefeld zu kommen, und nannte ihr den Namen einer Altstadtkneipe, wo er sie treffen wolle. Er klang aufgeregt und kündigte an, dass er interessante Neuigkeiten habe.

»Ich auch«, sagte Micky. »Ich komme so schnell wie möglich zu dir.«

»Tut mir leid«, sagte sie an Duut gewandt. »Eine dringende Angelegenheit. Ich muss nach Düsseldorf.«

Duut verzog enttäuscht das Gesicht. »Denkst du wenigstens über meinen Vorschlag nach?«, bat er.

»Na klar«, antwortete Micky. Sie gab Gas und beschloss, doch die Busspur zu nehmen. Vor allem nahm sie sich vor, intensiv darüber nachzudenken, warum sie im Beruf immer ganz genau wusste, was zu tun oder zu lassen war, während sie sich in der Liebe wie eine naive Gans verhielt.

Sie ging zu Fuß vom Präsidium zu ihrer Wohnung, wo sie eine alte Trainingshose und ein T-Shirt überstreifte. Bei weit geöffneten Fenstern putzte sie die Küche, das Wohn- und das Schlafzimmer. Doch selbst als alles vor Sauberkeit blinkte, hatte sie immer noch keine Ahnung, wie sie mit Robert umgehen sollte.

Sie setzte sich in einen Liegestuhl auf ihren Südbalkon, um ein paar Sonnenstrahlen auszunutzen, die sich durch die Wolkendecke gebohrt hatten. Wenn du dir nicht sicher bist, ist genau das das Problem, sagte sie sich.

Sie schenkte sich ein Glas Wein ein.

War die Liebe groß genug?

Die Antwort dämmerte ihr beim nächsten Glas. Die Liebe mochte unendlich groß sein, sie bot keine Lösung für zwischenmenschliche Probleme.

Gegen sechs beschloss sie, es darauf ankommen zu lassen. Sie nahm den letzten ICE nach Düsseldorf und traf um kurz vor neun am Bahnhof ein. Von dort aus fuhr sie mit dem

Taxi zum *Füchschen,* einer lärmigen Kneipe mit Fliesenfußboden, auf dem nach Herzenslust Bier verschüttet wurde. Sie zwängte sich durch die Menge der Gäste am Backsteintresen und entdeckte Robert an einem Tisch nah einer Holztheke, an der Männer Sixpacks mit Bügelflaschen kauften.

Neben ihm saß eine ihr unbekannte Frau. Die beiden hatten die Köpfe zusammengesteckt, als tauschten sie Geheimnisse aus. Die Frau brachte Robert so zum Lachen, dass er die Hände vor das Gesicht schlug. Micky erkannte, dass er wieder in sein eigenes Leben zurückgekehrt war. Ein Universum, von dem sie nur ein kleiner Teil gewesen war.

Sie ging auf ihn zu. Sein Lachen veränderte sich nicht, als er sie erkannte, und gerade das, nämlich dass es keinen Unterschied ausmachte, ob sie kam, traf sie tiefer als ein Schimpfwort oder eine Zurückweisung.

Er war wieder ganz obenauf, stellte sie fest. Anders als ihre Beziehung, die nach einem kurzen Aufflackern nun doch im Sterben lag. Dennoch stellte sie sich mit einem höflichen Lächeln Roberts Tischnachbarin vor.

## 5

Wenn es überhaupt einen Raum geben konnte, der groß genug war, um Micky und Robert in Frieden miteinander leben zu lassen, bot Roberts Auto ihn jedenfalls nicht. Schon auf der abendlichen Rückfahrt von Düsseldorf nach Krefeld war die Atmosphäre in seinem bordeauxroten Saab 96 so drückend gewesen, dass bleiche Meteorologen für die Vordersitzregion eine schwere Unwetterwarnung herausgegeben hätten. Nachdem eine Reihe möglichst unverfänglicher Bemerkungen Roberts an Mickys Gewitterfront zerschellt waren wie Nussschalenbötchen, hatte er sich auf Sturm eingerichtet und die Luken dicht gemacht, was die Sache nicht verbesserte. Micky rammte die Gänge so brachial in das Getriebe hinein, dass Robert um sein geliebtes Seniormobil fürchtete.

Das schlechte Gewissen, das sie ihm bereitete, verwandelte sich schleichend in eine Wut, über deren Ausmaß er selbst erschrak. Sauer über diese unnötige Szene zu sein, war das eine, aber gleich eine solche innere Raserei? Er wäre am liebsten ausgestiegen und hätte seinen Zorn herausgeschrien. Stattdessen hatte er das Fenster heruntergekurbelt und unter ihrem missbilligenden Blick den Kopf in den Fahrtwind gehalten, bis die Augen schmerzten.

Vor der Tür zu seinem Haus hatte er sich wieder so weit beruhigt, dass er Micky mit Mühe überzeugen konnte, wie geplant bei ihm zu übernachten und kein Taxi nach Arnheim zu nehmen. Sie entschied sich für die Couch und setzte den Abfahrtermin auf sechs Uhr dreißig fest. Robert zuckte innerlich zusammen, aber er schwieg.

Jetzt waren sie schon gute anderthalb Stunden auf dem Weg nach Amsterdam und hatten bisher nicht mehr als drei Sätze miteinander gewechselt. Als eine Raststätte in Sicht kam, setzte Robert den Blinker und fuhr ab.

»Bin gleich wieder da. Fahr nicht ohne mich, ja?«, sagte er und verschwand in der Systemgastronomie.

Mit zwei Bechern Kaffee und einer Tüte Croissants kehrte er zurück. Er stellte alles auf einer Sitzgruppe mit Tisch ab und winkte Micky, bis sie widerwillig das Auto verließ.

Sie schlürften eine Weile still ihren heißen Kaffee, ehe Robert entschied, einfach draufloszureden.

»Eines begreife ich einfach nicht. Wolfgang ist früher immer mit seinen Problemen zu mir gekommen. Und er stand in Amsterdam so unter Druck. Franzi erzählte, dass er mehrfach bei ihr anrief und exakt dieselbe Frage noch mal stellte, als hätte sie sie nicht schon zuvor beantwortet. Er sei wegen des katastrophalen Zustands des Saalfeld-Konvoluts völlig durcheinander gewesen. Fast alle Negative waren zerstört.«

Mickys Polizeiorgan horchte auf. »Gewaltsam?«

»Nein, nein. Ein normaler Alterungsprozess, der durch unsachgemäße Lagerung extrem beschleunigt wird. In diesen Firmenarchiven geht es anders zu als bei uns. Da stehen die Kopierer mittendrin und schießen fröhlich ihr Ozon in die Luft, die Putzfrauen feudeln scharfe Reinigungsmitteldämpfe in der Gegend herum und Temperatur und Luftfeuchtigkeit sind auch nicht geregelt. Das ist alles Gift für Fotografien. Und besonders für so alte Negative. Ich weiß nicht, wie's bei euch ist, aber in Deutschland darf man die gar nicht mehr aufbewahren. Die fallen unters Sprengstoffgesetz.«

»Wie bitte?«

»Saalfeld hat mit der weltersten Kleinbildkamera fotografiert. Einer Leica, die nicht mehr altertümliche Glasplatten belichtete, sondern einen Film, so ähnlich, wie wir ihn auch noch kennen. Nur, dass man damals als Material noch Nitrozellulose benutzte. Das ist sozusagen Schießbaumwolle aus reichlich Salpetersäure. Und entzündet sich im unglücklichsten Fall schon ab achtunddreißig Grad Raumtemperatur von selbst.«

»Wie du, als Franziska dir diesen Nachhilfeunterricht gegeben hat«, unterbrach ihn Micky säuerlich.

»Man kann eine Menge von ihr lernen.«

»... wenn ›Mann‹ an ihren Lippen hängt.«

»Können wir jetzt weitermachen? Also gut, wenn diese alten Negativstreifen in größeren Mengen aufbewahrt werden und mit chemischen Stoffen in der Luft reagieren, hast du ruck, zuck eine Brandkatastrophe. Sicherst du sie aber deswegen schön luftdicht in einer engen Kapsel, sorgen ihre eigenen Gase für eine Explosion und machen Kleinholz aus deinem Archiv. Ist alles schon vorgekommen.«

»Und was macht man dann damit?«

»Kühl lagern, unter Hochsicherheitsbedingungen digitalisieren und dann vernichten.«

»Könnte Wolfgang deswegen Ärger mit der *Duneko* bekommen haben? Dass er sie anzeigen wollte, wegen Verletzung der Brandschutzbestimmungen zum Beispiel?«

»Im Gegenteil«, sagte Robert. »Wie Wolfgang Franziska erzählte, waren die sehr dankbar, dass er sie auf das Pulverfass aufmerksam gemacht hat. Und einen zusätzlichen Verlust hat's auch nicht bedeutet. Der Zerfall der Saalfeld-Negative war so weit fortgeschritten, dass manchmal nur noch braunes Pulver in den Umschlägen war. Zum Glück gab es von den meisten Originalen noch Abzüge. Wolfgang hat aufwendige Reproduktionen davon angefertigt. Das war eigentlich schon Arbeit für Monate. Und trotzdem haben sie ihm offenbar zusätzliche Aufgaben aufgebürdet. Franziska hat's nicht ganz verstanden, jedenfalls hatte er plötzlich Fragen zu Material aus den Achtzigerjahren. Ich werde heute mal diese Archivarin anrufen, um mehr zu erfahren. Was meinst du?«

Micky nahm einen tiefen Schluck aus dem Pappbecher und stand auf. »Ich meine, dass alles gut ist, was dir hilft, schnell wieder auf die Beine zu kommen«, sagte sie reserviert. »Können wir jetzt weiterfahren? Tol Skieter wartet auf meinen Bericht. Und du musst um zwei Uhr deine Aussage zu Protokoll geben. Vergiss das bitte nicht!«

Eine gute Stunde später parkte Robert den Wagen nahe der Bloemgracht. Während Micky gleich Richtung Präsidium verschwand, ließ er sich von der Telefonauskunft mit der *Duneko*-Zentrale verbinden.

Anneke Ke reagierte ziemlich distanziert und ging erst auf seine Einladung ein, als Robert beiläufig erwähnte, wie begeistert Wolfgang von ihr gesprochen hatte.

Pünktlich um halb eins erreichte er die Terrasse des Cafés *De Jaren.* Mevrouw Ke hatte den Treffpunkt gut gewählt. Die Sonne schien, die Amstel war zum Greifen nah, hier herrschte Urlaubsstimmung. Während er den Ausflugsbooten nachsah, begriff Robert plötzlich, dass sie ihn nicht sofort an das Schnellboot auf der Brantasgracht erinnert hatten und er nicht mehr instinktiv Schutz suchte. Er fühlte, dass er allmählich seine alte Sicherheit zurückgewann, auch wenn ihn jeder Gedanke an Wolfgang weiterhin schmerzte.

Noch am Fuß der Treppe stehend, begann er unter den Gästen nach etwas Froschigem zu suchen. Anneke Ke hatte als Erkennungsmerkmal ein grünes Kostüm mit weißer Bluse angegeben. Er zuckte zusammen, als hinter ihm eine Frauen-stimme fragend seinen Namen nannte.

Sie stand zwei Stufen über ihm. Er schaute direkt auf den grünen Stoff ihrer Jacke. Sie wies auf einen freien Tisch nahe dem Wasser und ließ ihn vorangehen, sodass er sie erst genauer betrachten konnte, als sie einander gegenübersaßen.

Sie war in seinem Alter, Mitte vierzig. Ihre Hände waren überaus gepflegt. Das Make-up dezent, aber effektvoll. Ihr kurzes braunes Haar trug sie mit Seitenscheitel. Nicht streng, sondern in einer luftigen Welle, die so kontrolliert fiel, dass ihre Augen jederzeit frei blieben. Eine ihrer sorgfältig gezupften Augenbrauen war ständig ein wenig hochgezogen, und es war schwer zu entscheiden, ob leichter Spott oder erhöhte Aufmerksamkeit dahintersteckten. Inklusive des ein wenig spießigen, aber nicht unflotten Businesskostüms war sie genau der Typ Frau, der Wolfgang immer schon stark angezogen hatte. So nahe sie sich in vielen Dingen des Lebens standen – was das anging, lagen Welten zwischen ihnen, und sie waren stets sehr froh darüber gewesen.

»Sie sind also ein guter Freund von Wolfgang gewesen?«, fragte sie unvermittelt.

Das ›gewesen‹ versetzte Robert einen heftigen Stich. Diese Frau schien überhaupt recht unberührt von Wolfgangs Tod zu sein. Ein klarer Blick, keine Trauer in ihren Augen.

»Wolfgang hat viel von Ihnen erzählt.«

»Und was?«, fragte sie beiläufig, während sie nach dem Kellner winkte.

»Sie scheinen sich sehr nahegekommen zu sein.«

»Glauben Sie auch, dass Indiskretion bei Männern genetisch veranlagt ist?«

»Er hat keine Details berichtet, falls Sie das meinen. Aber dass es um Liebe ging, hat er klar genug gemacht.«

»Liebe ist doch ein sehr großes Wort.«

»Welches wäre passender?«

Der Kellner beugte sich zwischen sie und stellte ein Tablett ab, um ihre Bestellung aufzunehmen. Sie orderten zwei Cappuccinos und warteten, bis sie wieder allein waren.

»Sind wir hier, um über den Unterschied zwischen Liebe und einer kurzen Affäre zu philosophieren, Herr Patati?«

»Ich möchte mehr über Wolfgangs letzte Tage wissen. Was ihn beschäftigte.«

»Sollten Sie das als sein bester Freund nicht eher wissen?«

»Wir hatten zu wenig Zeit in den letzten Wochen«, sagte Robert. »Erzählen Sie mir etwas über seine Arbeit?«

»Er hat Fotografien aus den Dreißigerjahren für eine Ausstellung restauriert. Ich verstehe nichts von diesen Dingen, aber ich würde sagen, er hat es gut gemacht.«

»Hat er auch die Ausstellung zusammengestellt?«

»Nein, für die Ausstellung bin ich verantwortlich. Wolfgang hat allerdings dabei geholfen, die Fotos zu passepartourieren und zu rahmen.«

»Und Fotos aus den Achtzigerjahren hat er auch behandelt?«

»Hat er das?«, fragte sie erstaunt. »Das Material aus dieser Zeit war eigentlich hervorragend. Aber vielleicht habe ich ihn mal in einem Einzelfall um Rat gefragt. Wissen Sie, hauptsächlich arbeite ich in der PR-Abteilung unseres Unternehmens; das Archiv und die Ausstellung mache ich nur nebenher.«

Der Kellner servierte den Cappuccino. Anneke legte den Zucker beiseite und begann, mit dem Löffel gedankenverloren Muster durch die aufgeschäumte Milch zu ziehen.

»Schrecklich, was mit ihm geschehen ist. Ehrlich gesagt«, sie sah Robert plötzlich offensiv an, »versuche ich, nicht darüber nachzudenken. Wolfgang war ein netter Kerl und wir hatten – ich gebe es zu – eine schöne Nacht miteinander. Weiß die Polizei inzwischen, wer hinter dem Attentat steckt?«

»Keine Ahnung.«

»Es ist alles so furchtbar bedrohlich – für uns alle, die ganze Firma, aber natürlich besonders für Charlie.«

»Sie kennen Ihren Chef sehr gut?«

»In den Niederlanden muss man nicht erst eng befreundet sein, um seinen Chef zu duzen«, lächelte sie. »Allerdings haben wir in der Tat ein gutes Verhältnis. Ich bin seit mehr als zehn Jahren bei der *Duneko;* erst als Sekretariatsassistentin der Geschäftsführung und seit einigen Jahren in der Öffentlichkeitsarbeit. Die Belegschaft in der *Duneko*-Zentrale ist eine große Familie. Niemand wird mit seinen Sorgen alleingelassen – die Auszubildende ebenso wenig wie der Konzernchef.«

»Hört sich nach einer tollen Firma mit einem tollen Boss an. Warum versucht man, ihn umzubringen?«

»Ist es Ihnen noch nicht aufgefallen? Die Welt ist voller Irrer.«

Robert musste unwillkürlich nicken, was sogleich ein Lächeln auf ihr Gesicht zauberte.

»Manchmal haben diese Irren aber ganz gute Gründe – und nur die Art, wie sie darauf reagieren, macht sie zu Irren«, schob Robert selbst überrascht nach. Zum zweiten Mal innerhalb weniger Stunden spürte er eine dunkle Wut in sich, die er nur mit Mühe unterdrücken konnte. Es war die Art dieser Frau. Ihre Glätte, ihre wohlausbalancierte Emotionalität, die kontrollierte Mixtur aus Forechecking und Umgarnung. Als wäre sie eine fleischgewordene Origamifigur, die man aus den Seiten eines Lehrbuchs für Unternehmenskommunikation gefaltet hatte.

Annekes Lächeln war mit einem Schlag verschwunden. »Meinen Sie etwa diese Antiglobalisierungsfanatiker, die uns terrorisieren?«

Patati beschränkte sich darauf, ein wenig den Kopf zu wiegen.

»Sie verteidigen die Leute, die Ihren Freund auf dem Gewissen haben.«

»Ich verteidige niemanden. Aber irgendetwas sagt mir, dass schon einiges passieren muss, ehe einem zwei Killer mit Granaten auf den Pelz rücken. Von mir aus auch eine Menge Gutes. Aber eher doch Schlechtes. Was ist es bei der *Duneko*?«

Offensichtlich begriff Anneke genau, dass sie provoziert wurde. Sie nahm sich eine kleine Atempause, ehe sie in verbindlich-offiziösem Ton antwortete. »Die *Duneko* ist natürlich nicht die Heilsarmee. Wir verdienen unser Geld in einem der am härtesten umkämpften Geschäftsfelder der Welt. Bei der kleinsten Schwäche würden wir von einem der ganz großen Player geschluckt werden. Und doch sind weder Ruud de Kooning noch Karl van Stutten jemals von den ethischen Zielen unserer Unternehmensgründer abgewichen. Wir waren in der Kolonialzeit, über die man manch Negatives, aber auch viel Positives sagen kann, ein christliches Unternehmen und sind es immer noch. Wir engagieren uns in jenen Ländern, die andere längst einem traurigen Schicksal überlassen haben. Und wir lassen dort viele Menschen an unserem Gewinn teilhaben. Sie mögen das antiquiert finden, aber bei uns ist Nächstenliebe ein Erfolgskriterium. Und wenn Sie jetzt keine Fragen mehr haben – meine Mittagspause ist fast vorüber.«

»Verzeihung, ich wollte Sie nicht angreifen. Ich möchte nur verstehen, was meinen Freund das Leben gekostet hat.«

»Sie haben mich nicht verletzt. Ich habe mir längst abgewöhnt, solche Fragen persönlich zu nehmen.« Sie stand auf und griff nach dem Bon. »Seien Sie mein Gast«, sagte sie, nickte Robert zu und verließ die Terrasse über das Café.

Auf dem Weg zum Präsidium an der Elandsgracht fühlte Micky, wie sehr die Fahrt sie verwirrt hatte. Es hatte Dutzende schweigsamer Kilometer gedauert, aber am Ende hatten sie und Robert doch wieder miteinander geredet. Über Wolfgang – ein unverfänglicheres Thema als ihre Beziehungsprobleme.

Robert rekonstruierte nochmals, was an jenem Morgen vorgefallen war, von dem ersten Moment an, als Wolfgang ihn mit einer Grappafahne geweckt hatte, bis zu dem Augenblick, als er den Jaguar aus der Tiefgarage fuhr. Er konnte sich wieder an Einzelheiten erinnern. Dass Wolfgang für ihn Kaffee aufbrühen wollte, aber vergaß, eine Tasse unter die Espressomaschine zu stellen. Dass Wolfgang behauptet hatte, er würde noch immer nicht ungeschoren durch eine Alkoholkontrolle kommen. Dass er den Gabardinemantel, den er sich von van Stutten auslieh, als ›trendy‹ bezeichnet hatte.

Robert holte aus seinem Gedächtnis immer mehr Details hervor. Micky kannte dieses Phänomen. Das Gedächtnis war unberechenbar, ein Alien, das vollkommen unvorhersehbar darüber bestimmte, woran sein Wirt sich erinnerte und woran nicht. Und wann. Deswegen war es sinnvoll, immer wieder nach denselben Ereignissen zu fragen. Jemanden zu verhören hatte viel vom Fegen eines Schornsteins: jedes Mal mit einer feineren Bürste durch denselben Schlot, um die festsitzenden Erinnerungen loszuschaben.

»Er muss einen ordentlichen Kater gehabt haben, genau wie ich«, schloss Robert. »Trotzdem war er nervtötend aufgeweckt. Geradezu hyperaktiv.«

Micky und Robert waren so ins Gespräch vertieft, dass ihr Konflikt in den Hintergrund gedrängt wurde und damit auch der Gedanke, ihre Beziehung sei ein hoffnungsloser Fall.

Es war natürlich eine Illusion gewesen, dass Robert sich durch einen Schock in den Mann verwandeln würde, den sie sich wünschte, dachte Micky kurz bevor sie das Präsidium betrat. So einen Wandel erfuhren nur fromme Betbrüder, die plötzlich erleuchtet wurden.

Tol Skieter saß allein im Briefingraum. Er aß ein paar Butterbrote, die er mit Fruchtsaft direkt aus der Flasche hinunterspülte. Seine Brote waren mit Erdnussbutter bestrichen, das roch Micky sofort, als sie sich ihm gegenübersetzte. Seine Straßenkaterfrisur sah aus, als hätte er ein paar Balzkämpfe hinter sich. Er las die Morgenzeitung, die derzeit fast täglich ein Verbrechen als Aufmacher auf der Titelseite brachte.

»Na, wieder zurück aus Arnheim?«, fragte er, ohne aufzublicken, in übertrieben breitem Arnheimer Dialekt.

Micky legte die beiden Akten aus dem Asylbewerberheim auf seine Zeitung und erstattete von ihrem Besuch in Vreedenburgh Bericht.

»Zwei schwarze Strichjungen mit Kriegserfahrung?«, fragte Skieter. »Interessant. Überprüf doch mal, was über die beiden Typen bei der Sitte bekannt ist. Da warst du doch ursprünglich eingesetzt.«

Micky nickte. »Ich habe die Namen der Bars und Saunen, in denen sie in Amsterdam ihre Freier aufgegabelt haben. Das *Red Ding* und der *Tempel*.«

»Ob jemand aus der Stricherszene sie rekrutiert hat?«

Micky antwortete mit einer skeptischen Geste.

»Das wäre eine Möglichkeit«, antwortete sie. »Aber die Szene ist heikel. Man muss gut eingeführt sein, um zu wissen, wer wofür Spezialist ist. Und wer gut eingeführt ist, wird dafür sorgen, selbst keinen Verdacht zu erregen. Habt ihr noch etwas über die Waffe herausgefunden?«

Tol Skieter beugte sich nach vorn und wischte sich den Mund mit einem Zipfel der Tischdecke ab. »Es handelt sich um ein ganz besonderes Spielzeug. So was ist nicht oft in Umlauf. Ein multifunktionaler Granatwerfer. Zurzeit mischen wir die illegale Waffenszene auf. Aber ich mache mir keine Illusionen. An die Drahtzieher kommen wir kaum heran. Das Schnellboot war übrigens gestohlen. Aus einem Schuppen an der Vecht, wie die Kollegen aus Muiden festgestellt haben. Der Besitzer hat keine Anzeige erstattet, klassischer Fall von Geldwäsche. Ein Pärchen aus Weesp hat später zwei dunkelhäutige junge Männer dabei beobachtet, wie sie auf dem IJsee in einem Schnellboot herumfuhren. Sie dachten, die beiden würden eine Spritztour machen.«

»Und, seid ihr noch über van Stutten weitergekommen?«

Skieter griff neben sich in eine Aktentasche und holte einen Stapel Papier heraus, der mit einem Gummiband zusammengehalten wurde. »Hier, noch etwas ergänzendes Material über *Best for Africa,* abgekürzt BFA. Die Ergebnisse der neuesten Fleißarbeit unserer Brüder und Schwestern bei der AIVD. Sie haben Informationen aus allen Ecken und Winkeln zusammengetragen. Wie üblich bei solchen Vereinen gibt es zwei verschiedene Flügel …«

»Einen politischen und einen militärischen?«

Skieter zeigte mit einem Finger auf sie. »Stimmt, genau wie bei anderen Guerillabewegungen. Und natürlich weiß die linke Hand nicht, was die rechte tut. Notfalls verurteilt die eine Hand sogar öffentlich, was die andere tut. Wegen der staatlichen Unterstützung. Unsere naiven Beamten schnarchen schön weiter, wenn sie einen Antrag von einer solchen Gruppierung reinbekommen. Die denken glatt, sie könnten den gewaltbereiten Flügel lähmen, wenn sie den angeblichen Guten einen Haufen Geld geben. Dabei wird das Geld munter von der einen in die andere Hand geschleust. Idee und Aktion sind eins, vergiss das nicht.«

Er schlug die Akte an einer bestimmten Stelle auf und tippte auf eine markierte Passage. »Die Adresse von BFA. Heute Nachmittag fährst du hin.«

»Warum ich? Und was soll ich da?«

»Du hast den ersten Bericht bearbeitet, also bist du die richtige Person. Ist zwar nicht ganz dein Fach, aber ich hab ja eine Menge gut bei dir. Stell einfach die üblichen Fragen. Geh ihnen ein bisschen auf die Nerven.«

»Aber die Antworten auf alle nur möglichen Fragen stehen doch bereits in den AIVD-Berichten! Außerdem wird Robert Patati hier um vierzehn Uhr eintreffen, um seine Aussage zu machen!«

»Er kann doch jetzt ganz allein reden. Oder musst du ihm dabei die Hand halten?«

Micky legte die AIVD-Akte vor ihn hin. »Ich will bei dem Verhör die Regie führen. Ich habe ihn schon seit ein paar Tagen unter meiner Obhut und wir riskieren viel zu viel, wenn durch die Dummheit von …«

Skieter sah an ihr vorbei und bedeutete jemandem hinter ihr, weiterzugehen. Micky hatte so laut geredet, dass ein vorbeikommender Kollege vor der offenen Tür stehen geblieben war.

Skieter stand auf. »Du musst uns beim Abendbriefing erklären, ob wir weiter in Richtung BFA recherchieren müssen. Ich schwöre hoch und heilig …«, er hob zwei Finger, »… dass du Meneer Patati unversehrt zurückbekommst. Ich werde seine Aussage persönlich aufnehmen.«

Micky sah ihn einige Augenblicke lang an und sagte dann:

»Du bekommst nur eine Chance, mich reinzulegen. Wenn du es tust, wirst du mich kennenlernen.«

Skieter spitzte die Lippen, als dächte er über die Drohung nach. »Kein Problem«, sagte er leichthin. »Ach, übrigens, BFA hat sein Quartier irgendwo in den Assi-Vierteln hinter dem Ring, also nimm dir ein Taxi. Wir leiden ohnehin schon an akutem Fahrzeugmangel.«

Mickys Stirnrunzeln beantwortete er, indem er die Mundwinkel zu einem falschen Grinsen hochzog. »Die zünden da nur zu gerne ein Freudenfeuer an, wenn sie einen unserer Wagen unbewacht herumstehen sehen. Und die Versicherung zahlt heutzutage nicht mehr für ein ausgebranntes Polizeifahrzeug. Vandalismus ist nicht gedeckt.«

»Wer fährt mit?«, fragte Micky.

»Ich kann niemanden entbehren«, sagte Skieter.

»Ist das die Amsterdamer Methode?«

»Du wirst schon allein damit fertig«, meinte Skieter. »Du brauchst ja auch nur die Lage zu sondieren. Eine Abhöraktion, aber ganz legal. Sollte sich da etwas aufschaukeln, schicken wir Verstärkung.«

Das Hauptquartier von BFA befand sich in einer kleinen Wohnung im vierten Stock eines Mietshauses, dessen einziger Reiz die Aussicht auf den Sloterplas war. Der Wind kräuselte die Wasserfläche dieses kleinen Sees, und das unerwartet starke Sonnenlicht spiegelte sich glitzernd in den Wellen wider. Eine durchaus idyllische Atmosphäre, wären da nicht die beiden dunkelhäutigen jungen Männer gewesen, die in einem schrottreifen Toyota Carina saßen und ihr finster hinterherstarrten. Aus alter Gewohnheit notierte sie sich das Kennzeichen.

Im Hausflur versperrten zwei verbogene Fahrradrahmen den Durchgang zum Keller. Auf dem Weg nach oben roch sie im Treppenhaus ein Potpourri von Küchengerüchen aus aller Herren Länder, von Gemüsecurrys bis zum süßlichen Duft geschmorten Lammfleischs.

Eine kleine Frau im langen Sommerkleid öffnete die Tür von BFA. Hinter ihr stand ein Mann in Pumphose.

»Mein Name ist Micky Spijker«, stellte sich Micky vor. »Kriminalpolizei.«

Die Frau musterte sie von Kopf bis Fuß. »Können Sie sich ausweisen?«

Micky zeigte ihren Polizeiausweis. Die Frau wollte ihn ihr aus der Hand nehmen, aber Micky ließ nicht los. Nachdem die Frau eine Weile draufgestarrt hatte, sagte der Mann: »Kommen Sie doch rein.«

Micky folgte den beiden schweigend durch eine kleine dunkle Diele, von der mehrere geschlossene Türen abgingen. Sie führten sie ins Wohnzimmer, wo eine Wand vollständig von einer Fototapete mit dem Bild eines Sonnenuntergangs in der Savanne bedeckt wurde. Im Vordergrund standen Raubtiere und Beutetiere einträchtig an einer Tränke beisammen. Ein schwerer Fall von Photoshopping, befand Micky. Passte gut zu Leuten, die sich die Wiklichkeit zurechtstrickten, wie sie sie brauchten.

»Und mit wem habe ich das Vergnügen?«, fragte Micky schließlich.

»Ich bin Nilis Beck. Das ist Lida Konterman«, sagte der Mann und streckte ihr die Hand hin. »Was können wir für Sie tun?«

Mehr, als dass sie sich mit Vor- und Nachnamen vorstellten, konnte man von Aktivisten wie ihnen wohl nicht erwarten, schätzte Micky. Außerdem sagten sie die Wahrheit. Sie kannte das Paar bereits aus den Unterlagen des Geheimdienstes. Nilis war ein arbeitsloser Kommunikationswissenschaftler, dreiunddreißig Jahre alt, und Lida war seine Lebensgefährtin. Sie war zwei Jahre älter als er und hatte eine Teilzeitstelle in einem Secondhandladen.

Micky zeigte auf ein T-Shirt mit der Aufschrift *DuNee!ko*, das über einem Stuhl hing. »Ich untersuche die Hintergründe eines Anschlags auf eine Person, die für die *Duneko* gearbeitet hat. Was für ein Problem haben Sie mit diesem Unternehmen?«

»Mehrere«, antwortete Nilis. »Wir haben gerade zum Boykott gegen einige Produkte aufgerufen, die *Duneko* aus Afrika herausschafft.«

»Welche Produkte denn?«

»Alles Mögliche«, erklärte Lida. »Augenblicklich konzentrieren wir uns auf die Supermärkte. Auf alles, was Kakao oder Kaffee enthält. Eine Tasse Tee?«

»Kein *Duneko*-Produkt, nehme ich an?«, fragte Micky zurück.

Nilis musste unwillkürlich lachen. »Nein, Pfefferminztee aus unserem Schrebergarten.«

Micky machte sich eine Notiz dazu. »Warum die *Duneko*?«

»Wegen Kamerun«, sagte Nilis. »Von dort holt die Firma ihre Rohstoffe.«

»Und was ist so schlimm daran?«

Nilis nickte, als habe er von einer unwissenden Durchschnittsbürgerin nichts anderes erwartet. »Schon seit Jahrhunderten ist dieses Land ein Spielball westlicher Interessen«, dozierte er. »Angefangen beim Sklavenhandel der Portugiesen, den die Holländer später nahtlos fortgesetzt haben. Wir haben Zehntausende Eingeborene entführt und an die Meistbietenden verschachert. Die Sklavenjagd damals war eine Katastrophe für die Stammesverbände. Anschließend kamen die Deutschen, die Engländer und die Franzosen und haben sich auf andere Weise bereichert. Die *Duneko* steht ganz in dieser Tradition. Ein multinationaler Konzern, der ein diktatorisch regiertes Land ausplündert. Wollen Sie das nicht auch notieren?«

»Sie haben doch sicher einen Aufsatz, den ich mitnehmen

kann«, antwortete Micky. »Eine Frage noch: Überall auf der Welt werden doch Geschäfte mit dubiosen Regimes gemacht. Also warum ausgerechnet die *Duneko?*«

»Kamerun ist das korrupteste Land der Welt«, mischte sich jetzt Lida ein. »Und das sag ich nicht alleine, sondern das sagt auch die UNO. Aus diesem Grund hat die niederländische Regierung vor einigen Jahren dort die Botschaft geschlossen. Die Gewinne aus den Ölgeschäften fließen direkt in die Taschen von Präsident Paul Biya und seiner Clique, vornehmlich Generäle, die ihn vor fünfundzwanzig Jahren in den Sattel gehoben haben. Kein Wunder, dass Biya sich größtenteils in der Schweiz aufhält. Das einzig Positive ist, dass Kamerun seinen Nahrungsmittelbedarf aus eigener Kraft decken kann. Ziemlich einzigartig für Afrika.«

»Und ausgerechnet das wird die *Duneko* ändern«, sagte Nilis. »Sie hat mit Biya 'nen Megadeal geschlossen. *Duneko* bekommt Hunderttausende Hektar Ackerfläche, um Pflanzen für die Biotreibstofferzeugung anzubauen. Das bedeutet, dass Tausende Bauern von ihrem Land vertrieben werden. Dass eine Hungersnot ausbricht, dass die Unterdrückung noch schlimmer wird ...« Er schwieg und winkte ab.

»Afrika wird rekolonialisiert, um unseren uferlosen Energiehunger zu stillen«, sagte Lida. »Darum also *DuNee!ko.*«

»Rekolonialisiert?«

»Ja, die *Duneko* hat eine Tradition zu wahren«, erklärte Nilis. »Die kennen sich damit aus. Am Fuße des Mount Cameroon haben die Deutschen schon 1924 die größte Plantage ganz Afrikas angelegt.«

»Aber die Deutschen haben ihre Kolonien doch nach dem Ersten Weltkrieg verloren?«, bemerkte Micky.

»Sehr gut«, sagte Lida bewundernd. »Aber die Engländer und Franzosen hießen ihre ehemaligen Feinde gern wieder willkommen, um von deren Know-how zu profitieren.«

»Wenn es um Afrika geht, stehen die Großmächte Schulter

an Schulter, um ihre Interessen zu verteidigen«, fügte Nilis hinzu.

Micky griff nach ihrem Notizbuch und tat, als schriebe sie etwas auf, doch es ging ihr eher darum, Interesse zu zeigen, als sich tatsächlich neue Informationen zu notieren. Wenn man solche Typen ließ, hauten sie einem gleich die ganze Weltgeschichte um die Ohren, dachte sie. Außerdem kannte sie deren Ansichten schon aus dem AIVD-Bericht. Sie musste allmählich auf den Punkt kommen, sonst vergeudete sie nur ihre Zeit mit den beiden Besserwissern.

»Bilden Sie die Führungsspitze von BFA?«

»Wir haben keine Führung«, erwiderte Lida. »Wir sind ein Kollektiv.«

»Wer gehört dazu?«

»Es gehört zu unseren Grundsätzen, keine Angaben darüber zu machen«, antwortete Nilis. »Aber Sie können Sympathisantin werden. Wir veranstalten regelmäßig Zusammenkünfte und dabei können Sie …«

»Wie weit würden Sie gehen?«, unterbrach ihn Micky.

Diese Frage hatten Lida und Nilis schon öfter gehört. »So weit wie erlaubt«, antworteten sie im Chor.

Micky schrieb sich die Antwort auf. Jetzt musste sie hartnäckig bleiben und die gewalttätige Seite des Boykotts ansprechen. »Sie wissen, dass letzten Montag bei einem Anschlag vor dem Haus des Direktors der *Duneko* ein Unschuldiger getötet wurde?«

Nilis nickte bedächtig, Lida hielt den Blick auf ihre Teetasse gerichtet.

»Wissen Sie auch, dass der Anschlag eigentlich dem Direktor galt?«

Nilis wandte sich an Lida. »Mevrouw Spijker glaubt anscheinend, wir hätten etwas mit der Sache zu tun«, sagte er. »Darf man fragen, warum?«

»Weil regelmäßig Drohungen vonseiten der Aktivisten

eingegangen sind«, antwortete Micky. »Und weil es gewalttätige Aktionen gegeben hat.«

»Die unterstützen wir aber nicht«, erwiderte Nilis.

»Wo waren Sie am Montagmorgen?«, fragte Micky.

»In Antwerpen«, antwortete Lida. »Bei unseren belgischen BFA-Partnern.« Sie schrieb einen Namen und eine Telefonnummer auf und gab Micky den Zettel.

»Haben Sie irgendeine Idee, aus welcher Ecke die Täter kommen könnten?«, fragte Micky auf gut Glück.

Nilis zuckte die Achseln. Lida starrte erneut in ihren Pfefferminztee, als dächte sie angestrengt nach, ohne dass ihr jemand einfiele. Schließlich fragte sie: »Hat es denn kein Bekennerschreiben gegeben? Wenn der Anschlag aus der Aktivistenszene käme, wäre das die übliche Vorgehensweise.«

»Dazu kann ich leider nichts sagen«, antwortete Micky. Als ob diese Typen ein Bekennerschreiben bräuchten! In allen Medien war über den Zusammenhang zwischen der *Duneko* und den Globalisierungsgegnern ausführlich berichtet worden.

»Ich frage Sie jetzt noch einmal: Können Sie mir wirklich nicht den geringsten Hinweis geben?«

Wieder schüttelte Lida den Kopf. Nilis machte sich zumindest noch die Mühe zu erklären, dass er jede Form von Gewalt ablehne.

»Freut mich zu hören«, bemerkte Micky. »Aber wie steht's mit dem Zukleben von Schlössern? Ist das etwa keine Form von Gewalt?«

»Doch, selbstverständlich«, sagte Nilis. »Sachbeschädigung, Artikel 170 oder 171 des Strafgesetzbuchs.«

Micky beschlich das Gefühl, dass die beiden ein gründliches Medientraining absolviert hatten. Sie kam keinen Schritt weiter und verwünschte Skieter, weil er ihr nichts an die Hand gegeben hatte, um den beiden Feuer unter dem Hintern zu machen. Nach einer Viertelstunde gab sie es auf und verabschiedete sich. Vor der Tür wartete sie auf ein Taxi. Die ganze Zeit über musste sie den Blicken der Typen im Toyota standhalten.

Im Briefingraum herrschte eine aufgekratzte Stimmung. Nach dem Großeinsatz gleich zu Beginn traf jetzt nach und nach eine Flut von Informationen ein. Die Anwohnerbefragung war abgeschlossen, die Zeugenaussagen ausgewertet, die ersten Ergebnisse aus dem Labor hereingekommen – jetzt musste eine Strategie ausgearbeitet werden. Micky war gespannt, in welche Richtung Skieter ermitteln würde. Energiegeladen marschierte er herein und verkündete, dass Pizzen bestellt worden seien. Laute Buhrufe waren die Antwort. Jeder wusste, was das bedeutete: Der freie Abend war gecancelt.

»Wir haben eine heiße Spur«, begann Skieter. »Dank des Einsatzes unserer Arnheimer Kollegin.«

Micky verzog ironisch das Gesicht. Wahrscheinlich folgte jetzt eine Darbietung Amsterdamer Humors auf ihre Kosten.

»Bei der BFA ist der Teufel los«, fuhr Skieter fort. »Micky hat ihnen einen Heidenschrecken eingejagt. Sie hat heute Nachmittag der friedlichen Fraktion dieses Vereins einen Besuch abgestattet. Kaum hatte sie ihnen den Rücken gekehrt, haben sie losgelegt. Wir observieren die beiden schon seit Montag.« Er schwieg und warf einen Blick auf einen kleinen Zettel.

»Es geht um Nilis Beck und Lida Konterman«, sagte er. »Sie alarmieren gerade Gott und die Welt. Und servieren uns ihre Kontakte quasi auf dem Silbertablett. Sie warnen die anderen, dass die Jagd auf sie eröffnet ist. Die sind regelrecht in Panik geraten. Sie fahren jetzt nach Rotterdam und haben sogar schon überlegt abzutauchen. Tonk und Mastic bleiben ihnen auf den Fersen.« Er hielt ein Foto von Nilis und Lida hoch. »Diese beiden führen uns zu den mutmaßlichen Tätern!«

Er nickte Micky zu. »Guter Job! Erzähl mal.«

»Ihr habt sie also schon seit Montag observiert?«, fragte Micky mit drohendem Unterton.

»Vierundzwanzig Stunden rund um die Uhr«, gab Skieter zu. »Aber irgendjemand musste das Feuer anzünden, um sie auszuräuchern, jemand, der sie ordentlich nervös machte. Aber wiederum nicht so sehr, dass sie misstrauisch wurden. Sie durften nicht ahnen, dass sie schon seit Tagen unter dem Vergrößerungsglas lagen.«

»Warum habe ich nichts davon gewusst?«

Skieter hob abwehrend die Hände. »Selig sind die geistig Armen«, sagte er. »Dieses Wissen hätte dir nichts genützt, ganz im Gegenteil.«

»Bullshit!«, fauchte Micky.

Es wurde ganz still.

»Tonk und Mastic haben dich im Auge behalten«, sagte Skieter beruhigend. »Sie saßen in dem Toyota, dessen Kennzeichen du notiert hast.« Er blätterte kurz durch seine Unterlagen und las daraus vor. »Stimmt's?«

Micky nickte. Man hatte sie als Lockvogel missbraucht. Ohne ihr Wissen. Wie eine Schachfigur. Während sie die nutzlosen Informationen vorlas, die sie auf ihrer Mission gesammelt hatte, überkam sie die Wut.

Nach dem Briefing ging sie zu Skieter und tippte ihm auf die Schulter. »Eine Chance, habe ich gesagt. Du hast sie vertan.«

Skieter drehte sich um. »Oh, hab ich es mir mit dir jetzt verscherzt? Na dann lerne ich dich jetzt also auch von deiner schlechten Seite kennen.«

Mit einer Stinklaune machte sie sich auf den Heimweg.

Robert atmete tief durch, als er nach seiner Zeugenaussage im Präsidium auf die Straße trat. Nicht, dass dieser Hoofdinspecteur ihn geradeheraus schlecht behandelt hätte. Im

Gegenteil war Skieter auffallend formell und höflich gewesen. Er hatte Robert sogar von Anfang bis Ende gesiezt. Ungewöhnlich für einen Niederländer, noch ungewöhnlicher für einen niederländischen Polizisten, fast ausgeschlossen, da er doch um die persönliche Beziehung zwischen Robert und seiner Kollegin Micky wusste. Das musste man schon als Affront betrachten. Doch abgesehen davon hatte sich Skieter zurückgehalten. Seiner Enttäuschung darüber, dass Robert trotz detailliertester Nachfragen zum Ablauf des Anschlags selbst nichts Neues zu sagen wusste, hatte er höchstens in kleinen frustrierten Seufzern Ausdruck verliehen. Nur einmal war ihm herausgerutscht, dass die Deutschen ja leider traditionell Probleme mit ihrem Erinnerungsvermögen hätten. Robert hatte achselzuckend um die nächste Frage gebeten.

Jetzt lag der Nachmittag leer vor ihm. Er beschloss, sich vom Zufall leiten zu lassen. Immerhin sollte sich beim Gehen ja die Klarheit des Gedankens einstellen. Wussten schon die griechischen Philosophen, erklärte Langstreckenläuferin Micky, die *Fantastischen Vier* hatten einmal *In der Bewegung liegt die Kraft* gerappt und und und – die ganze Kulturgeschichte hindurch wurde das Umherwandeln gepriesen. Vielleicht sollte man die Welt besser von Spaziergängern regieren lassen statt von Leuten, die in Dienstwagen herumchauffiert wurden.

Allein durch die Stadt zu schweifen, umgeben von Menschen, die durch Geschichten und Gespräche miteinander verstrickt waren, das war so lange ohne ein Gefühl von Einsamkeit zu genießen, wie am Ende des Weges ein Ort wartete, an dem man selbst von einem vertrauten Menschen erwartet wurde. Roberts Ziel war Mickys Haus gewesen. Kaum aber hatte er gegen halb sieben die Tür hinter sich geschlossen, wusste er nicht mehr, was er dort sollte. Vermutlich war sie nicht besonders scharf darauf, dass er noch bliebe. Sie hatte sich nicht mal blicken lassen, als er im Präsidium aussagte. Vielleicht sollte er sich ein Hotelzimmer nehmen oder gleich nach Hause fahren. Nein, die Stadt konnte Patati nicht verlassen, bevor Wolfgangs Mörder gefasst waren.

Im Flur stand sein Koffer. Offenbar hatte die Polizei ihn inzwischen frei- und Micky mitgegeben. Er brachte seine Sachen in die Etage, die Micky nicht nutzte, und ließ sich dort auf eine Couch fallen. Dann zog er Wolfgangs iPod hervor. Er zappte ein wenig durch die Alben.

Funktioniert wieder einwandfrei, das Ding. Was hat den Pingel nur daran gestört?, fragte sich Robert. Er begann, alle Einstellungen zu überprüfen. Es schien alles okay zu sein. Nur die Anzeige für den Fotoordner war abgestellt. Er schaltete sie ein und rief den Ordner auf. Der Bildschirm füllte sich mit kleinen Vorschaufotos. Robert klickte sie durch. Anneke Ke, Anneke Ke, Anneke Ke. Meistens allein und aus so ungewöhnlicher Perspektive, dass man fast vermuten musste, Wolfgang habe sie heimlich fotografiert. Garantiert hatte er sein neues Handy für die Aufnahmen genutzt. Auf den letzten zwei Fotos waren die beiden zusammen zu sehen. Wolfgang streckte seinen Arm weit aus und jenseits des Bildrandes musste seine Hand den Apparat halten. Sie lachten, wirkten glücklich, waren eng umschlungen.

Patati hörte die Haustür zuschlagen und Micky in die erste Etage hinaufsteigen. Kurz danach klingelte sein Handy.

»Bist du wieder im *Paradox?*«, fragte Micky gleich, ohne eine Begrüßung.

»Ich hatte es kurz überlegt, aber ich kam zu dem Schluss, dass wir unser Bewusstsein besser gemeinsam erweitern sollten.«

»Ich kiffe nicht.«

»Ich dachte auch, wir versuchen es zunächst einmal mit

Reden. Ich sitze dir quasi auf dem Kopf. Eine Etage höher. Es gibt hier etwas Merkwürdiges zu sehen.«

Micky drückte ihn weg und kam herauf. Sie entdeckte sofort seinen Rucksack. »Was machst du hier oben?«

»Ich dachte, es wäre dir lieber, wenn ich dir vorerst nicht zu nahekäme.«

»Du meinst, es wäre dir lieber.«

»Lass uns nicht gleich zu streiten anfangen.«

»Also gut, reden wir erst über Merkwürdiges.« Sie setzte sich ihm zu Füßen auf den Teppich.

Robert war es unangenehm, dass er so von oben herab mit Micky sprechen sollte, deshalb rutschte er vom Sofa auf den Boden. Er sah in ihre Augen, die ihn nun eine winzige Idee freundlicher musterten. Es dämmerte ihm. Die Psychologin hatte ihn soeben einem heimlichen Test unterzogen, den er intuitiv bestanden hatte. Er zwang sich, darüber hinwegzugehen.

»Diese Archivarin, Anneke Ke, hat mir erzählt, dass sie nur einen One-Night-Stand mit Wolfgang hatte. Aber als er von ihr erzählt hat, so voller Andeutungen – das muss viel mehr gewesen sein.«

»Vielleicht passten sie doch nicht zusammen. Und ihr ist das Thema mittlerweile unangenehm.«

Robert verdrängte die spontane Eingebung, dass Micky möglicherweise gerade über Eck von ihren eigenen Gefühlen sprach, und zog den iPod hervor.

»Theoretisch möglich. Praktisch –«, er hielt ihr das Display entgegen und rief nacheinander die beiden Fotos von Anneke und Wolfgang auf – »sieht es ganz nach einer Lüge aus.«

»Woher hast du das?« Micky sah ihn nervös an.

»Wolfgang gab ihn mir zur Reparatur mit. Aber er ist ganz in Ordnung, ich ...«

Sie schnappte ihm das Gerät aus der Hand. »Bist du

wahnsinnig? Weißt du, was meine Kollegen mit dir machen? Das ist Unterschlagung von Beweismitteln!«

»Unsinn. Das ist das Eigentum eines zufälligen Opfers.« Er hielt ihr die Handfläche hin, seine Stimme wurde lauter. »Er ist die einzige Verbindung, die ich noch zu Wolfgang habe. Gib ihn her.«

Micky weigerte sich. Eine Überdosis Adrenalin schoss wie eine befeuerte Quecksilbersäule in ihm empor. Blitzschnell schoss seine Hand nach vorn. Er packte Micky hart am Handgelenk.

»Du tust mir weh! Hör auf«, sagte sie extrem kühl.

Aber erst als sie noch einmal leise, aber eindringlich seinen Namen sagte, ließ er endlich von ihr ab. Er starrte sie wütend an.

»Du bekommst das Ding so bald wie möglich zurück«, versicherte sie. »Und jetzt beruhige dich bitte ganz schnell, ehe ich mich aufrege.«

»Ich soll mich beruhigen?« Roberts Adrenalinpegel zitterte. »Du machst mir eine Szene wegen nichts und lässt mich links liegen. Aber ich soll mich beruhigen?«

»Könnten wir das bitte voneinander trennen?«

»Alles gehört mit allem zusammen. Hat dir das im Psychologiestudium niemand gesagt?«

»Also gut. Klären wir erst das. Als ich in die Kneipe kam, hast du mit dieser Franzi heftig geturtelt.«

»Franziska ist eine Freundin. Wir haben der guten Zeiten mit Wolfgang gedacht.«

»Und dazu musste sie auf deinem Schoß sitzen?«

»Das war eine Düsseldorfer Altstadtkneipe. Die Leute quetschen sich da rein wie die Ölsardinen. Für gesitteten Mindestabstand ist da kein Platz. Und wenn man sich unterhalten will, geht das nur per Mund-zu-Ohr-Beatmung. Hast du das alles nicht mitbekommen in deiner Eifersucht? Du bist doch Polizistin?«

»Deine Franzis interessieren mich kein Stück. Aber kaum bin ich um die Ecke, führst du dein Leben, als gäbe es mich gar nicht. Und das ist echt schlimm.«

»Und ich finde schlimm, dass dein Leben nur aus Arbeit besteht und den paar Stündchen mit mir. Es gibt so viel Wichtiges und Spannendes. Wo ist deine Leidenschaft fürs Leben? Lebst du überhaupt …?« Robert verstummte abrupt. Das hatte er nicht sagen wollen. Nicht so. Nicht in einem Streit.

Er schaute betreten auf Mickys Hände, die sie ineinander verschränkt zwischen ihren Knien abgelegt hatte. Die Fingerknöchel waren weiß vom Druck.

»Dann hätten wir das?!« Micky versuchte, ihrer Stimme einen festen Klang zu geben. »Wärst du jetzt bereit, über den Mord an Wolfgang zu reden?«

Robert nickte. Das Adrenalin war aufgebraucht, zurück blieben Scham und Trauer und der verquere Wunsch, Micky in die Arme zu nehmen, um sie über die Verletzung hinwegzutrösten, die er ihr zugefügt hatte.

»Hat Wolfgang über einen Film erzählt, den er restaurieren musste? Dir oder deiner Kollegin?«

»Mir nicht. Warum?«

»Der Rechtsmediziner hat Filmreste an seinem Körper gefunden.«

»Wieso an seinem Körper?«

»Das ist genau die Frage.«

»Ich rufe Franziska gleich morgen früh an, okay?«

Micky stand auf und ging zur Treppe.

»Hör mal, Micky«, setzte Robert an und wollte ihr folgen.

Sie hob abwehrend die Hände. »Ich setze mich nach draußen. Und zwar allein.«

# 6

Er saß fest. Sein Vergehen hatte nur aus Worten bestanden, doch er hatte sie mit der scharfen Klinge des Affekts ausgeteilt. Die gerechte Strafe erhielt er auf verblüffend indirekte Weise. Denn draußen auf der Bank neben der Haustür hielt sein Opfer das Gesicht sehnsüchtig in die warme Abendsonne. Robert konnte an Micky vorbei nicht das Haus verlassen, ohne alles noch schlimmer zu machen, egal, ob er schwieg oder beiläufig einen Spaziergang ankündigte. Sie war seine Wärterin, er hatte Hausarrest.

Unruhig zog er Kreise durch die Wohnung. Immer wieder lugte er durch das geöffnete Fenster, um zu prüfen, ob Micky noch dort war. Er zwang sich zum Sitzen, versuchte, Musik zu hören, aber in ihm überschlugen sich Unglück und Rastlosigkeit, sodass er wieder herumzutigern begann.

Endlich hörte er sie in die Wohnung zurückkehren. Er stand schon oben an der Tür, als Micky erneut im Treppenhaus erschien. Sie trug Sportkleidung und Laufschuhe. Ohne einen Blick nach oben zu werfen, ging sie zur Haustür und verschwand.

Robert verließ das Haus gleich nach ihr. Er vermutete, dass sie zum Vondelpark laufen würde. Also wandte er sich in Richtung Innenstadt. Aber schon am Ende der Bloemgracht entschied er sich anders und bog in die Prinsengracht ein. Vor einem grau gestrichenen Haus sah er einige Grüppchen stehen. Ein großes Plakat kündigte eine Filmreihe zum Thema Globalisierung an.

Es war das *Uitkijk*, eines der ältesten Kinos Amsterdams. Er las den Namen des Films, der an diesem Abend gezeigt wurde: *Outsourced.* Vielleicht lag es daran, dass eine schnelle Assoziation zum ›Outsider‹ sein Gefühl der Einsamkeit traf, vielleicht auch an der diffusen Empfindung, durch das Reißen heftig auseinanderstrebender Gefühle seine Mitte zu verlieren – Robert jedenfalls trat spontan an die Kasse, kaufte eine Karte und setzte sich in einen der roten Plüschsessel des kleinen Saals. Er stellte sein Glas Wein auf einem Tischchen ab, auf dem eine kleine Lampe weiches Licht verbreitete.

Dann tauchte er in die Geschichte eines amerikanischen Callcentermanagers ein, der in Mumbai preiswerte Inder trainieren sollte, patriotischen Amerika-Kitsch an ausländerfeindliche Texaner zu verkaufen. Robert musste lachen, obwohl ihm nicht zum Lachen war, und er wurde von den Bildern und den Farben der Erzählung verzaubert, obwohl alles in ihm nach nüchterner Klarheit verlangte.

Als er das Kino verließ, zog es ihn an das Geländer der Gracht. Er starrte ins Wasser. Der Film hatte ihn an einen Artikel erinnert, den er einmal im Internet gefunden hatte, als er nach einem Streit mit Micky verzweifelt *Was ist Liebe?* in die Suchmaschine gehackt hatte. *Liebe ist Barmherzigkeit mit den Schwächen des anderen,* hatte er da gelesen und *Liebe erwartet nichts.* So gesehen hatten sie beide zwar eine Menge tiefer Empfindungen füreinander gehabt, aber bis zur Liebe waren sie noch nicht wirklich vorgedrungen.

Er fischte nach dem Handy in seiner Jackentasche, ließ das Verzeichnis bis zum Buchstaben M durchlaufen, schaute lange auf Mickys Nummer, scrollte weiter und wieder zurück und stoppte, als *Franzi* auf dem Display erschien. Er hatte nur ihre Büronummer eingespeichert und es war schon nach halb elf Uhr abends.

Er musste sie sowieso anrufen. Warum also sollte er seinen Wunsch, mit jemandem zu sprechen, nicht mit Mickys Auftrag verbinden. Sie war ja sowieso nicht mehr da. Er ließ es ein paarmal durchklingeln und hatte schon das Telefon vom Ohr genommen, als er eine ziemlich überraschte Stimme hörte. »Restaurierungszentrum, Brandner?«

»Solltest du nicht längst Feierabend haben?«

»Robert? Was ist los?«

»Ich stehe hier an einer dieser verträumten Amsterdamer Grachten und dachte mir, ich spreche mal mit jemandem, der weiß, wie man Risse kittet.«

»Du hast nicht zufällig etwas getrunken?«

»Ja, aber nur ein lächerliches Gläschen.«

»Liebeskummer?«

»Dazu müsste ich wissen, was Liebe ist. Was meinst du, Franzi?«

»Liebe ist … Liebe ist … Du stellst Fragen! Ich glaube, Liebe ist Sorgfalt.«

»Das hört sich verdammt gut an. Und worum sorgst du dich?«

Franziskas Lachen hatte einen warmen Klang. »Im Augenblick tatsächlich immer noch darum, einen Riss zu kitten. Den im gestürzten Foto von Struth.«

»Und am Ende wird es wieder mal so perfekt aussehen, dass keiner erkennt, welchen Aufwand du betreiben musstest.«

»Na hoffentlich, bis jetzt hat jedenfalls alles geklappt.«

»Komm, erzähl mir ein bisschen von den schönen Dingen des Lebens. Wie hast du's angestellt?«, fragte Robert.

Franziska lachte wieder. »Ich habe die Aluplatte ausgebeult wie ein alter Automechaniker, die Fotoemulsion geglättet und das Bruchglas mit Epoxydharz angesetzt. Und jetzt gerade poliere ich die Klebestelle mit Silikonöl, damit sich das Licht möglichst gleichmäßig bricht.«

»Weil die Betrachter beim Eintauchen in den Urwald nicht stolpern sollen.«

»Genau. Aber jetzt sag schon, worüber stolperst du da gerade?«

»Ich? Über die Sehnsucht nach meiner Arbeit im Abteiberg, wenn ich dich so reden höre. Vorerst versuche ich allerdings herauszukriegen, warum Wolfgang direkt an seinem Körper einen Film trug.«

»Du hast doch etwas getrunken!«

»Hat er in euren Gesprächen mal einen Film erwähnt?«

»Du meinst jetzt keine Kleinbildfilme, sondern bewegten Film, Kino, ja? Warte mal. Er hat mal erzählt, dass sie ihm eine Spule gezeigt hätten, die irgendwie verklebt gewesen wäre. Ich habe ihm die Nummer von Peter Korfmacher in Berlin gegeben. Dem Guru unter den Filmrestauratoren.«

»Die hätte ich auch gerne.«

»Ich simse sie dir gleich. Schade, dass du nicht in der Nähe bist. Sonst würde ich dich auf ein Glas Sekt einladen, um den fertigen Struth zu feiern. Und den guten alten Wolf natürlich. Ich ertappe mich immer wieder dabei, mich zu wundern, dass er nicht anruft.«

»Ja.« Robert schwieg eine Weile. Plötzlich übersetzte sich ein zwar schemenhaftes, aber verwirrend freundliches Gefühl in eine konkrete Idee. »Sag mal, willst du nicht übermorgen zur Ausstellungseröffnung kommen? Wolfgangs Arbeit ansehen?«

»Ich habe mich eigentlich schon – ach, Quatsch –, du hast recht. Ich komme.«

»Wenn du mir auch noch simst, wann, hole ich dich am Bahnhof ab.« Robert stockte. Vor nicht mal einer Woche hatte Wolfgang am Gleis gestanden, um ihn in Empfang zu nehmen. In ihm begann es zu beben.

»Hey, mein Akku macht schlapp. Die Eröffnung ist um siebzehn Uhr, okay?«, presste er schnell heraus. Er hörte noch ihr »Okay«, als er den Ausknopf drückte. Seine Hände zitterten. Er bemühte sich, tief und gleichmäßig zu atmen. Es dauerte lange, ehe er sich auf den Weg zurück in die Bloemgracht machen konnte.

Als er am nächsten Morgen erwachte, lief er sofort nach unten, um Micky Franziskas Information zu überbringen. Am späten Abend war bei ihr alles dunkel gewesen, und auch jetzt hatte er kein Glück. Sie war schon weg. Nun musste er sich in die Haupthöhle der Löwin wagen.

Im Polizeipräsidium führte man ihn über lange Gänge zu Mickys Büro. Sie kam ihm auf dem Flur entgegen.

»Ich muss raus nach Schiphol. Kannst du mich fahren?«, fragte sie und ging weiter, ohne eine Antwort abzuwarten.

»Okay«, sagte Patati und machte eine Kehrtwendung.

»Willst du wegfliegen? Oder jemanden abholen?«, fragte er.

»Am liebsten beides«, sagte Micky, ohne Robert anzusehen, und verließ das Gebäude. Diesmal wartete sie, bis er auf ihrer Höhe war.

»Was wolltest du eigentlich hier? Schauen, ob ich nicht vielleicht doch lebe?« Der ironische Ton ihrer Stimme enthielt einen beachtlichen Anteil Friedensangebot. Robert verbarg seine Erleichterung hinter einem Grinsen.

»Ja. Und für den gegenteiligen Fall habe ich sicherheitshalber einen geweihten Holzpflock dabei. Die Knoblauch zehen waren blöderweise aus.«

Sie drehte verzweifelt die Augen zum Himmel. »Deine Kalauer sind schlecht wie immer. Aber du hast ein Auto. Das ist immerhin ein Pluspunkt. Wir müssen zur Planeetbaan.«

»Hört sich romantisch an«, antwortete Robert, während er in der Jeans nach dem Autoschlüssel angelte. »Crazy Wolfgang hat in Jugendjahren mal ein ganzes Mixtape mit Weltraumsongs zusammengestellt, weil ihn ein Mädchen zum Mond geschossen hatte. Von *Venus and Mars* über *Ticket to the Moon* bis *2.000 Light Years from Home.*«

»Dieses Mal hat er aber keine Musik gespielt, sondern im *Crowne Plaza* ein Kino betrieben«, meinte Micky lakonisch.

Er sah sie über das Autodach hinweg verständnislos an.

»Ich erklär's dir gleich.« Sie rüttelte übertrieben am Türgriff.

Auf dem Weg berichtete sie, dass am Morgen der Inhaber eines Foto- und Filmgeschäftes auf einer Polizeiwache erschienen war, um eine Aussage im ›Fall van Stutten‹ zu machen.

»Er hat nach einem Kurzurlaub die alten Zeitungen durchgesehen und dabei Wolfgang auf einem Foto als den eigenartigen Deutschen identifiziert, der am vergangenen Freitag einen 16-mm-Projektor bei ihm gemietet hatte.«

»Wieso eigenartig?«

»Wolfgang hat darauf bestanden, dass der Projektor am Montagnachmittag vom Verleiher abgeholt wurde. Dem war das jedoch zu lästig. Aber dein Freund hat auf den Mietpreis noch mal hundert Euro draufgelegt, ohne mit der Wimper zu zucken. Und er hat akzeptiert, dass sie für eine Überweisung der Kaution nach Deutschland eine satte Gebühr verlangten. So viel Bereitschaft zur Geldverschwendung vergisst ein niederländischer Kaufmann nicht. Erst recht nicht bei einem Deutschen.«

»Okay, absolut eigenartig. Den Projektor sollten sie im *Crowne Plaza* abholen?«

Micky nickte.

»Aber da war er nicht mehr.«

»Doch. Nur stand er nicht in dem angegebenen Konferenzraum, sondern noch gut verpackt und offenbar unbenutzt an der Rezeption.«

Robert berichtete nun von Wolfgangs Anfrage wegen einer Filmreinigung. »Mehr wird uns ein gewisser Peter Korfmacher aus Berlin sagen können, aber ich habe ihn bisher nicht erreichen können«, sagte er, lenkte das Auto auf die *Planetenumlaufbahn* und parkte quer vor dem Eingang des Luxushotels.

»Das wollte ich immer schon mal machen«, meinte er grinsend und Micky zückte seufzend ihren Dienstausweis für den heraneilenden Portier.

An der Rezeption bestätigte man die Aussagen des Fotohändlers. Wolfgang hatte den Konferenzraum für Montag sieben bis dreizehn Uhr gebucht.

»Hat er bar bezahlt?«, fragte Micky.

Der Hotelangestellte warf einen Blick auf seinen Computerbildschirm. »Nein, mit Kreditkarte.«

»Drucken Sie mir bitte die Daten aus. Also, der Projektor hat seit Freitag unberührt in Ihrer Staukammer gestanden. Hat denn am Montag jemand nach Herrn Altenburg gefragt?«

Der schlaksige junge Mann hob die Schultern. »Soweit ich weiß, nein.«

»Okay, also wollte Wolfgang morgens hierher fahren. Dass er den Jaguar bei der *Duneko* abliefern sollte, war vermutlich nur eine Ausrede«, überlegte Robert, als sie wieder im Saab saßen. »Und jetzt?«

»Sollten wir dringend diese Anneke Ke befragen, ob sie im Archiv einen Film vermisst.«

Patati startete den Wagen. »Adresse?«

»Nicht ganz so poetisch wie diese. Wir fahren in die Zuidas.«

»Okay, dafür habe ich wirklich keine Mixtape-Geschichte. Wo ist das?«

»Nicht weit von hier. Ein neues Städtebauprojekt, in dem sich einige wichtige Unternehmen angesiedelt haben. Unter anderem vor einem Jahr die *Duneko.*«

Robert fädelte sich in den Verkehr ein.

»Sag mal«, meinte er nach einigen Minuten, »wenn am Montag niemand im Konferenzraum erschienen ist, dann bedeutet das doch wohl, dass die Leute, denen Wolfgang den Film zeigen wollte, von dem Anschlag gewusst haben.«

»Oder sie hatten von Anfang an nie vor zu erscheinen. Wir müssen herausbekommen, was das für ein Film war.«

»Heißt das, du gehst davon aus, dass Wolfgang doch kein Zufallsopfer war?«

»Es spricht weiter alles dafür, dass van Stutten das Ziel war. Aber vielleicht hat er Wolfgang tatsächlich als Double missbraucht? Dann könnte er ihm den Auftrag gegeben haben, den Film im *Crowne Plaza* vorzuführen. Weil es ihm selbst zu gefährlich war. Ach, es macht überhaupt keinen Sinn zu spekulieren. Im Augenblick ist alles möglich.«

Die Zentrale der *Duneko* lag in der Nähe von A 10 und Bahnlinie, die beide bald unterirdisch verlaufen sollten, damit man auch dieses Gelände als ›Toplocation für Wohnen und Arbeiten‹ vermarkten konnte.

Robert war ziemlich angetan von dem, was er sah, und auch Micky schien nicht unbeeindruckt zu sein. Das *Duneko*-Gebäude bestand aus einem zweigeschossigen hellgelben steinernen Rundbau an der Basis, von dem aus ein gläserner Turm in Form einer lang gestreckten geschlossenen Blüte in die Höhe wuchs.

Auch innen wartete eine Überraschung auf die Besucher. Das Foyer nahm das ganze Erdgeschoss des Gebäudes ein und glich mehr einem subtropischen Urwald als einer Empfangshalle. Eine Kuppel krönte die an die zwanzig Meter hohen Wände des Foyers. An den Seiten führten gläserne Aufzüge durch die Decke in die von hier aus unsichtbaren Etagen. Es gab große Areale, die ausschließlich Pflanzen und Wasserläufen vorbehalten waren und durch die nur schmale Pfade führten. Eingebettet in diese Landschaft lagen eine Cafeteria, Sitzecken, eine Art Piazza und ein Informationsschalter.

Micky zeigte dort ihren Ausweis vor und fragte nach Anneke Ke.

Einige Minuten später erschien ein Mann, der sich als stellvertretender Sicherheitschef Geert Vries vorstellte. »Wie kann ich Ihnen helfen?«

»Wir möchten mit Mevrouw Ke sprechen«, antwortete Micky.

»Darf ich fragen, in welcher Angelegenheit?«

»Das würde ich gerne mit ihr selbst besprechen.«

»Es ist also privater und nicht beruflicher Natur?«

»Das werde ich wohl nach diesem Gespräch wissen.« Micky wirkte richtig tough, fand Robert.

»Dann werden Sie sicher nichts dagegen haben, wenn ich an Mevrouw Kes Seite bleibe. Es ist die Philosophie unseres Hauses, unsere Mitarbeiter stets zu unterstützen.«

Micky machte eine Handbewegung, die wahlweise als Zeichen der Gleichgültigkeit oder großzügige Einladung zu deuten war.

»Peinlich, was einem heute so alles als Philosophie verkauft wird«, murmelte Robert auf Deutsch und zog einen überraschten Blick des Mannes auf sich.

»Ich habe Sie leider nicht verstanden.«

»Das passiert mir häufiger«, antwortete Robert nun wieder auf Niederländisch.

Der Sicherheitsvize wirkte ein wenig irritiert. »Ja, dann darf ich Sie bitten, mir zu folgen. Waren Sie schon einmal bei uns?«

Die beiden schüttelten den Kopf.

»Bis zur Eröffnung 2007 waren wir oft mit dem Vorurteil konfrontiert, die *Duneko* würde sich hier einen Prachtbau zu Repräsentationszwecken leisten. Tatsächlich aber ist die gesamte Architektur nach aktuellsten ökologischen und sozialwissenschaftlichen Erkenntnissen gestaltet worden, um bestmögliche Arbeitsbedingungen für alle zu schaffen. Dank dieser ausgedehnten Urwaldpflanzungen hier und der auf die Etagen verteilten Anlagen vom Bambushain bis zum Kräutergarten verfügen wir über ein natürliches, gesundes Raumklima. Dabei hilft uns eine zweite Glashaut, die unterhalb der Fassade eingezogen wurde. Zwischen den beiden Schichten zirkuliert Frischluft, die hier unten zuvor durch mehrere Wassersysteme geleitet und gereinigt wurde. Unsere Mitarbeiter können die Innenfenster in ihren Büros öffnen, ohne von Umweltgiften und Lärm belastet zu werden. Der Krankenstand ist seitdem um fünfundzwanzig Prozent gesunken. Außerdem gestattet die Glaskonstruktion eine ideale Nutzung der Sonnenkraft für die Wärme- und Lichtgewinnung. Wir haben unseren Energiebedarf im Vergleich zu einem herkömmlichen Gebäude um über siebzig Prozent reduzieren können. Und was so nützlich ist, soll natürlich auch schön sein. Die biomorphe Form ist einer männlichen Blüte der Ölpalme nachgebildet. Jener Pflanze, die maßgeblich zum Erfolg der *Duneko* beigetragen hat und im postfossilen Energiezeitalter mehr denn je beitragen wird.«

Robert wusste beinahe nicht, was er mehr bewundern sollte: das architektonische Wunderwerk oder die professionelle und zugleich ehrlich begeisterte Beredsamkeit dieses Geert Vries, die kaum zu seinem eigentlichen Metier passen wollte. Vermutlich hatte er den ganzen Kram mitbekommen, während er die geführten Besuchergruppen besonders scharf im Blick behielt. Inzwischen waren sie mit einem der Aufzüge in den Keller gefahren.

»Mevrouw Ke ist mit den letzten Vorbereitungen für die Eröffnung unserer großen Ausstellung beschäftigt. Im Augenblick leitet sie die Haustechniker bei der Gestaltung der Stellwände an«, erläuterte der Sicherheitsgarant und öffnete eine Tür.

Anneke Ke stand mit dem Rücken zum Eingang und diskutierte mit einem Mann in grauem Kittel. Sie trug diesmal ein cremefarbenes Kostüm. Hauchdünnes satiniertes Nylon verlieh ihren Beinen einen seidenen Schimmer. Wolfgang wäre begeistert gewesen.

Als sie sich umdrehte, wusste sie ihre Überraschung kaum zu verbergen, dass der angekündigte Polizeibesuch zur Hälfte aus Robert Patati bestand. »Sie wollten mich sprechen?«, fragte sie anstelle einer Begrüßung.

»Mein Name ist Micky Spijker. Ich ermittle im Mordfall Wolfgang Altenburg. Mein Beileid, Mevrouw Ke. Sie kannten den Toten ja sehr gut, wie ich hörte.«

»Ich habe diesem Herrn schon alles gesagt, was ich weiß«, unterbrach Anneke Ke sie schroff. »Allerdings hatte er sich mir als Wolfgangs Freund vorgestellt, nicht als Polizist.«

»Das ist richtig. Herr Patati ist kein Polizist. Wir haben ihn als Experten hinzugezogen, um die Arbeit von Herrn Altenburg besser einschätzen zu können.«

»Sollten Sie nicht lieber die Leute finden, die unseren Vorstandsvorsitzenden ermorden wollen, statt Berufskunde zu betreiben?«, schaltete sich Vries ein.

Robert erwartete eine scharfe Antwort Mickys, doch die gab sich lammfromm. »Ich möchte Ihr enges Zeitkorsett nicht strapazieren, indem ich Sie mit Details behellige. Ich sehe ja, wie sehr Sie im Stress sind, Mevrouw Ke. Aber im Augenblick können nur Sie mir weiterhelfen.« Micky lächelte ihr Gegenüber herzlich an.

»Wenn es schnell geht«, sagte Anneke und warf ihrem philosophischen Betreuer einen unsicheren Blick zu.

»Unseres Wissens hat *Duneko* Herrn Altenburg beauftragt, historische Fotografien zu restaurieren.«

Anneke nickte.

»Sollte er auch Filme bearbeiten?«

»Nein. Ich glaube nicht, dass er so etwas überhaupt konnte. Wie kommen Sie darauf?«

»Das ist sehr seltsam.« Micky gab sich verwundert. »Unsere Spurensicherung hat festgestellt, dass er am Tattag eine Filmspule bei sich trug. Wir dachten, es hätte mit seinem Auftrag zu tun.«

»Nein, wirklich nicht. Möglicherweise war es ja ein privater Film? Haben Sie ihn dabei? Dann wäre die Herkunft leicht zu klären.«

»Tut mir leid. Die Kollegen sind noch mit der Spurenauswertung und Rekonstruktion beschäftigt. Herr Altenburg trug den Film eigenartigerweise direkt am Körper. Er wurde von der Explosion und dem anschließenden Feuer stark in Mitleidenschaft gezogen. Allerdings nicht so sehr wie Wolfgang Altenburg selbst. Eine furchtbare Sache. Man kann den Anblick eines solchen Attentatsopfers kaum vergessen.«

Ihre Stimme war stetig leiser geworden, als spräche Micky immer mehr mit sich selbst. Anneke starrte sie mit großen Augen an.

»Könnten Sie eben überprüfen, ob im Archiv ein Film fehlt? So viele werden Sie doch vermutlich nicht haben«, schaltete sich Robert ein.

»Haben Sie eine Ahnung«, fuhr Anneke Robert an.

»Aber einen Versuch wäre es doch wert. Auch Charlie van Stutten zuliebe.«

»Jetzt?« Anneke sah zu den Stellwänden hinüber.

»Sie haben recht, es ist ein bisschen viel verlangt«, sagte Micky entschuldigend. »Wenn es Ihnen recht ist, schicke ich einen Kollegen. Sie geben ihm einfach Ihr Findbuch und er gleicht das mit dem Bestand ab.«

»Ich glaube nicht, dass ich das zulassen kann. Das Archiv ist das Gedächtnis der *Duneko.* Voller vertraulicher Daten zu Personen und Unternehmensstrategien.« Vries nickte Anneke zu. »Aber vielleicht kannst du doch einmal kurz nachschauen, ob etwas fehlt. Wir wollen der Polizei helfen, wo wir können.«

Das Archiv befand sich gleich nebenan. Anneke tippte einen Sicherheitscode in eine Tastatur und legte den Daumen auf einen Scanner. Die Tür wurde entriegelt.

Sie ging zu einem der langen Regale im hinteren Teil des Raums und strich mit dem Finger an den Filmboxen entlang.

»Es wäre allerdings ein großer Zufall, wenn ich das jetzt – wenn man nur so grob drüberschauen kann – nein, das ist alles da. Hm, Moment mal. Das ist ja wohl nicht möglich.« Sie richtete sich auf. »Es fehlt tatsächlich etwas. Unser ältester Film. Aus dem Jahr 1931. Ein unersetzliches Dokument, aber leider in katastrophalem Zustand.« Während sie sprach, zeichneten sich Hektikflecken auf ihrem Hals ab.

»Gehört ein solch wertvolles Objekt nicht in einen Tresor?«, meinte Micky.

»Der ganze Raum ist ein Tresor«, bemerkte Vries spitz.

»Wir haben gerade erst entschieden, für ihn und einige andere wichtige Filme und Fotografien einen Kühlraum einrichten zu lassen«, erklärte Anneke. »Es war eine dringende Empfehlung von Herrn Altenburg.«

»Dann kannte er diesen Film?«

»Ja. Er war ganz begeistert davon. Aber er würde doch nie ...«

»Anscheinend hat er doch«, meinte Micky trocken. »Worum ging es in dem Film?«

»Ein früher Imagefilm, wenn Sie so wollen. Ich selbst habe ihn leider nie sehen können, weil er schon zu angegriffen war. Den Unterlagen nach zeigt er Aufnahmen von der Ölpalmernte in den *Duneko*-Plantagen, den Transport von Afrika und Indonesien per Schiff, die Weiterverarbeitung in den Seifen- und Margarinefabriken in Berlin und Amsterdam und die Auslieferung der Endprodukte an den Handel.«

»Meinen Sie, dass jemand bereit wäre, für einen solchen Film zu bezahlen?«

Anneke zog die Stirn in Falten, was ihrem damenhaften Gesicht etwas überraschend Mopshaftes verlieh. »Es gibt eine Menge Hobbyhistoriker – vor allem zur Kolonialgeschichte. Und die Linksradikalen können ja immer Material für ihre dummen Propagandastreifen gebrauchen, mit denen sie uns im Internet verunglimpfen. Ob das viel Geld brächte – keine Ahnung. Wir haben hier keine Erfahrung mit dem Handel gestohlener Ware.«

Das werden die Antiglobalisten anders sehen, dachte Robert, während er Anneke aufmunternd anlächelte. »Aber Sie können uns bestimmt sagen, ob es damals einen besonderen Anlass gab, diesen Imagefilm zu produzieren.«

Anneke lächelte zurück, wie es ein Kühlschrank nicht warmherziger hätte tun können. »Aber selbstverständlich. Im Januar 1931 ist der deutsche Firmenmitgründer Paul Anstütz gestorben. Er hinterließ keine Erben, sodass das Unternehmen ganz in das Eigentum seines niederländischen Partners Pieter de Kooning überging. Pieter hat den Film seinem verstorbenen Partner gewidmet«, spulte sie weiterhin lächelnd ab. »Aber wenn Sie mehr darüber wissen wollen, sollten Sie unsere Ausstellung besuchen.«

»Ich begleite Sie zurück nach oben«, erklärte Vries sofort.

»Da bin ich ganz sicher«, konnte sich Robert den Wortwitz nicht verkneifen und fing sich einen strengen Polizistinnenblick ein.

Als sie an der Tür zur Werkstatt vorbeikamen und Anneke nach der Klinke griff, legte Micky ihre Hand beinahe zärtlich auf den Arm der Archivarin und raunte in einem verschwörerischen Von-Frau-zu-Frau-Ton: »Anneke, wir haben in den Sachen des Toten einige Fotos von Ihnen beiden gefunden. Wir benötigen sie nicht mehr. Sie wirkten so vertraut und glücklich darauf. Soll ich sie Ihnen vorbeibringen? Sicher liegt Ihnen viel daran.«

Anneke warf einen verschreckten Blick zu Vries hinüber, der plötzlich ganz große Ohren bekam. »Es ist schrecklich, einen Kollegen zu verlieren«, antwortete er schnell für sie. »Selbst wenn man nur kurz zusam-mengearbeitet hat. Schicken Sie die Fotos doch bitte an mich. Sobald Mevrouw Ke wieder in etwas ruhigerem Fahrwasser ist, wird sie die Bilder sicher gerne an sich nehmen. Die *Duneko* ist wie …«

»… eine große Familie«, ergänzte Robert zu Geert Vries' Überraschung.

»Ich bringe sie Ihnen am Samstag einfach mal mit«, sagte Micky. »Bis dahin fällt Ihnen sicher auch noch etwas ein, mit dem Sie uns weiterhelfen könnten.« Sie reichte der erstarrten Anneke die Hand, als wünschte sie einer Witwe Kraft und Stärke.

Robert war beeindruckt, wie Micky mit wenigen Gesten und Worten für Verunsicherung gesorgt hatte. Kaum, dass sie losließ, ergriff auch er Annekes langsam herabsinkende Hand. Sie fühlte sich an wie ein toter Fisch.

## 7

Eine Mail von Skieter hatte Mickys freien Samstag beendet. Aus einem bestimmten Grund war sie jedoch gar nicht so böse darüber. Denn was sollte sie mit Robert anfangen? Sie hatten einen stillschweigenden, brüchigen Frieden geschlossen. Es lief darauf hinaus, dass sie zwar im selben Bett schliefen, aber keinen körperlichen Kontakt mehr riskierten. Dass sie morgens eng an ihn gekuschelt erwachte, betrachtete sie als Irrweg ihres Unterbewusstseins. Zugleich drückten sie sich beide davor, die Frage anzuschneiden, wie lange er bleiben und wie endgültig ihr Abschied ausfallen würde. Im Moment bestimmte kurioserweise Tol Skieter über Roberts Aufenthaltsdauer: Er hatte angeordnet, dass er sich bis auf Weiteres für ergänzende Aussagen zur Verfügung halten solle.

Micky hatte er darüber informiert, dass er sie um halb elf am Samstagvormittag zu einem kurzen Briefing im Präsidium erwarte. Als Auftakt zu einem Tag *Duneko.* Dresscode: Cocktailkleid. Das klang nach einem Betriebsausflug, aber Skieter hatte noch ein Memo vom RID hinzugefügt. Darin stand, dass sich der Ministerpräsident unter den Gästen befinden würde, was eine ganze Reihe besonderer Sicherheitsmaßnahmen erforderte. Weil die nicht gänzlich geheim gehalten werden konnten, bestand das Risiko, dass

›bestimmte Gruppen und/oder Personen die Lage ausnutzen könnten‹.

Micky verschwand im Schlafzimmer, wo sie ein ärmelloses kleines Schwarzes und einen passenden Bolero mit Strasssteinchen aus dem Schrank holte.

»Wie, musst du jetzt schon weg?«, fragte Robert hinter einer Zeitung hervor, als sie fertig gestylt herunterkam und ihr Handy und ihr Notizbuch bereitlegte. Sie öffnete den Schnappverschluss ihrer Handtasche. »Ich muss arbeiten«, erklärte sie.

»Ich dachte, wir wollten auf diese *Duneko*-Party gehen?«

»Machen wir auch. Aber wir gehen nicht gemeinsam. Ich muss dienstlich hin. Wir treffen uns dann dort.«

Robert ließ endlich die Zeitung sinken und musterte sie staunend: »Sieht so deine neue Uniform aus?«

»Ich gehe semi-undercover.«

Tol Skieter war in seinem Büro und empfing sie mit einer frischen Tasse Kaffee aus der Espressomaschine, die neben seinem Schreibtisch stand. Er trug einen schwarzblauen Anzug mit dünnen, grau glänzenden Nadelstreifen und dazu eine schmale Lederkrawatte, die gut zu einer Siebzigerjahre-Revivalparty gepasst hätte.

»Möchtest du etwas Süßes dazu?«, fragte er freundlich, als er die Tasse vor ihr abstellte. Er riss eine Papiertüte auf, aus der zwei Apfeltaschen mit Zuckerguss zum Vorschein kamen. Das sollte wohl eine Entschuldigung dafür sein, dass er sie gestern ohne Hintergrundinformationen losgeschickt hatte. Micky blieb stehen und hielt mit beiden Händen ihre Tasche umklammert. »Wo sind die anderen?«, fragte sie.

»Hängen alle irgendwo bei der *Duneko* rum«, antwortete er. »Das Gebäude wird schon seit vier Uhr heute Morgen observiert. Wir arbeiten in drei Teams.«

Micky stellte ihre Tasche ab.

»Das Außenteam sichert die Umgebung in einem Umkreis von fünfhundert Metern und überprüft, ob sich dort Demonstranten oder andere Penner herumtreiben, die da nicht hingehören. Es werden alle einkassiert, die keinen Ausweis oder eine offizielle Einladung haben. Das zweite Team bewacht die Eingänge, kontrolliert, wer reinkommt, und unterstützt das dritte Team, das sich in der Nähe von Charlie van Stutten, Ruud de Kooning und dem Ministerpräsidenten aufhält.« Er hielt ihr noch immer das süße Gebäck vor die Nase und unterbrach sich unvermittelt: »Du bist doch nicht etwa auf Diät?« Er drehte sich um und suchte nach etwas.

Micky roch, dass er sein Kinn üppig mit einem Aftershave besprenkelt hatte, das er wahrscheinlich beim Kauf der Krawatte umsonst dazubekommen hatte. Sie schenkte ihm ein eisiges Lächeln. »Wer stellt das dritte Team?«

»Du und ich«, antwortete Skieter und hielt triumphierend einen Unterteller in der Hand, auf dem er die Apfeltaschen akkurat platzierte. Die Tüte knüllte er zu einem Ball zusammen und warf ihn in den Papierkorb.

Micky trank einen Schluck von dem Kaffee, der viel zu süß war, angelte mit dem Löffel die Kirsche von dem Gebäck und steckte sie in den Mund.

»Was ist unser Job?«, fragte sie.

»Augen und Ohren offen zu halten«, sagte er. »Deswegen will ich dich dabeihaben. Du hast eine drittes Auge und ein drittes Ohr. Du hörst und siehst mehr als Normalsterbliche.«

Als besäße sie übersinnliche Fähigkeiten ... Offenbar hatte er noch nicht kapiert, dass sie einen soliden Beruf ausübte und ihre Ausbildung auf wissenschaftlichen Erkenntnissen basierte. Nicht mehr und nicht weniger.

Skieter nahm ein Schulterholster aus seiner Schreibtischschublade und betrachtete prüfend ihren Oberkörper. Sie hatte das Gefühl, er würde ihre Körbchengröße ausrechnen.

Er schüttelte den Kopf. »Ich nehme eine Waffe mit, aber bei dir würde das zu sehr auffallen, fürchte ich.« Skieter zog sein Jackett aus und schob den Gurt unter der linken Achsel durch. Er steckte seine Walther in das Pistolenhalfter und betrachtete sich im Spiegel neben der Tür. Er reckte das Kinn und strich seine Frisur zurecht. Micky stellte fest, dass er beim Friseur gewesen war. Die rostbraunen, fahlweißen und schwarzen Locken waren jetzt gleich lang und lagen ordentlich an.

»Der Zeitplan für heute wurde geringfügig verändert«, sagte er. »Der offizielle Empfang findet um elf Uhr statt. Anschließend erhält der Alteigentümer seinen Ritterschlag und gleich darauf folgen die Reden. Um zwölf Uhr dreißig werden die Verträge unterzeichnet. Mittagessen gibt es um dreizehn Uhr. Die Pressekonferenz ebenfalls. Um fünfzehn Uhr wird die Ausstellung eröffnet.« Er zeigte auf den Unterteller. »Also iss jetzt lieber ein bisschen, denn so schnell bekommst du nicht wieder etwas.«

Micky bohrte einen Löffel durch die Kruste und pulte ein wenig braunen Apfelbrei heraus.

»Ich bringe dich mal eben auf den neuesten Stand«, sagte Skieter. »Heute am frühen Morgen ist eine Nachricht vom Dezernat für Wirtschafts- und Finanzkriminalität hereingekommen. Sie haben sich die Kreditkartendaten von Wolfgang Altenburg einmal näher angesehen. Mit einem bemerkenswerten Ergebnis.« Er drückte auf den Knopf der Espressomaschine und wartete, bis Micky ihn wieder verstehen konnte.

»Herr Altenburg hatte für den letzten Montag, seinen Todestag, drei Businessclass-Tickets gebucht. Drei einfache Flüge von Schiphol aus über Quito nach San José in Costa Rica. Mit dem KLM-Flug um dreiundzwanzig Uhr fünfunddreißig am selben Abend.«

»Wann hat er die gebucht?«

»Zwei Wochen zuvor. Die Tickets waren ausgestellt auf die Namen Wolfgang Altenburg, Anneke Ke und Pjotr Ke, Alter: vierzehn Jahre. Der Sohn von Anneke.«

»Dann wären sie ja noch vor der Ausstellungseröffnung verschwunden.«

»Liebe scheint doch wichtiger zu sein als Arbeit«, meinte Skieter.

»Da muss noch etwas anderes hinterstecken«, zweifelte Micky. »Der Liebe wegen mussten sie sicher nicht wegfliegen.«

»Bleiben Macht oder Geld. Ersteres können wir abhaken. Als Gringo hast du in Mittelamerika nicht viel zu melden.«

»Dann wartete vielleicht eine Schubkarre voller Geld auf ihn?«

»Auf sie«, verbesserte Skieter. »Also werden wir uns mal die Geldbewegungen von Herrn Altenburg und Mevrouw Ke genauer vornehmen. Bis alles da ist, können wir uns noch mit ein paar anderen interessanten Kreditkartendaten unseres Opfers beschäftigen.«

Er fischte die Kopie einer Abbuchung aus dem Papierchaos auf seinem Schreibtisch. »Das hier ist die Anzahlung für die Miete eines Appartements in San José. Für drei Monate im Voraus. Darüber hat dein Schützling gestern nichts gesagt.« Er warf ihr einen fragenden Blick zu.

»Ich bin davon überzeugt, dass Robert davon auch nichts wusste«, entgegnete Micky.

»Oder diese Information ist nach seiner ›Schockpsychose‹ in irgendeiner Gehirnwindung stecken geblieben. Wie auch Mevrouw Ke verdammt zurückhaltend mit Einzelheiten über ihre Beziehung zu Altenburg war.«

»Mevrouw Ke war bis jetzt sehr ausweichend, aber unter Druck wird sie schon aussagen. Wir sollten sie einfach mal zu einem guten Gespräch einladen. Habt ihr noch etwas anderes gefunden, was auf einen überstürzten Aufbruch hindeutet?«

»Daran war nichts überstürzt«, erwiderte Skieter. »Er hat die Reise schon seit Wochen vorbereitet.«

»Aber was könnte Wolfgang in Costa Rica gewollt haben?«, fragte Micky. »Urlaub machen? Emigrieren? Oder war er auf der Flucht?«

»Auf der Flucht wovor? Es gibt keinerlei Beweise, dass er etwas Strafbares getan hat.«

Micky löffelte die Teighülle aus und versuchte, die neuen Informationen einzuordnen. Wenn Wolfgang wirklich vorgehabt hatte, am nächsten Tag zu verreisen, hätte er Robert nur für einen Tag nach Amsterdam kommen lassen. Weniger noch, im Grunde für nur eine durchzechte Nacht. Ob das als Abschied gedacht war?

»Was er an dem Tag vorhatte, ist mir sowieso ein Rätsel«, sagte sie. »Hast du meinen Bericht über den Projektor und den Konferenzraum im *Crowne Plaza* gelesen, die er gemietet und schon im Voraus bezahlt hat?«

Skieter brummte eine Bestätigung, drehte seine Tasse um und leckte den letzten Tropfen heraus. »Dieser Wolfgang Altenburg hat sich überhaupt ziemlich merkwürdig verhalten«, sagte er. »Aber das Einzige, was man ihm vorwerfen kann, ist der Diebstahl eines Werbefilms aus dem *Duneko*-Archiv. Das scheint mir kein Grund zu sein, jemanden in Fetzen zu sprengen. Lass uns gehen. Du hast keinen Hunger mehr, oder?«

Er griff nach Mickys Unterteller, presste die leere Teighülle zu einem flachen Kuchen zusammen und steckte alles auf einmal in den Mund. Dann fischte er die Tüte wieder aus dem Papierkorb, faltete sie auseinander und steckte die unberührte Apfeltasche hinein. Er warf Micky den Autoschlüssel zu. »Du fährst«, sagte er mit vollem Mund. »Dann kann ich unterwegs die andere Apfeltasche essen.«

In der Tiefgarage zeigte Skieter auf einen Alfa Romeo 156. »Die schickste Karre in unserem Wagenpark«, sagte er.

»Haben wir vom Oberboss geerbt. Er hat ihn nur drei Monate gefahren. Konnte sich nicht an das Knarzen der Ledersitze gewöhnen. Ohrenschmerzen hat er davon gekriegt.«

»Costa Rica hat kein Auslieferungsabkommen mit den Niederlanden«, bemerkte Micky. »Das gibt doch zu denken.«

»Denk, was du willst«, erwiderte Skieter. »Wir konzentrieren uns bei den Ermittlungen weiterhin auf die beiden Jungs von der Elfenbeinküste, die einen professionell vorbereiteten Anschlag verübt haben, aber den Falschen erwischten, weil der ein perfekter Doppelgänger des geplanten Opfers war. Und so langsam müsste es dir doch dämmern, dass die Typen von *Best for Africa* nicht den ganzen Tag Bonbons verteilen, um die Öffentlichkeit für sich zu gewinnen?«

»Und sie bewegt sich doch«, murmelte Micky.

»Was, wo?«, fragte Skieter gereizt.

»Das hat Galilei gesagt, als der Papst ihn dazu zwingen wollte zu verkünden, dass die Erde stillstehe und die Sonne sich um sie drehe. Unter Androhung des Scheiterhaufens.«

Skieter brummte zufrieden, als sei das seiner Meinung nach die gerechte Disziplinarstrafe für aufmüpfige Untergebene.

Rund um das Hauptgebäude der *Duneko* herrschte eine ungewöhnliche Ruhe. Schon auf der A 10 hatte Micky am Straßenrand parkende Wagen mit Observierungsteams in Zivil entdeckt. In der Unterführung an der Abzweigung zur *Duneko* standen mehrere Einsatzfahrzeuge. Draußen an der Böschung saßen Dutzende Verhaftete, alle die Hände in Handschellen auf dem Rücken. Skieter stöpselte den Kopfhörer ein, klemmte das Mikrofon ans Revers und fragte den Kollegen am anderen Ende der Leitung nach ihrer Ausbeute.

»Dreiundzwanzig«, sagte er zu Micky. »Alle festgenommen, weil sie keinen Ausweis dabeihatten. Keine organisierten Aktionen. Noch nicht.« Er reichte ihr einen Ausweis an einer Kette. »Umhängen«, sagte er. »Sonst sitzt du gleich bibbernd zwischen diesen Losern.«

In der Allee, an der die *Duneko* lag, schlossen sie sich einer Schlange exklusiver Limousinen an. »In der Karre hier fallen wir wenigstens nicht ganz so sehr auf«, bemerkte Skieter, als sie den Haupteingang passierten, wo die Besucher durch ein Spalier von Sicherheitspersonal in das Gebäude hineinschritten.

»Stell dich einfach da hin.« Skieter zeigte auf einen Grünstreifen zwischen den Fahrbahnhälften. Micky parkte den Alfa zwischen zwei Akazien. Sofort schossen zwei Wachleute aus dem Häuschen neben den Glastüren und bedeuteten Micky mit energischen Gesten, dass sie dort nicht parken dürfe. Skieter ließ sich nicht mal dazu herab, das Fenster runterzukurbeln. Er blickte starr geradeaus und hielt seinen Polizeiausweis in Höhe seines rechten Ohres hoch.

»Steig schon aus«, sagte er nach ein paar Augenblicken. Währenddessen bedeuteten die Wachleute den Autofahrern hinter ihnen, dass sie durchzufahren hatten. Micky atmete einmal tief durch. Auch Skieter legte das typische Machogehabe vieler Kollegen an den Tag, die sich in der Öffentlichkeit Dinge herausnahmen, für die Otto Normalverbraucher hohe Bußgelder blechen musste.

»Hast du nicht gesagt, du wolltest nicht auffallen?«, fragte Micky.

Skieter nahm sie am Arm und gemeinsam schritten sie über einen grünen Läufer in das Gebäude hinein. »Das macht doch immer wieder Spaß, diesen arroganten Fatzkes in ihren dicken Schlitten zu zeigen, dass sie gar nichts zu sagen haben«, bemerkte er. »Und jetzt wissen wenigstens auch die Leute vom Sicherheitsdienst, wer wir sind.«

Als sie das Foyer betraten, bemerkte Micky, wie ihr zwei Fahnder, die sie bei den Briefings gesehen hatte, verschwörerisch zuzwinkerten. Kurz darauf grinste sie ein dritter ziemlich blöde an. Sie fragte sich, was wohl so lustig war, als ihr bewusst wurde, dass Skieter sie untergehakt hatte, als seien sie ein verliebtes Pärchen. Sie versuchte, ihren Arm wegzuziehen, aber erst im Empfangssaal auf der zweiten Etage ließ er sie los. Mindestens drei Viertel seines Teams hatten bis dahin mitbekommen, wie Skieter sie hinter sich hergeschleift hatte, als sei sie seine Trophäe. Schlimmer noch: Auch Robert hatte gesehen, wie sie Arm in Arm mit einem anderen Mann hereinspaziert war. Er war freudig auf sie zugelaufen, mit der Einladung wedelnd, die sie ihm gegeben hatte, doch dann schien er von plötzlichem Durst überfallen und war zu einem Mineralwasserstand abgebogen.

»Wir haben reservierte Plätze«, sagte Skieter. »In der ersten Reihe hinter dem Podium.« Er führte sie zu einer kleinen Tribüne, die hinter dem Rednerpult aufgestellt war. »Von hier aus können wir alle beobachten«, fügte er zufrieden hinzu.

Micky war die einzige Frau in diesem Bereich. Ein dunkelhäutiger Mann in einem weiten dunkelblauen Anzug setzte sich neben sie. Er war mindestens zwei Meter groß und hatte wahrscheinlich genauso viel Bauchumfang. Er würdigte Micky keines Blickes, auch dann nicht, als sie sich umsah, um die übrige Gesellschaft zu mustern.

»Alles Politiker und Ministerialbeamte«, flüsterte Skieter. »Aus dem Präsidialamt, dem Innen- und dem Außenministerium.«

»Und der Fleischklops neben mir?«

»Der Kugelfänger des Botschafters von Kamerun.«

»Wo ist denn sein Chef?«

»Der kommt erst später. Zuerst wird Ruud de Kooning gebauchpinselt, dann kommt die Firmenübergabe. Die wichtigen Leute sitzen alle da drüben.«

Micky folgte seinem Blick und sah über das Podium hinweg in das unbewegte Gesicht Charlie van Stuttens. Er unterhielt sich gerade mit Anneke Ke, die Micky ein verkrampftes Lächeln zuwarf. Sie trug ein Kleid mit überraschend tiefem Dekolleté. Neben ihr hob Geert Vries grüßend die Hand und Micky antwortete mit einem knappen Nicken. Auf der anderen Seite neben Charlie sah Micky Stefane Bilderberg, ebenso wie Charlie in einen tadellosen Smoking gekleidet.

»Sein Leibwächter ist auch da«, bemerkte sie.

»Stefane Bilderberg ist mehr als ein Leibwächter«, erwiderte Skieter. »Die beiden sind ein Paar.«

Ein Gongschlag, der sekundenlang nachhallte, ließ die Anwesenden verstummen.

Charlie ging zum Rednerpult. Er schien ein Spiel mit seinem Publikum zu spielen, indem er es eine ganze Weile zappeln ließ. Es wurde so still im Saal, dass schließlich nur noch das Rauschen der Klimaanlage und das Geplätscher der Wasserwege im Urwaldfoyer zu hören waren. In dem Moment, als sich Charlie zum Mikrofon beugte, kam Ruud de Kooning aus einem Seitengang hervor, in dem er schon eine Weile gewartet haben musste. Charlie hob zur Begrüßung beide Arme. Die aufgebaute Spannung entlud sich in einem donnernden Applaus, der erst nach einigen Minuten abebbte. Perfektes Timing, fand Micky.

Das Klatschen schwoll wieder an, als Charlie an den Rand des Podiums trat und beide Hände nach Ruud de Kooning ausstreckte, um ihm die Treppe hinaufzuhelfen. Der Chef der *Duneko* eilte jedoch erstaunlich vital zwei Stufen zugleich nehmend nach oben und stand im Nu neben Charlie. Er trug einen tiefblauen Dreiteiler mit einer silbrig glänzenden Krawatte. Seine zurückgekämmten grauschwarzen Haare fielen über den Hemdkragen exakt bis zum Kragen seines Jacketts.

Ruud de Kooning wandte sich lächelnd an das Publikum und gab mit kleinen Begrüßungsgesten zu verstehen, wie viele Freunde er unter den Anwesenden hatte. Als der Applaus zum zweiten Mal zu verhallen drohte, ergriff Charlie seine Linke und hob sie hoch wie ein Schiedsrichter, der nach dem Boxkampf den Gewinner präsentiert.

Erst nach einer Minute ließ Charlie den Mann gehen, dessen Nachfolge er antrat, und brachte ihn zu seinem Platz in der ersten Reihe, wo er mit Schulterklopfen und Händeschütteln in Empfang genommen wurde. Über Mickys Kopf glitt die Holzverkleidung auseinander.

»Wir sitzen genau unter dem Bildschirm«, bemerkte Skieter. Er deutete mit einem Nicken auf zwei LCD-Fernseher an den Außenseiten des Podiums, die nach innen gerichtet waren. »Und das sind die Monitore für uns VIPs.«

Ein Kameramann eilte herbei und filmte de Kooning ausführlich. Erst als er das Zoomobjektiv ausfuhr, erkannte Micky den breit lächelnden Mann neben de Kooning. Es war der Ministerpräsident. Er war kleiner und auch blasser, als sie ihn aus dem Fernsehen kannte, aber keineswegs der schlaffe Jugendbuchheld, mit dem er gerne verglichen wurde. Nein, er war einfach genau der unauffällige, langweilige Mann, den die Niederlande als Premierminister verdient hatten.

Fasziniert verfolgte Micky, wie durch Charlies geschickte Regie die Huldigung künstlich in die Länge gezogen wurde.

Van Stutten hatte sich wieder ans Rednerpult gestellt. »Ruud de Kooning, du bist heute der wichtigste Mann«, begann er. »Aber der Wichtigste bist du nicht nur heute, sondern das warst du auch schon …«

»Das dauert mir zu lange«, flüsterte Skieter Micky zu und ließ seine Blicke noch einmal systematisch über das Publikum schweifen. Dann flüsterte er etwas in das Mikro an seinem Revers. Hinter den Säulen kamen zwei Kollegen hervor und näherten sich ihnen. Micky erkannte sie an der

Gleichgültigkeit, mit der sie knapp vor dem redenden Charlie vorbeiliefen.

»Wachwechsel«, sagte Skieter. »Los, komm mit.«

Sie stiegen über die Feuertreppe hinauf in die zweite Etage. Auch dort gab es tropische Pflanzen im Überfluss, als sollten sich die Mitarbeiter auf einem exotischen Kontinent wähnen. Zwischen zwei Säulen stand eine hohe Voliere, in der bunte Vögel zwischen künstlichen Felsen und Bambusschaukeln herumflatterten.

Skieter öffnete die Tür des angrenzenden Büros. »Von hier aus können wir uns das Publikum ganz detailliert ansehen«, verkündete er und schob Micky hinein. »Spezielle Sicherheitsmaßnahme zum Schutz unseres Ministerpräsidenten. So was bekommen wir in Fertigbaupaketen vom AIVD geliefert.«

Sie standen in einem Kopierraum, der für diesen Anlass mit Monitoren vollgepackt worden war. Vor jedem Monitor saß ein Mitglied von Skieters Team und bediente mit einem Stick die dazugehörige Kamera. Skieter ging zu Jos Werst hinüber, der aufmerksam die Rede Charlie van Stuttens verfolgte.

»Alles okay, Jos?«, fragte er. »Mach mal eine Pause und geh einen Kaffee trinken.«

»Aye, aye, Chef«, antwortete der Ermittler und erhob sich. »Bin in zehn Minuten wieder da.«

Skieter ließ Micky Platz nehmen und setzte ihr einen Kopfhörer auf. Es schien, als säße sie mitten im Publikum. Glasklar hörte sie jedes Räuspern und jedes Füßescharren, überlagert von der feierlichen Stimme Charlie van Stuttens. Skieter griff nach dem Stick und schwenkte die Kamera auf Anneke Ke. Ihr Gesicht erschien in Großaufnahme. Unterdessen listete Charlie die Verdienste Ruud de Koonings auf.

»Was sieht du?«, fragte Skieter.

Micky betrachtete Annekes Gesichtsausdruck. Auf diese Weise hatte sie schon oft Gesichter während eines Verhörs aus der Nähe beobachtet und dabei gelernt, nicht dem ersten Eindruck zu vertrauen. Doch in diesem Fall war es unübersehbar, dass Anneke Ke unter Spannung stand. Sie fuhr sich fortwährend mit den Händen durch das Haar und ihre Augen huschten hin und her, als verfolge sie ein Tennisspiel.

»Sie ist nervös«, sagte Micky.

»Das sieht doch jeder Idiot«, erwiderte Skieter.

»Kann ich vielleicht aus dem Kaffeesatz lesen?«, fauchte Micky. »Was willst du denn hören? Woran sie denkt, was sie sich vorstellt? Du musst sie schon selbst fragen, wenn du das unbedingt wissen willst!«

Skieter schüttelte genervt den Kopf. Micky beobachtete noch eine Weile Anneke Kes Gesicht. Sie hatte die Hände in den Schoß gelegt und Micky fiel auf, dass sie fortwährend die Lippen bewegte, wie ein Fan, der beim Konzert seines Lieblingsstars die Texte leise mitsingt. Als Charlie eine Anekdote erzählte, entspannte sie sich und lächelte gerührt.

»Sie ist hin und weg von ihrem Chef«, bemerkte Micky.

»Soll öfter vorkommen«, lautete Skieters Kommentar. »Ob sie deswegen so ein gewagtes Dekolleté trägt? Pech, dass Charlie nicht auf so was abfährt.«

Er bewegte den Stick ein wenig, sodass der Ausschnitt ihrer Bluse ins Bild kam. Er zoomte noch näher heran.

»Silikon«, sagte jemand hinter ihnen. »Hab ich schon recherchiert.« Jos Werst war mit einem Plastikbecher Kaffee zurückgekehrt.

»Ist das die Amsterdamer Methode?«, fragte Micky und stieß gegen Skieters Hand am Stick.

Skieter und Werst lachten laut auf, denn jetzt blickten sie durch eine Öffnung in der Knopfleiste des Hemdes von Stefane Bilderberg. Durch den Spalt war eine Halskette zu sehen.

»Oh, wie entzückend, diese Arnheimer Methode!«, quiekte Werst mit tuntiger Stimme.

Micky reagierte nicht und konzentrierte sich auf das Bild. Sie zog Skieters Hand von dem Stick und vergrößerte den Ausschnitt noch mehr, sodass man sogar Bilderbergs Brusthaare erkennen konnte.

»Er trägt eine Militärplakette«, sagte sie.

Skieter beugte sich zum Bildschirm. »Eine Hundemarke«, erklärte er. »Tragen viele von diesen Typen.«

»Was für ›Typen‹?«, fragte Micky, während sie sich die Nummer auf der Plakette notierte.

»Na, solche männlichen Männer eben«, antwortete er.

Ehe sie fragen konnte, ob er auch so eine Plakette trug, ertönte lauter Applaus.

»Jetzt hält der Ministerpräsident seine Rede«, verkündete Skieter und setzte ebenfalls einen Kopfhörer auf.

Unten im Saal hatte Charlie seine Ansprache beendet und der Ministerpräsident betrat das Podium. Er begann mit einem Bibelzitat, aber in dem abebbenden Lärm konnte man ihn kaum verstehen. Micky drehte den Lautstärkeregler auf und hörte, dass er über den Umgang mit der Erde, geistige Werte und die Nutzung von Talenten sprach.

»Treuhänder dieser Erde kann nur werden, wem das entsprechende Vertrauen entgegengebracht wird«, sagte der Ministerpräsident. »Dadurch erhält man die Befugnis zum Handeln, im weitesten Sinne. Und das hat Ruud de Kooning getan, mit einer Einstellung, wie wir sie aus der Zeit der *Oost-Indischen Compagnie* kennen,« er hob den Zeigefinger wie ein salbungsvoller Pastor, »… aber mit den Normen und Erkenntnissen von heute.« Der Ministerpräsident hielt inne und schien in seinen Unterlagen nach dem Rest der Rede zu suchen. »Er hat sich dafür eingesetzt«, fuhr er zögernd fort, »Kulturen durch Handelsbeziehungen miteinander zu verbinden. Dieser intensive Austausch …«

Währenddessen suchte Micky mit der Kamera den Saal nach Robert ab. Sie hatte ihn nach seinem plötzlichen Abgang aus den Augen verloren. Nur das Sicherheitspersonal und Polizeiangehörige durften stehen bleiben, also musste er irgendwo im Publikum sitzen. Es waren ungefähr zweihundert Gäste anwesend, und endlich fand sie ihn. Sie zoomte ihn heran. Ein blasses Gesicht zwischen der ganzen Sonnenbankbräune. Er sah nicht besonders glücklich aus. Vielleicht war sie zu streng mit ihm gewesen und er versuchte lediglich, sein Leben wieder in den Griff zu bekommen, indem er sich an vertrauten Mustern festklammerte. Das würde auch sein Balzverhalten dieser Franzi gegenüber erklären.

Sie erschrak, als Robert plötzlich aufstand. Doch als sie zurückzoomte, sah sie, dass alle im Saal sich erhoben. Der Ministerpräsident heftete Ruud de Kooning einen Orden an die Brust, um seine glorreichen Unternehmerleistungen zu belohnen.

Skieter tippte Micky auf die Schulter. »Komm, Ruud de Kooning ist Vergangenheit. Wir kümmern uns um die Gegenwart.«

Die komplette Veranstaltung war minutiös durchgeplant, und das Programm wurde genauso akribisch und uninspiriert abgearbeitet. Micky und Skieter saßen wieder auf ihren alten Plätzen hinter dem Podium. Geduldig lauschten sie der Rede, in der Ruud de Kooning nun seinerseits Charlie van Stutten als den am besten eingearbeiteten Nachfolger aller Zeiten pries und sich bei allen und jedem für alles und jedes bedankte. Gerührt sprach er von seinem Vater und seinem Großvater, und dass er Charlie als seinen Sohn betrachte …

Daraufhin ergriff wieder Charlie das Wort und rühmte den neuen Kurs, der unter Ruud de Kooning eingeschlagen worden sei. In dem Moment stand der riesige Schwarze neben Micky auf und spazierte seelenruhig am Publikum vorbei zum Ausgang. Bei seiner Rückkehr folgten ihm zwei weitere dunkelhäutige Herren.

»Deswegen ist heute ein besonderer Tag«, fuhr Charlie fort. »In einer Viertelstunde haben wir eine direkte Verbindung zur VIP-Lounge des *Intercontinental Hotels* in Genf. Dort wird in Anwesenheit des niederländischen Botschafters der Präsident von Kamerun, Mister Paul Biya, einen Vertrag unterzeichnen. Und hier bei uns heiße ich nun Meneer Godete herzlich willkommen, den Botschafter von Kamerun.«

Er winkte den drei Herren, die die ersten Reihen erreicht hatten. Sie betraten das Podium und nahmen in den bereitstehenden Sesseln Platz. Auf dem Tisch vor ihnen lagen drei aufgeschlagene Mappen und ein Laptop.

»Die offizielle Unterzeichnung findet digital statt«, erklärte van Stutten dem Publikum. »Über eine Satellitenverbindung.«

Mit einer einladenden Geste in Richtung des Botschafters ging er auf die Mappen zu. Das Licht im Saal wurde gedimmt. Auf dem Bildschirm des Laptops erschien das Gesicht eines dicken, dunkelhäutigen Mannes mit einem Schnauzer und einem winzigen Stück Bart direkt unter der Unterlippe. Er trug einen marineblauen Anzug und grinste in die Kamera. Nach einem kurzen Flimmern war der Mann nun auch auf den Monitoren und dem großen Bildschirm zu sehen.

Micky sah, wie Ruud de Kooning die Hand aufs Herz legte und sich in Richtung Bildschirm verbeugte. Der Ministerpräsident lächelte betreten, machte aber keine Anstalten, seinen Kollegen aus Kamerun ebenso herzlich zu begrüßen. Verständlicherweise, denn seit dessen Amtsantritt 1982 waren alle Wirtschaftsdaten steil nach unten geschossen und seine politischen Gegner hatten vor allem Bekanntschaft mit seinen Unterdrückungsmethoden gemacht.

Mit theatralischer Geste setzte Charlie seine Unterschrift in eine der drei Mappen. Micky sah auf den Monitoren, dass in Genf dasselbe Ritual vollführt wurde. Fünf Minuten später war der Präsident von Kamerun wieder von der Bildfläche verschwunden, nachdem er seinen niederländischen Freunden noch mit Stentorstimme alles Gute gewünscht hatte.

»Worum geht es eigentlich in diesem Vertrag?«, fragte Micky.

»Der *Duneko* werden vierhunderttausend Hektar Ackerland verpachtet, um dort Jatrophaplantagen anzulegen«, erklärte Skieter. »Plus einer Option auf weitere vierhunderttausend Hektar, und das alles auf neunundneunzig Jahre. Im Gegenzug garantiert die *Duneko* die Zusammenarbeit mit einer ganzen Reihe von Entwicklungshilfeorganisationen zur Förderung der Bildung und des Gesundheitswesens.«

Ehe er fortfahren konnte, wurde er vom Klirren zerbrechender Glasscheiben unterbrochen. Die Lichter im Saal sprangen an. Micky sah einige Sicherheitsleute zum Ausgang rennen. Skieter hielt die Hand über seinen Ohrhörer und lauschte angespannt. Der Ministerpräsident erhob sich schnell und wurde zu einem Notausgang gebracht.

»Die BFA-Brigaden«, sagte Skieter schließlich. »Sie sind in die Bäume an der Straße geklettert und schießen mit Steinschleudern auf das Gebäude.«

Wie zur Bekräftigung seiner Worte ertönte erneut lautes Klirren, diesmal in ihrer Nähe.

»Nein, natürlich habt ihr keine Erlaubnis, sie aus den Bäumen zu knallen! Das sind doch keine Spatzen! Holt einen Wasserwerfer!«

»... deshalb wird Mevrouw Anneke Ke in Kürze nach Kamerun reisen und vor Ort die Leitung eines internationalen Informations- und Dokumentationszentrums übernehmen. Von dort aus wird sie die gesamte Forschung zu Anbau und Verarbeitung der Jatrophanuss koordinieren. Wir werden nicht nur Biokraftstoffe herstellen, sondern auch Nahrungsmittel und Medikamente.«

Während das Publikum in die festlich geschmückte Kantine gelotst worden war, wo Speisen aus biologisch erzeugten Zutaten serviert wurden, erklärte Charlie van Stutten den im Saal versammelten Pressevertretern, welche Vorteile der neue Vertrag bot.

»Für alle Beteiligten, wohlgemerkt«, betonte er. Ausführlich wies er auf die riesigen Flächen von schlechtem Boden hin, die zurzeit brachlagen, auf denen Jatropha jedoch hervorragend gedeihen würde.

»Ertrag pro Hektar: zwischen zweitausend und zweitausendfünfhundert Liter hochwertiger Biokraftstoff!«, rief er aus. »Er enthält keinen Schwefel und erzeugt nur einen minimalen $CO_2$-Ausstoß. Die Jatrophapflanze benötigt nur wenig Düngemittel, extrem wenig Wasser und ist unempfindlich gegen Schädlinge.«

Micky saß noch immer neben Skieter. Sie hatte Robert zugewinkt. Er musste sie gesehen haben, hatte aber nicht reagiert. Skieter hatte es auch bemerkt und gefragt, ob ihr Gast inzwischen zusätzlich noch Probleme mit den Augen habe. »Wie ist er eigentlich reingekommen?«, fragte er.

Micky zuckte die Achseln und konzentrierte sich wieder auf van Stutten. Unter der Moderation von Anneke Ke hatten die Journalisten nun die Gelegenheit, Fragen zu stellen.

»Nach dem Pressen der Nüsse bleibt ein Presskuchen zurück, das sogenannte Jatrophamehl«, antwortete Charlie van Stutten auf die Frage eines Journalisten vom *Financiële Dagblad.* »Es enthält mehr Nährstoffe als Soja. Womit wir übrigens wieder zu unserem ursprünglichen *Core Business* zurückkehren.«

»Aber dieses Restprodukt muss erst mal entgiftet werden«, erwiderte der Mann.

»Sie sind gut informiert«, gab Charlie anerkennend zu.

»Sie haben recht. Aber so schlagen wir zwei Fliegen mit einer Klappe. Das Gift, das wir den Jatrophanüssen entziehen, kann wiederum als natürliches Insektenvernichtungsmittel eingesetzt werden.«

»Welche Absatzmärkte haben Sie im Auge?«, fragte der Mann.

»Jatropha wird weltweit das Erdöl ersetzen«, prophezeite Charlie. »Wir verhandeln bereits mit einem Automobilkonzern, der speziell für Jatrophadiesel geeignete Motoren entwickeln will.« Er hob abwehrend die Hand. »Den Namen erfahren Sie, wenn wir uns definitiv geeinigt haben. Wussten Sie übrigens, dass vor Kurzem ein gelungener Testflug mit einem Flugzeug durchgeführt wurde, das mit Jatrophakerosin betankt war?«

Anneke erteilte einer Frau ganz außen in der vordersten Reihe das Wort, die ein Kostüm und streng nach hinten gekämmte Haare trug. Bis dahin hatte sie ruhig dagesessen und sich Aufzeichnungen gemacht.

»Heute Morgen hat es Protestaktionen gegeben«, begann sie. »Dutzende Demonstranten wurden verhaftet. Momentan haben sich einige Aktivisten in den Bäumen vor dem Gebäude angekettet. Wie gehen Sie damit um?«

Charlie beugte sich kurz zu Anneke, die ihm etwas ins Ohr flüsterte.

»Veränderungen stoßen zunächst immer erst auf Widerstand«, begann er. »Aber wir sind stets zu Gesprächen bereit, egal mit wem.«

Micky erkannte die Frau erst wieder, als diese zum zweiten Mal das Wort ergriff.

»Ihnen wurden vierhunderttausend Hektar gutes Ackerland verkauft«, sagte sie. »Darunter Teile der ehemaligen kolonialen Victoriaplantage. Dort wurden bisher Mais, Bohnen und Sorghum angebaut, Nahrungsmittel, die für die Ernährung der Bevölkerung lebenswichtig sind. In Kamerun sind die Preise für Lebensmittel inzwischen explodiert. Was wollen Sie dagegen unternehmen?«

»Das ist Lida Konterman!«, sagte Micky zu Skieter.

»Kein Problem«, erwiderte der. »Der Sicherheitsdienst der *Duneko* hat uns schon über ihre Ankunft informiert.«

»Warum haben die sie überhaupt reingelassen?«, fragte Micky.

»*Duneko* will beweisen, dass sie auch zu kritischen Fragen eine gute Antwort geben können. Außerdem herrscht in diesem Land, anders als in Kamerun, noch Pressefreiheit. Solange sie sich wie eine Journalistin verhält, lassen wir sie in Ruhe.«

»Und wenn nicht?«

»Sie hat eine Eskorte bekommen, guck mal, wer da hinter ihr sitzt.«

Jetzt erst sah Micky, dass es sich bei den beiden bebrillten Herren hinter Lida um Tom Alburg und Jos Werst handelte.

»Erstens haben wir das Land nur gepachtet«, sagte Charlie zu Lida. »Aber das nur am Rande. Vielleicht sollten wir einfach den positiven Effekt der Preisentwicklung betrachten, denn davon profitieren schließlich die Bauern. Und vergessen Sie nicht, dass der Lebensstandard der Bevölkerung durch das neue Anbauprodukt erheblich steigen wird.«

»Davon profitiert doch nur eine reiche Elite«, erwiderte Lida Konterman. »Können Sie garantieren, dass die Pacht, die Sie für die Landrechte bezahlen, in den Staatshaushalt einfließt?«

»Das ist Sache des Finanzministers von Kamerun«, entgegnete Charlie van Stutten. »Aber darf ich Sie auf die Bildungsprojekte hinweisen, die wir ins Leben rufen? Und auf die Gesundheitszentren, die wir in den Dörfern aufbauen?«

»Für die Bauern, die von ihrem Land vertrieben werden?«, rief Lida. »Was soll das denen nützen?«

»Keiner wird vertrieben«, entgegnete Charlie. »Wir zahlen

einfach nur einen guten Preis für Land, das anders kaum zu nutzen ist.«

»Die Bauern verlieren ihre Brunnen, weil die *Duneko* alle umliegenden Gebiete für sich beansprucht«, behauptete Lida. »Sie müssen für Wasser bezahlen, das vorher gratis war.«

»Wir legen Bewässerungssysteme an«, erwiderte Charlie. »Es ist nicht mehr als recht und billig, dass jeder das Seine dazu beiträgt.«

Anneke zeigte gereizt auf einen Journalisten auf der anderen Seite des Saales, damit dieser seine Frage stellen konnte.

»Du – Nee! – ko!« Lida war aufgestanden und hatte die Jacke ihres Kostüms ausgezogen. Darunter trug sie das T-Shirt, das Micky in ihrer kleinen Wohnung gesehen hatte. Aus ihrer Aktentasche holte sie eine Handvoll Flyer und warf sie in Richtung Charlie van Stuttens. Er fing einen auf und legte ihn gelassen weg.

»Bringt sie raus!«, sagte Skieter in das Mikro an seinem Revers. Tom und Jos standen auf und sprangen über die Stuhllehnen. Sie packten Lida und zogen sie hoch. Fotografen stürzten hinzu und in ihrem Blitzlichtgewitter wurde Lida zu einem Notausgang gebracht.

»Bleibt locker«, wies Skieter sein Team an. »Draußen lasst ihr sie laufen. Dann kann sie bei ihren Freunden Dampf ablassen.«

Nach der Pressekonferenz ging Micky mit Skieter in die Kantine. Anneke Ke stand am Büfett und unterhielt sich mit Geert Vries.

Charlie van Stutten und Stefane Bilderberg hatten sich gerade ein Glas Champagner geholt und prosteten sich zu. Jetzt, da die Pressekonferenz hinter ihnen lag, wirkten sie erleichtert. Stefane streichelte Charlie über den Arm, woraufhin dieser ihn an sich zog und ihm etwas ins Ohr flüsterte.

»Die beiden sind wirklich ein Paar«, sagte Micky.

Skieter hob einen Daumen. »Brillante Beobachtungsgabe«, lobte er und drängte sich kurz darauf zwischen Anneke und ihren Gesprächspartner.

»Herzlichen Glückwunsch zur Beförderung«, sagte er und zog sie ein Stück beiseite. »Aber leider habe ich eine schlechte Nachricht für Sie.«

Anneke schien den letzten Satz nicht gehört zu haben. Sie ergriff seine Hand, noch bevor Skieter sie ihr hinstreckte.

»Es ging alles so schnell!«, sagte sie aufgeregt. »Ich freue mich ja so!«

»Ich habe mit dem Staatsanwalt beratschlagt«, unterbrach sie Skieter. »Vorläufig können wir Ihnen leider nicht gestatten, das Land zu verlassen. Sie sind eine der wichtigsten Zeuginnen im Mordfall Wolfgang Altenburg.«

Anneke Kes Lächeln erstarrte zu einer schmerzlichen Grimasse. Geert Vries hatte ihre Mimik beobachtet und winkte rasch Charlie und Stefane zu, die sofort herbeikamen.

»Das kann doch nicht wahr sein …«, begann Anneke. Sie warf Charlie und Stefane einen nervösen Blick zu.

»Sie haben einige Minuten vor dem Anschlag mit Wolfgang Altenburg telefoniert«, sagte Skieter ihr auf den Kopf zu. »Noch am selben Abend wollten Sie mit ihm nach Costa Rica reisen und dort mindestens drei Monate bleiben. Sie hatten auch nicht vor, wieder zurückzukehren, oder?«

Er sah sie erwartungsvoll an. »Ihr Sohn stand auch auf den Tickets«, fügte Skieter hinzu, als Anneke hartnäckig schwieg.

Skieter blickte kurz zu Charlie und Stefane hinüber. Sie mussten mitbekommen haben, dass ihre treue Mitarbeiterin den Abflug hatte machen wollen. Tatsächlich fiel es ihnen schwer, ihre Überraschung zu verbergen. Charlie, der schnell zu Skieter geschaut hatte, machte offenbar eine witzige Bemerkung, über die Stefane eine Spur zu laut lachte. Als ob sie nichts beunruhigen würde. Schlecht geschauspielert, befand Skieter.

Anneke begann den Kopf zu schütteln, immer heftiger und heftiger. Micky erkannte, dass sie kurz vor einem Nervenzusammenbruch stand, und drückte Skieters Ellenbogen. Sie beugte sich zu der verwirrten, ängstlichen Frau und berührte leicht ihren Arm. »Wir möchten mit Ihnen reden«, sagte sie langsam und deutlich. »Nur reden, okay?«

Anneke griff sich mit beiden Händen an die Brust. Sie lief hochrot an und konnte nichts weiter hervorbringen als: »Ja, ich …«

»Dann fahren wir jetzt aufs Präsidium«, fuhr Micky fort, halb zu Anneke, halb zu Skieter gewandt.

In dem Moment kam Stefane auf sie zu, legte einen Arm um Annekes Schulter und sagte fröhlich: »Sie können Merouw Ke doch nicht so ohne Weiteres mitnehmen. Dutzende Journalisten warten schon auf ein Interview. Können Sie das nicht verschieben?«

»Nein, wir wollen Mevrouw *jetzt* sprechen«, beharrte Skieter und griff nach Annekes Arm.

Gefügig ließ sie sich von ihm in Richtung des Pressekonferenzsaales führen. Nach einigen Metern lockerte Skieter seinen Griff, worauf sie wie eine mechanische Spielzeugpuppe weiterlief. Micky eilte hinter ihnen her. Aus den Augenwinkeln heraus entdeckte sie plötzlich Robert, der ebenfalls in Richtung Ausgang unterwegs war. Kurz bevor sich die Glastüren öffneten, hielt er inne und drehte sich um. Micky ging ein paar Schritte auf ihn zu und hob fragend die Hände. Dicht neben ihr begannen drei Handys zu klingeln.

»Wo gehst du hin?«, fragte sie lautlos.

Robert zeigte nach draußen, tippte auf seine Uhr und hielt einen Finger hoch.

»Kommst du hierher zurück?«, fragte sie mit Gesten.

Die Antwort bekam sie jedoch nicht mehr mit, weil Skieter sie plötzlich von hinten fasste und hinter eine Säule zog. Sein Ohrhörer baumelte über seinem Revers. Er schien ein wenig den Überblick verloren zu haben. Hektisch winkte er nach Jos Werst und Tom Alburg.

»Alarmstufe Rot!«, stieß Skieter hervor. »Gerade ist eine Meldung reingekommen, dass BFA-Sympathisanten einen Anschlag auf das Haus von van Stutten in Schaarsbergen verübt haben. Auf dem Gelände brennt es. Ich muss sofort da hin. Micky, du kommst mit. Jos, du übernimmst die Leitung und Tom ist unser Verbindungsmann für die *Duneko*-Security.«

Charlie van Stutten musste ebenfalls von dem Brand erfahren haben, denn sein Gesicht wirkte genauso angespannt wie das von Tol. »Die verwüsten Oldeborn«, sagte van Stutten heiser. »Das Theater hier draußen war nur ein Ablenkungsmanöver ...«

»Wie schnell können wir da sein?«, fragte Skieter Micky.

»Mit dem Auto? In einer Stunde«, antwortete sie.

»Dann also im Tiefflug nach Schaarsbergen«, befahl er, wühlte in den Jackentaschen und reichte ihr den Autoschlüssel.

Charlie van Stutten fasste ihn am Arm. »Im Direktflug schaffen wir es in zwanzig Minuten«, sagte er. »Wir können Sie im Heli mitnehmen.« Er winkte Stefane Bilderberg herbei. »Steef begleitet Sie, ich kann hier nicht weg.«

## 8

Nachdem er sich am Büfett für die geladenen Gäste gütlich getan hatte, spazierte Robert hinaus. Draußen musste er ein Heer von Wachleuten und Polizisten umrunden, um zu seinem Wagen zu gelangen, den er auf der Parallelstraße zur A 10 abgestellt hatte.

Hoch oben in den Pappeln hatten sich Aktivisten mit Klettergeschirren festgesetzt. Einige ließen Flyer herunterflattern. Robert betrachtete diese Art von Demonstrationen als folkloristische Rituale, die zu einem bestimmten Alter und einer bestimmten Subkultur gehörten, ebenso wie es in vielen Dörfern noch Schützenvereine gab.

Er eilte an den Polizisten entlang, die die Aktivisten von ihren Sympathisanten trennten. Tja, Jatropha ... Bis vor Kurzem hatte er noch nie etwas davon gehört und jetzt sollte diese Pflanze die Rettung Afrikas sein. Oder sein Untergang.

Er suchte nach den Autoschlüsseln. Ein Stein schlug knapp vor ihm auf den Asphalt. Ein zweiter folgte, ein dritter traf ihn an der Schulter und plötzlich regnete es Kiesel. Instinktiv duckte er sich und ließ sich fallen, beide Hände schützend auf den Kopf gelegt. Er sah sich um und entdeckte eine kleine Bank. Auf Ellenbogen und Knien robbte er hin und verbarg sich darunter. Als ein paar Augenblicke lang alles ruhig blieb, spähte er vorsichtig durch die Spalten zwischen den Brettern nach oben. Wer hatte es auf ihn abgesehen?

»Entschuldigung!«, rief eine Stimme aus den Blättern.

»Wie bitte?«, schrie er.

»Entschuldigung, das wollte ich nicht.«

Robert kroch unter der Bank hervor. »Wer sind Sie? Ich will nur zu meinem Auto!« Offenbar war er auf einen bisher unentdeckten Vorposten der Aktivistenfront gestoßen.

»Die Steine waren nicht für Sie bestimmt«, sagte die Stimme aus dem Laub. »Meine Tüte ist kaputt gegangen.«

Wie zum Beweis flatterte eine leere Plastiktüte zu Boden. Robert hob sie auf. Tatsächlich war sie an der Unterseite komplett aufgerissen.

»Warum tun Sie das?«, rief Robert hinauf, während er seine Hose abklopfte.

»*Duneko* zerstört die Erde«, erwiderte die Stimme.

»Inwiefern?«, fragte Robert.

»Jatropha gehört Afrika, nicht *Duneko.* Wissen Sie, was

passiert, wenn da plötzlich eine Monokultur von vierhunderttausend Hektar angelegt wird?«

Robert starrte ins Laub. Noch immer konnte er nicht erkennen, zu wem die Stimme gehörte. Der Aktivist musste ziemlich weit oben sitzen. Er sah keine Bewegung.

»Nein, keine Ahnung«, gab er zu.

»Bisher war Jatropha in Afrika so etwas wie bei uns die Hainbuche. Die afrikanischen Bauern nutzen sie normalerweise als Grenzhecken für ihr Land. Aber man kann nicht einfach ein Gebiet von der Größe Nordhollands mit Jatrophasträuchern zupflanzen. Da sind die Probleme programmiert! Es wird zu Insektenplagen und Krankheiten kommen. Die wissen nicht, was sie tun.«

»Aber die führen doch sicher Forschungen durch?«, fragte Robert, mehr, um den Unbekannten zum Weiterreden zu bewegen als aus wirklichem Interesse an einer agrarökonomischen Vorlesung.

»Das ist es ja gerade!«, meinte die Stimme. »Die missbrauchen Afrika als Versuchsfeld. Wenn es schiefgeht, machen sie sich wieder aus dem Staub. Nachhaltige Bewirtschaftung ist für die ein Fremdwort.«

»Euer Ministerpräsident hat sie doch als gute Treuhänder bezeichnet«, entgegnete Robert versuchsweise.

»Das sind keine Treuhänder, sondern Renditegeier!«, antwortete der anonyme Aktivist. »Die saugen Afrika aus!«

Redete er mit einem Jungen oder einer Frau? Wie auch immer, er oder sie klang jung und kämpferisch.

»Um die Umwelt haben die sich nie geschert«, fuhr die Stimme fort. »Zuerst haben sie Baumwollplantagen angelegt, dann Kaffeeplantagen, und jetzt ist es wieder so.«

»Aber wenn niemand etwas unternimmt, ist das auch wieder nicht richtig!«, erwiderte Robert. »Afrika fällt immer weiter zurück.«

»Afrika wird am Tropf unserer Entwicklungshilfe künstlich im Koma gehalten«, antwortete die Stimme. »Wir lenken die Leute mit Geld ab und nehmen ihnen hinterrücks ihre natürlichen Einkommensquellen. Auf diese Art wird es Afrika niemals besser gehen.«

Hinter sich hörte Robert Sirenen.

»Am besten, Sie gehen jetzt«, sagte die Stimme. »Gleich wird hier alles abgesperrt.«

Robert schaute noch einmal in die Baumkrone, konnte aber noch immer niemanden entdecken. Hinter ihm hielt ein Polizeifahrzeug. Ein Beamter stieg aus und bemerkte die herumliegenden Steine. Anschließend blickte er Robert strafend an. »Was tun Sie hier?«, fragte er.

»Ich wollte gerade fahren«, antwortete Robert. »Ich war auf der Feier zu Ehren von Meneer de Kooning.«

»Hockt da einer im Baum?«

Robert schüttelte den Kopf.

»Sie klingen, als kämen Sie nicht aus dieser Gegend. Können Sie sich ausweisen?«

Robert zog seinen Personalausweis aus der Innentasche seines Jacketts und reichte ihn dem Polizisten, der damit zu seinem Wagen ging. Während seine Personalien überprüft wurden, betrachtete Robert das *Duneko*-Gebäude. Der Beamte kehrte zurück, Roberts Ausweis mit zwei Fingern vor sich hertragend wie eine dreckige Unterhose.

»Reden Sie öfter mit Bäumen?«, fragte er barsch.

»Ab und zu«, antwortete Robert.

»Das sollten Sie lieber sein lassen, sonst sitzen Sie hier ruck, zuck im Irrenhaus.«

»Ach, und Ihre Prinzessin Irene?«, fragte Robert zurück. »Die läuft doch auch frei herum, obwohl sie sich intensiv mit Bäumen austauscht.«

Der Beamte wies ungeduldig mit dem Kinn zum Parkplatz. »Machen Sie, dass Sie wegkommen.«

»Dieses Aktivistenvölkchen ist ja eigentlich stockkonservativ«, bemerkte Stefane, als sie in der Luft waren. Er hatte sie alle mit Headsets ausgestattet, sodass sie sich auch während des Flugs unterhalten konnten. Stefane saß neben dem Piloten und zeigte mit missbilligendem Gesichtsausdruck nach unten. Dicht über einem Waldstück an der Autobahn flogen sie eine Kurve. Unter ihnen stürmten Beamte der Einsatzpolizei in Richtung des *Duneko*-Geländes, um das Gebiet rund um die Baumbesetzer abzuriegeln. Einer der Aktivisten drohte dem Hubschrauber mit erhobener Faust. Auf seinem T-Shirt prangte ein Bild von Che Guevara.

»Sie wehren sich gegen jede Veränderung«, fuhr Stefane fort und deutete auf eine Kolonne von Einsatzfahrzeugen, die über die Autobahn zum Demonstrationsgebiet fuhr. »Sie halten sogar an der Gewohnheit fest, jede Aktion mit einer haushohen Niederlage zu beenden.«

»Und doch haben sie manchmal Erfolg«, entgegnete Micky.

»Das scheint nur so«, erwiderte Stefane. »Aber sie kämpfen auf verlorenem Posten, weil wir in Kamerun die Voraussetzungen für Frieden und Wohlstand schaffen.«

»Und wie tun Sie das?«

»Die lokale Bevölkerung macht nur allzu gerne Geschäfte mit der *Duneko.* Stammesoberhäupter kommen aus ihren Dörfern hoch oben in den Bergen zu Fuß bis zu unserem Hauptsitz in Yaoundé. In der Tasche haben sie ein Mandat der Dorfbewohner, uns Grund und Boden für Plantagen anzubieten. Die Leute dort wünschen sich nichts sehnlicher als ein menschenwürdiges Leben.«

»Aber sind das alles Hirngespinste, was *Best for Africa* behauptet?«, fragte Micky. »Die *Duneko* ist doch kein Wohltätigkeitsverein?«

Stefane schüttelte den Kopf. »Nein, natürlich nicht. Sollte die Nutzung der Anbauflächen nicht gewinnbringend sein, fällt der Vorhang für *Duneko* in Kamerun.«

»Und die Bevölkerung zieht den Kürzeren.«

»Natürlich muss man bei Investitionen immer mit Rückschlägen rechnen. Aber auf Dauer sind Biokraftstoffe die Chance für Afrika, wirtschaftlich zu überleben. Wenn die Afrikaner es ein bisschen geschickt anfangen, können sie die Saudis des einundzwanzigsten Jahrhunderts werden.«

Micky blickte nach unten, wo die Vorstädte Amsterdams inzwischen dem ordentlichen Flickenteppich der holländischen Felder gewichen waren.

»Die BFA-Leute machen Ihnen also sowohl geschäftlich als auch privat das Leben schwer«, stellte Micky fest.

»Das ist Terrorismus!«, beklagte sich Stefane. »Seelisch und materiell. Charlie bekommt so viele telefonische Morddrohungen, Gott weiß, wie oft er seine Handynummer schon gewechselt hat. An der Hauptgeschäftsstelle werden Woche für Woche unsere Autos beschmiert, Fensterscheiben eingeworfen ... Na ja, Sie haben ja selbst gesehen, wozu die fähig sind. Allein in diesem Jahr beläuft sich der finanzielle Schaden auf über dreihunderttausend Euro. Zum Glück behält Charlie einen kühlen Kopf.«

»Das ist alles sehr ärgerlich«, mischte sich Skieter plötzlich ein. »Aber nicht terroristisch. An einem ganz normalen Silvesterabend oder einer Meisterschaftsfeier von Ajax kommt es zu Schäden in Millionenhöhe. Aber das bezeichnen wir dann als Vandalismus. Oder Dummejungenstreiche. Oder Jugendsünden.«

»Und der Mordanschlag auf Charlie letzte Woche?«, fragte Stefane erregt. »War das auch nur ein Dummejungenstreich?«

»Nein, offenbar haben die Demonstranten ihre Strategie geändert«, gab Skieter zu. »Dabei wurde in den Niederlanden nach dem Zweiten Weltkrieg kaum noch jemand wegen seiner Überzeugungen getötet, geschweige denn wegen seiner Erfolge im internationalen Handel. Diese Sache nehmen wir sehr ernst.«

»Haben Sie schon in Erfahrung gebracht, wie BFA strukturiert ist, über welche Kommunikationskanäle sie verfügen, wie viele Mitglieder sie haben oder welche internationalen Kontakte sie pflegen?«, fragte Stefane.

»Darüber erfahren wir heute Nachmittag weitere Einzelheiten«, antwortete Skieter ausweichend. »Vorhin habe ich gehört, dass unsere Kollegen in Arnheim gerade eine groß angelegte Treibjagd durch die Wälder veranstalten. Es wurde eine Gruppe von ungefähr zehn Leuten mit Palästinensertüchern gesichtet. Es würde mich wundern, wenn sie nicht wenigstens einen erwischten.«

Er warf Micky einen ironischen Blick zu, den sie mit einer wegwerfenden Geste beantwortete. Sie blickte wieder hinunter und erkannte, dass sie jetzt parallel zur A 12 flogen. Wenn sie ihr weiter folgten, kämen sie automatisch nach Schaarsbergen.

»Von Störaktionen zu Mordanschlägen«, bemerkte Stefane. »So hat sich auch die Rote-Armee-Fraktion entwickelt.«

»Haben Sie noch Informationen über BFA oder andere Gegner Ihres Unternehmens?«, fragte Micky. »Sie verfügen doch über einen eigenen Sicherheitsdienst.«

Stefane beugte sich zu dem Piloten und tippte auf seine Uhr.

»Zehn Minuten«, antwortete der Mann.

Stefane drehte sich zu Micky um. »Natürlich kommt uns hin und wieder etwas zu Ohren, und das geben wir immer an die zuständigen Behörden weiter.«

An welche, ließ er offen. Bevor Micky danach fragen konnte, griff Skieter nach ihrem Handgelenk. Sie starrte ihn überrascht an.

»Shit, ich habe in der Hektik vollkommen Anneke Ke aus den Augen verloren.«

»Hast du sie niemandem übergeben?«

»Sie lief wie ein Automat vor mir her. Als die Meldung

kam, war ich kurz abgelenkt.« Skieter wandte sich an Stefane, der das Gespräch über das Headset hatte mitverfolgen können. »Ich brauche Funkkontakt mit meinem Kollegen Jos Werst.«

»Ich werde ihn so schnell nicht ans Mikro bekommen. Aber ich kann gerne Geert Vries mitteilen lassen, dass Anneke Ke bis zu Ihrer Rückkehr im Headquarter warten soll.«

Skieter nickte frustriert und lehnte sich in seinem Sitz zurück.

Micky starrte nach draußen. In den Niederlanden ging es betriebsam zu, stellte sie fest. Überall Bewegung, überall Aktivität, in allem war die menschliche Hand erkennbar. Die Rauchfahnen aus den Schornsteinen der Fabriken, die Züge, die durch die Landschaft rasten, weiter entfernt der Rhein mit einer lang gezogenen Frachterkolonne, dann eine Autobahn, über die Fahrzeuge glitten wie träge Wespen. Unter dieser scheinbar geordneten Oberfläche verbarg sich jedoch eine ganz andere Welt, die der Kriminalität und natürlich all jener Gemeinheiten, mit denen sich die Menschen das Leben schwer machten.

»Wie hoch fliegen wir eigentlich?«, fragte Micky. »Und was für ein Hubschraubermodell ist das?«

»Wir fliegen ungefähr zweihundert Fuß hoch und diese Kiste ist eine Bell Jet Ranger«, antwortete Stefane. »Die militärische Version heißt Kiowa.« Er stieß einen hässlichen Fluch aus.

»Was ist los?«, fragte Micky.

»Da vorne!«, sagte er.

Micky wollte sich aufrichten, wurde aber von dem straffen Sicherheitsgurt zurückgehalten. Sie löste ihn und stand auf. Stefane musste die Route schon öfter geflogen sein, denn Micky konnte nichts Außergewöhnliches erkennen.

Er zeigte zum Horizont. »Da, auf elf Uhr, nördlich vom KEMA-Turm!«

Ein hauchdünner Rauchschleier stieg aus den Bäumen auf. Stefane griff nach einem Fernglas im Halter neben seinem Sitz. »Los, Vollgas!«, rief er.

Skieter blieb zurückgelehnt sitzen und sah mit zusammengekniffenen Augen in die Richtung, in die Bilderberg gezeigt hatte. Der Hubschrauber neigte sich leicht nach vorn und das Dröhnen schwoll an.

Patati hatte alle Etagen des Parkhauses besichtigt und konnte nicht behaupten, dass ihm das einen ästhetischen Gewinn beschert hätte. Dafür aber eine Sonderausschüttung an Stresshormonen. Denn nachdem er endlich den einzigen freien Platz gefunden hatte, musste er die Beine in die Hand nehmen, um Franziska nicht zu verpassen.

Doch diesen Stress hätte er sich sparen können. Die Bahn hatte statt eines schneidigen ICE diesmal nur einen abgewetzten Alt-IC spendiert, und der ruckelte erst mit dreiviertelstündiger Verspätung in die Centraal Station ein.

Robert, der schicksalsergeben auf Stand-by geschaltet an einer Mauer gelehnt hatte, fuhr seine Systeme parallel zum einlaufenden Zug wieder hoch. Und glaubte doch noch zu träumen, als endlich die Tür des Reisewagens geöffnet wurde.

Franziska entstieg dem Zug wie einst Aphrodite dem Meer. Vor Patatis unmittelbar betörten Sinnen lief eine Diashow mit den schönsten Darstellungen der Schaumgeborenen ab – angefangen bei der unschuldigen alabasternen Renaissance-Grazie Botticellis bis hin zum Bond-Girl Ursula Andress, das in *James Bond jagt Dr. No* in schneeweißem Bikini aus den Wellen stieg. Das Echtzeitbild der sommerlich gekleideten Franziska auf dem Bahnsteig bildete einen logischen Abschluss dieser Aphrodite-Serie. So hangelten sich Roberts Gedanken an einem Netz freundlichster Assoziationsketten entlang und blieben einmal mehr fassungslos vor dem Rätsel stehen, warum er sich bisher nicht in diese Frau verliebt hatte.

»Robert? Hallo? Willst du mich gar nicht begrüßen?« Franziska streichelte übertrieben besorgt seinen Oberarm.

»Oh, ja, natürlich, entschuldige.« Robert lachte verlegen und umarmte sie ein wenig ungelenk. Als er die Wärme ihres Körpers spürte, löste er sich schnell.

»Wir müssen los«, sagte er.

Obwohl Robert wie ein ausgebuffter Taxifahrer jede noch so kleine Lücke nutzte, um seinen Wagen durch den dichten Verkehr zu bringen, kamen sie nur langsam voran.

»Hast du auch eine Mobilnummer von diesem Berliner Filmrestaurator?«, fragte er.

»Von Peter Korfmacher? Nein. Wieso?«

»Ich habe es schon ein Dutzend Mal in seinem Büro versucht, aber immer vergeblich.«

Franziska grub ihr Handy aus der Handtasche und wählte eine Nummer. »Hallo, Sabine. Franzi hier. Hast du eine Ahnung, wo Peter Korfmacher steckt?«

Robert sah neugierig herüber. Franziska hob den Daumen, um gleich darauf überrascht »Nach Buenos Aires?« zu rufen. »Was macht er denn da?«

Ihre Gesprächspartnerin hatte offenkundig Beeindruckendes zu erzählen. Immer wieder kamen kurze Ausrufe des Erstaunens über Franziskas Lippen. »Okay, simst du mir seine Handynummer rüber? Lieben Dank. Ja, mach's gut«, beendete sie schließlich das Gespräch.

»Und?«, fragte Robert.

»Peter Korfmacher ist Hals über Kopf nach Buenos Aires geflogen. Sie haben dort in einem Archiv siebenhundert verschollene Meter von Fritz Langs *Metropolis* gefunden.«

»Klingt nach einer Sensation.«

»Mindestens. In Deutschland ist der Film einzig zur Uraufführung 1927 komplett gezeigt worden, danach nur noch heftig gekürzt. Korfmacher ist seit zwanzig Jahren hinter kleinsten Schnipseln her. Jetzt bekommt er fünfundzwanzig Minuten am Stück. Das muss für ihn wie zweimal Weihnachten plus Lottojackpot sein.«

»Und ich bekomme eine Telefonnummer?«

Franziskas Handy gab einen Gongton von sich. »Schon da«, lächelte sie und leitete die SMS an Robert weiter.

»Wenn immer nur alles so schnell ginge«, seufzte er und legte den Kopf verzweifelt aufs Lenkrad, nachdem die Ampel zum x-ten Mal auf Rot umgesprungen war.

Sie flogen jetzt am südlichen Rand der Veluwe vorbei, einer hügeligen, bewaldeten Landschaft, die sich wie ein einziges riesiges Grünkohlfeld nach Norden hin erstreckte. Der Rauchschleier, den sie aus der Ferne entdeckt hatten, ballte sich inzwischen über den Baumkronen zu einer dicken Wolke zusammen. Stefane hielt unablässig das Fernglas an die Augen.

Das Anwesen grenzte an einen Campingplatz, sah Micky, als sie sich dem Landeplatz näherten. Aus den weißen Polyesterbehausungen auf den Rasenflächen kamen die Camper angelaufen. Einige winkten ihnen zu. Stefane ignorierte sie. Er saß nach vorn gebeugt da und suchte angespannt mit dem Fernglas die Umgebung ab. »Landung hinter dem Hauptgebäude«, befahl er.

Der Hubschrauber drehte ab und Micky erhielt einen Überblick über die Umgebung. Oldeborn entpuppte sich als kleines Landgut mit dazugehörigen Scheunen und einer großen Rasenfläche, in deren Mitte ein kleines Teehaus stand. Eine der Scheunen war nur noch eine verkohlte Ruine, aus der Rauch aufstieg. Zwei Löschzüge der Feuerwehr standen daneben. Sie mussten quer über den Rasen gefahren sein, wie die breiten Schlammspuren verrieten.

Neben dem Hauptgebäude glitzerte ein blauer Swimmingpool in der Sonne, dahinter lag ein Tennisplatz.

Sie schwenkten über eine Auffahrt, die mit Polizeifahrzeugen zugeparkt war. Der Pilot machte Anstalten, die Maschine auf einem geweißten Kreuz hinter dem Hauptgebäude zu landen, doch Stefane griff ihn plötzlich am Arm. Aus dem Wald kamen drei Männer gerannt. Zwei von ihnen trugen Sturmmasken und auf ihrem Rücken war deutlich *Politie* zu lesen. Zwischen sich schleiften sie eine Person mit, die eine Kapuze über dem Kopf trug.

»Die haben sogar ein Einsatzkommando geschickt«, bemerkte Micky.

Sie folgten den drei Männern, die in Richtung des Hauptgebäudes rannten. Neben dem Haus lagen bereits zwei junge Aktivisten auf dem Bauch. Sie waren nur mit einer Unterhose bekleidet, ihre Hände auf den Rücken gedreht und die Augen verbunden. Bewacht wurden sie von mehreren, mit Schlagstöcken bewaffneten Bereitschaftspolizisten. Der neue Gefangene wurde zu den anderen gestoßen, er stolperte und fiel zu Boden.

Dann ging der Hubschrauber hinter dem Hauptgebäude hinunter, sodass das weitere Geschehen ihren Blicken entzogen wurde.

»Warte!«, rief Stefane. Er steckte das Fernglas wieder in die Halterung und drehte sich zum Seitenfenster.

»Flieg mal eine Schleife um das Teehaus!«

Der Pilot zog die Maschine wieder ein paar Meter hoch, flog zu dem weißen Gebäude und einmal darum herum.

»Da sitzt doch einer!«, sagte Stefane. »Versuch, noch tiefer zu gehen!«

Der Hubschrauber schwebte nur wenige Meter über dem Boden. Der heftige Wind unter den Rotorblättern wirbelte das frisch gemähte Gras auf

»Da, man sieht seine weißen Turnschuhe zwischen den

Treppenstufen!«, sagte Stefane. »Lass uns hier ab, dann schnappen wir ihn uns!«

Tatsächlich hatte einer der Aktivisten unter dem auf Pfählen erbauten Teehaus Schutz gesucht.

»Keine Selbstjustiz!«, wandte Skieter ein und stieß Micky an. »Wir übernehmen.«

Der Pilot landete in sicherer Entfernung. Skieter schnallte sich ab und bedeutete Micky, dasselbe zu tun. Doch Stefane drehte sich um und stieß ihn zurück auf den Sitz. »Nein! Los, hinterher!«

Der Aktivist wollte offenbar nicht ruhig abwarten, bis sie ihn unter dem Häuschen hervorzerrten, und sprintete über den Rasen in Richtung Campingplatz. Der Hubschrauber ging wieder in die Luft und flog dicht über den Kopf des Flüchtenden hinweg. Anschließend drehte er um hundertachtzig Grad, sodass sie den jungen Mann frontal vor sich hatten. Er trug eine weiße Jeans und ein weißes T-Shirt, das sich hell von seiner dunklen Haut abhob.

Er hatte nicht versucht, sich zu vermummen, stellte Micky fest. Seine Rastalocken wurden vom Hubschrauberwind auf den Kopf gedrückt. Er war jetzt stehen geblieben und suchte verzweifelt nach einem Fluchtweg. Die Mitglieder des Einsatzkommandos waren auf die Manöver des Hubschraubers aufmerksam geworden und kamen jetzt angerannt, als wäre es ein Wettbewerb, den Jungen zu fangen. Der blickte über die Schulter zurück und beschloss nun, genau auf den Hubschrauber zuzulaufen. Er duckte sich darunter hindurch und verschwand aus Mickys Blickfeld.

»Hoch!«, befahl Stefane.

Der Pilot wendete und stieg ein paar Meter höher. Wieder strichen sie knapp über den Flüchtenden hinweg und der Pilot ließ die Maschine sinken, bis sie nur noch einen halben Meter über dem Rasen schwebte.

»Er darf nicht über den Zaun springen!«, rief Stefane aufgeregt. »Sonst ist er weg!«

Der junge Mann blieb erneut stehen, blickte sich ratlos um und schien zu erkennen, dass er in der Falle saß. Er fiel auf die Knie und schlug die Arme schützend über den Kopf.

»Er gibt auf«, sagte Micky.

»Schluss mit den Kapriolen!«, rief Skieter laut. »Jetzt setzen Sie die Kiste endlich ab!«

Mit einer leichten Erschütterung setzte der Hubschrauber auf dem Boden auf. Skieter hatte sich bereits abgeschnallt und öffnete die Tür. Er sprang aus dem Hubschrauber und ging ruhig auf den jungen Mann zu, der keuchend und zusammengekauert wartete. Skieter blieb etwa drei Meter vor ihm stehen und rief ihm etwas zu. Der Junge reagierte nicht.

Micky sah, wie Skieter langsam weiterging. Der junge Aktivist presste sich jetzt flach auf den Boden, die Arme hinter dem Kopf verschränkt. Skieter hockte sich neben ihn. Micky stieg ebenfalls aus. In dem Moment erreichten die ersten beiden Mitglieder des Einsatzkommandos ihre Beute und stürzten sich auf den Jungen, der einen panischen Schrei ausstieß und sich in Fötushaltung zusammenrollte. Erneut rief Skieter irgendetwas und machte eine Bewegung, als wolle er die Männer zurückhalten. In diesem Augenblick kamen die restlichen drei Männer der Eingreiftruppe hinzu.

Gegen ein oder zwei Kollegen dieser Eliteeinheit hätte sich Skieter vielleicht noch wehren können, aber gegen die gezielten Karatetritte von drei Männern hatte er keine Chance. Sie trafen ihn auf der Brust, unter dem Kinn und seitlich am Kopf. Er sackte zusammen, ehe Micky rufen konnte, dass sie selbst Polizisten waren.

Als der Zugführer keuchend eintraf, lagen sowohl Skieter als auch der junge Aktivist gefesselt und mit einer Haube über dem Kopf im Gras.

Robert und Franziska erreichten das *Duneko*-Gebäude erst, als Charlie van Stutten seine Eröffnungsrede zur Ausstellung schon beinahe beendet hatte.

An die zweihundertfünzig Gäste hatten sich im ersten Stock in einem riesigen Konferenzsaal versammelt. An seinen Seiten reihten sich edel gestaltete Stellwände aneinander, auf denen Fotos und Faksimiles angebracht waren.

Van Stutten hatte sich nach der Pressekonferenz umgezogen und trug nun einen schicken silbergrauen Anzug, zu dem eine neongrüne Seidenkrawatte mit passendem Einstecktuch einen Akzent setzte. Er stand an einem Rednerpult aus Metallstreben und Edelholz, das garantiert einen Designpreis eingeheimst hatte.

Der neue Herr über die *Duneko* räusperte sich. »Meine Damen und Herren, liebe Freunde, Sie werden es alle wissen. Über dieser Ausstellung liegt der düstere Schatten eines Verbrechens. Ich möchte an Wolfgang Altenburg erinnern, der vor wenigen Tagen einem feigen Anschlag zum Opfer fiel. Er war als herausragender Kunstrestaurator aus Deutschland zu uns gekommen, um hier Bilder des Fotografen August Saalfeld aufzubereiten. Über Wochen hinweg hat er Unglaubliches geleistet und auf ewig verloren Geglaubtes zutage gefördert. Ihm verdanken wir die Einsicht, dass unser Archiv nicht nur schlichte Dokumente birgt, sondern auch höchste Fotografiekunst. Vieles davon können wir Ihnen heute erstmals zeigen.«

Er beschrieb mit der Hand einen weiten Bogen über die Stellwände hinweg. Das Publikum applaudierte kultiviert.

»Der tödliche Anschlag auf Wolfgang Altenburg galt mir. Und ich empfinde nun doppelte Schuld. Denn nicht nur war ich es, der ihn engagierte, sondern ich lud ihn auch zum Dank für seine fantastische Arbeit ein, mein Haus und meinen Wagen zu nutzen. So dachten die Mörder, sie träfen mich, als sie in Wirklichkeit Wolfgang Altenburg umbrachten. Ich kann diesen warmherzigen, leidenschaftlichen Menschen nicht wieder lebendig machen. Aber ich kann in seinem Namen Sühne für den heimtückischen Mord fordern.«

Van Stutten machte eine kurze Pause, ehe er fortfuhr. »Wir haben uns in den letzten Jahren daran gewöhnt, dass das Ansehen der *Duneko* und ihrer Mitarbeiter öffentlich in den Schmutz gezogen wird. Wir nehmen hin, dass unter dem Deckmantel der Meinungsfreiheit gegen uns gehetzt wird. Wir haben uns sogar damit abgefunden, dass man uns und unsere Familien bedroht und belästigt, unsere Häuser beschmiert, unser Eigentum beschädigt. Um es auf den Punkt zu bringen: Wir haben uns damit abfinden müssen. Denn die Polizei schaut aus Angst vor der manipulierten öffentlichen Meinung weg, wenn Linksextremisten wie die Gruppe *Best for Africa* Jagd auf uns machen. Doch das alles spielte bisher für uns keine Rolle. Es waren nur Sachschäden. Das einzig wichtige Gut für *Duneko* ist das Leben. Zu seinem Erhalt tragen wir mit all unseren Fähigkeiten und Produkten bei. Und darum trifft uns der Tod Wolfgang Altenburgs umso härter. Die Fanatiker haben mit ihm die letzte moralische Grenze eingerissen. Heute Vormittag haben sie mein Haus angezündet. Mein Personal …«

Ein Raunen ging durch die Menge, aber van Stutten wiegelte ab.

»Mein Personal konnte den Flammen mit viel Glück entkommen. Aber von nun an muss ich täglich um das Leben aller meiner Mitarbeiter fürchten. Ich fordere, dass die Polizei die Terroristen von *Best for Africa* ernsthaft verfolgt und endlich ihrer gerechten Strafe zuführt. Dieser Guerillakrieg gegen die *Duneko* muss erstickt werden. Er gefährdet nicht nur uns, er gefährdet die Demokratie, das ganze Land – unser Land!«

Heftiger Applaus brandete auf. Und diesmal wartete

Charlie van Stutten regungslos ab, bis auch die letzte Beifallsbekundung verebbt war.

»Ich danke Ihnen für Ihre Unterstützung. Sie macht uns Mut. Die Aufrechten müssen zusammenstehen. Wolfgang Altenburg aber wird unter diesen Aufrechten fehlen. Wir wollen für ihn Verantwortung übernehmen. Aus seinem Tod darf nicht noch mehr Leid erwachsen. Darum hat der Vorstand der *Duneko* beschlossen, den schwer kranken Vater des Verstorbenen mit einer lebenslangen Rente zu versehen. So kann er auch nach dem Tod seines fürsorglichen Sohnes auf bestmögliche Weise betreut werden.«

Die Leute begannen erneut zu applaudieren.

»Woher weiß er von Wolfgangs Vater?«, fragte Franziska flüsternd.

»Das muss ihm diese Anneke erzählt haben«, flüsterte Robert zurück.

Jemand hatte van Stutten inzwischen einen Champagnerkelch angereicht. »Ruud, wir kennen einander schon so viele Jahre. Ich bin mir sicher, ganz in deinem Sinne zu handeln. Wir sind hier, um dein Werk zu würdigen. Und doch möchte ich Sie nun bitten, Ihr Glas mit mir zu Ehren eines anderen zu erheben. Auf Wolfgang Altenburg!«

»Auf Wolfgang Altenburg«, murmelten die Leute im Chor und hielten ihre Champagnerkelche in die Höhe.

In Roberts Brustkorb ballte sich etwas hässlich Grauschwarzes und Hartes zusammen. Er versuchte, es wegzudrücken und sich für Wolfgangs Vater zu freuen. Aber das alles schrie doch zum Himmel! Wie sich dieser Geschäftemacher auf die Brust schlug – mea culpa! –, ich nehme die Schuld auf mich, obwohl ja ganz andere das Verbrechen begangen haben. Niemandem tut es mehr weh als mir. Und schon klatschten sie ihm zu und seine Moralweste leuchtete im Blitzlichtgewitter der Pressefotografen blütenrein auf. Eine PR-Maßnahme für ein paar lausige Euros. Während

Wolfgang den eigentlichen Preis zu zahlen hatte. Wolfgang, der damit zum zweiten Mal benutzt, missbraucht, ausgeschlachtet wurde.

Robert bebte. Doch dann schob sich Franziskas erstaunlich kleine und zarte Hand auf der Suche nach Halt unter seinen Arm. Still schaute sie zum Podium hinüber. Über ihre Wangen liefen Tränen. Mitleid zog Robert aus der Spirale seiner Wut.

»Die Arnheimer Methode, was?«, fragte Skieter. Er rieb sich die Handgelenke, auf denen die Kabelbinder rote Striemen hinterlassen hatten.

»Sie haben sich wenigstens entschuldigt«, sagte Micky. »Ziemlich unüblich für die Arnheimer Methode. Du hättest auch nicht versuchen sollen, sie aufzuhalten.«

Sie saßen wieder im Hubschrauber und waren auf dem Rückweg, nachdem sie mit Stefane Bilderberg eine Inspektionsrunde über das Landgut gedreht hatten. Vier Aktivisten waren verhaftet und ins Arnheimer Präsidium gebracht worden. Unter ihnen befand sich auch der dunkelhäutige Junge. Micky hatte darauf gedrängt, so schnell wie möglich die Personalien der Aktivisten zu erhalten.

»Kein Problem«, hatte der Chef des Einsatzkommandos versprochen. Zum Glück kannte Micky ihn. Er hieß Lars Monnik und trug den Spitznamen XL, weil bei ihm alles drei Nummern größer ausfiel als bei den meisten seiner Kollegen. Verlegen lachend hatte er sich entschuldigt, nachdem Micky ihm erklärt hatte, dass sie den Leiter des Amsterdamer Dezernats für Schwerverbrechen erwischt hatten. Skieter hatte eine geschwollene Wange, eine Rippenprellung und eine Schürfwunde an der Schläfe zurückbehalten. Und ziemlich miese Laune.

»Faktisch gehört der Mann übrigens uns«, bemerkte Micky. »Töl Skieter hatte ihn bereits verhaftet.«

»Ich lasse ihn noch heute Abend nach Amsterdam überführen«, versprach Monnik. »Aber könntet ihr diesen Zwischenfall vielleicht für euch behalten? Wenn die Presse Wind davon bekommt …«

»Ich hoffe, dass Tol einverstanden ist«, sagte Micky. »Aber sicherlich würde es helfen, wenn ihr alle Verhörprotokolle sofort an uns weiterleitet. Heute Abend noch.«

Erleichtert hielt Lars ihr die Hand hin. »Deal, Baby.«

Da Stefane in Oldeborn geblieben war, saß Skieter jetzt neben dem Piloten.

»Ist doch halb so schlimm«, meinte Micky. »Eine Scheune ist in Flammen aufgegangen … tja, und du hast ein paar blaue Flecken davongetragen. Aber schließlich bist du ein harter Typ, oder?«

Skieter versuchte zum x-ten Mal, seine Frisur wieder in Ordnung zu bringen. Das Katerfell auf seinem Kopf sah aus wie nach ein paar Elektroschocks.

»Lars sagt, sie hätten auf dem Campingplatz eine Hütte gemietet, um die Aktion vorzubereiten«, fuhr Micky fort. »Sie haben ein Loch in den Zaun geschnitten … Sag mal, ihr hattet doch die gesamte Führungsspitze von BFA observiert?«

Skieter murmelte einen Fluch vor sich hin. »Wir haben uns die falsche Gruppe vorgenommen«, erwiderte er. »Das ist das Dumme bei diesen Aktivisten. Man kann einfach nicht auf jeden Idioten ein Oberservationsteam ansetzen. Das muss eine Zelle von Schläfern gewesen sein, an die kommt man nicht heran.«

»Vier von ihnen sind inzwischen verhaftet worden, inklusive unserem Mann«, sagte Micky. »Lars gibt so schnell wie möglich alle Informationen an uns weiter, die sie aus ihnen herauspressen können.«

»Das wird nicht viel sein«, erwiderte Skieter. »Diese Leute sind darauf trainiert, unter allen Umständen dichtzuhalten. Das Einzige, was sie bei sich tragen, ist die Telefonnummer ihres Anwalts, mit wasserfestem Stift auf den Arm geschrieben.«

Der Pilot drückte den Sprechknopf des Funkgeräts, meldete sich und gab Skieter ein Zeichen, dass er ihn auf Außenkommunikation schaltete.

Skieter hörte eine Weile zu und drehte sich dann zu Micky um. »Das ist Lars Monnik«, sagte er. »Der junge Schwarze schweigt wie ein Grab, hatte aber seinen Ausweis bei sich. Er heißt André Mazour. Wohnte im Asylbewerberheim Vreedenburgh. Vor einem Monat ist er abgehauen und hat seitdem kein Lebenszeichen mehr von sich gegeben. Kennst du ihn?«

Micky packte Skieter an der Schulter. »Das ist der dritte Mann, der sich mit Winston Lafaylle und Sal Monroe das Zimmer geteilt hat. Die Heimleiterin hat behauptet, er habe Heimweh gehabt und sei an die Elfenbeinküste zurückgekehrt ...«

Sie signalisierte dem Piloten, dass sie das Gespräch übernehmen wollte. »Lars, ich will den Verdächtigen so schnell wie möglich in Amsterdam haben«, sagte sie ins Mikrofon. »Denk dran, die Journalisten wissen noch nichts. Noch nicht.«

Micky nickte zufrieden, als das Gespräch beendet war. »Noch vor morgen Mittag um zwölf wird er abgeliefert«, versprach sie Skieter.

»Um zwölf Uhr fünfzehn Verhör«, brummte er.

Während sich die Leute nach ihrem Defilee am Kuchenbüfett um die Stehtische scharten und ihr Small Talk zu den komplexen Lichtinstallationen an der Decke emporstieg, gingen Robert und Franziska zu den Stellwänden, auf denen die *Duneko* der Zwanziger- und Dreißigerjahre vorgestellt wurde.

Wolfgang hatte dafür gesorgt, dass statt der wertvollen,

vom hellen Tageslicht bedrohten Originalabzüge nur gescannte Kopien gezeigt wurden. Man hatte darauf verzichtet, an den einzelnen Bildern die Namen der Fotografen zu vermerken. Nur bei Saalfelds Arbeiten hatte man eine Ausnahme gemacht. Doch das wäre unnötig gewesen, denn man sah sofort, warum dieser Fotograf in einem Atemzug mit anderen großen Fotokünstlern seiner Zeit genannt wurde.

»Ich verstehe jetzt, warum Wolfgang so begeistert von diesen Fotos war«, meinte Franziska. »Da steckt Saalfelds ganzes Schicksal drin. Die Firma hat ihn engagiert, als er mitten in einer Krise steckte und nicht mehr wusste, in welchem Stil er weiter fotografieren sollte. In kürzester Zeit war er mit seinen Industriefotos und seinen Pflanzenaufnahmen berühmt und reich geworden. Schau mal dort. Das ist noch ganz der frühe, extrem sachliche Saalfeld.«

Sie wies auf einige Bilder von den *Duneko*-Plantagen in Kamerun. Auf einem Foto säumten rechts und links Kautschukbäume einen pfeilgeraden Pfad. An ihren Stämmen war die Rinde in untereinander angeordneten v-förmigen Streifen abgeschält. Der weiße Kautschuksaft lief an den unteren Spitzen dieser Streifen zusammen und gerade hinunter zum Boden in Blechbüchsen hinein. Das Bild war eine sauber aufgeräumte, geometrisch abstrakte Komposition. Ein weiteres Bild zeigte vor einer hellgrauen Wand das aufrecht stehende Fruchtbündel einer Ölpalme, das in seiner ornamentalen Schönheit weniger etwas von einem Naturprodukt hatte als von einer steinernen Skulptur.

»Und dort erkennst du den neuen Saalfeld.« Franziska ging zu einer anderen Stellwand hinüber. »Jahrelang hatte er am Ideal einer objektiven Fotografie gearbeitet, die nichts zeigt als die Wirklichkeit und zu der der Fotograf keine eigene Interpretation hinzufügt. Während um ihn herum die Welt tobte und immer mehr Illustrierte wildeste Fotoreportagen von Autorennen, Staatskonferenzen, Weltrekordversuchen abdruckten, zog er sich in sein Atelier zurück, um zur Ruhe, zum Wesentlichen zu kommen. Bis er Anfang 1930 irgendwo in Thüringen beim Fotografieren eines Eisengitters, dessen Form ihn faszinierte, von SA-Leuten zusammengeschlagen wurde. Denn im Haus hinter dem Gitter feierte die NSDAP, und die Schläger glaubten, Saalfeld wollte kompromittierende Fotos machen.«

Robert schaute sich die Fotos des ›neuen‹ Saalfeld an. Mehrere zeigten Porträts kamerunischer Plantagenarbeiter. Auch ihre Gesichter waren vor einem neutralen Hintergrund aufgenommen. Aber die Bilder schufen keine Distanz zum Fotografierten und trotz aller handwerklichen Perfektion wurde der Fotografierte nicht zu einem Objekt. Die Menschen wirkten nicht ängstlich oder abweisend, sondern offen. Man sah, wie wichtig es ihnen selbst war, auf ihre Weise wahrgenommen zu werden. Dieses Gespür Saalfelds für die Situation der Leute war auch an jenen Fotos abzulesen, die die Plackerei auf den Plantagen zeigten. Hier waren keine Gesichter mehr zu sehen. Die individuellen Persönlichkeiten waren nun ganz auf ihre Arbeitskörper reduziert. Saalfeld hatte sich eine erhöhte Position gesucht und die gebückten Leiber der Arbeitenden beim Straßenbau so fotografiert, dass in der Masse nicht einmal mehr die Köpfe sichtbar waren.

»Das hat Wolfgang großartig gemacht«, meinte Robert. »Genau diese Zusammenstellung muss Saalfelds Idee gewesen sein. Das Straßenbaubild hätte man damals in den Zeitungen für die oberflächlichen Betrachter auch mit einem rassistischen Kommentar verbinden können. Etwa, dass die Weißen den Eingeborenen Fleiß und Arbeitswillen beigebracht hätten. Aber mit den Porträts zusammen wird deutlich, wie jeder einzelne dieser Menschen zu einer nutzbringenden, billigen Maschine degradiert wurde. Im Prinzip steckt die Gewalt, die ihnen zugefügt wurde, im Raum zwischen diesen Bildern.«

Franziska nickte. »Es ist eine schwierige Sache mit der Wahrheit in der Fotografie. Obwohl doch heute jeder zweite seine Schnappschüsse am Computer bearbeitet, glauben wir immer noch, dass ein Foto ein objektives Dokument ist. Dabei zeigt es höchstens die Wahrheit in diesem konkreten Augenblick. Und oft nicht mal das. Entweder du retuschierst weg, was stört. Oder du richtest Ausschnitt und Perspektive so ein, dass du die gewünschte Aussage hast.«

Franziskas Bemerkung erinnerte Robert an einen Zeitungsbericht. »Voriges Jahr ist ein Fotoalbum aufgetaucht, das dem Adjutanten des Kommandanten von Auschwitz gehörte. Hundertsechsundvierzig Bilder von Jagd- und Betriebsausflügen mit Naziprominenz, fröhlichen ›SS-Maiden‹ und Akkordeon. Aber auf keinem die Hölle des Lagers. Nicht ein einziger von den 1,2 Millionen Ermordeten erscheint auch nur im Hintergrund. Das Album ist eine einzige geschichtliche Lüge, und doch ist jedes Foto den Augenblick betreffend wahr. Dass diese Leute nach Dienstschluss fröhlich ihren Freizeitvergnügungen nachgingen, als kämen sie aus der Bank oder dem Blumenladen und hätten nicht kurz zuvor noch ihre Opfer zu Tode gequält, vergast, in den Stacheldraht getrieben. Das ist so erschreckend wahr, dass einem beim Durchblättern des Albums das Blut gefriert.«

Umgeben von angeregten Gesprächen und Sektglasklirren standen sie eine Weile da, bis Robert bat: »Erzähl mal, wie es mit Saalfeld weiterging.«

»Okay. Nachdem er verprügelt worden war, musste Saalfeld lange fürchten, ein Auge zu verlieren. Es brauchte Monate, bis er wieder fotografieren konnte. Seine Plattenkamera war zu Bruch gegangen. Er kaufte eine neue Plattenkamera und eine Leica – leicht, leise und schnell, ein Quantensprung für die Reportagefotografie. Dann kam der Auftrag von *Duneko.* In Amsterdam fotografierte er das Unternehmen wie gewünscht in klassischer Saalfeld-Manier. Wenige Wochen später auf den *Duneko*-Plantagen in Kamerun begann er mit der Leica zu experimentieren. Er suchte einen Weg, seine formalen Ideale mit der kritischen Perspektive der Reportage zu verbinden. Und wurde, wie du hier siehst, zu einem der wenigen Fotografen, die nicht unter dem Deckmantel der Wissenschaft Erotikfotos von schwarzen Frauen anfertigten oder die Menschen als arbeitsscheue Wilde und kuriose Exoten präsentierten. Das ist übrigens nicht auf meinem Mist gewachsen, sondern das, was Wolfgang hier herausgefunden hat.«

Robert nickte. »Saalfeld ist im Spanischen Bürgerkrieg umgekommen, nicht wahr?«

»Ja«, antwortete Franziska. »Zunächst ist er 1933 vor den Nazis nach Frankreich geflohen. Er stand zwar auf keiner schwarzen Liste, aber nach der Sache in Thüringen war ihm klar, was das für ein Staat werden würde. Vier Jahre später hat er für eine amerikanische Zeitung den Auftrag angenommen, über den Kampf gegen die Faschisten zu berichten. Er ist irgendwo an der Front in ein Bombardement geraten.«

»Puh. Was für eine Tragik. Am Ende könnte man das alles auf diesen eigentlich unwichtigen Punkt zurückführen, dass ihn 1930 die Form eines Gitters faszinierte.«

»Na ja, und noch ein kleines bisschen auf diverse geschichtliche Ereignisse«, meinte Franziska ironisch.

Ehe Robert antworten konnte, sahen sie Charlie van Stutten auf sich zukommen.

»Meneer Patati? Ich hörte, dass Sie Wolfgangs Freund waren. Mein Beileid.« Er hielt Robert die rechte Hand entgegen und fasste ihn mit der linken begütigend an der Schulter. Robert war, als brannten sich van Stuttens Finger durch den Stoff in die Haut ein. Dies und van Stuttens betont fürsorglicher Blick ließen das kaum abgekühlte Adrenalin in seiner Brust brodeln. In seinem Kopf rasselten alle Jalousien herunter, sein Verstand war abgeschottet. Patati ignorierte die ausgestreckte Hand.

»Lassen Sie meinen Arm los. Sofort.«

Van Stutten ließ langsam die Hände sinken. »Entschuldigen Sie, uns Niederländern geht manchmal das Gespür für die Distanz ab, die Sie Deutsche so schätzen. Es ist aber kein Ausdruck von Respektlosigkeit, ganz im Gegenteil«, sagte er lächelnd, um sogleich wieder ernst zu werden. »Ich begreife, dass es Ihnen schwerfällt, mich nicht für den Tod Ihres Freundes verantwortlich zu machen. Erlauben Sie mir trotzdem eine Bemerkung. Anneke Ke berichtete mir von dem verloren gegangenen Film, den Wolfgang angeblich gestohlen haben soll. Was immer die Polizei da über Wolfgang behauptet – ich glaube es nicht.«

»Sehr nett von Ihnen«, unterbrach Robert ihn sarkastisch.

»Ich habe Wolfgang mein Hab und Gut anvertraut. Und wenn es nicht diese schlimmen Folgen für ihn gehabt hätte, würde ich es nicht bereuen. Er war ein integrer Mensch. Es wird eine einfache Erklärung für alles geben.«

»Ja, eine ganz einfache«, gab Robert zurück. Wie selbstgefällig und aalglatt dieser Typ auftrat – plötzlich schien ihm klar zu sein, warum keine Bewegung in die polizeilichen Ermittlungen kam. Van Stutten hatte die Tatsachen einfach verdreht. Es waren nicht Aktivisten wie die Mitglieder von *Best for Africa,* die man schonte. Es waren Leute wie van Stutten, die immer mit Samthandschuhen angefasst wurden. Hier standen sie doch garantiert alle herum, die guten Freunde von der Staatsanwaltschaft, aus Richterschaft und Politik. ›Der Minister ist besorgt über die Art ihrer Ermittlungen‹ und so weiter und so fort. Man musste einen fetten Stein ins Wasser werfen, der ungeahnte Kreise zog; die

Selbstsicherheit dieser kleinen Könige der Globalisierung untergraben, sie nervös machen.

Robert wurde lauter: »Meinen Sie vielleicht die Erklärung, dass Sie Wolfgang mit dem Film losgeschickt haben, weil es Ihnen selbst zu gefährlich war?«

Van Stutten nickte beruhigend einigen Leuten zu, die irritiert herübersahen. Eine Gruppe von Journalisten horchte auf.

»Ich weiß leider nicht, wovon Sie sprechen. Ich würde Sie gerne davon überzeugen, dass ich nicht das Monster bin, als das Sie mich hinstellen. Rufen Sie in meinem Büro an, ich werde Sie zu jeder Zeit als Gast begrüßen. Und jetzt entschuldigen Sie …«

»… dass Sie einen unschuldigen Menschen als Blitzableiter benutzt haben, so wie Ihr Unternehmen seit Generationen andere benutzt, um sich zu bereichern?« Robert zeigte auf die Fotos an den Wänden. »Sie sind ja so großherzig. Eine lebenslange Rente für einen alten Mann, der bald stirbt. Dem Sie den Sohn genommen haben. Sie geben ein Almosen dafür, dass Sie Ihre schmutzigen Geschäfte weiterbetreiben können. Ich könnte kotzen!«

Robert war immer tiefer in Rage geraten, Franziska hatte ihre Hand auf seinen Rücken gelegt, um ihn zu beruhigen. Er hatte sie weggeschoben und sich beim Reden mit seinem Gesicht immer mehr dem van Stuttens genähert, der fest an seinem Platz stehen blieb, sodass zwischen ihren Köpfen am Ende nur wenige Zentimeter lagen wie bei Boxern im Clinch. Und dann waren zwei Männer bei ihnen und drehten Robert mit erfahrenem Griff den Arm auf den Rücken, um ihn aus dem Saal zu führen. Robert hörte noch, wie van Stutten seine Gäste aufforderte, sich durch den bedauerlichen, aber emotional sehr verständlichen Vorfall nicht die Festlaune verderben zu lassen. Musik setzte ein. Robert wurde in einen Aufzug geschoben und durch eine Seitentür an die frische Luft gesetzt.

Wenig später ging er zum Haupteingang. Franziska wartete auf dem Weg zum Parkplatz. Die Securitys vor der Tür musterten jede seiner Bewegungen.

Die Drehtür spuckte plötzlich eine Horde von Journalisten aus, die auf ihn zustürmte. »Meneer, haben Sie Beweise für Ihre Vorwürfe? Sie erwähnten einen Film. Worum geht es da? Erstatten Sie Anzeige?«

Fragen prasselten auf ihn ein, Fotoauslöser klickten, Stifte bohrten Löcher ins Papier, eine Kamera schwenkte knapp an seinem Gesicht vorüber, bemützte Mikrofone gaben Nasenstüber.

»Lasst mich doch in Ruhe, ihr Geier!«, schimpfte Robert. »Nehmt lieber van Stutten in die Mangel!« Er kämpfte sich durch den Belagerungsring und lief zu seinem Auto. Franziska folgte ihm, während sich die Journalisten unzufrieden in das Gebäude zurückbegaben.

»Scheiße, Scheiße, Scheiße!« Robert schlug im Rhythmus seines Fluchens mit den Händen auf das Lenkrad. »Jetzt haben wir nicht mal mehr die Fotos aus den Achtzigern sehen können. Nur wegen meiner Unbeherrschtheit!«

Franziska pustete Luft aus. »Beeindruckende Vorstellung. So kenne ich dich überhaupt nicht.«

Robert schaltete wortlos die Harman-Steuerung seines iPods ein und zappte sich durch das Menü. Auf dem Display erschien *Peter Fox, Das zweite Gesicht.* Er ließ den Song vorlaufen bis zum Refrain.

*Denn es steckt mit dir unter einer Haut / und du weißt / es will raus ans Licht. / Die Käfigtür geht langsam auf und da zeigt es sich: / das zweite Gesicht. // Ein Biest lebt in deinem Haus. / Du schließt es ein, es bricht aus. / Das gleiche Spiel jeden Tag / vom Laufstall bis ins Grab.*

»Und das passiert gerade mit dir?«, fragte Franzi, nachdem Robert das Gerät wieder ausgeschaltet hatte.

»Das passiert uns allen – dauernd. In unterschiedlichen Härtegraden und Formen natürlich. Aber dreh die Schraube nur ein, zwei Windungen über das erträgliche Maß hinaus, und es wird so schwer, sich zu beherrschen.«

»Damit kann man eine Menge entschuldigen. Und wo ich drüber nachdenke, meine ich jetzt wirklich ›Mann‹.« Franziska sah ihn forschend an.

»Ich will nichts entschuldigen. Ich versuche nur zu erklären, was ich gerade schmerzhaft lerne. Ich habe jahrelang auf meinem Turm im Museum gesessen und gedacht, wenn ich die Welt lieb in Ruhe lasse, macht die das auch mit mir. Das hätte mich schon voriges Jahr beinahe das Leben gekostet. Und trotzdem habe ich brav weiter Ruhe bewahrt. Bis jetzt. In mir ist etwas, das nicht mehr dazu bereit ist, die Welt einfach in Ruhe zu lassen, nachdem sie Wolfgang auf dem Gewissen hat.«

»Ich hoffe, du bekommst das in den Griff. Solche Kriegertexte passen nicht zu dir.«

»Wenn ich den Mördern auf die Spur kommen sollte, werde ich brav die Polizei rufen, versprochen.« Patati knuffte sie, bis sie ihren kritischen Blick nicht mehr durchhalten konnte und zu lachen begann. Es war wohl eines der aphroditischen Mysterien, wie es Franziska möglich war, so herzerfrischend und unbefangen zu lachen, ohne auch nur eine Sekunde naiv zu wirken. Es tat Robert gut. Sie umarmten einander.

Als sie sich voneinander lösten, sah Robert Micky und Tol Skieter auf dem Weg zum Haupteingang laufen. Sie mussten eben an Patatis Saab vorübergegangen sein. Robert fluchte in Gedanken.

»Wir müssen los.« Franziska zeigte auf die Uhr. »Die Regel lautet leider: Der Zug ist immer nur dann pünktlich, wenn du zu spät bist.«

Robert startete den Wagen und verließ den Parkplatz. Im Rückspiegel sah er, wie Micky sich nach ihnen umdrehte.

»Kann ich mich so unter die Leute wagen?«, fragte Skieter.

Die ehrliche Antwort hätte gelautet, dass er aussah, als habe er eine heftige Kortisonkur hinter sich.

»Na klar«, sagte Micky. »Du siehst aus wie das blühende Leben. Aber bevor wir Anneke Ke verhören, lege ich dir lieber eine Eiskompresse auf.« Sie verdrängte das Bild von Robert, der in aller Öffentlichkeit Franziska umhalste. Sie hatte gerade fröhlich an seine Autoscheibe klopfen wollen, als sie im letzten Moment bemerkte, dass er nicht allein war. Sie holte tief Luft und beschloss, dieses Thema zu Hause als Erstes anzuschneiden.

Sie passierten die Sicherheitsschranke. Skieter grüßte seine Männer, die ihn länger als normal anstarrten.

Im *Duneko*-Hauptgebäude herrschte ein fröhliches Chaos. Die meisten Gäste waren noch da und taten sich gemeinsam mit den Mitarbeitern an den Resten des Büfetts und an dem gütlich, was die Bar noch ausschenkte. Charlie saß am Tischende. Er hatte sein Jackett ausgezogen und sein Krawattenknoten hing in Brusthöhe. Neben ihm saß Geert Vries. Als er Micky und Skieter erblickte, winkte er ihnen zu.

»Stefane hat mich schon auf den neuesten Stand gebracht«, sagte er. »In Oldeborn ist alles unter Kontrolle. Möchten Sie etwas essen oder trinken?«

Micky sah Skieter an.

»Nein danke, wir müssen gleich weiter«, erwiderte dieser. »Wo finden wir Mevrouw Ke?«

Charlie legte Geert Vries die Hand auf den Arm. »Die ist wahrscheinlich oben«, antwortete er. »Sie ist der einzige echte Workaholic hier.«

Geert wählte eine Nummer auf seinem Handy. »Sie geht nicht dran«, sagte er. Er versuchte es unter einer anderen Nummer. Inzwischen füllte Charlie zwei Gläser mit Champagner und schob sie zu Micky und Skieter hinüber. Er stockte mitten in der Bewegung, als Geert Vries sagte: »Bist du sicher? Sieh bitte nach, ob ihr Wagen auf dem Parkplatz steht.« Verwundert sah er Charlie an. Die Antwort seines Gesprächspartners erhielt er nach zehn Sekunden.

»Sie ist schon vor einer Stunde weggefahren«, sagte Geert Vries schließlich.

»Ja – und?«, fragte Skieter.

»Sie hat nicht hinterlassen, wo sie zu erreichen ist.«

»Und?«, fragte Skieter erneut.

Van Stutten griff nach seinem Handy und drückte auf eine Taste. »Anneke?«, fragte er nach ein paar Sekunden. »Wir warten auf dich.« Er hörte eine Weile zu. »Du solltest doch hier sein …«, setzte er an. Dann horchte er wieder. Schließlich drückte er die Freisprechtaste und hielt den Apparat hoch. Es waren irgendwelche Hintergrundgeräusche zu hören, durch die plötzlich Anneke Kes Stimme drang.

»… in der Stadt. Ein bisschen entspannen. Das wird man nach einem stressigen Tag wohl noch dürfen?«

Ganz ohne Zweifel hatte sie einiges getrunken.

»Kannst du jetzt hierherkommen?«, fragte Charlie.

»Warum kommt ihr denn nicht zu mir? Hier ist es auch sehr nett.«

»Hier warten zwei Polizisten, mit denen du verabredet warst«, sagte Charlie streng.

Am anderen Ende blieb es lange Zeit still.

»Dann nehmt sie doch auch mit«, kicherte Anneke schließlich.

»Anneke, so geht das nicht. Darüber werden wir uns Montag noch mal unterhalten. Termin ist Termin.«

Van Stutten sah fragend zu Skieter herüber, der den Kopf schüttelte. Dann zog er sich an eine ruhigere Stelle zurück, um das Gespräch zu beenden.

»Sinnlos«, sagte Skieter zu Micky. »Wenn wir sie jetzt vernehmen würden, würde sie uns sonst was erzählen.«

»Wir könnten ihr einen Streifenwagen schicken«, schlug

Micky vor. »Lass sie doch ihren Rausch in einer Ausnüchterungszelle ausschlafen.«

Charlie kam mit energischem Schritt zurück. »Ich habe soeben einen unserer Fahrer zu ihr geschickt«, erklärt er. »Er bringt sie unverzüglich nach Hause. Ich stehe persönlich dafür ein, dass sie sich morgen früh um zehn Uhr pünktlich und nüchtern auf dem Präsidium meldet«, sagte er.

»Um neun Uhr«, erwiderte Skieter.

»Wie Sie wollen. Ich regele das.« Van Stutten schob die zwei Gläser über die Theke. »Trinken wir noch auf das gute Ende?«

Skieter ignorierte die Einladung, drehte sich wortlos um und ging weg. Erst im Alfa fing er an zu fluchen. Zuerst über die *Duneko,* dann über Geert Vries und Charlie van Stutten. Micky hörte geduldig zu, auch als er anfing, sich selbst zu verwünschen. »Ich Blödmann, ich hätte sie sofort von den Kollegen ins Präsidium bringen lassen müssen.«

Micky kam erst nach Einbruch der Dunkelheit nach Hause. Sie fand Robert auf dem Sofa im Wohnzimmer. Der Länge nach ausgestreckt lag er im flackernden Licht des Fernsehers. Steif richtete er sich auf, als sie sich auf einen Sessel neben ihn fallen ließ.

»Franzi war hier«, sagte er. »Sie hat mir die Nummer von Peter Korfmacher gegeben. Er ist zurzeit in Buenos Aires. Wir können ihn morgen anrufen.«

»Hier?«, fragte Micky. »Ist diese Frau in meiner Wohnung gewesen?«

»Nein. Wir haben die *Duneko*-Ausstellung besucht und anschließend habe ich sie sofort wieder zum Bahnhof gefahren. Wollen wir uns eine Pizza holen? Ich habe noch nichts gegessen.«

»Hat sie dich so geschafft, dass du nicht mehr kochen konntest?« Sie meinte es eigentlich scherzhaft, aber Robert nahm die Frage ernst. »Franzi hat mir mehr Energie gegeben als genommen. Ich bin mit van Stutten aneinandergeraten. Ich bin rausgeworfen worden und sie hat mich aufgefangen.«

»Hast du sie extra deswegen aus Deutschland kommen lassen?« Sie merkte, dass ihre Stimme spitz klang und lachte, um ihre Worte abzuschwächen.

»Sie ist von sich aus gekommen«, erwiderte Robert. »Was ist so lustig daran?«

»Nichts«, sagte Micky. »Es ist nur, äh ... ziemlich eindeutig. Hat sie eine so lange Zugreise auf sich genommen, nur um dich für ein paar Stunden zu sehen?«

»Weißt du, was ich eindeutig fand?«, entgegnete Robert. »Wie du bei der *Duneko* mit diesem bunt gescheckten Gockel herumstolziert bist.«

»Das war Show«, wiegelte sie ab. »Wir waren halb undercover dort. Ich habe dich gesucht, aber du warst unauffindbar. Wie üblich, wenn es Schwierigkeiten gibt.«

Robert griff nach der Fernbedienung und zappte sich durch die Sender. »Ich bin unauffindbar, so wie üblich?«, fragte er. »Ich bin der Einzige gewesen, der auf diesem Fest der Scheinheiligkeit offen seine Meinung gesagt hat!«

»Und dazu brauchtest du deine ›gute Freundin‹? Ich will gar nicht wissen, was sich abgespielt hat, aber ich vermute, du hast den Macho raushängen lassen. Der nonkonformistische Wadenbeißer hat mal wieder zugeschlagen.«

»Und was ist mit dir, du Halbundercovergirl? Glaubst du etwa, es hätten nicht alle gesehen, wie du dich bei deinem Chef eingeschleimt hast?«

»Ich nehme meine Arbeit ernst!«

»Womit wir wieder mal beim Thema wären. Deine Arbeit – das Einzige, woran dir wirklich etwas liegt. Und da wundert es dich, dass du jedes Wochenende das heulende Elend kriegst?« Robert zappte immer schneller.

»Klingt ziemlich arrogant für jemanden, der schon seit

Jahren nichts anderes tut, als sich vor seinen Problemen zu verstecken. Anstatt sie zu lösen, kratzt der gescheiterte Künstler lieber an Skulpturen herum. Um sie schöner zu machen, als sie schon sind.«

Robert schaltete den Fernseher aus und warf die Fernbedienung ans Fußende des Sofas. »Vielen Dank!«, sagte er sarkastisch. »Endlich hast du den Mut gefunden, mir zu sagen, was du wirklich von mir hältst.« Er stand auf und marschierte aus dem Zimmer. Sie hörte ihn im Schlafzimmer rumoren.

Stille. Und seine sich entfernenden Schritte. Ein kurzes Klicken. Er knallte nicht mal die Tür hinter sich zu. Am liebsten wäre sie ans Fenster gelaufen und hätte ihn zurückgerufen, aber sie wusste, dass das keinen Sinn gehabt hätte.

»Danke gleichfalls«, murmelte sie.

Sie standen vor einem größeren Scherbenhaufen denn je.

## 9

Eine einfache Rechnung. Neun Stunden Schlafbedürfnis minus zwei Stunden Schlaf machten sieben Tassen Kaffee, mit Sonntagszuschlag acht. Patati saß im Frühstücksraum des Hotels, das Kinn schwer in der Hand abgelegt, und empfand eine traurige Verwandtschaft mit der pappigen Weißbrotscheibe, die matt vor ihm auf dem Teller lag. Der Kellner brachte die zweite Kanne Kaffee an seinen Tisch.

Wortlos aufstehen und weggehen – das war eine ziemlich starke Geste. Dummerweise fiel ihre Aussagekraft wie ein Soufflé an frischer Luft sofort in sich zusammen, sobald es kein endgültiger Bruch sein sollte. So selbstbestimmt man den Ort des Geschehens verlassen hatte, so sehr war man nun plötzlich abhängig von der Großzügigkeit des anderen, wenn man zurück aufs Spielfeld wollte. Da konnte nur eine Entschuldigung helfen. Und zwar eine glaubhafte. Aber doch auch nicht so unterwürfig, dass die Auseinandersetzung um all die ungeklärten Fragen schon verloren war, bevor der erste Satz fiel.

Das alles wusste Patati normalerweise gut genug, um den Impuls zum Gesprächsabbruch rechtzeitig zu unterdrücken. Aber normal war in seiner Beziehung zu Micky schon lange nichts mehr.

Wenigstens war er nicht noch in der Nacht nach Hause gefahren. Er mochte sich nicht vorstellen, wie er in dieser Stimmung Auto gefahren wäre. Stattdessen war er ziellos durch die Stadt gelaufen und schließlich am Leidseplein gelandet, den er sonst mied wie der Teufel das Weihwasser: Die Tische vor den Kneipen und Coffeeshops waren übervoll besetzt, Menschenmengen schoben sich durch schmale Gassen, babylonisches Stimmengewirr stieg huckepack mit Grasgeruch, Essensdüften und Zigarettenqualm in den Himmel.

Patati hatte sich vor der Menge in eine Seitenstraße gerettet. Als er das Werbeschild des kleinen Hotels sah, war eine unendliche Müdigkeit über ihn gekommen. Das einzige freie Zimmer lag nach vorn zur Gasse. Bis morgens um drei Uhr hielt ihn ein internationaler Chor vielfältigst befeuerter Touristen im Viertelschlaf. Dann warf sich auch die Welt da draußen endlich in die Betten. Unglücklicherweise schon um sechs steuerte jedoch eine Armada von Grobmotorikern in die Gasse hinein und befüllte die unendlichen Stauraumweiten ihrer Laster mit Leergutkästen. Das trieb Patati zunächst in eine aufrechte Sitzposition, dann unter die Dusche und schließlich in den Frühstücksraum.

Er schaute auf die Uhr. Neun. Er ging auf sein Zimmer, wo er sein Handy hatte liegen lassen. Ein verpasster Anruf. Das musste warten. Er rief Franziskas SMS auf und wählte die Nummer des Filmrestaurators. Es dauerte eine ganze Weile, bis sich endlich ein brummender Bass räusperte und etwas von sich gab, was mit gutem Willen als »Korfmacher« zu deuten war.

»Habe ich Sie geweckt?«

»Nein, ich bin im Stimmbruch. Ich hoffe, Sie haben einen guten Grund, mich um fünf Uhr nachts anzurufen.«

»O Mist, die Zeitverschiebung. Ich rufe Sie später an. Sorry.«

»Zu spät. Mit wem habe ich das zweifelhafte Vergnügen?«

»Mein Name ist Robert Patati. Ich bin Restaurator am Museum Abteiberg und ein Freund von Wolfgang Altenburg.«

»Altenburg! Kommt er voran?«

»Er ist tot.«

In der Leitung war eine Zeit lang nur transatlantisches Rauschen zu hören.

»Wie bitte?«

»Er ist ermordet worden. Es hing vielleicht mit seiner Arbeit zusammen. Ich hörte, er hat Sie um Rat gefragt?«

»Woher weiß ich, dass Sie einer von den guten Jungs sind?«

»Fragen Sie Franziska Brandner. Sie hat mir Ihre Nummer besorgt.«

»Okay, was kann ich für Sie tun?«

»Was genau wollte Wolfgang von Ihnen wissen?«

»Es ging natürlich um einen Film. Oder besser um zwei Filme. Sie lagen längere Zeit gemeinsam auf einer Spule und waren so unfachmännisch miteinander verklebt, dass man sie nicht mehr vollständig abrollen konnte.«

Robert dachte nach. »Hat er etwas über die Inhalte gesagt?«

»Nein. Alles, was ich sagen kann, ist, dass der oben liegende Film aus den frühen Dreißigerjahren stammte und der untere jüngeren Datums war.«

»Was heißt ›jünger‹?«

»Der alte Film hatte Acetat als Trägermaterial, der neuere Polyester. Das bedeutet, er kann frühestens Mitte der Fünfzigerjahre entstanden sein, vermutlich aber später. Und dann quasi bis zum heutigen Datum. Nach der Schadensbeschreibung schätze ich allerdings, dass er bereits mindestens zehn, fünfzehn Jahre mit dem Acetatfilm verbracht hat.«

»Falls Ihnen noch etwas einfällt –«

»Ja, da wäre noch etwas. Der Acetatfilm war offenbar schon stark geschrumpft und die Perforation an den Rändern extrem brüchig. Das schien Ihren Freund aber nicht so sehr zu interessieren, obwohl es restauratorisch die größere Herausforderung gewesen wäre. Ich denke, es ging ihm um den neueren Film.«

»Vielen Dank. Darf ich Ihnen für alle Fälle meine Nummer schicken?«

»Aber frühestens in vier Stunden. Ab Mittwoch erreichen Sie mich auch wieder in Metropolis, Unsinn, ich meinte Berlin«, sagte der Mann, dessen Leben in diesen Tagen um eine untergegangene Welt aus siebenhundert Metern Film kreiste.

Micky schlief besser als erwartet. Um acht Uhr erwachte sie nach einer ungestörten Nachtruhe. Automatisch fasste sie neben sich, erinnerte sich aber noch rechtzeitig daran, dass Robert nicht dort sein konnte. Mit offenen Augen blieb sie liegen und lauschte dem Zwitschern der Vögel. Was für ein blöder Streit! Sie waren beide fix und fertig gewesen und ihre Erschöpfung hatte allerlei unterschwelligen Gefühlen einen fruchtbaren Nährboden geboten. Wo er wohl sein mochte? Sie griff nach ihrem Handy auf dem Nachttisch und rief ihn an. Er meldete sich nicht. Wahrscheinlich schlief er noch. Sie nahm sich vor, es später noch einmal zu versuchen und sich nicht einfach beleidigt in ihr Schneckenhaus zurückzuziehen.

Sie schüttete ein paar Tassen Kaffee hinunter, duschte eilig und beschloss, im Präsidium zu frühstücken.

Tol Skieter erwartete sie in der Kantine. An der Schläfe hatte er immer noch eine dicke Schwellung, die sich bis zum rechten Auge zog. Der Bluterguss an seinem Kinn war nach rechts unten gewandert. Doch seine Laune hatte sich verbessert. Er beantwortete die Bemerkungen der hereinkommenden Kollegen mit nichtssagenden Floskeln, aber so aufgeräumt, dass niemand nachfragte. Um zehn vor neun bat er Micky, ihn zu einem Überwachungsraum zu begleiten.

»Du musst mich coachen«, sagte er. »Anneke Ke darf nicht zusammenbrechen, denn dann nützt sie uns gar nichts mehr.«

»Hast du einen Vernehmungsplan für mich?«

Er tippte sich an den Kopf. »Steckt hier drin.«

»Wer führt die Vernehmung mit dir durch?«

»Ich lasse jemanden rufen, sobald wir mit dem Protokoll anfangen. Ich möchte mich erst inoffiziell mit ihr unterhalten. Unter vier Augen klappt es am besten, wetten?«

Micky bezweifelte, dass das den Vorschriften entsprach, aber sie beschloss, Tol Skieter seinen Willen zu lassen. Sie setzte sich an die Bildschirme und schaltete die Geräte ein. Tol betrat das Vernehmungszimmer und winkte in alle Kameras, klappte das Laptop auf und gab die Vernehmungsdaten ein.

»Sie ist spät dran«, bemerkte er, als er die Zeit eintippte.

Micky sah auf die Uhr über den Bildschirmen.

»Sieben nach neun, wir geben ihr noch acht Minuten«, ergänzte Skieter. »Dann gehen wir sie holen.«

Micky zoomte seine rechte Wange heran und ließ die Kamera darüberwandern, um sich den entstandenen Schaden einmal aus der Nähe anzusehen. Skieter hob kurz den Blick und sie schickte ihm die Nachricht auf das Laptop, dass sie eine Testaufnahme mache. Er zeigte an, dass sie weitermachen solle, schlug eine Mappe auf und nahm einige Papiere heraus.

Während sie sich die Szene ansah, begriff sie, dass sie ihn zum ersten Mal so natürlich sah. Dass er beobachtet wurde, schien er vergessen zu haben. Skieter war zwar ein Raubein, aber er stand für das gerade, was er tat. So wie gestern, bei dieser dummen Jagd im Hubschrauber. Es hatte ihm widerstrebt, den Flüchtigen mit dem Helikopter zu hetzen, doch er hatte keine großen Worte darüber verloren und war stattdessen das Risiko eingegangen, ihn ohne weitere Unterstützung zu verhaften.

»He, glotzt du mich etwa an?« Er starrte genau in die Kamera. Sie lächelte ertappt. An der Drehbewegung des Objektivs hatte er gemerkt, dass sie ihn ins Visier genommen hatte.

*Ich beobachte dich,* chattete sie. *Ein gradueller, aber essenzieller Unterschied.*

Skieter antwortete mit einer unbestimmten Geste und reckte sich.

Micky fiel auf, dass auch in seinen Bewegungen etwas Katzenhaftes lag. Eine aufmerksame und dennoch entspannte, fast faule Katze.

*Hat die Spusi den iPod von Wolfgang schon untersucht?,* chattete sie.

»Sie sind dabei«, antwortete Skieter. »Er liegt jetzt in einem Riesenhaufen von Handys, Laptops, Navis und Pulsmessern, die alle noch durchgecheckt werden müssen.«

*Es dürfte doch kein Problem sein, sich so ein kleines Ding mal kurz anzusehen,* schrieb Micky.

»Damit sind sie schon fertig«, sagte Tol. »Und sie haben neben den Fotos und der Musik auch einen verschlüsselten Ordner entdeckt. Aber leider ist unser Dekodierungsfachmann zurzeit noch in Urlaub. Können wir das Ding nicht nach Arnheim schicken?«

*Da gehen sie mit Tischlerhammer und Beitel drauflos,* schrieb sie. *Die Arnheimer Methode.*

Er nickte mit schmerzlich verzogenem Gesicht.

»Wo bleibt denn die Schnapsdrossel?«, fragte er dann. »Rufst du sie bitte mal an?«

Micky suchte die Nummer von Anneke heraus, erreichte aber niemanden. *Keiner da,* chattete sie.

»Und bei der *Duneko?*«

Micky landete bei einem Pförtner, der erklärte, Mevrouw Ke sei erst am nächsten Morgen wieder erreichbar. Sie wollte gerade Skieter Bescheid sagen, dass sie Anneke auch in der Firma nicht erreicht hatte, als sich die Tür des Vernehmungszimmers öffnete.

Doch statt Anneke Ke kam Charlie van Stutten herein. Er gab Skieter die Hand und murmelte irgendetwas. Micky drehte den Ton lauter. »Mevrouw Ke ist bereits auf dem Weg nach Kamerun«, hörte sie ihn sagen. »Sie hat die Morgenmaschine nach Yaoundé genommen. Unfassbar. Das nehme ich ihr übel. Und mir auch.«

Nachdem Robert aus dem ›Hotel im lebhaften Stadtviertel‹ ausgecheckt hatte, stieg er am Leidseplein in den 197er-Bus, der ihn innerhalb einer Viertelstunde in die Nähe des *Duneko*-Headquarters brachte. Er war nicht der Einzige, der das futuristische Gebäude ansteuerte. Van Stutten hatte eine sonntägliche Öffnung der Ausstellung für die Allgemeinheit veranlasst. Die Vorberichterstattung über de Koonings Ehrung durch den Ministerpräsidenten auf den Gesellschaftsseiten der Zeitungen und die Artikel über die Saalfeld-Fotos in den Feuilletons lockten ein buntes Publikum an.

Robert mischte sich unter eine Gruppe junger Leute, deren Unterhaltung sie als Kunststudenten von der nahe gelegenen *Gerrit Rietveld Academie* auswies. Während sie das Gebäude betraten, schaute er wohlwollend auf sie und nickte zuweilen wissend, als sprächen sie mit ihm. Er war ein Dozent, der netterweise seinen freien Sonntag für den Nachwuchs opferte. So kam er leicht durch die Kontrollen am Eingang, wo man vermutlich nicht nur nach Antiglobalisten, sondern auch nach einem aggressiven Deutschen mit französischem Namen Ausschau hielt.

Während er mit seinen Leihstudenten via Aufzug in den ersten Stock fuhr, wunderte er sich, wie einfach man es ihm machte. Vielleicht hatte ja die viel gerühmte niederländische Toleranz obsiegt und für ihn galt gar kein Hausverbot. Bloß keine Paranoia entwickeln!

Er ließ seinen Begleitern den Vortritt und entstieg dem Lift als Letzter. Ein bekanntes Gesicht nahm ihn lächelnd in Empfang. »Meneer Patati, ich muss Ihnen leider mitteilen, dass Ihre Anwesenheit nicht erwünscht ist.« Geert Vries hatte das linke Bein in die Lichtschranke der Aufzugtür gestellt und leitete Robert in die glänzende Transportkiste zurück. »Ich begleite Sie zur Tür.«

Eine Sekunde überlegte Robert, den Aufstand zu proben. Aber in der schnellen Niederschlagung von Aufständen hatte die *Duits-Nederlandse koloniale onderneming* sicher einige Erfahrung. So beschränkte er sich darauf, auf dem Weg zum Haupteingang Vries zuzuzischen, dass er sich nicht zu früh freuen solle.

»Ich werde diese Ausstellung schon noch zu sehen bekommen. Warten Sie nur –«

Ihre Ausweise hochhaltend, hatten in diesem Augenblick Micky und Tol Skieter die Wachleute passiert.

Geert Vries zeigte sich unbeeindruckt. »Ich stehe gleich zu Ihrer Verfügung«, wandte er sich an die beiden Polizisten.

»Moment bitte«, gab Micky zurück und zog Robert zur Seite. »Was zum Teufel machst du hier?«, fragte sie ärgerlich.

»Dieser vermisste *Duneko*-Film aus den Dreißigerjahren war eine falsche Spur. Der Film an Wolfgangs Körper war aus den Achtzigern«, flüsterte er.

»Woher weißt du das?«

»Ich habe den Filmrestaurator erreicht. Frag eure Spurensicherung nach der chemischen Zusammensetzung des Filmmaterials. Es wird Polyester sein. Das heißt schon mal mindestens Fünfzigerjahre. Und Wolfgang hat Franziska doch wegen Fotos aus den Achtzigerjahren befragt.«

»Gut, und was willst du hier?« Micky wirkte einen Hauch zugänglicher.

»Ich muss in die Ausstellung. Vielleicht finde ich da irgendeinen Hinweis auf diesen vermaledeiten Film.«

Micky schaute skeptisch. Dann nickte sie. »Schade übrigens, dass du nur noch mit mir sprichst, wenn du meine Hilfe brauchst.« Sie ging zu Skieter und Vries zurück.

»Herr Patati wird jetzt die Ausstellung in unserem Auftrag besichtigen«, erklärte sie.

»Und Sie zeigen uns Anneke Kes Büro«, ergänzte Tol Skieter, der seine Überraschung über Mickys Anordnung nur schlecht verbergen konnte. »Hier, der Durchsuchungsbeschluss.«

Er sah Patati an. »Falls Sie früher fertig sind als wir, warten Sie hier.«

»Nichts lieber als das«, gab Robert vor.

Im Konferenzraum ging er direkt zu den Stellwänden, auf denen die Unternehmensgeschichte nach dem Zweiten Weltkrieg illustriert wurde. Anneke Ke hatte auf den zweigeteilten Präsentationsflächen perfekte PR-Arbeit geleistet.

Der obere Abschnitt gehörte all den Produkten, die ihren festen Platz in den europäischen Haushalten hatten. Von der Arbeit leicht erhitzte, aber glückliche Hausfrauen strahlten von Plakaten herab. Dank der Seifen, Wasch- und Spülmittel diverser *Duneko*-Firmen hatten sie die Macht, all die bösen Bakterien zu besiegen, die ihre Familien ausrotten wollten. Rosige Kinderwangen kündeten von der Nahrhaftigkeit der *Duneko*-Margarinen und junge Frauen in enger weißer

Sportbekleidung joggten gazellengleich am Strand entlang, weil sie ihre Salate mit cholesterinarmen *Duneko*-Diätspeiseölen zubereiteten. Über die Jahrzehnte wuchs die Produktpalette, wechselten einige Markennamen, der Schnitt der Gesichter und die Mode, aber das Glück der Konsumenten blieb auf dieselbe Weise unfassbar groß.

In der Mitte teilte eine Zeitachse die Präsentation. Darauf waren die wichtigsten Ereignisse der Firmengeschichte dargestellt. Unternehmenszukäufe, neue Produktionsstätten in Westeuropa und immer häufiger auch Begriffe wie *effizienzorientierte Umstrukturierung, Verschlankung, Konzentration aufs Kerngeschäft* und was es sonst an lustigen Bezeichnungen für Arbeitsplatzabbau bei gleichzeitiger Gewinnmaximierung gab.

Quasi als Basis der wirtschaftlichen Erfolgsgeschichte hatte Anneke Ke am unteren Rand Fotografien aneinandergereiht, auf denen stets der Herr des Unternehmens zu sehen war. Man musste sich wie zu einer Art Ehrerweisung hinunterbeugen, um alles erkennen zu können. Ruud de Kooning als Assistent seines Vaters Ende der Fünfzigerjahre, 1965 bei der Übernahme der Firmenleitung und von da an immer wieder händeschüttelnd mit Schauspielern und Sportlern, die als Werbeträger dienten, mit Bürgermeistern, die neue Fabriken einweihten, und mit Staatsleuten, die Handelsverträge unterzeichneten. Auch hier blieben die Gesten und Ausdrücke auf faszinierend öde Weise gleich, während allein de Koonings Gesicht über die Jahrzehnte hinweg alterte.

Zwei Abteilungen standen außerhalb der Chronologie. Die eine beschrieb unter dem Slogan *Endlich aufatmen!* – Duneko-*Biokraftstoffe bewegen die Welt* die blütenreine Zukunft einer automobilen Gesellschaft dank der Jatrophapflanze. Die andere Wand war den fast hundertjährigen Beziehungen des Unternehmens zu Kamerun gewidmet.

Auch hier stand Ruud de Kooning im Mittelpunkt. 1969 auf Safari lässig mit einem Gewehr an einem Jeep stehend, 1974 bei der Eröffnung einer neuen Plantage mit aufgekrempelten Hemdsärmeln und einem Spaten selbst Hand anlegend, 1981 bei einem Stammesfest sehr ernst neben dem mächtigsten Mann im Staate, Präsident Ahidjo. Und dann ab 1982 auf einem guten Dutzend Fotos immer wieder in Gesten der Verbrüderung mit dessen Nachfolger Paul Biya. Ein letztes, wenige Monate altes Bild zeigte die beiden zusammen mit Charlie van Stutten im Genfer Hotel *Intercontinental* bei den Schlussverhandlungen über die Jatrophaplantagen. Robert las den Begleittext zu dieser Fotoserie.

*Die* Duneko *pflegte schon zu Kolonialzeiten sehr gute Kontakte zur einheimischen Bevölkerung. Gegen die Kolonialbeamten setzte sie verbesserte Standards auf den Plantagen durch. Folgerichtig begleitete sie als verlässlicher Partner den Weg Kameruns in die Unabhängigkeit. Dass dem Unternehmen so großes Vertrauen entgegengebracht wurde, ist nicht zuletzt der Freundschaft zwischen Ruud de Kooning und Präsident Paul Biya zu verdanken. Zwei Männer, die stets um ihre Verantwortung für das große Ganze wussten und ihre Ziele energisch und geradlinig verfolgen. Wo immer möglich, unterstützt das Unternehmen die intensiven Bestrebungen Biyas, aus Kamerun einen modernen zivilgesellschaftlichen Staat zu formen, so zuletzt 2006 bei der Einrichtung der* Nationalen Kommission gegen Korruption, *mit der der Staatspräsident diese Geißel eines freien Wirtschaftslebens bekämpft.*

›Die Geißel eines freien Wirtschaftslebens‹ – Robert hätte vor Bewunderung für die poetische Sprachgewalt Annekes beinahe applaudiert. Ansonsten stand ihm jedoch nicht der Sinn zu jubeln, denn einen entscheidenden Hinweis zum Film hatte er nicht entdecken können.

Unten in der Halle herrschte große Aufregung. Im Eingangsbereich zogen Sicherheitsleute mit einer peniblen Taschenkontrolle Unmut auf sich, weil sie besonders intensiv die Besucher überprüften, die das Gebäude verlassen wollten. Weitere Wachleute standen diskutierend entlang dem Wasserlauf, der sich durch den künstlichen Dschungel zog. Als er sich dem Forum näherte, erkannte Robert, dass der Bach blutrot eingefärbt war, der Boden der Halle mit Flugblättern übersät. Er hob eines auf und las die Überschrift: *Die wahre Dokumentation von* Dunekos *Afrika-Raubzug: Eine Blutspur durch den Kontinent!*

Ein Raunen lenkte Roberts Aufmerksamkeit zurück zum Geschehen in der Halle. Aus einem der Personalaufzüge schlängelte sich eine Reihe von Polizeibeamten, die mit Computern und Kisten voller Aktenordner beladen waren. Ihr Ameisenmarsch durch den Urwald erinnerte an Expeditionen früherer Zeiten. Und auch, dass mit Geert Vries einer neben der Kolonne herlief und heftig gestikulierte, als wollte er sie antreiben, passte ins Bild. Echter Kolonialstil, gelernt ist gelernt, dachte Robert und steuerte zügig auf die Gruppe zu.

Der sonst so besonnen wirkende Vries hatte die Fassung verloren. Dass er tatenlos mit ansehen musste, wie hier Firmenbesitz beschlagnahmt wurde, schien sein Selbstbewusstsein mächtig zu untergraben.

»Charlie wird den Ministerpräsidenten höchstpersönlich anrufen«, hörte Robert ihn mit kläglicher Stimme drohen.

Tol Skieter, der die Gruppe mit den Händen in den Taschen bis zum Ausgang angeführt hatte und nun zur Seite trat, sah Vries abschätzig an. »Wir haben eine Menge gut bei Ihrem Charlie.« Er signalisierte Robert und Micky, ihm nach draußen zu folgen. Auf dem Parkplatz blieb Skieter stehen und schob sich einen Kaugummistreifen in den Mund. »Na, Patati? Alles erledigt?«

Während Robert noch damit beschäftigt war, den jovialen

Ton Skieters einzuordnen, fuhr der Kommissar fort. »Na ja, Sie werden Micky ja sicher bald berichten. Oder eilt es?«

Robert verneinte. Ihm schien, dass über Mickys Gesicht ein Grinsen huschte.

»Ich würde sie Ihnen nämlich gerne entführen, wir haben noch was zu tun. Natürlich nur, wenn Sie nichts dagegen haben. Im Übrigen vermute ich, dass Sie in Kürze die Stadt verlassen werden?«

Nun schaute Micky ebenso überrascht wie Robert.

»Verdammt. Ich hatte doch extra veranlasst, Sie zu informieren. Sorry. Die Rechtsmedizin hat die sterblichen Überreste Ihres Freundes freigegeben. Der Leichnam wird morgen früh nach Deutschland überführt. Wir haben Altenburgs Schwester gebeten, ihn in Empfang zu nehmen. Vielleicht möchten Sie der Familie beistehen?«

Wolfgang im Zinksarg, oder vielmehr dieser Rest, der von ihm übrig geblieben war ... Micky hatte ihm verboten, den toten Freund noch einmal zu sehen. Das wäre zu viel für dich, es ist schon für mich beinahe zu viel gewesen, hatte sie gesagt. Jetzt stieg gegen all seinen Widerstand ein Bild auf, das sich aus vielen Fernseheindrücken zusammensetzte, und verschob sein Gleichgewicht auf gefährliche Weise.

»Robert?« Er spürte, dass Micky ihn stützen wollte, aber er machte einen Schritt weg von ihr.

»Ich muss mich also nicht mehr zu Ihrer Verfügung halten?«, presste er hervor.

»Sagen wir, Sie haben ein paar Tage Urlaub. Wie ich Sie einschätze, werden Sie wiederkommen, oder? Also, ab in die Heimat. Gleich hier auf die A 10, dann die A 2 und *immer geradeaus!*«

Skieter amüsierte sich köstlich über seine Wegbeschreibung. Patati, der den alten Anti-Deutschen-Witz schon oft gehört hatte, ging mit einem Achselzucken darüber hinweg.

»Wann bekomme ich Wolfgangs iPod zurück?«, fragte er.

»Sobald wir den verschlüsselten Ordner geknackt haben, den Ihr Freund darauf gespeichert hat.«

Robert sah ihn staunend an, während Skieter eine Idee kam. »Als guter Freund Altenburgs könnten Sie die Sache möglicherweise ja beschleunigen. Stellen Sie uns eine Liste möglicher Passwörter zusammen. Sie wissen schon, Namen seiner Verwandten, Geliebten, Hunde, Katzen. Oder etwas aus seinem Job, irgendwelche schrägen Künstler vielleicht.«

Micky verspürte wenig Lust, in die Bloemgracht zurückzukehren. Dort wartete nichts als ein übervoller Wäschekorb, Fettränder entlang der Anrichte und Staubmäuse, die jedes Mal vom Windzug der zuklappenden Schlafzimmertür aufgewirbelt wurden. Und ein Bett, das sie frisch beziehen musste, nachdem es nicht so aussah, als würde Robert noch einmal zurückkehren.

Tol Skieter schien ihren Widerwillen zu bemerken, als sie das *Duneko*-Gebäude verließen. »Hast du Lust, noch was essen zu gehen?«, fragte er, während er die Türen des Alfas öffnete.

Als sie zustimmte, ruinierte sie damit auch den Rest ihres freien Tages, denn gleich darauf kündigte er an, dass eine rasche Durchsicht der Computerdaten, Akten und anderer Dokumente, die sie in Anneke Kes Büro beschlagnahmt hatten, auf dem Programm stand.

Tol Skieter nahm die erste Auffahrt zur A 10. Schweigend saßen sie nebeneinander, bis sie über die Schellingwoudebrug fuhren und der IJsee in Sicht kam. Die Aussicht auf die vor Anker liegenden Frachtschiffe und die Deiche und Dörfer dahinter überwältigte sie. So viel Weite, so viel Landschaft ... Plötzlich wurde ihr bewusst, dass sie in den letzten Monaten in einer Blase aus Arbeit, Schlaf und unregelmäßigen Mahlzeiten gelebt hatte. Unwillkürlich seufzte sie. Skieter warf ihr einen Seitenblick zu, dem sie auswich, indem sie sich dem Wasser zuwandte, das sich am diesigen Horizont verlor.

»Wo ist eigentlich der Sohn von Anneke Ke?«, fragte sie.

Tol gab Gas und zog über zwei Fahrspuren hinweg rechts rüber, um die Ausfahrt nicht zu verpassen. »Bei Verwandten«, antwortete er.

»Komischer Gedanke, dass sie jetzt eigentlich mit Wolfgang zusammen in Costa Rica gewesen wäre«, meinte Micky.

»Vielleicht war der ganze Plan aber auch nur ein Wunschtraum von Altenburg«, erwiderte Skieter. »Eine Spinnerei. Verliebte Männer können sich manchmal aufführen wie Junkies auf einem Trip. Aber jedenfalls liegt es unserem Charlie schwer im Magen, dass sich seine vielversprechende PR-Dame einfach aus dem Staub gemacht hat.«

»Könnte das nicht nur Show sein?«, fragte Micky. »Solche Typen haben es doch nicht deswegen so weit gebracht, weil sie ihre Angestellten nicht unter Kontrolle haben.«

»Aber was sollte er damit bezwecken?«

»Anneke Ke stand kurz vor dem Zusammenbruch«, erklärte Micky. »Und deswegen hat Charlie sie gehen lassen, vielleicht sogar weggeschickt, mit ein paar Betriebsgeheimnissen im Koffer.«

»Oder er fand, sie könne ein wenig Urlaub gebrauchen, nach dem Stress durch die ständigen Drohungen und Protestaktionen.«

Skieter parkte vor einem orangeroten Gebäude und lotste Micky auf die Terrasse eines Restaurants, von wo aus sie auf das IJ blickten. Wieder bestaunte sie den zartblauen Himmel und die Dunstschleier, die die Innenstadt am anderen Ufer weichzeichneten. Sie blieb stehen, die Hände um das Geländer gelegt, und beobachtete ein Containerschiff, das langsam vorüberzog. Als dahinter das Denkmal des Seemanns erschien, der auf seine Kameraden wartet, gab sie Skieter einen Stoß in die Seite.

»Der Tatort«, bemerkte sie. »Wolltest du dich noch mal ein bisschen umsehen?«

Skieter zeigte mit einer vagen Handbewegung in Richtung Osten. »Da hinten ist das Boot in die Luft geflogen. Hier im Restaurant ist daraufhin übrigens eine Panik ausgebrochen. Vor ein paar Jahren ist der Laden mal von einem Kreuzfahrtschiff gerammt worden. Da dachten wir zunächst auch an einen Anschlag. Einer der Besitzer ist nämlich der Sohn eines ehemaligen Ministerpräsidenten.«

Micky setzte sich und ließ sich von der Sonne das Gesicht wärmen.

»Der Kerl, den wir auf dem Landgut von Charlie geschnappt haben, sagt keinen Ton«, berichtete Skieter jetzt. »Aber wir sind inzwischen ganz sicher, dass es sich um André Mazour handelt. Dein Bekannter, dieser Lars Monnik, hat ihn brav abgeliefert, zusammen mit den Kopien aller Berichte, die bis jetzt geschrieben wurden.«

»Seltsam, dass er seinen Ausweis bei sich hatte«, bemerkte Micky. »Es ist für einen Aktivisten doch eher ungewöhnlich, mit dem Ausweis in der Tasche ein Feuer zu legen.«

»Vielleicht ist er ein bisschen zu gut integriert«, erwiderte Skieter. »Aber er wird schon noch reden, wenn er die Vorladung sieht. Beteiligung an einer Organisation mit terroristischem Hintergrund ... Wir sollten ihn ein paar Monate in einem Hochsicherheitstrakt schmoren lassen. Unsere Arnheimer Kollegen haben übrigens das Zimmer von den Jungs ausgemistet und dabei eine Liste mit Telefonnummern gefunden. Die gehen sie momentan durch.«

»Haben die Ermittlungen in der Schwulenszene schon etwas ergeben?«

»Nein, seitdem sie sich *Best for Africa* angeschlossen hatten ...«

Skieter wurde vom Klingelton seines Handys unterbrochen und nahm das Gespräch an. Er gab Micky mit Gesten zu verstehen, dass sie sich auf der Speisekarte etwas aussuchen solle.

»Lasst sie mal in Block sechs warten«, sagte er schließlich in sein Telefon. »Kein Kaffee und keine Kontakte nach draußen. In einer Stunde sind wir da.«

Er sah Micky triumphierend an. »Lida Konterman und Nilis Beck haben sich gemeldet. Sie wollen eine Aussage machen. Sie sind pünktlich erschienen, ansonsten hätten wir sie abgeholt. Ihre Telefonnummern stehen auch auf der Liste, die wir in Arnheim gefunden haben.«

Skieter klatschte in die Hände. Micky zwang sich zu einem erfreuten Lächeln. Wolfgangs unbegreiflicher Lebenswandel vor seinem Tod schien um einige Ränge auf der Prioritätenliste der Ermittlungen abgerutscht zu sein.

Skieter lehnte sich zurück, sah einem Schnellboot nach, das einen Wasserskifahrer zog, und fragte: »Sag mal, ist dieser Patati immer noch dein Liebhaber? Oder eher eine Vaterfigur?«

Bei Block sechs handelte es sich um einen besonderen Zellentrakt, in dem Forensik-Kandidaten bis zu ihrem Transport in eine Einrichtung in Gewahrsam genommen wurden. Von außen sahen die Räume wie normale Sprechzimmer aus, aber von innen fehlte die Türklinke. Tische und Stühle waren am Boden festgeschraubt und hinter einer diskreten Metalltrennwand befand sich eine Toilette. Skieter drehte die Abdeckung vor dem Spion beiseite und ließ Micky einen Blick hindurchwerfen. Nilis und Lida saßen nebeneinander und starrten mit verbissenen Blicken ihre Handys an, die vor ihnen auf dem Tisch lagen.

»Jetzt sind sie mürbe«, sagte Skieter grinsend, bevor er hineinging. »Fix und fertig. Sie wollen so schnell wie möglich hier raus und werden viel mehr verraten, als wenn wir die Tür sperrangelweit offen gelassen hätten.«

Micky schluckte eine Bemerkung über die Amsterdamer Methode hinunter. Es war nämlich ziemlich überholt, Zeugen oder Verdächtigen Aussagen zu entlocken, indem man ihren Zorn weckte. Genauso gut konnte es passieren, dass die Kandidaten ganz zumachten.

Sie wollte als Erste hineingehen, aber Skieter hielt sie an der Schulter zurück. »Lass mich zuerst reingehen, man weiß ja nie«, brummte er.

Nilis sprang auf, als Skieter mit ausgestreckter Hand auf ihn zukam. »Mit welchem Recht sperren Sie uns hier ein?«, begann er. »Sind wir etwa verhaftet? Dann will ich sofort unseren Anwalt sprechen!«

Skieter reagierte nicht auf Nilis Fragen und stellte sich vor. »Mevrouw Spijker kennen Sie ja bereits«, sagte er beiläufig. »Entschuldigung, da muss irgendetwas schiefgelaufen sein. Hat man Ihnen schon Kaffee angeboten?«

Nilis fauchte ihn an: »Das ist Freiheitsberaubung! Und warum haben wir hier keinen Handyempfang?«

»Sie können eine Schadensersatzforderung einreichen«, sagte Skieter und setzte sich.

Micky nahm auf dem Hocker neben ihm Platz.

»Fangen wir an«, sagte Lida Konterman. »Machen Sie sich Notizen oder wird unser Gespräch aufgezeichnet?« Sie wies mit dem Kinn auf eine kleine Kamera in einer Zimmerecke. Entweder hatte sie sich rasch gefangen oder sie hatte erkannt, dass sie einem Plan zum Opfer gefallen waren, an dem sie im Nachhinein nicht mehr viel ändern konnten.

»Wir sollten uns zunächst einmal inoffiziell unterhalten«, schlug Tol Skieter vor. »Wir können Ihr Geständnis ja später noch aufzeichnen.«

Nilis ließ sich kopfschüttelnd zurücksinken und Lida lachte verächtlich auf. »Geständnis?«, sagte sie. »Von wegen! Wir wollen Anzeige erstatten, und zwar gegen André Mazour und diejenigen, die ihn geschickt haben.«

»Wir verlangen, dass Sie diese Sache gründlich untersuchen!«, fügte Nilis hinzu.

Micky bemerkte, wie sich Skieters Oberschenkelmuskeln anspannten, als wolle er sofort wieder aufstehen und gehen.

»Und wer soll ihn Ihrer Meinung nach geschickt haben?«, fragte Micky kühl.

»Wir sind doch nicht blöd!«, brachte Nilis hervor. »Der Trick ist so alt wie die Widerstandsbewegung! Provokateure einschleusen, um uns in Misskredit zu bringen!«

»Worauf soll die Anzeige denn genau lauten?«, fragte Skieter. Er ließ sich so weit nach hinten sinken, wie es der festgeschraubte Hocker zuließ.

»Anstiftung zu einer Straftat«, antwortete Lida. »Nämlich Brandstiftung. Unter Beihilfe der Behörden.«

Skieter legte seine Hände auf den Tisch und wollte jetzt wirklich aufstehen. Diesmal legte ihm Micky die Hand auf den Oberarm und drückte kurz auf die Muskeln. Es half. Er entspannte sich.

»Bitte von Anfang an«, bat sie ruhig.

Lida zog ein Blatt Papier aus der Tasche, die neben ihr stand, und fing an vorzulesen. »Es geht nicht nur um André Mazour«, sagte sie. »Sondern auch um die beiden Jungs, die letzten Montag umgekommen sind. Winston Lafaylle hat sich im Januar bei uns gemeldet und ein paar Wochen später Sal Monroe mitgebracht. Sie waren von der Elfenbeinküste geflüchtet und wohnten damals seit einem halben Jahr in dem Asylbewerberheim. Lafaylle behauptete, er habe unser Bulletin gelesen und wolle etwas tun, um seinem Heimatland zu helfen. Er beteiligte sich an der Arbeitsgruppe *Archiv und Info.*«

»Da konnte er wenig Schaden anrichten«, bemerkte Skieter. »Die digitale Fummelarbeit – Artikel sammeln und auf Ihrer Website veröffentlichen.«

Micky konstatierte zufrieden, dass Tol ihre Zusammenfassung des AIVD-Berichts über die Struktur und die Arbeitsweise von *Best for Africa* gelesen hatte.

»Ihren Sprachkenntnissen kam die Arbeit zugute«, ergänzte Lida. »Und sie konnten gleich in die Praxis umsetzen, was sie in ihrem Computerkurs in Arnheim gelernt hatten. Sonst bleibt so etwas doch ein bisschen theoretisch, oder?«

»Wie haben sie sich dann derart radikalisiert?«, fragte Skieter.

»Das waren sie schon vorher«, erwiderte Nilis. »Deswegen sind sie ja in unsere Organisation eingeschleust worden – damit der Anschlag mit uns in Verbindung gebracht wurde. Uns gegenüber mussten sie sich dagegen als unschuldige Hilfskräfte ausgeben.«

»Und André Mazour?«

»Der ist erst später dazugestoßen«, fuhr Lida fort. »Er war von Anfang an viel aggressiver. Er langweilte sich in der Archivarbeitsgruppe und wechselte zur Öffentlichkeitsgruppe.«

»Die operative Abteilung?«, fragte Skieter. »Okay. Er wollte also sofort mit der Graffiti-Spraydose und der Hartschaumspritze losziehen. Hassmails verschicken, Drohanrufe starten und ab und zu ein paar Sabotageaktionen durchführen. Ein Auto anzünden, Fensterscheiben einwerfen …«

»Nein«, erwiderte Lida knapp. »Wir lehnen jede Form von Gewalt ab, sowohl Menschen als auch Gegenständen gegenüber. Also sind wir auch gegen Drohungen. Wir machen lediglich Gebrauch von unserem Recht auf freie Meinungsäußerung. Und von unserem Demonstrationsrecht …«

»Und noch so ein paar Grundrechten«, unterbrach sie Tol Skieter. »Und was hat André Mazour getan, was er nicht durfte?«

»Er hat von Anfang an versucht, gewalttätige Aktionen durchzuführen«, antwortete Lida fest. »Und er hat gegen die internen Regeln verstoßen.«

»Als da wären?«

»Er hat versucht, ohne unser Wissen Aktionen zu organisieren.«

»Mit wem?«

»Wir nennen grundsätzlich keine Namen.«

»Er versuchte also, Komplizen unter den Mitgliedern von *Best for Africa* zu rekrutieren«, stellte Skieter fest. »Da wird er doch offene Türen eingerannt haben.«

»Nicht in unserer Organisation«, entgegnete Lida. »Außerhalb vielleicht schon.«

»Man könnte Sie also mit einem Fußballverein vergleichen, der Ärger mit einem aufmüpfigen Hooligan hatte? Haben Sie Mazour nicht zur Ordnung gerufen?«

»Wir sind keine Erziehungsanstalt«, erwiderte Nilis. »Jeder ist für sein Handeln selbst verantwortlich.«

Micky beugte sich nach vorn. »Könnten Sie ein wenig konkreter werden, was André Mazour angeht?«

»Er hat sich einfach nicht an die Regeln gehalten«, wiederholte Nilis. »Bei den Vorbereitungen für öffentliche Aktionen sagte er nie etwas, aber dann rückte er immer mit schwerem Geschütz an. Viel zu schwer für die geplanten Aktionen. Brecheisen, Stemmeisen, Vorschlaghämmer. Gestern hatten wir vor dem Haus von van Stutten eine Demonstrationskette geplant, mit Spruchbändern und Flugblättern, um die Nachbarn aufzuklären, dass sie neben einem Kriminellen wohnen. André Mazour kam mit zwei Kanistern Benzin. Bevor wir eingreifen konnten, hatte er schon die Scheune in Brand gesteckt. Er hat einen Anschlag verübt, während wir nur eine Demonstration geplant hatten.«

»Und?«, fragte Skieter. »Sie haben einen durchgedrehten Vollidioten in Ihren Reihen. So was kommt in den besten Familien vor. Aber Mazour sitzt bereits hinter Schloss und Riegel. Sie sollten uns dankbar sein.«

»Welche Hinweise haben Sie darauf, dass er geschickt

wurde?«, fragte Micky. »Und können Sie beweisen, dass die drei Jungs Kontakte zu irgendeiner Behörde hatten?«

Lida zögerte. »Bei Sal und Winston vermuten wir es stark«, sagte sie. »Bei Mazour ist es sehr wahrscheinlich. Er wusste zum Beispiel genau, an welcher Stelle man Oldeborn am besten betreten konnte, ohne dass der Wachdienst eingriff. Tatsächlich wurde das Grundstück an diesem Tag überhaupt nicht gesichert, obwohl unsere Beobachtungen ergeben hatten, dass fast ständig ein Wachmann patrouilliert. Gestern war allerdings weit und breit niemand zu sehen. Mazour muss einen Tipp bekommen haben.«

»Und was noch?«, fragte Skieter träge. Er überging die logische Frage, warum BFA den Wachmann von Oldeborn observiert hatte. Micky vermutete, dass sein gelangweilter Ton dazu beitragen sollte, seine Gegenspieler aus der Reserve zu locken.

»Mazour war mit Winston Lafaylle und Sal Monroe befreundet«, antwortete Nilis. »Und die sind noch viel weiter gegangen! Das muss Ihnen doch Hinweis genug sein.«

»Freundschaft ist nicht strafbar«, erwiderte Skieter. »Aber lassen Sie uns über diese beiden tragischen Figuren reden. Warum glauben Sie, dass die geschickt wurden?«

»Weil solche Jungs niemals ohne Hilfe einen so professionellen Anschlag verüben könnten«, antwortete Nilis. »Sie müssen Unterstützung gehabt haben. Wie sollen die sonst an die Waffen und den Sprengstoff gekommen sein?«

»Name und Adresse?«, fragte Skieter.

»Von einer Behörde?«, fragte Lisa ungerührt zurück. »Was würden Sie vom AIVD halten? Oder einer ausländischen Regierung?«

»Meinen Sie die Botschaft von Kamerun?«, fragte Micky.

Nilis und Lida sahen Skieter unverwandt an.

»Die hat diplomatische Immunität«, fügte Micky hinzu.

»Wir sind heute Abend bei *Nederland 3* zu einem Interview in *Het Terugblik* eingeladen«, sagte Nilis. »Da werden wir unsere Ansichten näher erörtern.«

Skieter stand auf. »Dann kommen Sie morgen wieder«, sagte er.

Er sah den beiden verächtlich nach, während er ihnen die Tür aufhielt und einem Wachmann winkte. »Mevrouw und Meneer dürfen gehen«, teilte er ihm mit.

Als sie außer Hörweite waren, machte er seinem Ärger Luft: »Diese Ratten! Erst werben sie ein paar Asylbewerber an und lassen sie die Drecksarbeit erledigen, und dann, wenn es zu den absolut vorhersehbaren Katastrophen gekommen ist, lassen sie die Jungs fallen und waschen ihre Hände in Unschuld. Ganz nebenbei beschuldigen sie noch den AIVD und, wenn wir Pech haben, auch gleich uns, weil wir angeblich unsere Arbeit nicht ordentlich getan haben. Die große Flucht nach vorn. Diese Arschlöcher von BFA gehen ein hohes Risiko ein. Sie versuchen, die Richtung zu bestimmen, in der wir ermitteln, und wollen unsere Aufmerksamkeit vom militanten Arm ihrer Organisation ablenken. Das bedeutet aber nichts anderes, als dass wir noch tiefer unter dem sauberen BFA-Deckmantel graben müssen, ob nicht gerade da das Kontrollzentrum sitzt, das die Jungs von der Elfenbeinküste steuert.«

»Können sie unsere Ermittlungen mit dieser Fernsehsendung gefährden?«, fragte Micky.

»Nein, aber ich werde von ganz oben einiges zu hören bekommen. Na ja, die Fernsehleute leben halt vom Unsinn, den andere gratis verzapfen.«

»Die denken genauso, wie wir es schon seit einiger Zeit tun«, erwiderte Micky. »Nur hundertachtzig Grad gedreht.«

»Kann schon sein«, sagte Skieter. »Übrigens: Der missglückte Vergleich mit den Ratten tut mir leid. Das haben die armen Tiere nicht verdient.«

Am frühen Nachmittag schaltete Robert die einzigen zwei modernen Geräte ein, die er seinem alten Saab implantiert hatte, seinen iPod und das Navigationsgerät, und fuhr los. Vielleicht sollte die Firma mal ein Spezialmodell *Skieter Scooter* herausbringen, bei dem die niederländische Stimme statt ›rechtdoor‹ schön zackig ›immer geradeaus‹ anordnete.

Ob es Micky gefallen hatte, wie ihr Kollege so unverhohlen sein Interesse gezeigt hatte, ihn loszuwerden? Und ob sie von der Freigabe Wolfgangs gewusst hatte? Das hätte sie ihm doch sofort gesagt? Micky hatte recht. Es war überhaupt nicht gut, dass sie kaum noch miteinander redeten, und wenn, dann in Vorwürfen.

Es wurde eine furchtbare Rückfahrt. Die Schulferien gingen dem Ende entgegen und Robert geriet von einem Stau in den anderen. Er brauchte fast viereinhalb Stunden, bis der Wagen zu Hause auf der Südstraße eingeparkt war.

Er betrat den Hof des Gründerzeithauses und fand seine Pflanzen in aller Pracht vor. In den Beeten, den Terrakottatöpfen, unter dem verkrüppelten Baum. Seine Nachbarin Maria, die überzeugt davon war, dass Pflanzen eine Seele hatten, hatte offenkundig weder an Wasser noch an guten Worten gespart.

Es herrschte die Stille eines heißen Sonntagnachmittags. Nur aus einem der Fenster im dritten Stock war leise ein Radio zu hören. Robert ging über die Steinfliesen zum zweiten Flügel, der im Neunziggradwinkel an den ersten angebaut war und damit parallel zum Hauptgebäude stand. Sein Haus. Eine ehemalige Schreinerwerkstatt, die er über die Jahre hinweg um- und ausgebaut hatte. Er schloss die alte Holztür auf. Die Rollos waren heruntergelassen, Wohnzimmer und Küche lagen im Halbdunkel, die Bodenfliesen strahlten eine angenehme Kühle aus. Daheim!

Das Checken von Post und E-Mails führte ihn leidlich in die Realität seines hiesigen Lebens zurück, sodass er zum unangenehmen Teil seiner Erledigungen kommen konnte. Das Telefonat mit Wolfgangs garstiger Schwester verlief so unerquicklich wie vorausgesehen. Sie bedauere es zwar wirklich sehr, aber die Familie wolle bei Wolfgangs Ankunft im Beerdigungsinstitut allein bleiben. Sie fertigte ihn in professionellster Freundlichkeit ab. Keine Fragen nach Wolfgangs letzten Stunden, keine Gefühlsregung, nichts. Dass Geschwister so unterschiedlich sein konnten.

Kurz davor, von der Müdigkeit übermannt zu werden, aber unwillig, ins Bett zu gehen, startete Robert ein kleines Pokerspiel mit seinem Computer. Kaum hatte er den ersten Einsatz getan, klingelte es. Knut, Marias Mann, stand in der Tür und lud ihn auf ein Glas Wein ein.

Es war ein Geschenk des Himmels. Ein immer noch sehr warmer Sommerabend im Hof mit Maria und Knut. Die beiden Keramiker waren von einem Markt zurückgekehrt, auf dem sie erfreulich gut verkauft hatten. Auch in Roberts Haus war eine ganze Reihe ihrer Gefäße und Schalen zu finden. Es war ein hartes Geschäft, gegen billigste Chinakonkurrenz und den Verlust der Fähigkeit zu bestehen, handwerkliche Qualität und deren Schönheit zu erkennen. Oft reichten die Einkünfte der beiden nur, um gerade so über die Runden zu kommen.

Umso wichtiger war es, einen Tag wie diesen zu genießen, an dem ihre Arbeit so gefragt gewesen war. Robert saß mit den Freunden an einem kleinen eisernen Tisch mit Steinmosaik. Sie tranken einen gekühlten Sangiovese, aßen Käse, Oliven und Bruschetta. Die Runde löste sich erst weit nach Mitternacht auf.

Den restlichen Sonntag verbrachte Micky damit, das beschlagnahmte Material aus Anneke Kes Büro zu durchforsten. Außer einigen Hinweisen darauf, dass die Beziehung zu Wolfgang tatsächlich weit enger gewesen war, als sie zugegeben hatte, kam nicht viel dabei heraus. Nichts wies darauf hin, dass sie vorgehabt hatte, nach Costa Rica zu fliegen, und es gab auch keine Anzeichen für ihre überstürzte Abreise nach Kamerun. In ihrer E-Mail-Korrespondenz fiel Micky lediglich der überaus freundschaftlich-vertrauliche Ton auf, den sie Charlie van Stutten gegenüber anschlug. Die beiden verband offensichtlich mehr als nur ein gutes Arbeitsverhältnis.

Sie unterbrach ihre Arbeit, um sich zusammen mit Skieter den *Terugblik* anzusehen. Nilis und Lida saßen zusammen mit einem Historiker an einem Tisch, der eine Studie über die Taktiken und Strategien des AIVD sowie des Vorgängergeheimdienstes verfasst hatte. Nilis und Lidas Behauptungen, *Best for Africa* sei von ›infiltrierten Provokateuren‹ – wie sie Winston, Sal und André inzwischen nannten – unterwandert worden, hielt er für äußerst plausibel. Er wies darauf hin, dass schon vor Jahren ein Infiltrant des Geheimdienstes mehrere Handgranaten in das Friedenscamp Woensdrecht geschmuggelt hatte mit dem Ziel, die Friedensbewegung in Misskredit zu bringen. Auch ein getarnter CIA-Agent hatte Sprengstoff in dieses Lager gebracht und versucht, die Aktivisten zu überreden, ihn einzusetzen. Micky kannte ihrerseits Geschichten über den früheren polizeilichen Geheimdienst in Arnheim. Der hatte in den Achtzigerjahren Mitarbeiter in die Aktionsgruppen eingeschleust, die gegen die großen Munitionstransporte für die amerikanische Armee in Deutschland protestierten. Diese Provokateure hatten den Auftrag, Komplizen zu suchen, die ihnen bei der Sabotage von Bahngleisen halfen. War einmal alles vorbereitet, wurde der Sabotagetrupp von einem Sondereinsatzkommando erwartet. Die Verhaftungen verliefen immer äußerst brutal und in den Medien war schnell von Terrorismus die Rede.

Die beiden Moderatoren fragten Nilis und Lida, wie sie

bei ihrer Anzeige im Polizeipräsidium behandelt worden seien. Sie beklagten sich darüber, dass sie vorübergehend eingesperrt worden waren, und bezweifelten, dass man ihre Anzeige ernst genommen hatte.

Skieter stand noch während der Sendung auf und ging weg. Micky blieb sitzen, bis zur Illustration in einem Filmbeitrag gezeigt wurde, wie tropischer Regenwald gerodet wurde, um dort Jatropha anzubauen.

## 10

Ein Geräusch ließ Patati aus dem Schlaf hochfahren. Es war schon helllichter Tag. Eine Sekunde lang wusste er nicht, wo er war. Dann sah er das rot-weiße Schiff vor sich, die Zwillinge, die wie gewohnt gut gelaunt aus dem Strandkorb herauslugten, und den Offizier in napoleonischer Uniform, der seinen Dreispitz vor sich auf den Tisch seines Kassenhäuschens gelegt hatte.

Er war zu Hause. Robert hatte dem Maler Frank Jacob Esser das Bild vor einem halben Jahr gleich von der Staffelei weggekauft und es direkt gegenüber dem Bett aufgehängt. Seitdem freute er sich jeden Abend auf diesen Ausblick, der ihn an das Fenster eines Hotels direkt am Meer versetzte. Ein Reise in eine freundliche Fremde mit liebenswert rätselhaften Menschen, Seeluft, Urlaub, Entspannung, Zufriedenheit. Ein Lächeln huschte über Roberts Gesicht. Jetzt wusste er auch das Geräusch einzuordnen. Es war Carlo, Marias Kater, der über das Dach zu seinem bevorzugten Sonnenplatz lief.

Der Wecker zeigte schon nach zwölf Uhr. Trotzdem blieb noch genug Zeit für einen Besuch im *Kleinen Café*. Ein blondes, vielleicht zehnjähriges Mädchen, das mit seinen Eltern zum Mittagessen hier war, sah ihn frech grinsend an, als er gähnend ein großes Frühstück bestellte.

Wolfgangs Schwester hatte Patati für Punkt fünfzehn Uhr in das Altenheim des Vaters einbestellt. Als er ins Zimmer von Herbert Altenburg kam, fand er nur Magdalena Konstantynow vor. Die Privatpflegerin sah überrascht von einem Buch auf. »Ach, Herr Pati-, Pita-, Patati. Wollten Sie Herrn Altenburg besuchen?«

»Eigentlich bin ich mit Frau Altenburg verabredet«, antwortete Robert.

»Sie ist vor einer Viertelstunde mit ihrem Vater in den Park gegangen.«

»Hm«, machte Robert und blieb unschlüssig an der Tür stehen.

»Ich weiß nicht, ob es Sinn macht, zu warten. Frau Altenburg hat extra gesagt, sie wollte eine große Runde laufen. Aber wenn Sie sich setzen wollen?«

Was sollte dieser Kinderkram? Er hatte mit ihr Wolfgangs Wünsche für seine Beerdigung durchsprechen wollen. Ging man so miteinander um? Was immer bei ihr schiefgegangen war, es war gründlich schiefgegangen.

Immer noch unentschieden, was er nun tun sollte, schlenderte er an einer kleinen Fotowand entlang.

»Ich habe Herrn Altenburg gebeten, aus seinen Fotoalben Lieblingsbilder auszuwählen. Wir haben sie aufgehängt, damit er sie immer sehen kann«, erklärte Magdalena.

»Eine interessante Mischung«, meinte Robert diplomatisch.

Ein Bild von Orang-Utans, das offensichtlich bei einem Zoobesuch im Krefelder Affenhaus gemacht worden war, hing neben einem Foto von der Sprengung eines Wasserturms und einer Postkarte zum Pokalsieg des FC Bayer Uerdingen über Bayern München. Dazwischen Bilder von Herberts Frau Gertrud und seinen beiden Kindern. Dann Webstühle in einer Textilfabrik, ein Zeitungsausschnitt von 1969 über einen Catcher-Kampf, bei dem laut Bildunterschrift *Mustafa aus Kurdistan seinem germanischen Wider-*

*sacher gerade eine Krawatte anlegt,* und einen von der Schiffsankunft des niederländischen Sinterklaas mit seinem Zwarte Piet im Uerdinger Hafen.

»Vielleicht hat er sie aus ganz anderen Gründen ausgewählt, als wir glauben. An vieles wird er keine Erinnerung mehr haben. Aber etwas daran gefällt ihm und das ist das Wichtigste.«

Robert nickte. Ach, da war ja auch ein schönes Foto von Herbert Altenburgs Kiosk. Schwarz-weiß und in einer dunklen Nacht nach einem Regenguss gemacht. Auf der hellen Lichttafel über dem Eingang stand in geschwungener Schreibschrift *Zur kleinen Freiheit.* Er musste schmunzeln und zugleich gab es ihm einen Stich, als er sich erinnerte, mit welcher Beharrlichkeit Wolfgang ihm an ihrem ersten und für immer letzten Abend in Amsterdam seine Theorie von der kleinen Freiheit verklickert hatte und wie verrückt wichtig ihm das Jahr der Eröffnung gewesen war. Z-u-r k-l-e-i-n-e-n F-r-e-i-h-e-i-t, gegründet anno 1973. Robert wurde von der Erinnerung aufgesogen, während er noch einmal Wolfgangs Stimme ganz klar hörte: »Und darum – für den Fall, dass ich es vergessen sollte – merkst du dir jetzt, dass wir noch mal darüber sprechen wollen. Stichwort: *Zur kleinen Freiheit.* Gegründet –«

»Ich kann nicht länger warten«, erklärte Patati unvermittelt und ging eilig zur Tür.

Micky wurde von Roberts Anruf überrascht. Gerade hatte sie festgestellt, dass Anneke laut ihres Aufgabenplans täglich Charlie van Stutten über Wolfgangs Tätigkeiten zu berichten hatte, obwohl die Restaurierung der Saalfeld-Kollektion auf den ersten Blick keine Arbeit zu sein schien, die die ständige Aufmerksamkeit des Vorstandsvorsitzenden erforderte. Aber vielleicht wollte die Firmenleitung informiert sein, falls Bilder auftauchten, die am Image der *Duneko* hätten kratzen können. Annekes Berichte selbst waren jedoch spurlos verschwunden. Micky machte sich eine Notiz. Sie würde Robert fragen müssen, ob Wolfgang irgendetwas darüber erzählt hatte. Der Gedanke behagte ihr nicht. Sie wollte mit Robert ins Reine kommen. Aber solange sie nicht wusste, wie dieses Reine aussehen konnte, wäre jedes Gespräch mit ihm eine Gratwanderung. In diesem Moment leuchtete sein Name auf dem Display ihres Handys auf. Sie meldete sich so knapp, wie es eben ging.

Robert war aufgeregt. Er erzählte, er sei bei Wolfgangs Schwester gewesen, und im Heim bei Wolfgangs Vater habe er Fotos von einem Kiosk gesehen. *»Zur kleinen Freiheit,* davon hat er an dem Abend geredet!«

»Ja, und?«, fragte sie.

*»Zur kleinen Freiheit«*, wiederholte er. »Er hat mir den Namen zigmal vorgesagt. Es muss sehr wichtig für ihn gewesen sein!«

»Na schön, die kleine Freiheit … Und was ist damit?« Sie verstand nicht, was er meinte. Die kleine Freiheit, war das vielleicht ein Codewort für einen ausgelassenen Männerabend in Amsterdam?

»So hieß der Kiosk von Wolfgangs Vater!«

»Aber warum ist das denn so wichtig?«

»Das ist der Schlüssel«, sagte er.

»Wofür?«

»Für Wolfgangs iPod natürlich … Erst gab er mir das Ding, weil es angeblich kaputt war! Aber es funktioniert und er hat mir das Codewort gleich mitgegeben!«

»Man könnte es ja mal versuchen«, sagte sie kühl.

»Ich komme zu dir«, antwortete er.

»Wo bist du denn?«, fragte sie überrascht. Das hier ging ihr alles ein wenig zu schnell.

»Ich stehe vor der Centraal Station und nehme mir jetzt ein Taxi.«

In der halben Stunde, die ihr bis zu Roberts Ankunft blieb, brach sie erst mit einem beruflichen und dann mit einem privaten Grundsatz. Sie ging zum Büro der Kollegen für die audiovisuelle Unterstützung und bat den jungen Mann am Ausgabeschalter um den iPod von Wolfgang. Er fragte nach ihrer Berechtigung und sie log, dass Skieter ihr den Auftrag erteilt habe, den Apparat zu untersuchen.

»Ist schon etwas damit passiert?«, fragte sie.

Der junge Kollege zuckte mit den Achseln. »Wir ersticken unter einem Berg von Arbeit«, erklärte er und holte den iPod aus einer Plastikbrotdose.

Er saß ganz allein inmitten eines Wusts von Geräten, mit denen in der Abteilung tagtäglich Computer geknackt, verschlüsselte Gespräche dekodiert und anderes technisches Beweismaterial für die Kollegen auswertbar gemacht wurde. Die Ermittler dieser Abteilung wurden Diggies genannt.

»Du hast wahrscheinlich keinen Computer, auf dem ich das abspielen kann, was drauf ist?«, fragte sie.

»Doch, setz dich einfach hier hin«, sagte er und zeigte hinter sich.

»Wo sind denn die anderen?«, fragte sie.

»Skieter hat sie alle in den Abhörraum geschickt. Inzwischen wird jeder Furz aufgenommen, den die Leute von BFA lassen. Ich halte hier die Stellung.«

»Ich erwarte noch einen Experten«, kündigte sie an.

Anschließend ging sie in die Damentoilette und gehorchte ihrem Bedürfnis, besser auszusehen, als sie sich fühlte. Obwohl sie sich sonst bei der Arbeit nie schminkte, zog sie jetzt mit Eyeliner Lidstriche, verlieh ihrer Haut mit Highlighter einen gesunden, zartbraunen Teint und sprühte eine Duftvariante von *Obsession* hinter die Ohrläppchen und auf die Handgelenke.

Robert sollte wissen, was ihm entging

Sie holte ihn am Empfang ab.

»Das könnte der Durchbruch sein«, sagte er, nachdem er ihr einen flüchtigen Kuss auf die Stirn gehaucht hatte.

»Durchbruch? Was soll denn deiner Meinung nach auf dem iPod drauf sein?«

»Der Grund, warum er ermordet wurde. Alles passt plötzlich zusammen. Wolfgang hat mir den iPod nicht umsonst überlassen, das war seine Rückversicherung für den Fall, dass etwas passieren würde.«

»Ich habe den iPod reserviert«, sagte sie.

Im Büro der Diggies quittierte sie den Empfang des Beweismittels. Der junge Kollege schloss den iPod an einen Computer an. »Einfach wie eine Festplatte behandeln«, sagte er.

»Die Anweisung hat Wolfgang mir sogar in seinen iPod geschrieben.«

Micky sah ihn verständnislos an.

»Ich hatte das schon im *Paradox* gesehen, aber erst jetzt verstehe ich es. Wir waren doch auf dem Konzert von Leine. Wolfgang hatte ihre CD schon vorher auf dem iPod gespeichert. Aber dem dritten Stück hatte er einen anderen Namen gegeben. Es heißt eigentlich *Second Chance,* aber er hatte *Pump up the volume, Bob* daraus gemacht.« Er sah sie erwartungsvoll an.

»Ja und?«, fragte sie.

»Er wusste, dass ich mir das Stück anhören würde, wenn er plötzlich verschwinden oder ihm etwas zustoßen würde. Es war eine Erinnerung an unseren letzten Abend. Und er konnte auch davon ausgehen, dass mir der unsinnige falsche Titel auffallen würde. Alles passt zusammen! *The Volume,* das bedeutet nicht nur Lautstärke, sondern auch Festplatte. Außerdem hat er mich direkt mit Bob angesprochen.«

»Ist das nicht ein bisschen an den Haaren herbeigezogen?«, fragte Micky skeptisch.

»Wolfgang und ich waren über fünfundzwanzig Jahre befreundet. Dass ich den Hinweis entdecken würde, war höchstens eine Frage der Zeit.«

Er rief den Ordner auf und stellte fest, dass nach einem Passwort gefragt wurde.

»Zuerst probiere ich *Zur kleinen Freiheit* aus«, sagte er. »Schreibst du bitte mit, was wir tun?«

Micky legte ein Blatt Papier bereit.

»Access denied«, murmelte er.

»Und nur *Kleine Freiheit?*«, schlug Micky vor.

Robert versuchte es. »Falsch, *Kleine Freiheit* ist es auch nicht.«

»Und nur *Freiheit?*«

Roberts Finger huschten über die Tastatur. »*Freiheit* allein bringt nichts«, sagte er.

»Das haben wir vorgestern schon festgestellt«, bemerkte Micky.

Es dauerte einen Moment, bis Robert begriff, dass sie auf ihren Streit anspielte. Er beugte sich zu ihr und gab ihr einen Kuss auf den Hals. »Darüber müssen wir uns noch mal in Ruhe unterhalten.«

Sie errötete, und nicht nur, weil der junge Kollege am Schalter sie ungeniert beobachtete.

»Versucht es mit ein paar Zahlen«, rief er ihnen zu.

»Geh mal einen Kaffee trinken«, erwiderte Micky.

Der Kollege zwinkerte ihr zu und verschwand.

»Er hat recht, aber welche Zahl könnte es sein? Wolfgangs Alter, seine Hausnummer, das Geburtsjahr seines Vaters …«

»1973«, sagte Robert schließlich. »1973 hat Wolfgangs Vater den Kiosk eröffnet …«

Er tippte die Ziffern ein. »Volltreffer!«, flüsterte er. »Wir können den Ordner jetzt öffnen.«

Robert und Micky rutschten eng zusammen und sahen auf den Bildschirm.

»Es ist ein Film«, sagte Robert und drückte auf *play.*

Der Film begann sofort, ohne Titel oder Vorspann. Sie sahen Aufnahmen aus einem tropischen Land. Die Kamera fuhr an einem palmenbestandenen Flussufer entlang und dann zu einigen Hütten, vor denen ein Jeep stand. Der Kameramann ging auf den Jeep zu und zeigte in Großaufnahme einen weißen Mann, der auf dem Rücksitz saß. Dieser redete mit einem dunkelhäutigen Gesprächspartner, der durch Gesten zu verstehen gab, dass er nicht gefilmt werden wollte. Die Kamera zeigte eine Großaufnahme des weißen Mannes, der ernst ins Objektiv blickte.

»Das ist de Kooning!«, rief Robert. »Da muss er so um die vierzig gewesen sein. Ich erkenne ihn von den Ausstellungsfotos bei der *Duneko* wieder. Nur hat er auf denen keine Uniform getragen ...«

Das Bild wurde unruhig, als de Kooning ausstieg und der Kameramann ihm folgte. Ein Holster mit einer Pistole baumelte an de Koonings Gürtel. Er ging auf die Hütten zu, die am Ufer standen. Dort wartete eine Gruppe von Soldaten, alle dunkelhäutig und mit Gewehren und Macheten bewaffnet. Sie traten für de Kooning ein paar Schritte zur Seite. In ihrer Mitte knieten drei Männer, mit gefesselten Händen und ebenfalls in Uniform. Die Kamera wanderte hinunter und man blickte direkt in ihre Gesichter. Regungslos schauten die Männer in die Linse. Dann kamen wieder die anderen Soldaten ins Bild, die sich inzwischen in Reih und Glied aufgestellt hatten. De Kooning stand daneben und zog die Pistole aus dem Holster an seinem Gürtel. Mit der Waffe am ausgestreckten Arm ging er um die drei gefesselten Männer herum. Ohne Vorwarnung setzte er dem ersten Mann den Lauf an die Schläfe und drückte ab. Eine kleine Rauchwolke stieg auf und der Mann kippte um. Den zweiten traf dasselbe Schicksal.

»Er exekutiert sie«, flüsterte Micky. Sie umklammerte Roberts Unterarm. Entsetzt verfolgte sie, wie de Kooning auch den dritten Mann erschoss. »Als würde er einen Einkauf erledigen!«

Jetzt erschien de Koonings Gesicht in Großaufnahme. Lachend rief er den Männern hinter dem Kameramann etwas zu. Die Kamera schwenkte nach rechts. Die Soldaten gaben ihre stramme Haltung auf, rannten zu den drei Toten und zogen sie in den Fluss, der die Leichen langsam davontrug.

Micky blieb angespannt sitzen, in leicht vornübergebeugter Haltung. Robert nahm einen Plastikbecher vom Schreibtisch, drehte ihn in den Händen und sagte: »Das ist Wolfgang zum Verhängnis geworden. Der große Wohltäter de Kooning wird als Mörder entlarvt.«

Micky stand auf und griff nach ihrem Handy. »Das muss Skieter sehen. Und zwar sofort.«

Tol Skieter eilte herbei, sobald Micky ihn ausfindig gemacht hatte. Er saß gerade in einer Besprechung mit seinen obersten Vorgesetzten, wo er Rede und Antwort über die *Terugblik*-Sendung im Fernsehen stand. Micky erklärte ihm kurz, sie hätten hochbrisantes Bildmaterial entdeckt.

»Du darfst mich nur ein Mal im Leben aus der Chefvisite holen«, sagte er, als er hereinkam. »Also hoffentlich hast du einen wirklich guten Grund.«

Erstaunt begrüßte er Robert, der noch immer mit dem Plastikbecher spielte. »Sie hier?«, fragte er.

»Robert hat das Passwort für den iPod entdeckt«, erklärte Micky. Sie schloss das Gerät an einen Computer mit großem Bildschirm an.

Skieter blieb stehen. »Ich bin gespannt«, sagte er. »Film ab!«

Die Bilder waren in der Vergrößerung nun unschärfer, aber dadurch noch eindringlicher. Auch Skieter erkannte den ehemaligen *Duneko*-Inhaber sofort. »Unser Held in besseren Zeiten«, lautete sein Kommentar. »Mister de Kooning, I presume?« Er lachte, als er die Waffe an de Koonings Gürtel sah. »Es sind und bleiben große Jungs«, sagte er. »Sogar wenn sie längst brave Margarinefabrikanten geworden sind.« Das Lachen verging ihm, als er sah, wie de Kooning die Waffe zog. »Shit!«, fluchte er, als de Kooning den ersten Mann erschoss. Nach Ablauf des Films starrte auch er noch eine Weile auf den Bildschirm. »Wer hat das außer euch noch gesehen?«, fragte er.

»Keiner«, antwortete Micky.

»Komm mit«, sagte Skieter zu Micky. »Dann kannst du denen da oben selbst erklären, was das für die Ermittlungen bedeutet.«

Und zu Robert sagte er: »Sie kommt bald zurück. Trinken Sie inzwischen einen Kaffee.« Er zog eine Polizeizeitung aus einem Regalfach. »Hier haben Sie was zu lesen.«

Es dauerte eine Viertelstunde, bis Micky und Skieter zurückkehrten. Skieter entfernte den iPod vom Computer und ließ das Gerät in seiner Jackentasche verschwinden. Ohne ein Wort zu sagen, ging er wieder.

Micky brachte Robert zum Hauptausgang. »Du hast diese Bilder nicht gesehen«, sagte sie. »Und ich auch nicht. Dieser Film existiert nicht. Verstanden?«

»Nein«, antwortete Robert. »Es gibt Erfundenes und es gibt die Realität ...«

»Das ist die neue Realität«, erwiderte Micky. »Die Morde sind verjährt.«

»Aber wird denn jetzt nicht mit Hochdruck ermittelt, woher dieser Film stammt und was Wolfgang damit vorhatte?«

»Nein. Unser Hauptaugenmerk liegt weiter auf *Best for Africa*«, sagte Micky. »Befehl von ganz oben.«

»Und was sagt Skieter?«

»Der kneift den Schwanz ein.«

»Scheißkerl«, sagte Robert.

Sie sagte nichts dazu.

»Euer Ministerpräsident darf nicht bloßgestellt werden, weil er einem Mörder einen Orden verliehen hat«, fuhr Robert fort. »Und de Kooning wird schon seine Amigos haben … ganz zu schweigen von den Interessen der *Duneko*, stimmt's?«

Sie brummte etwas Unverständliches. »Die wirtschaftlichen Interessen der *Duneko* gehen vor«, bestätigte sie.

»Ich habe eine Kopie gemacht, während ihr oben wart«, sagte Robert, als sie um die Ecke bogen. Er hielt seinen eigenen iPod hoch. »Diese kleine Freiheit habe ich mir genommen.«

Micky starrte ihn ungläubig an. »Bist du wahnsinnig?«

»Nicht wahnsinniger als eure Chefs«, gab Robert halb in Gedanken zurück. Er hatte doch nicht geträumt, was da soeben geschehen war? Ein Ermittlungsverbot, weil die Ergebnisse möglicherweise nicht ins politische Kalkül passten? Patati hatte sich in den Jahren an einiges gewöhnt, an das man sich nicht gewöhnen sollte. Vom Bundeskanzler, der sein Machtgefüge mit gewaschenen Geldern schmierte und mit einer kleinen Geldbuße davonkam, bis zum steuerhinterziehenden Manager, der wegen seiner sogenannten Lebensleistung nicht ins Gefängnis musste. Aber hier ging es um Mord.

Micky war stehen geblieben. Es war ein geradezu unverschämt lieblicher Sommerabend. Trotz des Autoverkehrs duftete die Luft und strich über sie hinweg wie Samt. Sie standen sich gegenüber, beide die Hände tief in den Hosentaschen vergraben.

»Ich muss da lang«, sagte Micky irgendwann und wies mit dem Kinn schräg rüber Richtung Bloemgracht.

»Ja, dann«, antwortete Robert nach einer Weile.

Micky nickte, blieb aber stehen. »Und du?«, fragte sie.

»Mmh. Das letzte Hotel war ein Fehlgriff. Vielleicht ins

Internetcafé, nach was Neuem suchen. Oder besser erst einen Happen essen und ein Glas Wein trinken.«

»Seltsame Art, mich einzuladen. Also gut, ich will mal nicht so sein. Du bezahlst.«

Robert wusste nicht, ob Micky über seinen vermutlich ziemlich dämlichen Gesichtsausdruck lachte oder über ihre eigene Frechheit.

»Darf ich wenigstens das Lokal aussuchen?«, fragte er.

Sie machte eine großzügige Geste.

Nicht viel später bogen sie in die Eerste Bloemdwarsstraat ein. Vor dem *Paradox* blieb Robert stehen.

»Das ist nicht dein Ernst!«, protestierte Micky.

»Aber selbstverständlich. Die Toasts hier sind großartig«, grinste er.

Micky schaute sich noch einmal sorgsam um und trat ein. Sie wählte einen Tisch in der hintersten Ecke. »Wie für dich gemacht«, sagte sie.

Ehe Robert antworten konnte, trat der Wirt aus einem Hinterraum an ihren Tisch und rieb sich verlegen das schüttere Haupthaar. »Hört mal, Freunde, es ist nach neun. Wir haben seit einer Stunde geschlossen.«

»Kein Problem«, antwortete Micky und stand schnell auf.

»Moment, bist du nicht der Deutsche, der meinen Erdbeer-Bananen-Shake so klasse fand? Na klar.« Der Wirt wandte sich Micky zu. »Dein Freund hat mir eine Beschreibung des Geschmacks ins Handy diktiert – ich sage dir, allererste Sahne. Steht schon auf unserer Website«, schwärmte er und bat sie, wieder Platz zu nehmen. »In einer halben Stunde kommen ein paar Freunde zum Kartenspielen. Ihr könnt gerne hierbleiben. Nur mitspielen geht leider nicht.«

»Das ist sehr nett, Joost«, meinte Robert. »Aber wir müssen unbedingt etwas essen. Wir kommen ein andermal.«

»Be my guests! Ich bereite gerade einen Riesentopf kalter Tomatensuppe zu. Wahlweise mit Mozarella oder mit geeisten Gurkenkugeln. Wollt Ihr einen Wein dazu?«, fragte Joost und verschwand wieder, nachdem Robert freudig genickt hatte.

»Mir wäre lieber, wir gingen«, meinte Micky leise. »Es ist nicht gerade gern gesehen, dass Polizisten im Coffeeshop abhängen.«

»Aber man findet es ganz prima, dass ein Mörder statt lebenslänglich einen Orden vom Ministerpräsidenten kriegt«, gab Robert schärfer zurück, als er eigentlich wollte. »Mal eine bescheidene Frage: Was habt ihr hier für ein Scheißgesetz? Verjährung bei Mordfällen. Erweckt ihr dann gerechterweise nach zwanzig Jahren auch wieder die Opfer zum Leben? Alle dürfen noch mal von vorne anfangen?«

»Hey, hey, Robert. Ich bin darüber genauso wütend wie du. Im Übrigen wurde dieses Scheißgesetz 2006 geändert. Und alle Kapitalverbrechen, die bis dahin nicht verjährt waren, werden jetzt weiter verfolgt. De Kooning ist uns in der Kamerun-Sache nur knapp durch die Lappen gegangen. Und was den Mord an Wolfgang betrifft, haben wir nicht mehr als einen Verdacht, während gegen *Best for Africa* jede Menge spricht.«

Robert hob die Hände, um sich zu ergeben. »Ich bin im Augenblick manchmal echt –«

»– aufbrausend, unkontrolliert, ungerecht, empfindlich, weil zutiefst verletzt, alles in allem recht menschlich?«, ergänzte Micky mit einem aufmunternden Lächeln.

Joost stellte zwei Gläser gut gekühlten Weißweins vor ihnen ab. »Wollt Ihr eure Geschmacksnerven mit einem kleinen Joint anregen, bevor ich euch die Suppe bringe?«, fragte er.

Micky winkte sofort ab. »Meine Experimentierzeiten sind seit dem Studium vorbei. Außerdem vertrage ich den Rauch nicht.«

»Kein Problem«, grinste Joost. »Die Deutschen entwickeln nämlich nicht nur PS-starke Klimavernichter, sondern auch wesentlich gesündere Dampfmaschinen. Schaut mal hier«, er lotste sie an die Theke zu einem Gerät, das an einen Standmixer erinnerte. Statt eines Glasbehälters saß auf der Basis jedoch eine schlaffe Plastikhülle.

»Darf ich vorstellen: der Volcano. Ein Vaporisator, oder anders ausgedrückt ein Verdampfer zum ordentlich Eindampfen.« Der Wirt nahm die Hülle weg, schraubte das Mittelstück ab, legte etwas Gras hinein und baute wieder alles zusammen. Dann drückte er auf einen Knopf. Nach kurzer Zeit begann sich die Kunststoffblase knisternd mit einem unsichtbaren Gas aufzublähen. Joost nahm sie vom Gerät, setzte ein Mundstück an und reichte sie Micky wie eine Stange Zuckerwatte.

»Kein Tabak, kein Rauch, nur schonendst gelöste ätherische Öle und Harze«, beteuerte Joost.

»Robert, du bist dafür verantwortlich, dass ich heil nach Hause komme«, sagte Micky. Sie setzte die Blase an, atmete vorsichtig ein, schien mit dem Ergebnis unzufrieden und sog fester. »Schmeckt beinahe nach nichts. Ist da überhaupt was drin?«, beschwerte sie sich und wollte noch einmal ansetzen.

»Warte ein wenig. Ich habe eine kleine Portion genommen, damit es für dich etwas sanfter startet«, erklärte Joost und Micky gab den Schlauch an Robert weiter.

Eine halbe Stunde später begeisterten sich die beiden über den Anblick, der sich ihnen auf dem Tisch bot. Diese Farbkombination: das Weiß der großen tiefen Teller, die fantastisch rote Suppe darin, das Leuchten der geeisten Gurkenkugeln und dieses erntefrische Grün der Basilikumblätter. Ein Fest für die Augen. Und dann der fruchtige Geschmack und die leichte Schärfe und das krosse Krachen der Croutons, das bald vom leisen Klicken der Chips der Pokerspieler am Nebentisch begleitet wurde.

»Sag mal, was gefällt dir eigentlich so sehr an Franziska?«, fragte Micky unvermittelt, nachdem Joost sie noch mit einem Dessert beglückt hatte und sie schon eine gute Stunde miteinander geplaudert hatten. Der Höhepunkt des Rausches war überschritten, sie surften gemütlich auf den Wellen der langsam abebbenden Wirkung dahin.

Robert sah sie forschend an. Es war keine Schärfe, nur Neugier in ihrer Stimme gewesen, sie saß ganz zufrieden da.

»Sie ist eine gute Freundin. Sie sieht weich und sanft aus. Ihre Stimme ist warm und freundlich. Sie ist hilfsbereit und hat einen schönen Humor. Ihr Lachen ist herzerfrischend.«

»So genau wollte ich es nicht wissen«, unterbrach ihn Micky.

»Ich bin aber noch nicht fertig. Trotzdem bin ich nicht in sie verliebt und hätte keine Lust, diese Freundschaft für eine schnelle und selbst nicht für eine langsame Nummer aufs Spiel zu setzen. Das macht alles ganz einfach und entspannt mit ihr. Ich muss ihr nichts, sie mir nichts beweisen. Und ich muss mich nicht für meine Art zu leben entschuldigen, die ich nicht ändern könnte, ohne mich selbst zu verlieren.«

»Sie verlangt nichts von dir, weil sie nicht mit dir zusammenleben will.«

»Vermutlich. Und was gefällt dir so sehr an Tol Skieter?«

»Was? Wieso Tol Skieter?« Sie wirkte ehrlich verblüfft. »Eigentlich kann ich mit Polizisten nichts anfangen. Dieses permanente Machogehabe langweilt mich zu Tode. Ich mag es halt etwas subtiler.« Sie begann, mit seiner Hand zu spielen, die neben seinem Weinglas lag.

»Was überlegst du da gerade?«, fragte er.

Sie schüttelte erst den Kopf, aber der Gedanke schien sie nicht loszulassen. »Also – wir beide würden doch unsere gute Freundschaft nicht aufs Spiel setzen, wenn wir mal so miteinander schliefen, ob langsam oder schnell, nicht wahr?«

»Jetzt?«

»Ich habe noch nie bekifft Sex gehabt.«

»Ich erst vor Kurzem. Mit dir.«

»Das ist ungerecht!« Sie setzte den Schlauch an und reichte ihn Robert. Er schaute sie zweifelnd an, musste lachen und nahm ihn schließlich.

Während er zu Joost hinüberging, um die Rechnung zu begleichen, sog Micky noch einmal schnell an der Bewusstseinserweiterungsblase.

## 11

Der Duft frischen Kaffees stieg die Ebenen seines Tiefschlafs hinab und führte Patati langsam zurück ins helle Leben. Er hielt die Augen noch eine Weile geschlossen, denn die Melodie von Jamiroquais *Talullah* war ihm in den Sinn gekommen und hatte die Erinnerung an die vergangene Nacht geweckt. Im Nachklang genoss er noch einmal, wie sich ihre Körper sorgsam aufeinander achtend zu der Musik bewegt hatten. Eine melancholische Stimmung wie bei einem Abschied hatte die beiden immer sanfter werden lassen.

Micky zwickte ihn leicht in die Seite. Er blinzelte. Sie saß frisch geduscht und angezogen auf der Bettkante und ließ den Kaffeebecher vor ihm kreisen, als wäre sie ein meditierender tibetischer Mönch mit Räucherschale.

»Ich wusste, dass das hilft«, sagte sie lächelnd.

»Wie spät ist es?«, fragte Robert.

»Halb zehn. In einer guten halben Stunde müssen wir im Tropeninstitut sein.«

»Im was?«

»Während du deinen Schönheitsschlaf gehalten hast, habe ich ein wenig herumtelefoniert. Ein Bekannter eines Arnheimer Kollegen hat viele Jahre im Außenministerium gearbeitet. Er hat uns einen Kamerun-Experten besorgt.«

Robert trank einen Schluck. »Und der arbeitet in diesem Tropeninstitut.«

»Er ist pensioniert, aber er forscht noch. Und da ist das

Königliche Tropeninstitut unter Schirmherrschaft unserer Maximalprinzessin Máxima eine erste Adresse.«

»Fünf Minuten duschen, okay?«

Das Büro, das Drs. Frans Waal wegen seiner Verdienste in der niederländischen Entwicklungshilfe auf Lebenszeit nutzen durfte, lag im obersten Geschoss eines Türmchens des imposanten Gebäudes aus den Zwanzigerjahren. Auf seinem Schreibtisch befanden sich Berge von Büchern und Akten. Er bat seine Besucher an einen kleinen runden Tisch, auf dem es kaum besser aussah, und quetschte drei Tassen Tee zwischen die Stapel.

»Es geht also um das Kamerun der Achtzigerjahre«, wandte er sich an Micky. »Ich war häufig dort, oft für mehrere Monate. Ein wunderbares Land mit unglaublichen Möglichkeiten, aber mit allen Problemen, die ein afrikanischer Staat nur haben kann.«

»Wir möchten Ihnen etwas zeigen«, sagte Micky. »Aber ich muss Sie bitten, unbedingt Stillschweigen darüber zu bewahren.«

Der Wissenschaftler nickte und Micky holte ein Laptop aus ihrer Tasche. Kurze Zeit später startete sie den Film von Wolfgangs iPod.

Waal hatte eine Lesebrille aufgesetzt und war nah an das Gerät herangerückt. »Bleibt die Qualität so schlecht? Hm, ein abgefilmter Film, interessant. Ja, was diese drei gefesselten Männer da tragen, sind kamerunische Militäruniformen. Höhere Offiziere in jedem Fall. Die anderen, die um sie herumstehen, das sind auch reguläre Soldaten. Moment mal. Der Mann da, ist das nicht Ruud de Kooning? Natürlich. Ich hatte damals ab und zu mit seiner Firma zu tun. *Duneko* hat in Kamerun einige Versuchsplantagen im Auftrag der niederländischen Regierung geführt – zusätzlich zu den dicken Geschäften, die sie mit dem Staat direkt gemacht haben. Was macht der denn da? Das ist ja eine Hinrichtung! Hören Sie mal ... das kann doch ... das ist ja unglaublich!« Waal sprang auf und zog entrüstet seine Brille von der Nase. »Das Schwein lacht sogar noch dabei. Ich habe diesen de Kooning nie gemocht, ein eiskalter Geschäftsmann, der die Notlage der Leute immer gnadenlos zu seinem Vorteil nutzte. Aber das hätte ich ihm nicht zugetraut. Wurde er schon verhaftet?«

»Wir müssen erst verstehen, was da genau abgelaufen ist. Darum sind wir hier«, sagte Micky.

Der alte Mann zwang sich, wieder auf den Bildschirm zu sehen, wo de Kooning jetzt unter dem Beifall der anderen wie ein erfolgreicher Großwildjäger neben seinen Opfern posierte. Als die Kamera auf die applaudierenden Soldaten zoomte, tippte Waal auf Roberts Schulter.

»Halten Sie mal schnell an, bitte! Können Sie das da vergrößern?« Er studierte das Standbild Pixel für Pixel.

»Sehen Sie diese Abzeichen da? Das sind Angehörige der Palastgarde. Eindeutig.« Er gab ein Zeichen, den Film fortzusetzen. Die Soldaten zogen die Leichname der Hingerichteten jetzt zum Fluss und warfen sie hinein.

Waal rieb über seinen weißen Kinnbart. »Es gab in den Achtzigern nur eine Phase, in der Soldaten auf Soldaten losgingen. Sie wissen vielleicht, dass es 1982 zu einem Machtwechsel kam. Ahidjo überließ das Präsidentenamt wegen einer schweren Erkrankung seinem Premierminister Paul Biya. Es heißt, Ahidjo sei von seinem französischen Arzt mit einer falschen Diagnose ausgetrickst worden. Als er zurück an die Macht wollte, kam es zum Streit mit Biya. Ahidjo floh ins Exil nach Frankreich und wurde in Abwesenheit zum Tode verurteilt. Im April 1984 putschte die Ahidjo-treue republikanische Palastgarde. Ahidjo bestritt immer, den Auftrag dazu gegeben zu haben, aber geglaubt hat das niemand. Der Putsch war erst ziemlich erfolgreich, wurde dann aber blutig niedergeschlagen. Laut inoffizieller Statistik gab es weit über tausend Tote.«

»Aber welchen Grund sollte de Kooning gehabt haben, sich an dem Putsch zu beteiligen?«, fragte Micky.

»*Duneko* hat vom ersten Tag der Unabhängigkeit an Geschäfte mit Ahidjo gemacht. De Kooning und er waren in diesen zwanzig Jahren Freunde geworden, wenn es so etwas unter solchen Leuten überhaupt gibt. Unter Biya liefen die Verträge zwar zunächst weiter, aber er wechselte innerhalb kürzester Zeit alle wichtigen Entscheidungsträger im Regierungsapparat aus und die Gefängnisse füllten sich mit Ahidjo-Anhängern. Die Furcht, dass *Duneko* wegen de Koonings Nähe zu Ahidjo enteignet würde, war sicher nicht abwegig.«

»Das würde erklären, warum sich de Kooning bei einem dreifachen Mord filmen lässt und den Film dann im Firmenarchiv deponiert. Er war sein Beweismittel für seine unerschütterliche Loyalität zu Ahidjo. Wenn der wieder ins Amt gekommen wäre, hätte das Millionen für de Kooning bedeutet«, sagte Robert.

»Aber warum hat er ihn dann später nicht vernichtet?« Micky wiegte zweifelnd den Kopf.

»Weil der Konflikt um mehr als nur zwei Männer ging«, erklärte Waal. »Ahidjo war ein Muslim aus dem Norden, Biya ein Katholik aus dem Süden. Der eine gehörte zum Volk der Fula, der andere zu den Beti-Pahuin.«

Micky setzte Waals Gedanken fort. »Wenn de Kooning also schon so viel investiert hatte, warum sollte er den Film nicht für den Fall aufbewahren, dass die Machtverhältnisse sich noch einmal so massiv ändern.«

»Jedenfalls wissen wir jetzt, dass die Veröffentlichung dieses Films wie eine Bombe in den neuen Kamerun-Deal der *Duneko* eingeschlagen wäre«, schloss Robert.

»Das sehe ich auch so«, stimmte der Experte zu. »Die Putschisten haben damals eine ganze Reihe von Biya-

Vertrauten ermordet. Gerade auch junge Offiziere, die Biya zu seinem Schutz im Palast einquartiert hatte und deren Väter heute als Provinzchefs und Minister zu den Machtstützen seines Regimes zählen.«

»Es ist Zeit, über diese Sachen mit Tol Skieter zu reden. Wir sind Ihnen sehr dankbar, Meneer Waal«, sagte Robert und stand auf.

Micky packte das Laptop ein. »Wir halten Sie auf dem Laufenden, aber nochmals meine dringende Bitte: Jedes Wort nach draußen würde die Ermittlungen gefährden.«

»Selbstverständlich! Wenn ich noch etwas dafür tun kann, diesen Kerl hinter Gitter zu bringen, lassen Sie es mich wissen.« Von Frans Waals Gesicht war immer noch die Erschütterung abzulesen.

»Dass de Kooning den Film nicht vernichtet hat, okay«, sagte Micky, als sie vor dem Tropeninstitut standen. »Aber dass er ihn die ganze Zeit im *Duneko*-Archiv gelagert haben soll, halte ich für ziemlich unglaubwürdig.«

»Aber es ist ein gutes Versteck gewesen. Unter einem halb zerfallenen Film, den niemand mehr ansehen wird, und in einem Regal voller anderer Filme«, wandte Robert ein.

»Trotzdem, der sicherste Platz dafür wäre immer noch sein Safe zu Hause. Aber wie auch immer, de Kooning muss einen Helfer gehabt haben, der den Film damals im Archiv deponiert hat. Vielleicht den, der den Film gedreht hat.«

»Es könnte ein Vorgänger Anneke Kes gewesen sein.«

Micky griff nach ihrem Handy. »Verbinden Sie mich bitte mit Geert Vries. – Micky Spijker hier. Ich möchte wissen, wer das *Duneko*-Archiv in den Achtzigerjahren geleitet hat. – Sie glauben gar nicht, was Sie mir alles sagen müssen. – Also gut, ich rufe in zehn Minuten zurück.« Sie schob das Handy in ihre Tasche. »Er sucht die Unterlagen raus«, sagte sie zu Robert.

Sie hatten Glück. Der ehemalige Archivar der *Duneko* lebte noch und wohnte in einem Appartement am östlichen Stadtrand. Arie Mulders wirkte keineswegs überrascht, als Micky ihren Polizeiausweis vorzeigte.

»Wir möchten mit Ihnen über einen Film sprechen«, begann sie, nachdem er sie ins Wohnzimmer gebeten hatte. »Einen Film aus Kamerun.«

»Sie haben ihn also gefunden«, sagte der alte Mann.

»Haben Sie den Film im Archiv versteckt?«

Er nickte.

»In de Koonings Auftrag?«

»Nein, in meinem eigenen. Es ist nur eine Kopie. Das Original hat er bekommen.«

»Sie haben ihn erpresst«, vermutete Micky.

»Ich? Ruud? Gott bewahre!« Er lachte, als hätte sie einen guten Witz gemacht.

»Warum dann?«, schaltete sich Robert ein.

Mulders schwieg eine Weile.

»Klären Sie uns auf«, ermunterte Micky ihn.

»Ich war Ruuds Pressesprecher, Fotograf und Kameramann. Er hatte erfahren, dass der Putsch kommen würde, und wollte ganz vorne dabei sein. Seinem alten Ex-Präsidenten-Kumpel und natürlich unserem Portemonnaie zuliebe. Und ich sollte alles dokumentieren.«

Der bestimmt Achtzigjährige schien erleichtert zu sein, endlich berichten zu können, was er so lange mit sich herumgetragen hatte. Er lachte geckernd, ehe er fortfuhr. »Die Halunken da unten sind alle gleich. Verkaufen selbst ihre Großmutter, wenn du ihnen ein paar Dollar auf ihr Schweizer Nummernkonto überweist. Ruud hat drei Nigger ins Jenseits befördert, um von den anderen Niggern Applaus zu bekommen. So läuft es in Afrika. Der Putsch ist ja leider gescheitert. Die ganze Mühe umsonst. Das war nämlich anstrengend, schlechtes Klima für Europäer, wissen Sie.«

»Und weiter?«, trieb Micky Arie Mulders an, der sich im Gefühl seiner großen Bedeutung spreizte.

»Ich habe mir gleich nach der Filmentwicklung eine Kopie gemacht. Die Sache war mir einfach zu heiß. Ruud war ein toller Chef. Ein knallharter Ansager. Und wenn er merkte, dass er sich auf dich verlassen konnte, konntest du dich auf ihn verlassen. Bis zu einem gewissen Grad selbstverständlich. Wenn die *Duneko* gefährdet gewesen wäre, hätte er jeden geopfert. Abgesehen von sich selbst natürlich.« Mulders begann wieder zu geckern. »Wenn irgendeiner von den Niggern, die dabei waren, geplaudert hätte, hätte Ruud sich herausreden müssen. Und dann hätte es plötzlich geheißen, dass der verrückte Kameramann die Nigger erschossen hätte. Und dass der arme Ruud aus Angst, selbst erschossen zu werden, nur noch zugucken konnte. So hätte ich es jedenfalls an seiner Stelle gemacht. Dafür brauchte ich die Kopie. Ich hatte keine Lust, für Ruud in den Knast zu wandern. Aber es ist dann ja nie etwas passiert. Bis heute.«

Als Robert und Micky Tol Skieter im Präsidium berichten wollten, was sie herausgefunden hatten, unterbrach er sie nach wenigen Sätzen ungeduldig. »Okay, okay. Hört mal, ich brauche keinen Unterricht in kamerunischer Geschichte, um zu riechen, wie widerlich die Angelegenheit zum Himmel stinkt. Heute Morgen traf eine Nachricht der niederländischen Botschaft in Yaoundé ein. Anneke Ke ist tot.«

Robert und Micky sahen einander ungläubig an, während Skieter auf seine Armbanduhr tippte. »Mehr weiß ich selbst noch nicht. Seit einer Viertelstunde habe ich einen Telefontermin mit dem Botschafter.«

Eine halbe Stunde später klingelte endlich das Telefon. Tol stellte den Lautsprecher an. Eine Stimme antwortete ihm gemächlich. »Lodewijk Vaals am Apparat. Nun. Schauen wir, was wir an Informationen in der Mordsache Ke vorliegen haben.«

Nach einer Weile, in der nur raschelndes Papier zu hören war, begann Botschafter Vaals träge vorzulesen. »Die niederländische Staatsbürgerin Anneke Ke hat gestern Mittag Quartier im Hotel *Djeuga Palace* in der Avenue Narvick genommen. Gegen einundzwanzig Uhr verließ sie das Hotel – entgegen der Warnung des Personals, als Touristin nicht alleine in der Dunkelheit durch die Stadt zu spazieren. Und wenn ich das ergänzen darf, auch wider alle ausdrücklichen Empfehlungen in den Reiseinformationen unseres Außenministeriums. Aber Europäer glauben ja immer, dass ihnen im Ausland nichts angetan wird – weil sie so liebe Europäer sind. Nun ja. Sehen wir weiter. Mevrouw erklärte, zu wissen, was sie täte. Der nächste Ort, an dem sie gesehen wurde, war eine Seitengasse in einem Vergnügungsviertel. Sie lag dort mit einer tödlichen Stichwunde in einer großen Blutlache. Da man bei ihr weder Papiere noch Wertgegenstände fand, geht die Polizei von einem gewöhnlichen Raubmord aus.«

»Wie wurde sie identifziert?«, fragte Tol Skieter.

»Heute Morgen kam ein Mitarbeiter der Firma *Duneko* in das Hotel, um Mevrouw Ke abzuholen. Als sich herausstellte, dass sie in der Nacht nicht zurückgekommen war, rief er die Polizei an. Mevrouw Ke war die einzige Weiße, die in dieser Nacht aufgefunden wurde. Ich nehme an, man hat eins und eins zusammengezählt.«

»Eins und eins. Hm. Können Sie uns die Untersuchungsberichte der Polizei beschaffen?«

»Junger Mann, glauben Sie, Yaoundé ist eine Stadt im gesitteten Königreich der Niederlande? Hier schert man sich nicht um einen Toten mehr oder weniger.«

»Aber sie ist eine Bürgerin unseres Landes. Da darf man doch von unserer Botschaft erwarten ...«

»Was?«, fragte Vaals nun zum ersten Mal mit etwas Energie in der Stimme. »Ich will Ihnen sagen, was wir machen können. Ich schicke meinen Sekretär zum Polizeipräsidenten, um ihn höflichst zu bitten, die Ermittlungen zu intensivieren. Dafür erlauben wir uns, ihm ein persönliches Motivationsgeld in einem schönen weißen Umschlag zu überreichen. Und keine zwei Stunden später haben wir einen Täter. Aller Voraussicht nach wird es ein Oppositioneller sein und ganz unglücklicherweise wurde er auf der Flucht erschossen oder man hat ihn beim Verhör etwas zu robust angefasst, was sein bedauerlicherweise krankes Herz nicht vertragen hat. Aber dafür gibt es vier Zeugen, die mit Inbrunst bestätigen, wie er die unvorsichtige niederländische Staatsbürgerin Ke in die Gasse zerrte und tötete.«

»Und das heißt?«, Skieter bemühte sich, die Beherrschung zu wahren.

»Sie wollen eine ehrliche, also ganz inoffizielle Antwort? Wer sich in Gefahr begibt, kommt darin um. Shit happens.« Die Stimme auf der anderen Seite der Leitung hatte wieder ihren phlegmatischen Ton angenommen.

Als Skieter den Hörer weglegte, hatte sein Gesicht einen ungesunden Rotton angenommen. »Es reicht. Diese ganze Politscheiße geht mir gegen den Strich. Wir lassen das Team brav auf der BFA-Spur, ganz, wie man es von uns verlangt. Aber was meine Leute in ihrer Freizeit tun, geht mich und die da oben nichts an, oder?« Er musterte Micky plötzlich wie ein besorgter Arzt: »Micky, du musst mal dringend Überstunden abfeiern. Siehst furchtbar erschöpft aus. Mach zwei Tage lang alles, was dir gefällt. Wirklich alles. Ich will gar nicht wissen, was. Ich hoffe nur, es wird nichts Unmoralisches sein.« Nach einem kurzen Seitenblick auf Robert sah er ihr tief in die Augen. »Unsere Zusammenarbeit soll ja nicht enden, bevor sie überhaupt richtig angefangen hat.«

Patati spürte, wie sich auf diese Balzattacke Skieters hin

alle archaischen Instinkte in ihm zusammenrotteten, um lärmend in die Schlacht gegen seinen Nebenbuhler zu ziehen. Aber noch während er einen vor Spott beißenden Spruch überlegte, standen diese Instinkte auf einmal orientierungslos in der Gegend herum, zupften betreten an den Dornenkugeln ihrer Morgensterne und entfernten sich unauffällig pfeifend von der Truppe. Wo war der General, der große Motivator, der sie überzeugte, dass es im Kampf um Mickys Herz jetzt drauf ankam? Patati fand ihn schließlich im hintersten Winkel seines Hirns entspannt in einem Liegestuhl. Macht Euch keinen Stress, Sire. Das ist nicht mehr Euer Krieg. – Na, wenn Ihr das sagt, dachte Robert achselzuckend, dann gehen wir jetzt Mörder jagen?

Sie saßen im Haus an der Bloemgracht und aßen, was der Chinese ihnen eingepackt hatte.

»Und wenn wir de Kooning aufs Dach steigen? Ihn nervös machen? Wir zeigen ihm den Film, vielleicht macht er dann einen Fehler«, überlegte Robert laut.

Micky winkte ab. »Scheint mir nicht der Typ zu sein, der sich kirre machen lässt. Außerdem müssten wir ihn dann komplett unter Kontrolle haben. Telefon anzapfen, observieren, das volle Programm. Das kann Tol für uns jetzt nicht machen.«

Micky biss herzhaft in eine Minifrühlingsrolle.

»Lass uns mal zusammendenken, was wir bisher haben«, setzte Robert neu an. »Beim Fotorestaurieren durchstöbert Wolfgang die Filme im *Duneko*-Archiv. Er findet einen aus der Zeit, in der sein Lieblingsfotograf für den Laden gearbeitet hat, und wittert eine Sensation. Dabei entdeckt er unter diesem Film einen zweiten.«

»Und der ist die eigentliche Sensation. Wolfgang begreift, dass de Koonings Ruf zerstört wäre, wenn die Öffentlichkeit davon erführe. Er beschließt, ihn zu erpressen.«

Robert sah sie verunsichert an. »Alles spricht dafür, ich weiß. Aber es passt einfach nicht zu ihm. Er ging ja nicht mal bei Rot über die Straße!«

»Aber er gab plötzlich Geld aus, das er nicht hatte, oder? Das Heim für seinen Vater, die Betreuerin – kein Jahr, und er wäre in den Schulden erstickt.«

»Er hätte noch mehr Zusatzjobs machen können. Und ich hätte ihm geholfen. Er hätte niemals nur aus Geldgründen ein so schweres Verbrechen begangen.«

»Ich fürchte, du machst dir etwas vor. Wolfgang sah die Chance, seinem Vater zu helfen. Und er hat das ganz große Geld gerochen. Das hat ihn verführt. Denk an Costa Rica. Vor ihm lag ein schönes neues Leben mit Anneke Ke im sonnigen Mittelamerika.«

»Ich weiß nicht. Das hat nichts mit dem Wolfgang zu tun, den ich kenne.« Robert grübelte. »Und wieso nahm er dann Charlie van Stuttens Angebot an, in die Brantasgracht zu ziehen? Er hat sich ihm so doch quasi ausgeliefert.«

»Vermutlich, weil er van Stutten überhaupt nicht als Bedrohung empfand. Wolfgang hat nicht die *Duneko,* sondern die Person de Kooning erpresst. Den Zusammenhang mit den aktuellen Geschäften der *Duneko* konnte er nicht sehen.«

Er nickte nachdenklich. »Er wusste, dass de Kooning die *Duneko* gerade an van Stutten verkaufte. Ich wäre auch davon ausgegangen, dass de Kooning nicht zu Charlie rennt. Denn dieser Film hätte seine Verhandlungsposition doch sicher ziemlich verschlechtert.«

»Dummerweise hätte die Veröffentlichung des Films aber auch alle großen Pläne Charlies durchkreuzt. Insofern brauchte de Kooning gar keine Angst zu haben, Charlie zu informieren. Danach lud Charlie den nichts ahnenden, um nicht zu sagen kriminell naiven Wolfgang in sein Haus ein. Und Wolfgang lud de Kooning zur Filmpräsentation mit anschließender Geldübergabe ins *Crowne Plaza* ein. Und Ruud – oder Charlie – lud zwei Killer ein, Wolfgang in die Luft zu jagen. Alles perfekt. Jeder wird denken, der Anschlag hätte Charlie gegolten, und das Beweismittel, das den wirklichen Grund offenbart hätte, wird gleich mit vernichtet.«

»Dann muss es eine Verbindung zwischen van Stutten und den Attentätern geben.«

Micky schob die Pappschale mit den Zwiebelresten ihres vegetarischen Chopsueys zur Seite. »Lida und Nilis behaupten, der Geheimdienst habe Winston Lafaylle und Sal Monroe als Provokateure in *Best for Africa* eingeschleust. Vielleicht haben sie recht damit. Nur dass es nicht unsere Leute waren, sondern die *Duneko.*« Sie griff nach dem Telefon.

»Was machst du?«, fragte Robert erstaunt.

»Ich besorge uns …« Sie hob die Hand.

»Hallo, Jan? – Ja, natürlich. Selbstverständlich habe ich Sehnsucht nach euch Arnheimer Jungs. Furchtbare Sehnsucht. Aber jetzt brauche ich vor allem deinen Informanten aus dem *Asielzoekerscentrum.*« Sie verdrehte die Augen. »Komm, Jan. Tu mir den Gefallen. – Was? – Ja, okay«, antwortete sie gedehnt. »Du besorgst mir heute noch diesen Typen und ich sage dir morgen, ob ich die Leitung dieser Kommission übernehme. Versprochen.«

»Männer können so schrecklich berechnend sein«, stöhnte sie auf, nachdem sie Duut weggedrückt hatte.

Robert nickte mitleidig. »Ja, ohne Männer wäre die Welt ein Paradies, seufzte der Apfel und fiel Eva in den Schoß.«

Micky warf mit dem Autoschlüssel nach ihm. »Du fährst!«

## 12

»Wie wird so ein Wachmann eigentlich Informant?«, fragte Robert.

Sie hatten gerade die A 12 über die Abfahrt zum nationalen Sportzentrum Papendal verlassen.

»Zu neunundneunzig Prozent melden sie sich freiwillig«, antwortete Micky. »Anonym Straftaten anzuzeigen genügt ihnen nicht. Oft behaupten sie steif und fest, einer verbrecherischen Organisation auf die Spur gekommen zu sein, aber meist stellt sich heraus, dass sie nur Gespenster gesehen haben. Sie werden ein bisschen gebauchpinselt, ihr Bericht verschwindet im Reißwolf und wir geben ihnen einen Probeauftrag. Wenn sie ihn erfüllen, haben wir wieder einen stolzen 007 dazugewonnen.«

»Aber warum wird ein Durchschnittsbürger Polizeispitzel?«

»Weil er sich dabei wichtiger fühlt, als er ist«, antwortete Micky. »Oder weil er sich bei der Arbeit langweilt. Oder weil er gerne zur Polizei gegangen wäre, aber den Aufnahmetest nicht bestanden hat. Aber in den meisten Fällen liegt es daran, dass Geheimnisse eine unwiderstehliche Anziehungskraft ausüben. Die Leute haben plötzlich noch ein zweites, aufregenderes Leben als ihr gewöhnliches, in dem sie keinen richtigen Sinn mehr erkennen, und dieses zweite Leben bietet ihnen eine Ausflucht, ein Ventil, wenn sie den Alltagstrott nicht mehr ertragen.«

»Sollten die nicht lieber einfach eine Affäre beginnen?«, meinte Robert. Er bog in die Straße zum Sportzentrum ein.

»Typisch männliches Kurzschlussdenken«, erwiderte Micky. »Eine Geliebte ist zeitraubend, und wenn die Affäre auffliegt, verwandelt sich dein Privatleben in einen großen Trümmerhaufen.«

Sie sah, wie Robert bereits zu einer Erwiderung ansetzte, doch sie kam ihm zuvor: »Ja, ja, ich weiß – wenn man bei der Polizei arbeitet, verwandelt man sein Privatleben auch in einen großen Trümmerhaufen. Aber dafür gewinnt man eine komplette Familie hinzu.«

Schweigend stellte er den Wagen am Sportplatz ab. Informant Frank Wilzen hatte darauf bestanden, sich in der Kantine des Sportzentrums mit ihnen zu treffen. Über Duut hatte er mitgeteilt, dass er keinesfalls im Asylbewerberheim Vreedenburgh vernommen werden wollte. Papendal lag in sicherer Entfernung und Asylbewerber würde man dort kaum antreffen. Außerdem musste er sowieso wegen seines Konditionstrainings hierher.

Duut hatte Micky ans Herz gelegt, den Mann zurückhaltend zu befragen. »Frag ihn am besten nur durch die Blume nach dem, was du wissen willst«, hatte er geraten. Gewiss wollte Duut vermeiden, dass Frank Wilzen sich wie die Schlüsselfigur bei den Ermittlungen zu vier Morden fühlte und dafür eine zusätzliche Belohnung forderte.

Micky atmete die warme Waldluft tief ein, als sie unter den Tannen hindurch zu dem Gebäude gingen, in dem die Spitzensportler des Landes ihr Training absolvierten. Sie wollte gerade Roberts Arm nehmen und sich an ihn drücken, als ihr einfiel, dass sie damit nur wieder in ein vertrautes, aber bedeutungsloses Muster verfallen würde.

Frank Wilzen saß nahe der Eingangstür im Foyer des Sportzentrums, das gleichzeitig als Kantine diente. Er hing lässig zurückgelehnt auf einem Plastikstuhl und verfolgte auf einem Fernsehschirm die Wiederholung erfolgreicher Wettkämpfe niederländischer Topathleten. Hinter ihm saßen die Spitzensportler persönlich, die meisten in glänzenden orangefarbenen Trainingsanzügen mit der Aufschrift *The Netherlands*.

In der Pförtnerloge von Vreedenburgh war der Informant C55, wie Duut ihn in einem Bericht genannt hatte, ein

Lulatsch in Uniform. Hier, in Trägerhemd und kurzer Hose, erinnerte er mit seinem blassen, durchtrainierten Körper an ein Birkenbäumchen im Winter. Kein Freiluftsportler, schloss Micky, eher ein Fitnessraumjunkie. Sie ging auf ihn zu und sagte: »Sie müssen Frank Wilzen sein.«

Frank Wilzen blickte sich misstrauisch um und nickte kurz. Dann wandte er sich wieder dem Fernseher zu. Micky stellte sich vor und gab Robert als ihren persönlichen Assistenten aus. Statt einer Antwort griff Frank Wilzen nach der Salatschüssel vor ihm auf dem Tisch, hielt sie unter das Kinn und begann, den Inhalt in sich hineinzuschaufeln. »Könnten Sie sich nicht ein belegtes Brötchen holen?«, fragte er mit vollem Mund. »Dann sieht es nicht so aus, als wären Sie wegen mir hier.«

»Aber so ist es nun mal«, erwiderte Micky.

Wilzen stellte die Salatschüssel ab. »Das ist viel zu auffällig«, beschwerte er sich. »Kommen Sie, gehen wir trainieren. Haben Sie Ihre Sportkleidung dabei?«

Micky und Robert schüttelten den Kopf.

»Dann gehen wir eben spazieren«, sagte er, stand auf und marschierte zum Ausgang. Micky erkannte, dass Duut sie zu Recht gewarnt hatte. Wilzen war ziemlich paranoid und nahm sich erheblich wichtiger, als er aufgrund seiner Informationen war.

»Das ist der schlechte Einfluss des Fernsehens«, bemerkte Micky zu Robert gewandt. »Der glaubt, die Leute hätten nichts Besseres zu tun, als ihn zu beobachten.«

»Können Sie sich ausweisen?«, fragte Wilzen, als sie das Gebäude verließen.

Micky griff nach ihrem Polizeiausweis.

»Nicht hier!«, zischte der Informant. Er hüpfte ein paarmal auf der Stelle und lief los. Von wegen Spaziergang … Micky stupste Robert an und verdrehte die Augen. Zu dritt joggten sie die Zufahrtsstraße entlang. An einem Hinweisschild zu einem Mountainbikeparcours bog Frank Wilzen in den Wald ein. Erst da lief er etwas langsamer, legte aber immer noch ein ordentliches Tempo vor.

»Die beiden Jungs, die ums Leben gekommen sind«, begann er. »Die haben es regelrecht darauf angelegt. Kaum waren sie hier angekommen, da gingen sie schon auf den Strich und drehten krumme Dinger. Jede Nacht waren die unterwegs.«

»Wer hat sie dazu angestiftet?«, wollte Micky wissen.

»Ach, falsche Freunde bekommt man gratis, wenn man in der Warteschleife zwischen Abschiebung oder Aufenthaltsgenehmigung hängt.«

»Aber sie hatten doch recht gute Chancen auf ein Bleiberecht?«

Frank antwortete mit einer skeptischen Geste. »Die kamen aus einer richtig miesen Ecke«, sagte er. »Da unten an der Elfenbeinküste ist das Leben die Hölle. Da gibt es Privatarmeen, die den Kindersoldaten die Arme abhacken, damit sie keinen Abzug mehr drücken können. Ein Menschenleben ist dort keinen Pfifferling wert. Ich kann gut verstehen, dass sie abgehauen sind. Und dass sie sich hier holten, was es zu holen gab. Aber in den letzten Jahren ist es ruhiger geworden da unten, deswegen mussten sie damit rechnen, zurückgeschickt zu werden.«

Obwohl der Weg nicht breiter als einen halben Meter war, zwängte sich Micky neben Frank, um Blickkontakt mit ihm zu halten.

»Zum Verhängnis geworden ist ihnen aber nicht der Sonsbeekpark oder einer von den Klubs wie das *Red Ding* oder der *Tempel*«, erwiderte sie. »Sie sind in die Luft geflogen, nachdem sie einen Anschlag verübt hatten. Wir müssen wissen, wo sie ihre Waffen herhatten, warum sie den Anschlag verübt haben und von wem sie Instruktionen erhielten.«

»Schon seit Monaten gebe ich alles weiter, was mir zu Ohren kommt«, jammerte Frank. »Mein Kontaktmann hat alle Berichte, warum lesen Sie die nicht einfach durch? Leider habe ich aber nicht danebengestanden, als die Jungs angeheuert wurden, um jemanden abzuknallen.«

»Wir wollen wissen, was Sie *nicht* aufgeschrieben haben, Frank«, sagte Micky. »Die kleinen Details, von denen Sie glaubten, sie seien keine Meldung wert.« Sie ließ ihn vorgehen, weil sie einigen Matschpfützen ausweichen mussten. Rasch warf sie einen Blick über die Schulter zu Robert, der die Achseln zuckte. Er erwartete genauso wenig von diesem Wichtigtuer wie sie.

»Haben die Jungs manchmal Besuch bekommen?«, fragte Micky.

»Ja, von ihrem Anwalt«, antwortete Frank. »Aber das war es eigentlich auch schon.«

»Und wie war das mit ihrem Sporttraining?«

»Zwei Mal pro Woche in einer Schule, hundert Meter die Straße runter. Reckturnen und ein bisschen Fußball. Einmal pro Woche hatten sie Lauftraining. Vielleicht sind sie durch den Sonsbeekpark gejoggt und dabei auf die Idee gekommen, sich als Strichjungen ein paar Cent dazuzuverdienen.«

»Es gibt doch Organisationen, die sich um die Asylbewerber kümmern?«, hakte Micky nach. »Leute, die sich ehrenamtlich engagieren.«

Wieder blickte sie Robert vielsagend an.

Frank blieb stehen und drehte sich um. »Meinen Sie etwa diese frommen Betbrüder?«, fragte er verächtlich. »Dummschwätzer, die uns die Türen einrennen, in der Hoffnung, noch ein paar Seelen retten zu können, was ihnen in Afrika schon längst nicht mehr gelingt. Sprachkurse, Handarbeitskränzchen, Malen, Zeichnen, Kochen – die bieten alles an, aber immer mit der Bibel unterm Arm.«

»Darauf sind die Jungs nicht hereingefallen?«

»Sie haben eine Zeit lang einen Computerkurs besucht,

aber da wurde garantiert nicht gebetet.« Er sprang über eine Pfütze. »Der Kurs wurde vor Kurzem eingestellt. Der Leiter hatte die Nase voll vom ständigen Kommen und Gehen unter den Teilnehmern.«

»Und was ist mit politischen Gruppierungen?«, fragte Micky.

»Auf gar keinen Fall, unsere Bewohner schlagen einen großen Bogen um die Politik«, antwortete Frank. »Das wird ihnen auch eingeschärft, sobald sie niederländischen Boden betreten. Politische Aktivitäten bedeuten ein sicheres Rückflugticket. Zumal sie damit nicht nur sich selbst, sondern unter Umständen auch ihre Familie in Bedrängnis bringen.«

»Und Aktivistengruppen wie *Best for Africa?*«, fragte Robert.

Frank blickte einem Eichhörnchen nach, das am Stamm einer Wintereiche hochlief. Er schüttelte den Kopf. »Dafür haben sich Jungs wie Sal und Winston schon in ihrem Heimatland zu oft vor den Karren selbsternannter Weltverbesserer spannen lassen.«

»Haben Sie eine Idee, zu wem sie außerhalb des Asylbewerberheims Kontakt hatten?«, fragte Micky.

»Winston und Sal hatten massenhaft Kontakte«, sagte Frank. »Mehr, als sie bewältigen konnten. Anfangs rief der Geschäftsführer des *Red Ding* häufig an, um zu fragen, wann sie kämen. Dadurch habe ich herausgefunden, dass sie sich prostituiert haben. Aber ansonsten …« Er begann, auf und ab zu hüpfen, um seine Muskeln zu lockern. »Diese Jungs lebten ihr eigenes Leben, die scherten sich keinen Deut um die Vorschriften. Sie kamen und gingen, wie es ihnen passte.«

»Wer hat sie sonst noch angerufen?«

»Keine Ahnung. Die Anrufe hörten irgendwann auf. Dann sah ich sie mit Handys telefonieren.«

»Haben Sie die Nummern?«

»Ich habe sie mal danach gefragt, aber sie schauten mich

an, als würde ich Chinesisch reden. Die Typen sind imstande, noch mit dem Handy am Ohr zu behaupten, sie würden gar nicht telefonieren.«

Micky machte sich eine Notiz. Sie rechnete nicht damit, dass die Handys noch aus dem IJ gefischt wurden, aber eine Nummer würde der Spurensicherung schon genügen.

»Hatten sie keine Freundinnen?«

Frank sah sie an, als habe sie eine besonders dumme Frage gestellt. »Im ganzen Haus war bekannt, wie sie an ihre Nebenverdienste kamen. Da haben die Mädchen natürlich nicht gerade Schlange gestanden.«

»Und André Mazour?«

»André war ein sehr stiller Junge«, sagte der Informant. »Ein Sensibelchen. Es hat mich nicht überrascht, dass er an die Elfenbeinküste zurückgekehrt ist.«

»Er sitzt in Amsterdam im Knast«, verriet Robert. »Wegen Brandstiftung.«

Frank schüttelte ungläubig den Kopf.

»Während einer Aktion von *Best for Africa* ist er letzten Samstag verhaftet worden«, ergänzte Micky. »Können Sie sich vorstellen, wie er da hineingeraten ist?«

»Unfassbar!«, sagte Frank Wilzen. »Kaum zu glauben, was die Kerle getrieben haben!«

»Gehen wir zurück in die Kantine«, schlug Micky vor und wandte sich an Robert: »Was hältst du von einem gesunden Sportlermittagessen?«

»Ich laufe schon mal vor«, sagte Frank. Er spurtete los, als schämte er sich dafür, dass er ihnen keine nützlichen Informationen hatte liefern können.

»Winston Lafaylle und Sal Monroe sind von einem Profi rekrutiert und trainiert worden«, bemerkte Robert.

»Aber nicht von einem Profi observiert worden«, seufzte Micky mit einem Blick auf den davonrennenden Informanten C55.

In der Kantine hatten die meisten Sportler ihr Mittagessen beendet. Frank erwartete Micky und Robert an der Tür. Er hatte bereits einen Teller mit belegten Vollkornbrötchen und eine Kanne Kaffee geholt.

»Mist, es tut mir wirklich leid, dass ich Ihnen nicht weiterhelfen kann«, sagte er.

»Das ist der Nachteil der Informantenarbeit«, erwiderte Micky. »Aber wenn Sie gewusst hätten, worauf Sie achten sollten, wäre es bestimmt anders gekommen.«

»Man hätte mir nur zu sagen brauchen, dass ich speziell diese Jungs im Auge behalten musste«, seufzte Frank. »Aber bei den Hunderten Bewohnern von Vreedenburgh kann ich ja nicht wissen, wen ich besonders gründlich beobachten muss. Ich habe eine Heidenarbeit mit den vielen Berichten. Im Grunde habe ich zwei Jobs.«

»Machen Sie sich keine Illusionen«, erwiderte Micky. »Beim Observieren braucht man oft mehr Glück als Verstand. Sie haben wahrscheinlich auch keine Idee, wo sich André Mazour in der Zeit aufgehalten haben könnte, nachdem er aus dem Asylbewerberheim verschwunden war?«

Robert faltete eine aufgeschlagene Zeitung zusammen, um Platz auf dem Tisch zu machen.

»Wenn die Jungs verschwinden, hinterlassen sie keine Adresse. Vielleicht ist er bei diesen Idealisten von *Best for Africa* untergetaucht. Aber sind Sie sicher, dass Sie wirklich André Mazour verhaftet haben?«

»Ja, und hier sehen Sie, was er angerichtet hat«, sagte Robert und schob ihm die Zeitung zu. Er deutete auf ein Foto, auf dem Stefane im Garten von Charlies Villa stand und auf einen qualmenden Schutthaufen zeigte. Die Schlagzeile meldete, dass von den am Tatort Festgenommenen nur der neunzehn Jahre alte A. M. von der Elfenbeinküste noch in Haft sei. Frank griff nach der Zeitung und sah sich das Foto aufmerksam an. Plötzlich fing er an zu lachen.

»Hat er doch glatt die Bude von seinem früheren Lehrer angezündet!«

Als er Mickys erstaunten Blick sah, blieb ihm das Lachen im Halse stecken.

»Reden Sie weiter«, sagte sie.

Frank zeigte auf das Foto von Stefane. »Das ist der Computerlehrer von unseren Jungs.« Er kniff die Augen zu, um sich besser konzentrieren zu können. »Er hieß Bill oder Billy, seinen Nachnamen weiß ich nicht. Einmal pro Woche hat er im Keller seinen Kurs abgehalten. Anja Kraai war ziemlich angetan von ihm und er legte sich ordentlich ins Zeug. Achtete nicht auf eine Stunde mehr oder weniger. Jetzt wird ein Nachfolger für ihn gesucht …«

»Für wen hat er gearbeitet?«

Frank blickte sie ein wenig irritiert an. Er lehnte sich zurück. »Das interessiert Sie?«, fragte er. »Sie wollen wissen, für wen er gearbeitet hat?«

Micky nickte.

»Keine Ahnung«, sagte er.

»Was wissen Sie sonst über diesen Billy?«, fragte Micky.

Gegen halb drei fuhren sie zurück. Wieder hatte Micky Robert gebeten zu fahren, damit sie unterwegs einige Telefonate erledigen konnte. Sie war damit fertig, als sie auf dem Amsteldijk vor einer der vielen Ampeln anhalten mussten. Micky hatte ein langes Gespräch mit Anja Kraai geführt und sie nach Stefanes Tätigkeit in Vreedenburgh ausgefragt. Außerdem hatte sie ihren Chef Duut so genervt, bis er in sämtlichen Polizeidatenbanken nach dem Namen Stefane Bilderberg beziehungsweise Billy oder Bill fahndete. Und sie hatte sich ausführlich mit Geert Vries unterhalten.

»In meinem Büro liegt schon ein Stapel Faxe mit Informationen über Stefane Bilderberg bereit«, verkündete sie. »Wenn wir im Präsidium sind, nehmen wir uns die sofort vor. Tol ist dabei, die weniger leicht zugänglichen Quellen anzubohren.«

»Als da wären?«, fragte Robert.

»Unsere Kollegen vom Militär«, antwortete Micky. »Mithilfe der Nummer auf seiner Hundemarke müssten wir schon ein gutes Stück weiterkommen. Wir werden einen ausführlichen Lebenslauf von ihm zusammenstellen.«

»Und dann?«

»Dann werden wir erst mal André Mazour ganz freundlich fragen, wo er in letzter Zeit logiert hat.«

Im Besprechungsraum war es stickig und heiß. Micky riss alle Fenster auf, ehe sie mit Robert die Informationen ordnete, die über Stefane Bilderberg hereingekommen waren. Nach einer halben Stunde hatten sie die wichtigsten Daten zu Papier gebracht.

»Stefane Bilderberg wurde am 23. März 1968 in Amsterdam geboren«, las sie vor. »Er wohnte in der Mussenstraat im Norden der Stadt. Sein Vater war Lastwagenfahrer, seine Mutter Verkäuferin bei *Vroom & Dreesman.* 1980 ließen sich die Eltern scheiden. Stefane zog mit seiner Mutter nach Hilversum, wo er 1986 die höhere Schule abschloss. Er ging zurück nach Amsterdam, nahm sich eine Wohnung in Bijlmermeer und schrieb sich für Psychologie ein. Nach drei Monaten gab er das Studium jedoch wieder auf. Im Jahr darauf finden wir ihn an der Königlichen Militärakademie in Breda wieder, wo er die militärwissenschaftliche Ausbildung für Kriegswissenschaften absolvierte. Sein Examensthema waren mobile Feldartilleriesysteme … Warst du eigentlich beim Militär?«

Robert schüttelte den Kopf. »Als ich eingezogen werden sollte, bin ich nach Westberlin gegangen. Während des Kalten Krieges wurde man freigestellt, wenn man dort seinen Wohnsitz hatte. Ich hatte keine große Lust auf die Bundeswehr.«

»Glaubst du, ein Granatwerfer wie dieser GL-06 kann zur mobilen Feldartillerie gerechnet werden?«

Robert zuckte mit den Schultern. »Jedenfalls hat Bilderberg Ahnung von Waffen.«

»Ich frage mal Tol«, sagte Micky und machte sich eine Notiz.

Dass Robert so gleichgültig guckte, wie er nur konnte, entging ihr nicht.

»Anschließend bringt er es bis zum Kapitein bei der Elften Mobilen Luftbrigade und wird 1995 nach Sarajewo geschickt, um sich an der Operation *Deliberate Force* zu beteiligen. Kurz nach der Entsendung quittiert er den Dienst. Als Grund gibt er an, dass er die Nachfolge seines Vaters antreten wolle, der eine Spedition gegründet habe. Er lässt sich wieder in Amsterdam nieder und wird Mitglied des Schwulenverbands. Der Betrieb seines Vaters meldet schon bald Konkurs an und Stefane beginnt, in Teilzeit für eine Sicherheitsfirma zu arbeiten, zu deren Kunden unter anderem die *Duneko* gehört. Wenn er nicht arbeitet, treibt er sich in Klubs herum. Am 25. Juni 1999 wird er bei einer Großrazzia in der Diskothek *IT* verhaftet. Im Umschlag seiner Hose werden zwölf Ecstasypillen gefunden und man hält ihn für einen Dealer. Er entgeht einer Verurteilung, weil er den Richter davon überzeugen kann, dass alle Diskobesucher panikartig ihre Drogen weggeworfen hätten und er quasi in einem Ecstasyregen stand. In den darauffolgenden Monaten verschleißt er ein ganzes Regiment von Liebhabern, bis er im Jahr 2000 im früheren Gebäude der *Duneko* in Diemen Charlie van Stutten begegnet. Stefane arbeitet dort als Nachtwächter. Charlie ist hin und weg von Stefane. Und umgekehrt. Danach legt Stefane eine steile Karriere hin. Er fängt bei *Duneko* an und wird Sicherheitschef, nachdem er 2005 bei Charlie eingezogen ist. Dennoch taucht er regelmäßig in der Schwulenszene auf, wo er wechselnde Kontakte sucht. Charlie stört sich nicht daran, behauptet jedenfalls Geert Vries, für den Stefanes Job die letzte Stufe der Karriereleiter wäre.«

»Bei seinen Ausflügen hat Stefane sicher die Jungs rekrutiert.«

»Möglich, wenn nicht sogar wahrscheinlich«, bestätigte Micky. »Hier siehst du unseren Helden auf einem Boot während der Schwulenparade durch die Amsterdamer Grachten …«

Sie legte ein Foto vor Robert hin und zeigte auf einen Mann, der die Hände in die Taille gestemmt hatte und nur mit einer Tarnanzughose bekleidet auf der Brücke der Yacht stand.

»Die *Sebastian*«, las Robert. »Das ist doch das Boot von van Stutten?«

Micky griff nach einer Lupe. »Stimmt. Guck mal, Stefane trägt seine Hundemarke. Wie dem auch sei, ab 2005 mausert er sich zur inoffiziellen rechten Hand von Charlie van Stutten. Er begleitet ihn als persönlicher Assistent auf Auslandsreisen …«

»Also so was Ähnliches, wie ich für dich bin? Eine Art Leibwächter.«

»Ja, allerdings hauptberuflich, nicht nur als Hobby.«

Weil sie dabei lachte, fragte Robert: »Willst du dich vielleicht darüber beschweren, wie ich dich letzte Nacht bewacht habe?«

»Darüber müssen wir noch mal ein Mitarbeitergespräch führen«, antwortete sie. »Aber erst mal legen wir Meneer Bilderberg unter das Mikroskop. Geert Vries hat ihn als Tausendsassa beschrieben, der Charlies Versäumnisse und Fehler ausbügelt.«

»Und wie ist er nach Vreedenburgh gekommen? Als Nikolaus mit einem Sack voller *Duneko*-Hardware?«

»Anja Kraai hat gesagt, es komme öfter vor, dass Firmen Kurse gäben oder einen Scout schickten. ›Kreuzbestäubung‹ nannte sie das. Die Firmen testen, ob sich unter den Asylbewerbern besondere Talente befinden, die nützlich für sie sein könnten.«

»Dann ist Stefane den Jungen gefolgt, nachdem er sie in der Schwulenszene kennengelernt hat? Um sie auf größere Aufgaben vorzubereiten.«

»Ein Punkt, den wir mit André Mazour besprechen müssen«, sagte Micky. »Wir holen ihn heute Abend aus seiner Zelle. Ich will ihn selbst vernehmen. Gehen wir vorher etwas zusammen essen?«

Dass Tol Skieter bei der Vernehmung anwesend sein würde, verschwieg sie. Auf Befehl der oberen Etage durfte er sich bisher noch nicht offiziell einmischen. Deswegen hatte er vorgeschlagen, sich wenigstens unauffällig im Regiezimmer aufzuhalten.

»Frag ihn bitte auch, ob er es nicht seltsam fand, dass Stefane ausgerechnet ihn vom Hubschrauber aus entdeckt hat«, schlug Robert vor. »Wetten, Stefane hat gewusst, dass André sich unter dem Teehaus versteckt hielt? Vermutlich hat er ihm sogar den Tipp gegeben, dort unterzukriechen.«

Während des Essens fragte Micky Robert, ob er wieder bei ihr in der Bloemgracht wohnen wolle.

»Aber nur noch für eine Nacht«, erwiderte er. »Sonst brauche ich auch noch eine Aufenthaltsgenehmigung.«

»Quatsch, unseren Nachbarn aus dem Osten gewähren wir doch immer Asyl.«

Nachdem sie sich von Robert verabschiedet hatte, ging sie in Tol Skieters Büro. Er wischte gerade die Reiskörner vom Schreibtisch, die vom Nasigoreng des Chinesen von nebenan übrig geblieben waren. Er zapfte zwei Tassen Kaffee aus seiner privaten Espressomaschine und reichte ihr eine.

»Mazour hat die ganze Zeit in dem Gartenhaus gewohnt, das im Schrebergarten von Nilis Beck und Lida Kouterman steht«, berichtete er. »Deswegen ist er unseren Observationsteams nicht aufgefallen. Die haben nur die Wohnung am Sloterplas überwacht.«

»Sie hätten es wissen können«, sagte sie scharf. »In meinem Bericht über meinen Besuch habe ich den Pfefferminztee aus ihrem Schrebergarten erwähnt.«

Skieter ließ sich nicht ablenken und fuhr fort. »Mazour hatte ein Handy, wir haben heute Nachmittag die Daten seiner Telefonate erhalten. Er hat sich ständig im Bereich eines Sendemastes aufgehalten. Wir haben nur eins und eins zusammengezählt und dann im Schrebergarten und der Hütte ein bisschen herumgeschnüffelt ...«

»Ach, und dafür hat euch der Staatsanwalt eine Genehmigung erteilt?«

Tol verdrehte die Augen. »Nein. Du wirst es nicht glauben, aber die Tür stand offen, okay? Von unserem André haben wir gefunden: einen Schlafsack, ein paar Unterhosen und sein Adressbuch.«

»Deswegen waren Nilis und Lida so schnell hier und saßen kurz darauf mit ihrer Provokationstheorie beim *Terugblik* ... Hat die Chefetage schon ihre Meinung geändert?«

»Nein, die sind immer noch hinter BFA her«, sagte Skieter. Sein Telefon klingelte. Er nahm den Hörer ab. »Bringt Mazour schon mal in die Zwei«, sagte er. »Und lasst ihm Berberwhisky bringen.« Er legte auf und erhob sich.

»Berberwhisky?«, fragte Micky. »Ein Verhör unter Alkoholeinfluss?«

»Tee«, beruhigte sie Skieter. »Der Dolmetscher ist schon unterwegs. Hör mal, das ist unsere letzte Chance. Quetsch Mazour über alles aus, was ihn auch nur annähernd interessieren könnte. Fußball. Fang mit Kalou an, das war ein Feyenoordspieler, der auch von der Elfenbeinküste kam. Wollte hier in den Niederlanden bleiben, genau wie André. Bring ihn dazu, dass er den Mund aufmacht, egal wie.«

»Ist das dein ganzer Vernehmungsplan?«, fragte sie, als sie im Aufzug standen.

»Ja«, antwortete er. »Fußball kennt keine Grenzen. Warum sollte man sich das Leben unnötig schwer machen?«

André Mazour war bereits ins Vernehmungszimmer gebracht worden. Er stand auf, als Micky hereinkam, und murmelte einen unverständlichen Gruß. Der Dolmetscher traf unmittelbar nach ihr ein – ein dicklicher junger Mann mit tiefschwarzer Hautfarbe. Er trug einen leichten Sommeranzug mit Krawatte und Manschettenknöpfen und reichte Micky eine Visitenkarte, die sie sich flüchtig ansah. *Dr. Jean Baptist Tournaille,* las sie.

Der Dolmetscher nickte dem Verdächtigen kurz zu und wollte ihm gegenüber Platz nehmen. Micky wies ihm jedoch einen Stuhl am Kopfende des Tisches zu. Dies hinderte ihn nicht daran, sofort ein Gespräch mit dem Verdächtigen anzufangen. Es ärgerte Micky, dass sie nicht verstehen konnte, was die beiden beredeten, aber sie ließ sie gewähren, während sie das Laptop vor sich aufklappte. Fragend blickte sie in die Kamera in der Ecke, worauf Tol ihr zuchattete, dass er so weit sei. Micky klopfte mit ihrem Schlüsselbund auf den Tisch.

»Was besprechen Sie mit Dr. Tournaille?«, fragte sie den Verdächtigen.

Mit dieser Frage überfiel sie André Mazour derart, dass er ihr mit ein paar schnellen Sätzen in seiner Muttersprache antwortete.

»Und das heißt?«, fragte Micky den Dolmetscher.

»Ich habe ihn gefragt, in welcher Sprache wir uns unterhalten sollen«, antwortete dieser. »Aber er hat erklärt, dass er sowieso keine einzige Frage beantworten wird.«

»Und in welcher Sprache hat er Ihnen das mitgeteilt?«, fragte Micky, den Blick fest auf André Mazour gerichtet.

Der Dolmetscher lächelte. »Auf Akan«, antwortete er. »Der Sprache seines Volkes.«

»Fragen Sie ihn, warum er nicht aussagen will.«

Der Dolmetscher herrschte André in knappen Worten an. Mazour schlug die Augen nieder und schüttelte den Kopf, während er mit kläglicher Stimme antwortete.

»Er hat mir erklärt, sein Anwalt erlaube das nicht.«

»Fragen Sie ihn, ob sein Anwalt bei der Vernehmung anwesend sein soll. Wir können ihn gerne anrufen.« Micky warf einen kurzen Blick in die Kamera. Sie hoffte, Skieter würde ihr rüberchatten, er hinge bereits am Telefon. Der Verdächtige rutschte auf seinem Stuhl hin und her und wandte sich an Dr. Tournaille.

»Und worum geht es jetzt?«, fragte Micky brüsk, als die beiden wieder in ein erregtes Gespräch verfielen.

»Er lügt!«, rief Dr. Tournaille empört. »Er hat nach seiner Festnahme noch gar nicht mit einem Anwalt gesprochen. Er schweigt schon von Anfang an.«

»Vielleicht hat er bereits vorher juristischen Rat eingeholt«, meinte Micky. Dann bat sie Dr. Tournaille, von jetzt an simultan zu dolmetschen, damit sie nicht immer nachzufragen brauchte.

»Trinken Sie eine Tasse Tee mit mir?«, fragte sie André und zeigte auf eine Kanne und einen Teller mit Teebeuteln neben ihr. Der Dolmetscher stellte die Frage jedoch in einem so barschen Ton, als frage er den Verdächtigen, ob er eine Tracht Prügel wolle. Zum Ausgleich warf Micky ihm ein freundliches Lächeln zu. André Mazour nickte widerwillig. Dr. Tournaille belferte ihn an, woraufhin er peinlich berührt das Gesicht abwandte. In der Stille danach sah Micky ihn weiter fragend an.

»Was haben Sie zu ihm gesagt?«, fragte sie schließlich.

»Dass er sich nicht wie ein unhöflicher Hund benehmen soll«, antwortete Dr. Tournaille.

»Ich möchte, dass es hier freundlich zugeht«, mahnte ihn Micky.

Dr. Tournaille begann sofort zu dolmetschen, aber Micky unterbrach ihn. »Das war an Sie gerichtet.«

Über das Gesicht von André Mazour huschte ein kurzes Lächeln. Der Verdächtige verstand jedenfalls Niederländisch. Micky warf einen raschen Blick auf den Bildschirm und fragte sich, ob Tol es bemerkt hatte.

»Hier ist Ihr Tee«, sagte sie und schob André einen Plastikbecher mit heißem Wasser und einem Beutel hinüber. Sie hielt ihm einen Unterteller mit Zuckerwürfeln hin. »Zucker? Ein Stück, zwei oder mehr?«

Blitzschnell griff André zu und ließ ungefähr fünf Zuckerwürfel in seinen Tee fallen.

Micky prostete ihm zu. »Wie lange sind Sie schon in den Niederlanden?«

»Seit neun Monaten«, antwortete der Dolmetscher, noch bevor der Verdächtige sich gemuckst hatte.

»Er hat doch gar nichts gesagt«, wandte Micky ein.

»Ich weiß es zufällig«, erwiderte der Dolmetscher.

»Wie gefällt es Ihnen in den Niederlanden?«

André Mazour sah sie an und schlug dann die Augen nieder. Micky bedeutete Dr. Tournaille mit einer Handbewegung, dass er nicht auf eine Antwort drängen sollte. Sie sah den Verdächtigen weiterhin freundlich an und hoffte, dass das Unbehagen aufgrund der lang anhaltenden Stille ihn zu ein paar Antworten verleiten würde.

Doch André Mazour sah sie schweigend an und blies in seinen Tee.

»Ich bin in Ihrem Zimmer im Asylbewerberheim gewesen«, sagte Micky. »Stammen die Zeichnungen von Ihnen?«

Zur Antwort nickte André Mazour ganz kurz, was ihm wiederum Schelte des Dolmetschers eintrug.

»Was ist denn nun schon wieder?«, fragte Micky gereizt.

»Ich habe ihm gesagt, er solle eine ordentliche Antwort geben«, sagte Dr. Tournaille. »Er hat die Schule besucht, also weiß er, was sich gehört.«

»Mit ein bisschen Geduld kriegen wir das schon hin«, erwiderte Micky und wandte sich erneut an den Verdächtigen.

Sie wartete, bis sie Blickkontakt hatten. »Haben Sie schon Ihre Familie benachrichtigt?«, fragte sie. »Ihre Eltern, Geschwister?«

André Mazour trank einen Schluck und stellte seinen Becher hin. Er sagte etwas in seiner Muttersprache und erneut herrschte Dr. Tournaille ihn an. Der Verdächtige gab eine trotzige Antwort, worauf der Dolmetscher laut wurde und ihn mit einem wütenden »Tais-toi!« zum Schweigen brachte.

Micky konnte genügend Französisch, um zu wissen, was der Dolmetscher dem Verdächtigen zugerufen hatte.

»Was soll das?«, fragte Micky. »Sie müssen sich darauf beschränken, die Vernehmungsfragen zu dolmetschen. Er soll nicht schweigen, sondern reden!«

»Er bereitet seiner Familie Schande, indem er die Gastfreundschaft dieses Landes missbraucht.«

»Das waren nicht meine Worte!«, entgegnete Micky heftig. Sie sah auf dem Bildschirm nach, ob Tol Skieter irgendwelche Tipps für sie hatte. Doch der Monitor blieb leer.

»Kennen Sie Stefane Bilderberg?«, fragte sie. »Oder Billy, wie Sie ihn nannten?«

Diesmal übersetzte der Dolmetscher ihre Fragen ohne Kommentar, wobei er jedoch immer noch ein wenig unfreundlicher sprach als sie. André Mazour nippte an seinem Tee und sah sie unverwandt an.

Micky wiederholte die Frage und fügte hinzu: »Er hat Ihnen in Vreedenburgh EDV-Unterricht erteilt.« Das Timing dieses Zusatzes war schlecht, aber Micky war durch das rüde Verhalten des Dolmetschers aufgebracht. André Mazour gab keine Antwort.

»Wiederholen Sie bitte die Frage«, sagte Micky ungehalten.

Dr. Tournaille gehorchte, aber in einem Ton, als verurteile er den Verdächtigen zu einer Disziplinarstrafe. André Mazour blickte starr vor sich auf den Tisch und trank seinen Tee in kleinen Schlucken.

»Schauen Sie, das ist er«, sagte Micky.

Rasch rief sie die Website der Lokalzeitung mit dem Foto von dem Brand in Oldeborn auf und drehte André Mazour den Bildschirm zu. Er warf einen raschen Blick darauf und schüttelte dann kurz den Kopf. Der Dolmetscher lehnte sich nach vorn und flüsterte ihm etwas zu. André Mazour schob den Becher Tee von sich weg und schlang die Arme um den Oberkörper.

»So!«, sagte Micky. »Und jetzt auf Niederländisch.«

»Ich habe ihm gesagt, dass ihm das Lügen nichts nützen würde. Und dass er wählen könne: Entweder er arbeitet mit oder er sitzt heute Abend im Flugzeug nach Hause.«

»Das habe ich alles nicht gesagt!«, erwiderte Micky und ließ ihrem Zorn freien Lauf. »Sie stellen das jetzt sofort richtig!«

Interessiert beobachtete André Mazour, wie Micky den Dolmetscher angriff.

»Hören Sie«, entgegnete dieser jetzt. »Mit solchen Typen muss man die Sprache sprechen, die sie verstehen. Erst wenn ihnen wirklich Gefahr droht, treten sie die Flucht nach vorn an.«

Auf dem Bildschirm erschien die erste Anweisung von Tol Skieter. *Sag dem Dolmetscher, er soll sich verziehen!*

Entgeistert starrte Micky auf seine Nachricht.

*Sag es ihm! Jetzt!*

»Sie sollten besser gehen«, sagte Micky.

»Wie bitte?«, fragte Dr. Tournaille. »Sie verstehen wirklich nicht, wie …«

»So, jetzt reicht's!«, fauchte Micky. »Raus hier, oder drücke ich mich vielleicht nicht deutlich genug aus?«

Sie erhob sich, doch Dr. Tournaille blieb halsstarrig sitzen. Die Tür des Vernehmungszimmers wurde aufgerissen und Micky erhaschte einen kurzen Blick auf Skieters Gesicht.

»Verschwinden Sie!«, zischte Micky und griff den Dolmetscher an seinem Schulterpolster. »Jetzt habe ich wirklich die Nase voll!«

Dr. Tournaille stand auf, vollführte eine leichte Verbeugung und drehte sich zu dem Verdächtigen um, der seinen Stuhl zurückschob. Micky zerrte an Tournailles Arm, um ihn daran zu hindern, Mazour noch einmal anzuraunzen.

Sie schloss selbst die Tür. Um sich abzuregen, griff sie nach einem Becher heißem Wasser und ließ einen Teebeutel hineinfallen. Unglaublich, ein Dolmetscher, der die Vernehmung selbst in die Hand nahm! Sie atmete einmal tief durch und trank einen Schluck. Dabei fing sie den amüsierten Blick des Verdächtigen auf und erwiderte sein Lächeln. Auf dem Bildschirm erschien eine neue Nachricht von Tol.

*Mazour spricht gebrochen Niederländisch und ein bisschen Englisch. Wenn alle Stricke reißen, machst Du in Deinem besten Schulfranzösisch weiter.*

Mit dem Verschwinden des Dolmetschers war die Anspannung gewichen. Sie schien André Mazour sogar ein wenig leidzutun, als sie sich in einem Mischmasch aus Französisch und Niederländisch für das Benehmen des Dolmetschers entschuldigte.

»Nicht zu ändern«, lautete sein Kommentar.

Micky musste lachen, weil er dafür einen typisch niederländischen Ausdruck gewählt hatte.

»Aber vor allem ist es nicht zu ändern, dass heute deine Freunde Winston Lafaylle und Sal Monroe nicht bei uns sein können«, begann sie.

Sie nannte die Toten absichtlich bei vollem Namen. André Mazour drehte die Handflächen zu Boden und machte eine Bewegung, als streiche er eine Tischdecke glatt.

»Kanntest du sie aus Bouaké?«, fragte Micky.

»Aus der Schule«, antwortete er. »Wir haben das *Lycée classique* besucht.«

»Wart ihr amis?«

André Mazour nicke bedächtig, als prüfte er noch einmal, ob die Bindung an seine Kameraden wirklich Freundschaft gewesen war. Anschließend erzählte er in einer Mischung aus Französisch und Niederländisch, gewürzt von einigen englischen Ausdrücken, dass sie in derselben Klasse gewesen seien, als der Bürgerkrieg ausbrach.

»Weißt du, wie Winston und Sal umgekommen sind?«, fragte sie.

»Ein accident tragique.«

»Billy hatte sie auf ein Kommando geschickt«, erwiderte Micky.

»Sie haben eben Pech gehabt«, antwortete André Mazour. »Sie haben nicht richtig aufgepasst.« Er zuckte die Achseln mit routinierter Gelassenheit, eine Geste, die ihm im Kriegselend seines Heimatlandes zur zweiten Natur geworden sein musste. Micky nickte, auch in die Kamera. Der erste Schritt war getan. Der Verdächtige gab indirekt zu, über die Pläne seiner beiden Freunde Bescheid gewusst zu haben.

»Nein, es war kein Unfall«, sagte Micky ruhig und sah ihn unverwandt an. »Sie sind vorsätzlich getötet worden. Von Billy.«

Sie lehnte sich zurück und gab ihm Zeit, diese Anschuldigung auf sich wirken zu lassen. André schüttelte den Kopf. »Impossible.«

Jetzt war es an Micky, den Kopf zu schütteln.

»Wie denn?«, fragte er.

Sie drückte symbolisch auf einen Knopf. »Bumm!«, sagte sie. »Er hat sie in die Luft gesprengt.« Sie ging nicht davon aus, dass André Mazour ihr auf Anhieb glauben würde, daher nahm sie ein Stück Papier und zeichnete ein Schnellboot. Sie malte eine Dynamitstange unter das Vorderdeck und erklärte, die Explosion habe dort stattgefunden.

»Es ist unmittelbar nach dem Anschlag passiert«, erklärte sie. »Mit Sprengstoff, an den sie selbst nicht herankommen konnten. Von dem sie gar nichts wussten …«

Sie nahm sich Zeit, sprach langsam und überprüfte nach jedem Satz, ob André Mazour sie verstanden hatte. Schritt für Schritt zeigte sie ihm, dass Sal und Winston keine Chance gehabt hatten, lebend aus der Sache herauszukommen.

»Sie sind in eine Falle gelockt worden«, schloss sie. »Billy hat sie benutzt und brauchte sie anschließend nicht mehr.«

Micky wartete in Ruhe ab, bis er die Informationen verarbeitet hatte. Er schien ihre Erklärungen ernst zu nehmen, aber sie brauchte noch ein zusätzliches Argument. Sie lud die Fotos der sterblichen Überreste hoch und drehte das Laptop zu ihm hin.

»Sieh dir das an.«

Aus den Akten André Mazours wusste sie, dass er mit Kriegsszenen vertraut war, aber als er die Hand Winstons und den Rumpf von Sal sah, zuckte er zusammen.

»Das erreicht man nicht mit einer versehentlich abgeschossenen Granate«, sagte sie. »Nicht mal mit einer Landmine. Das weißt du besser als ich. Und Sal und Winston hatten gar keinen Auftrag, irgendetwas in die Luft zu sprengen.«

André sagte so lange nichts, dass Micky schon befürchtete, er sei wieder in seine frühere Schweigsamkeit zurückgefallen.

»Merde«, flüsterte er endlich fast unhörbar leise und fragte: »Wurden sie bestraft? Weil sie den falschen Mann umgebracht hatten?«

»Nein«, antwortete Micky. »Sie hatten den richtigen erwischt. Damit waren sie nutzlos geworden. Auch du bist benutzt worden. Du hattest auch einen Auftrag, nicht wahr? Hatte man dir gesagt, dass es Billys Haus war, das du anzünden solltest?«

Vielleicht war ihr Tonfall zu beschuldigend oder herrisch gewesen; jedenfalls ließ André Mazour den Kopf hängen und starrte auf den Plastikbecher, den er zwischen den Fingern hin- und herrollte. Schließlich fragte sie etwas sanfter: »Was hat Billy dir versprochen? Einen Job? Geld? Eine Aufenthaltsgenehmigung?«

Er sagte nichts.

»Was haben dir Sal und Winston von dem Anschlag erzählt?«

Scham, Trauer, Ohnmacht – schwer zu sagen, warum er den Kopf gesenkt hielt.

»Und du?«, fragte sie. »Kam es dir nicht komisch vor, dass wir nach dem Brand direkt auf dich zugeflogen sind? Das Versteck unter dem Teehaus, war das auch Billys Idee?«

Auf dem Bildschirm erschien die zweite Anweisung von Tol Skieter: *Aufenthaltsgenehmigung, Kronzeugenregelung?*

»André, du hast Angst, ausgewiesen zu werden«, sagte Micky. »Wir garantieren dir, dass du in den Niederlanden bleiben kannst.«

Zwei Stunden später hatte sie die Aussage André Mazours ins Reine getippt und er setzte, ohne zu zögern, seine Unterschrift unter den Ausdruck. Micky erlaubte ihm, sich eine Zigarette anzuzünden, und Tol Skieter kam sogar aus dem Regiezimmer, um ihm die Hand zu schütteln.

»Wir behalten dich vorerst hier, weil wir dich noch

brauchen«, erklärte Micky, als der Wachmann ihn abholte. »Außerdem bist du hier drinnen sicherer als draußen.«

Als sie die Aufzugtüren zuklappen hörten, legte Micky vier eng beschriebene Seiten vor Skieter auf den Tisch. Mazour hatte rückhaltlos alles ausgesagt, was er wusste.

»Das wird den Ermittlungen eine neue Richtung geben«, verkündete sie zufrieden.

Tol reckte sich. »Daran kommt keiner vorbei. Stefane Bilderberg ist der Drahtzieher des Ganzen. Er hat die beiden Pechvögel rekrutiert, er hat André als Provokateur zu BFA geschickt, er hat alles bis ins kleinste Detail geplant. Die nächste Frage lautet, ob Charlie van Stutten und Ruud de Kooning auch darin verwickelt waren. Mazours Aussagen sind klar und eindeutig, er nennt eine ganze Reihe unumstößlicher Fakten …«

»Es sei denn, die Chefetage kommt zu dem Schluss, dass sich hier ein verzweifelter Flüchtling wichtiger machen will, als er ist. Und sich im Gegenzug Straffreiheit erhofft.«

Micky zeigte auf eine Passage auf Seite drei. »Mazour behauptet, Stefane habe versprochen, in einem Fluchtwagen auf die beiden zu warten. Das war natürlich gelogen, aber vielleicht hat er sich trotzdem in der Nähe aufgehalten, um zu kontrollieren, ob alles nach Plan verlief.«

»Oder um das Schnellboot zur Explosion zu bringen«, murmelte Tol.

»Ja, so könnte sein Plan ausgesehen haben«, fuhr er nach einer Weile fort. »Die Trümmer des Bootes liegen noch auf dem Grund des IJ. Die Explosion könnte durch einen Zeitzünder oder eine Fernsteuerung ausgelöst worden sein. Ich tippe auf Letzteres in Anbetracht der wenigen Zeit, die er hatte.«

»Solltest du dann nicht ein paar Teams mit einem Foto von Stefane Bilderberg nach Amsterdam-Nord schicken?«

Skieter griff sofort nach seinem Handy und wiederholte

ihren Vorschlag als Dienstanweisung. Anschließend fragte er: »Gehst du noch mit einen trinken?«

»Gleich«, sagte sie. »Übrigens: Was für ein Idiot von Dolmetscher! Warum arbeitet ihr überhaupt noch mit diesem arroganten Sack zusammen? Beinahe hätte er mir das ganze Verhör vermasselt!«

»Ach ja«, antwortete Tol Skieter, »Dr. Tournaille war *mein* Vernehmungsplan. Normalerweise ist er die Freundlichkeit in Person, nur heute hat er auf meine Bitte hin den groben Klotz gespielt. Nach seinem Rauswurf hat er das Verhör vom Regiezimmer aus weiter verfolgt. Ich soll dich übrigens bitten, es nicht persönlich zu nehmen.«

»Wie bitte? Er hat sich so ungehobelt benommen, damit ich ihn rauswerfen musste?«, fragte Micky. »Warum besprichst du so etwas nicht vorher mit mir?«

»Warum wohl?«, fragte Skieter zurück. »Du bist richtig sauer geworden. Aus purer Überzeugung. Das hat den Ausschlag gegeben. Mazour und du, eine Front gegen einen gemeinsamen Gegner. Dadurch ist der Verdächtige schließlich eingeknickt.«

## 13

Micky hatte abends angerufen, dass sie etwas später nach Hause käme. »Kein Problem«, hatte Robert geantwortet, während er die letzten Tassen aus der Spülmaschine holte, und, weil Micky schwieg, nachgefragt, ob noch etwas sei.

»Ich geh noch ein Bier mit Tol trinken. Magst du mitkommen?«

»Nein, ich bleibe lieber hier und lese ein bisschen. Viel Spaß.«

Sie hatte definitiv ein schlechtes Gewissen. Und sie hatte die Erleichterung darüber, dass er ihr halbherziges Angebot abgelehnt hatte, kaum verbergen können. Genau das hatte ihn kurz gereizt, doch noch mitzukommen. Aber es war eine wenig verlockende Aussicht gewesen, stundenlang als Anstandswauwau zwischen zwei Kriminalpolizisten zu sitzen.

So war er ins Bett gegangen und hatte in Geert Maks Buch über Amsterdam gelesen, das er im Bücherregal gefunden hatte. Irgendwann waren ihm die Augen zugefallen. Am nächsten Morgen war er überrascht, dass er nicht mitbekommen hatte, wie Micky neben ihm ins Bett geschlüpft war.

Sie war wortkarg beim Frühstück, als fürchtete sie, dass er nach ihrem Date fragen könnte. Vielleicht war sie aber auch nur müde. Oder stellte sich die existenzielle Frage, was sie heute anziehen solle. Robert schnappte sich das Amsterdambuch und las das Kapitel über die deutsche Besatzung zu Ende.

Mickys Handy klingelte.

»Ja, sehr gut geschlafen«, sagte sie und drehte sich von Robert weg. »Tatsächlich? Super. Wir kommen rüber.«

Robert sah sie aufmerksam an.

»Volltreffer«, stellte sie zufrieden fest. »Stefane Bilderberg war während des Anschlags auf der gegenüberliegenden Seite des IJ. Jos hat ein paar Skaterjungs aufgetrieben, die ihn da gesehen haben, als sie frühmorgens von einem Open-Air-Gelage zurückkehrten. Er saß in einem Opel auf einem Parkplatz am Ufer. Keine seltene Marke in der Gegend, aber der Wagen war so nigelnagelneu, dass sich die Jungs aus Gründen, die sie lieber verschweigen, von ihm angezogen fühlten. Stefane hat sie mit wüsten Drohungen vertrieben. Da waren sie froh, ihm wenigstens an den Karren pinkeln zu können.«

»Das reicht locker für einen Durchsuchungsbeschluss und einen Haftbefehl«, meinte Tol, nachdem er Micky und Robert Jos' Bericht ausführlich wiedergegeben hatte.

»Wir sollten ihn noch nicht verhaften. Er wird nie freiwillig preisgeben, wer hinter dem Mordauftrag steckt«, warnte Micky.

»Du wirst es schon aus ihm herauskitzeln. So, wie du André Mazour zum Reden gebracht hast.«

Robert staunte, wie viel Begeisterung dieser dickhäutige Hauptstadtbulle plötzlich an den Tag legte. Es musste mit weiblicher Magie zu tun haben.

»Er hat keinen Grund zu reden«, widersprach die Profilerin. »Egal, was er tut – auf ihn warten zwanzig Jahre Knast. Wenn er aber loyal bleibt und erklärt, auf eigene Faust gehandelt zu haben, wird Charlie alles dafür tun, dass es ihm im Gefängnis gut geht und ihn *Dunekos* Topanwälte wegen guter Führung vorzeitig rausholen.«

Tol starrte unzufrieden auf den Kugelschreiber, der zwischen seinen Fingern rotierte.

»Stellen wir den beiden eine Falle«, schaltete sich Robert ein.

Sie schauten ihn stirnrunzelnd an.

»Der Film ist unser Köder. Sie haben für ihn schon vier Morde begangen. Auf einen mehr kommt es denen sicher nicht an.«

»Und was schwebt dem Meisterdetektiv da so vor?«, fragte Skieter brummig.

»Ich informiere Charlie, dass Wolfgang mir eine Kopie des Films vermacht hat und ich als sein Erbe den abgemachten Verkaufspreis plus Erbschaftsteuer von ihm kassieren möchte. Er wird Stefane auf mich ansetzen. Und wenn ihr ihn abhört, haben wir ihn.«

»Viel zu gefährlich«, winkte Micky ab.

»Klingt verlockend«, grinste Tol mit einem Seitenblick auf sie. »Aber bei zwei toten Deutschen innerhalb einer Woche gäbe die Tourismuszentrale keine Ruhe, bevor ich nicht zum Streifendienst nach Sibirisch-Limburg verbannt wäre.«

»Wir könnten es etwas anders machen«, überlegte Micky. »In einem Prozess gegen Stefane Bilderberg muss doch der Film als Beweismittel gezeigt werden. Was passiert dann?«

»*Dunekos* großer Kamerun-Deal platzt«, antwortete Patati.

»Genau«, schloss Micky an. »Solange wir Bilderberg jedoch nicht haben, bleibt der Film gut verpackt in unserer Asservatenkammer liegen. Kein Prozess, kein Film. Und kein Stefane, kein Prozess.«

»Wir geben Charlie einen Tipp«, nickte Tol. »Entweder versucht er, seinem Lover zur Flucht zu verhelfen, oder er schaltet ihn aus. Das heißt, wir kriegen ihn wenigstens wegen Strafvereitelung oder Mordversuchs dran. Und vielleicht packt Stefane dann aus.«

Eine Stunde später konnte die Aktion beginnen. Tols Leute hatten die Aufenthaltsorte der drei Zielpersonen ermittelt. De Kooning saß in seiner Villa und polierte vermutlich seinen schönen Ritterorden. Van Stutten und Bilderberg hielten sich in der *Duneko*-Zentrale auf. Für jeden von ihnen wurde ein Observationsteam abgestellt. Die Technikabteilung hatte alle bekannten Telefonanschlüsse Charlies angezapft.

Währenddessen hatte sich Skieter mit Mickys Hilfe auf eine Rolle vorbereitet, die einem Metropolenkommissar eine geradezu unmenschliche schauspielerische Leistung abverlangte: Er würde für van Stutten den tumben Dorfpolizisten geben. An einem Ort, wie Tol dem *Duneko*-Chef am Telefon verschwörerisch leise mitteilte, an dem man unbeobachtet reden könne.

Sie verließen das Präsidium und stiegen in den schwarzen Alfa. Micky und Robert saßen auf den vorderen Sitzen, Tol machte es sich dahinter bequem. Über Funk meldete sich das Team, das van Stutten beobachtete, und kündigte an, dass auch er unterwegs war. Unweit vom Rembrandtpark stieg Tol aus und ging den restlichen Weg bis zum Treffpunkt zu Fuß.

Als er zurückkehrte, grinste er selbstzufrieden.

»Deinem Gesicht nach zu urteilen, hat er's gefressen«, sagte Micky.

»Ich hab es gemacht wie Tom Hanks als Forrest Gump«, erklärte der Hoofdinspecteur und ließ sich gut gelaunt auf die Rückbank fallen.

Immerhin hat er sich nicht mit Brad Pitt verglichen, dachte Robert.

»Ich habe ihm aufrichtig naiv gesagt, dass unsere oberste Führung kein Interesse daran hat, einen durch die Hand des Ministerpräsidenten ausgezeichneten Unternehmer wegen alter Geschichten an die Schmutzpresse auszuliefern und damit die Außenhandelsinteressen unseres Landes zu gefährden. Aber dass ich jetzt gar nicht anders könne, als seinen Mitarbeiter Stefane Bilderberg zu verhaften, weil die Beweise so erdrückend seien. Und dass dann auch dieser Film nicht mehr unter Verschluss gehalten werden könne.«

»Und wie hat er reagiert?«

»Er war genauso aufrichtig wie ich und hat sich zutiefst erschüttert gezeigt, dass sein Sicherheitschef beim Firmenschutz offenbar jedes Maß verloren hat. Hat sich dann scheinheilig nach dem Inhalt des Films erkundigt und ob wir etwa annähmen, der arme Ruud hätte mit der Sache etwas zu tun.«

»Du hast ihn natürlich beruhigen können.« Micky lächelte.

»Natürlich. Er hat dann die Theorie aufgestellt, dass die unglückliche Anneke Ke Stefane über den Diebstahl des Films informiert haben muss und er aus unnötiger Sorge um das Kamerun-Geschäft den Mord begangen habe.«

»Wieso unnötige Sorge?«, fragte Robert.

»Auf genau die Frage hatte der gute alte Charlie gehofft, und ich habe ihm den Gefallen getan. De Kooning habe ihm erzählt, dass er mit Präsident Biya schon vor Jahren ein klärendes Gespräch über eventuell missverständliche Aktivitäten während des Putsches geführt habe. Und dass man sich auf einer gut gepolsterten Dollar-Grundlage geeinigt habe. Allerdings sei das lange vor Stefanes Eintritt bei *Duneko* gewesen, sodass er davon nichts hätte wissen können.«

»Missverständliche Aktivitäten. Das hört sich angesichts dieser Arschlöcher gar nicht so unplausibel an«, sagte Patati, während er die Temperatur der Klimaanlage herunterregelte.

»Leider konnte mir Charlie keinen Tipp geben, wo sich Stefane gerade aufhält. Aber er ruft mich sofort an, wenn er es herausbekommen hat, versprochen ist versprochen.«

Skieter wollte zwischen den Sitzen nach dem Funkgerät greifen, aber die Armlänge reichte nicht. Er sah etwas unglücklich aus.

Robert schaute in das Gesicht, das sich so nah zwischen seinen und Mickys Kopf geschoben hatte. »Tauschen wir die Plätze«, schlug er großzügig vor.

Skieter nickte überrascht und begann Robert zu duzen. »Du bist keiner von diesen Deutschen, die nachts aufstehen, um die Sonnenliegen am Pool mit Handtüchern zu reservieren, was?«

»Nein, ich bin einer von denen, die sich am Strand in unbezwingbaren Sandburgen legen«, antwortete Robert grinsend und stieg aus.

»Van Stutten ist wieder in der *Duneko*-Zentrale«, kam es aus dem Lautsprecher des Funkgeräts.

»Fahren wir dorthin«, schlug Tol vor.

Sie standen nicht lange am Straßenrand, als Stefane Bilderbergs orangemetallicfarbener Porsche Cayenne aus der Ausfahrt des Firmengeländes herausschoss. Mit einigem Abstand folgte ein silberner Ford Focus.

»Ein ungleiches Rennen«, meinte Robert.

»Darum haben die Jungs dem Porsche auch einen Sender spendiert.«

»Bei uns geht's weiter«, meldete auch das Van-Stutten-Team.

»Wir hängen uns dran«, ordnete der Hoofdinspecteur an. Der *Duneko*-Chef fuhr Richtung Schiphol.

Tol rief in seiner Abteilung an. »Findet heraus, ob auf Schiphol ein Jet unter den Namen *Duneko* oder van Stutten läuft. Und wenn ja, ob für heute Mittag ein Flug angemeldet wurde. Wenn nicht, durchforstet Ihr die Passagierlisten für alle Flüge in den nächsten zwei Stunden. Ja, ich weiß, was das bedeutet.«

Als sie das Flughafengelände erreichten, klingelte Tols Handy.

»Gute Arbeit«, sagte er nach kurzem Schweigen und legte auf. »Er fliegt mit dem Firmenjet nach Genf. Der Flug wurde kurzfristig angemeldet.«

»Ein Besuch bei Biya, um das zu machen, was sein Vorgänger angeblich schon tat: *Duneko* von de Koonings Sünden freikaufen«, meinte Robert.

»Wenn er nicht alles übers Handy ausplaudert, werden wir nie erfahren, was er da macht. Zeit, einen Gefallen einzulösen.« Tol drückte eine Taste seines Mobiltelefons, während Micky an der Abflughalle hielt.

»Hoi, Albert. Alles gut? – Ja, doch, ziemlich. Aber ich brauche deine Hilfe. – Komm, du wusstest, dass du eines Tages dafür bezahlen musst«, Tol lachte laut. »Wie steht ihr mit den Schweizern? – Das ist gut.« Er stieg aus dem Wagen und ging in das Gebäude, um dem Fluglärm zu entkommen.

Als er endlich zurückkehrte, hatte er Kaffee und Kuchen bei sich.

»Wer stand so tief in deiner Schuld, dass du jetzt so spendabel sein kannst?«, fragte Micky.

»Ein Bursche vom AIVD. Ich habe mal seinen Jungen aus einer Sache herausgehauen. Er stellt für uns einen Kontakt zum Schweizer Nachrichtendienst her. Der hat Biya sowieso im Blick. Wenn ein Staatspräsident seine Geschäfte im Ausland führt, ist das eine sprudelnde Informationsquelle, die man gerne anzapft. Albert ruft mich an, sobald es Nachrichten gibt. Klar ist aber schon, dass van Stutten auf dem Genfer Flughafen für fünfzehn Uhr einen Start-Slot mit Ziel Schiphol reserviert hat.«

Tol teilte das auch dem Observationsteam mit und gab ihm bis zur Rückflugzeit frei. Dann funkte er die Schatten des *Duneko*-Sicherheitschefs an. »Hey Jos, was macht Bilderberg?«

»Er ist langsam an seinem Appartement vorbeigefahren und hat unsere Jungs gesehen. Sie haben sich aber auch viel Mühe gegeben, aufzufallen. Seitdem ist unser Mann shoppen. Bereitet sich anscheinend auf eine große Reise vor und kauft die P. C. Hooftstraat leer. Drei Herrenausstatter, ein Sportbekleidungsgeschäft, ein Ledergeschäft mit Reisetaschen und so weiter. Jetzt ist er seit zwanzig Minuten bei Cartier.«

»Okay, schön dranbleiben. Wir fahren zu seiner Wohnung.«

In Stefane Bilderbergs Appartement war die Spurensicherung beinahe fertig.

»Wir müssen noch sein Laptop knacken, aber im Augenblick kann ich nur sagen, er hat sein Geschäft verdammt akkurat betrieben. Wir haben nichts Verdächtiges gefunden. Fast nichts.« Der Ermittler hielt nicht ohne Stolz einen Plastikbeutel hoch, in dem ein anthrazitfarbenes Präzisionsinstrument lag.

»Was ist das?«, fragte Tol.

»Ein *tactical light* würde ich sagen.«

»Du meinst eine Taschenlampe. Und?«

»Diese ›Taschenlampe‹«, er zog mitleidig die Augenbrauen hoch, »ist ein Spezialzubehörteil für einen *Brügger & Thomet*-Granatwerfer.«

»Die Tatwaffe von der Brantasgracht?«

»Ganz genau. Sie benötigten um diese Uhrzeit kein Zusatzlicht. Ich vermute, sie haben es darum gar nicht erst anmontiert. Und dann konnte sich unser Supersoldat von dem kostbaren Stück wohl nicht trennen. Ich kann's verstehen.« Er hob den Beutel noch einmal vor seine Augen. »Wirklich ein schönes Teil.«

»Ihr Techniker habt seltsame Vorlieben. Taschenlampen …«, grinste Tol.

Während Skieter noch ein paar Witzchen mit den Spusis austauschte, sahen sich Robert und Micky in Stefanes Wohnung um. Die Einrichtung sah aus wie in einem Bericht in *Schöner wohnen.* Die Möbel waren aus edlem Material gefertigt, dezent gesetzte Farbtupfer-Accessoires dienten als Blickfänger in einem kühlen und teuren Ambiente. Dem Bewohner war ein Wissen um den herrschenden Geschmack nicht abzusprechen, aber Individualität und Charakter waren hier nicht zu finden.

»Wie machen diese Leute es bloß, dass es bei ihnen immer so aussieht, als würden sie da gar nicht leben?«, wunderte sich Robert.

»Sie leisten sich eine Putzfrau. Und sie haben anders als du nicht genug Bücher und CDs, um sie überall herumliegen zu lassen. In diesem Fall wird die Wohnung aber einfach nur wenig genutzt worden sein. Bilderberg soll die Wochenenden überwiegend in van Stuttens Villa in Schaarsbergen verbracht haben.«

Zurück im Auto fragte Skieter wieder seine Teams ab. Bei de Kooning war immer noch alles ruhig.

»Jos? Was macht Bilderberg? Immer noch einkaufen?«

»Er ist gerade auf die A 9 Richtung Alkmaar aufgefahren. Wir melden uns.«

»Wir fahren nicht ins Präsidium«, dachte Tol laut. »Falls die Kollegen uns brauchen, sind wir hier schneller auf der

Autobahn. Und in zwei Stunden müssen wir sowieso wieder in Schiphol sein.«

Robert und Micky nickten.

»Wenn du in die Stadt willst, fährt übrigens nicht weit von hier ein Bus«, meinte Skieter zu Patati.

»Never change a winning team. Ich bleibe bei euch.« Robert ignorierte den überraschten Blick des Hoofdinspecteurs.

»Er ist jetzt auf der A 22«, kam Jos' Stimme aus dem Lautsprecher.

»IJmuiden«, stellte Tol fest. »Jos, er wird seine Einkäufe auf van Stuttens Yacht bringen. Haltet genug Abstand, okay? Und informiert die Wasserschutzpolizei für den Fall, dass er mit dem Boot fliehen will. Aber ich glaube eigentlich nicht, dass er alleine abhauen wird.«

Eine Dreiviertelstunde später funkte Jos wieder. »Du hattest recht, Tol. Er hat seinen Kram auf der *Sebastian* verstaut und ist wieder weggefahren. Jetzt sitzt er im *El Puerto* im Vissershaven und wird sicher etwas ziemlich Leckeres essen.«

»Euch knurrt der Magen, was? Durchhalten, Jos.«

Skieter sah auf die Uhr. »Ich weiß ja nicht, was ihr so vorhabt«, wandte er sich an seine Begleiter, »aber ich werde jetzt ein kleines Nickerchen machen. Könnte heute später werden.« Er drehte den Sitz ein wenig nach hinten und schloss die Augen.

Micky und Robert verließen den Wagen und setzten sich unter einen Baum. Sie schlug ein zerfleddertes Taschenbuch auf und begann zu lesen, während er es Tol nachmachte und schnell in einen leichten Schlaf fiel.

Gegen fünfzehn Uhr klingelte Skieters Handy. Während er telefonierte, winkte er hastig nach den beiden. Micky weckte Robert unsanft. »Du schnarchst«, warf sie ihm vor.

»Weil du so laut umblätterst«, gab er mürrisch zurück.

Sie liefen zum Auto und hörten zu, wie Tol offenkundig spannende Nachrichten kommentierte.

»Ist ja sagenhaft. Besten Dank, Albert. Ja, wir sind definitiv quitt«, beendete er das Telefonat.

Er rief das Van-Stutten-Team an. »Der Schweizer Geheimdienst hat in Genf ein Telefonat abgehört. Die Details kriegen wir später, aber zu neunundneunzig Prozent wird Charlie direkt nach IJmuiden fahren. Sobald er IJmuiden-West erreicht, könnt ihr Feierabend machen. Wir übernehmen ihn dann am *Marina Seaport.*«

Beinahe die wortgleiche Anweisung erhielt das Observationsteam, das vor Ruud de Koonings Villa stand. Nur Jos und sein Partner sollten sich in IJmuiden weiter zur Verfügung halten, auch wenn Stefane Bilderberg wieder zum Yachthafen zurückführe.

»Bitte einzusteigen«, forderte er Patati und Spijker auf. »Wir machen einen Ausflug an die See.«

IJmuiden war nicht gerade erste Wahl, wenn es um Urlaub an der Nordsee ging. Das Problem, an dem vermutlich täglich Touristikerköpfe zerbrachen, lag jenseits des Ortes auf der anderen Seite des Nordseekanals. Über siebenhundertfünfzig Hektar hinweg erstreckten sich dort die *Corus Stahlwerke* mit allem, was die Schwerindustrie an Fabriktypen aufzubieten wusste.

Skieter war den Kanal entlanggefahren. Nachdem er unterwegs mit Küstenwache und KLPD-Zentrale telefoniert hatte, wollte er jetzt noch letzte Absprachen mit dem diensthabenden Polizisten auf dem Patrouillenboot *P 42* treffen. Er parkte am Kai und lief zum Liegeplatz des Bootes unweit der großen Schleuse.

Auch Robert stieg aus. Er schaute über das Wasser. Die heftig rauchenden Schlote, lodernden Fackeln und überdimensionalen Fabrikgebäude ließen in ihm verschüttete Kindheitserinnerungen aufsteigen. Der Rhein in den Sechzigerjahren, Industrie unter Dunstglocken, der Fluss eine

Brühe. Der Vater verbot ihm, die Zehen hineinzustecken. »Die werden dir weggeätzt.« Auch wenn es heute sehr viel besser war. Das da drüben war alles andere als ein Kurort.

»Der Kollege wird im Haringshaven vor Anker gehen«, berichtete Tol nach seiner Rückkehr. »Dann muss er nicht erst noch durch die Schleuse, wenn wir ihn brauchen. Und wir sind mit dem Auto innerhalb von ein paar Minuten am Boot.«

Er fuhr die Kanaalstraat ein Stück zurück und dann am Ortsrand entlang zum Hafen. Als sie die großen Lagerhallen an den Piers passiert hatten, entdeckte Robert rechts und links in den Dünen Bunkeranlagen. Auf einem stand in großen Lettern *Museum.*

»Da, die Vorgängermodelle eurer Sandburgen«, sagte Skieter und wies auf die Reste des deutschen Atlantikwalls.

»Ihr habt das Beste draus gemacht«, erwiderte Robert kurz.

Tol ließ den überfüllten Strandparkplatz links liegen und fuhr über den Boulevard direkt auf den Yachthafen zu. An der Schranke drückte er auf den Knopf für die Anmeldung.

»Hoofdinspecteur Skieter von der Amsterdamer Polizei. Öffnen Sie die Schranke. Wir sind im Einsatz.«

Ein höhnisches »Haha« kam aus dem Lautsprecher. »Und ich bin die Wiedergeburt von Rinus Michels. Darum kann ich's nicht leiden, verkaspert zu werden. Ohne Berechtigungsschein kommst du hier nicht rein.«

Tol hob genervt die Hände zum Himmel und verließ den Wagen. Als er aus dem Gebäude zurückkehrte, war die Schranke schon oben.

Sie arbeiteten sich im Schritttempo durch die zahlreichen umherflanierenden Schaulustigen und Skipper bis zu den Parkplätzen am *Seaport Beach Resort* vor. Skieter fand ganz weit hinten einen Platz, der einen halbwegs guten Blick auf die Anlegestelle für die großen seegängigen Yachten erlaubte, an der auch die *Sebastian* festgemacht war. Er stellte den Motor ab und legte ein Fernglas bereit.

»Ein Urlaubsparadies aus einem Guss«, spöttelte Robert, während er durch die Rückscheibe auf die Betongebäude sah, die schnurgerade um das Hafenbecken aufgereiht standen: ein Hotel, Cafés und Restaurants, eine Spielbank, Geschäfte und Appartements.

»Haben wir euch Deutschen ebenso zu verdanken wie die Bunker. Indirekt jedenfalls«, antwortete Skieter vergrätzt, der offenkundig immer noch sauer über den Knaben am Empfang war.

»Deutsche Investoren?«, fragte Patati.

»Nein. Aber dass der Projektentwickler sich ein irres Immobilienimperium aufbauen konnte, hat auch mit seinem Familienerbe zu tun. Und das verdankte er dem Verkauf von Tarnfarben im Krieg an die Deutschen. Die Gewinne haben sie in Immobilien angelegt, manchmal von Juden, die ihr vergast habt. Also, eure Finger stecken bis heute tief drin.«

Patati spürte, wie sein Blutdruck hochschnellte. »Ein schönes Beispiel, Tol. Gestern Abend las ich noch, dass in Amsterdam gerade mal sechzig deutsche Polizisten nötig waren, um hunderttausend Juden nach Auschwitz zu deportieren. Und weißt du auch warum? Weil der Großteil deiner edlen Vorgänger im Polizeidienst supereifrig mitgemacht hat. Sie brauchten noch nicht mal mehr SS-Leute als Aufpasser. So verlässlich waren sie. Sie brachten sogar Landsleute mit, die gar nicht auf den Listen standen. So verdammt deutsch waren deine Amsterdamer Polizistenkollegen.«

Skieter drehte sich mit hochrotem Kopf zu Robert um. »Erst setzt ihr uns die Maschinenpistole auf die Brust und dann wagt ihr es, uns mangelnden Widerstand vorzuwerfen?«

»Hey, hey, Jungs, kommt bitte mal runter. Der Krieg ist lange vorbei!« Micky hob beruhigend die Hände.

»Hör zu, Tol Skieter. Ich werde nie vergessen, dass ich ein Nachkomme der Mörder bin und dass die Wunden in den Familien der Opfer noch lange schmerzen werden. Aber ich habe euch keine Maschinenpistole auf die Brust gesetzt und ich werfe auch keinem vor, wenn er tat, wozu er gezwungen wurde.«

»Ach, und was wolltest du dann mit deinem Drecksvorwurf sagen?«

»Dass mir deine beschissene Selbstgerechtigkeit auf die Nerven geht. Deine Kollegen damals, die kollaborierten oder einfach nur versuchten durchzukommen, die hatten ähnlich viel oder wenig Chancen zur Gegenwehr wie Deutsche, die keine Nazis waren. Ich weiß nicht, ob ich ein duckmäusernder Mitläufer gewesen wäre oder einer von den wenigen Aufrechten in meinem Volk. Aber du, mein Lieber, du weißt verdammt noch mal auch nicht, was du getan hättest. Also hör endlich auf, dich als besserer Mensch aufzuspielen, bloß weil du zweihundertfünfzig Kilometer weiter im Westen geboren wurdest als ich.« Robert drückte die Tür so heftig auf, dass die Scharniere knackten.

»Wo willst du hin, Mann?«, fragte Tol mehr verdutzt als wütend.

»In die Dünen, Nazilieder singen.« Patati stapfte zornig durch den Sand Richtung Meer.

»Würdest du bitte deinen empfindlichen Muff einfangen, ehe er alles verdirbt?«, fragte Skieter.

»Der Einzige, der gerade dabei ist, etwas zu verderben, bist du. Ich bin hier, um einen Mörder zu fangen, nicht um deine Mutter zu ersetzen«, sagte Micky scharf. »Bring es selbst in Ordnung!«

Tol stöhnte auf und verließ den Wagen. Sie sah durch den Rückspiegel, dass er nicht Robert folgte, sondern den Boulevard entlanglief. Zwanzig Minuten später kam er mit einer gut gefüllten Plastiktüte zurück, reichte Micky einen Kaffee durchs Fenster und ging in die Dünen.

Robert bemerkte ihn erst, als neben ihm eine kleine Sandlawine abging und vor seinem Gesicht ein Sandwich erschien.

»Liebe geht durch den Magen«, erklärte Tol, setzte sich, nachdem Patati das Brot genommen hatte, neben ihn und drückte einen Kaffeebecher in den Sand. »Den müssen wir uns teilen. Wenn du willst.«

Sie saßen eine Weile da und kauten still auf dem pappigen Weißbrot herum.

»Schönen Ausblick haben die«, wies Robert auf den Appartementkomplex mit dem Charme eines Ärztezentrums. »Aber was machen die, wenn eine Sturmflut kommt? Oder der Klimawandel zuschlägt?«

»Im besten Fall schwimmen.«

Robert lachte.

»Mittlerweile wird so ein Bau außerhalb der Deiche kaum noch erlaubt«, fuhr Tol fort. »Aber Tourismus bringt Geld. Alle verdienen: Investoren, Gemeinden, Käufer. Aber die Zeche zahlt der Staat. Denn hinterher muss er den Küstenschutz für Millionen Euro verstärken.«

Robert nahm einen Schluck Kaffee und reichte den Becher an Tol weiter. »Die Leute wollen immer mehr haben, aber immer weniger Verantwortung übernehmen. Irgendein anderer muss schuld sein, wenn was schiefgeht. Normal ist heute nicht mehr, dass du vom Ast erschlagen wirst, wenn du bei Sturm durch den Wald spazierst, sondern dass deine Erben hinterher den Waldbesitzer verklagen.«

»Was ich immer sage. Die Hälfte der Gesetze existiert nur, weil die Leute gegen das Leben versichert sein wollen.«

»Hört mal, Jungs, ist ja schön, dass ihr wieder lieb zueinander seid, aber plaudern könnt ihr später noch genug.« Micky stand hinter ihnen. »Das Van-Stutten-Team hat sich gemeldet. Er ist auf dem Weg. Und er hat mit Ruud de Kooning telefoniert. Es ging um irgendwelche Finanzfragen. Sie haben verabredet, die Details auf der *Sebastian* zu besprechen. Also, auf Position.«

Warten war eine undankbare Aufgabe. Nachdem Ruud de Kooning eine Viertelstunde nach Charlie van Stutten eingetroffen war, waren beide sofort unter Deck verschwunden. Seitdem tat sich nichts auf der Yacht.

Der sanfte Übergang von einem fantastischen Badenachmittag in einen milden Abend tat sein Übriges, um im Auto für trübe Stimmung zu sorgen. Gelächter, Gläserklirren, angeregte Gespräche, das Flanieren frisch geduschter und sportlich-elegant gekleideter sonnengebräunter Menschen, Lichterketten auf den Booten – da draußen feierte das Leben sich und den Sommer, während die drei im dunklen Innenraum des schwarzen Alfas hockten.

Der Falkner, der seinen Raubvogel über dem Hafen kreisen ließ, um die kackenden Möwen von den teuren Yachten fernzuhalten, hatte bei Einbruch der Dämmerung seinen Platz für einen Feuerschlucker geräumt, der nun nah bei der *Sebastian* seine Kunststücke zeigte. Eine Schar von Urlaubern stand um ihn herum und verdeckte immer wieder den Blick auf van Stuttens Schiff. Tol fluchte leise.

Über Funk meldete Jos Werst das baldige Eintreffen Bilderbergs. Kaum hatten sie ihn im regen Betrieb auf dem Boulevard entdeckt, war er auch schon im Innenraum der Yacht verschwunden.

»Wenn wir da wenigstens eine Wanze hätten«, meinte Robert.

Tol winkte ab. »Egal was sie schwätzen, unsere Zeit kommt.«

Sie kam, als die Nacht schon tiefschwarz war und die meisten Feriengäste in ihren Betten lagen. Robert war eingenickt und auch Micky war Tols Aufforderung gefolgt, ein wenig Kraft zu schöpfen. Das Telefon weckte sie.

»Es geht los«, sagte Skieter. »Die Küstenwache hat einen Funkspruch an die *Sebastian* abgefangen. Charlie hat jetzt Treffzeit und Koordinaten.«

Wenig später erschien Bilderberg an Deck und holte die Taue ein. Van Stutten stand im Führerhaus und navigierte vorsichtig Richtung Hafenausfahrt. Nur von de Kooning war nichts zu sehen.

Micky informierte das Patrouillenboot, auf dem sich Jos mit seinem Partner bereits eingefunden hatte. Als die Yacht weit genug entfernt war, startete Tol den Motor.

Auf der *P 42* zeigte der maritime Kollege Hendrik auf einen Punkt in der Radaranzeige. »Das ist die *Sebastian.* Und das dort hinten, das ist das kamerunische Containerschiff *Confiance.*«

Die See hatte eine sommerliche Verschnaufpause eingelegt. Das Patrouillenboot durchschnitt ruhig den leichten Wellengang. Je weiter sie sich von der Küste entfernten, desto klarer trat der Sternenhimmel hervor. Eine schöne Nacht, um eine lange Reise anzutreten.

»Kann van Stutten auf seinem Radar erkennen, dass wir ihn verfolgen?«, fragte Micky.

»Theoretisch ja«, meinte Hendrik, »aber schau: Hier, hier und hier, das sind alles Schiffe, die gerade in der Nähe unterwegs sind und ihm am Heck kleben könnten.«

»Wir bleiben auf Abstand, bis sie ihren Deal erledigt haben«, bekräftigte Tol ihren Plan.

Sie starrten gebannt auf den Bildschirm, wo sich die beiden Punkte, die Hendrik als die Yacht van Stuttens und die *Confiance* identifiziert hatte, einander weiter annäherten. Als sie dicht beieinander lagen, meldete sich das Zollschiff der Küstenwache.

»Die Hochzeitsfeierlichkeiten beginnen«, kam es aus dem Lautsprecher. Robert, Tol und Micky sahen sich mit großen Augen an.

»Die Welt steckt voller Poesie«, meinte Robert.

Tol grinste. »Der Zugriff erfolgt erst, wenn sich die dicke

Braut wieder in Bewegung gesetzt hat und ich mein Jawort gegeben habe«, schickte er zurück.

Je länger sich Robert auf das Radarbild konzentrierte, umso häufiger erlag er einer optischen Täuschung. Die Punkte begannen erst zu flimmern und sich dann zu bewegen. Er schaute in die Schwärze der Nacht. Ein Gefühl von Einsamkeit erfasste ihn. Es zeichnete die Konturen seines Körpers nach und grenzte ihn von allem anderen ab. Irritiert sah er zu Micky hinüber. Das Licht des Radargeräts erhellte ihr Gesicht. Sie schob gerade eine Strähne ihres blonden Haars hinter das Ohr. Eine vertraute Geste, aber es war Robert, als sähe er sie zum ersten Mal. Sein Impuls, nach Mickys Hand zu fassen, verebbte.

Irgendwann hörte er Tol die Taste des Funkgeräts drücken. »Das Brautpaar trennt sich wieder. Bitte bestätigen.«

»Roger«, kam es knapp vom Schiff der Küstenwache zurück.

Der Hoofdinspecteur nickte Hendrik zu. Die *P 42* nahm schnell an Fahrt auf.

»Ahoi, *Visarend.* Dann entert jetzt die Braut. Wir kapern den Bräutigam.« Skieter sah beifallheischend um sich, aber die Anspannung im Team war schon zu groß, um auf sein Witzchen zu reagieren.

Als die *Sebastian* aus dem Dunkel auftauchte, forderte Hendrik den Skipper über Lautsprecher auf, beizudrehen und die Maschinen zu stoppen. Charlie van Stutten folgte der Anweisung ohne Zögern.

Hendriks Männer zogen die *Sebastian* so nah zu sich heran, dass sie hinübersteigen konnten. Keine fünf Minuten später kehrte einer von ihnen zusammen mit van Stutten zurück auf die *P 42*, während der andere mit der Yacht Kurs auf IJmuiden nahm.

»Darf ich fragen, was mir die Ehre verschafft?«, fragte der *Duneko*-Chef höflich lächelnd.

»Selbstverständlich, aber wir sind hier gerade leider zu beschäftigt, um zu antworten. Wenn Sie bitte unten warten würden«, gab Tol Skieter nicht weniger höflich zurück.

»Sie hatten keine Gäste an Bord?«, schaltete sich Micky ein.

»Hatte ich Gäste an Bord?«, wandte sich Charlie dem Polizisten hinter ihm zu, ehe er wieder Micky ansah. »Nein, ich war ganz allein. Dafür habe ich zwei unbestechliche Zeugen. Ihn hier«, er wies nach hinten, »und den dort.« Er zeigte auf die Yacht, die sich bereits ein ganzes Stück entfernt hatte. »Die sind doch unbestechlich? Aber was mich interessiert – wie wollen Sie der Öffentlichkeit erklären, dass niederländische Polizisten jetzt wie somalische Küstenpiraten auf Kaperfahrt gehen?«

»Bring ihn runter.« Skieter wedelte ungeduldig mit der Hand, als vertriebe er eine lästige Fliege.

»Wie man sich so leichtfertig die Zukunft verbauen kann.« Van Stutten seufzte und ging mit den Händen in den Taschen zu einer Metalltreppe, die unter Deck führte.

Hendrik steuerte inzwischen auf die *Confiance* zu. Während des Gesprächs mit van Stutten hatte er den Funkverkehr auf einen Kopfhörer umgeleitet. Jetzt schaltete er wieder den Lautsprecher ein. Robert und Micky hatten Mühe, dem wild hin- und herwechselnden Schlagabtausch zwischen der Küstenwache und dem Transporter zu folgen.

»Es gibt Ärger«, erklärte Hendrik. »Die *Confiance* versucht, die Zwölfmeilenzone zu erreichen.«

»Wie kann man einen solchen Klotz aufhalten?«, fragte Micky.

»Das wirst du gleich live sehen«, antwortete Hendrik und wies auf einige Lichtflecken, die schnell größer wurden.

Als sie ihr Ziel schon deutlich ausmachen konnten, flog ein Helikopter so niedrig über sie hinweg, dass sie wegen des brüllenden Motorengeräuschs unwillkürlich die Köpfe einzogen.

Die *Visarend* versuchte, das kamerunische Schiff zu umfahren, das nun sowohl von See als auch von der Luft aus von starken Scheinwerfern erfasst wurde.

Sie entdeckten zwei Offshore-Schlauchboote, die sich der *Confiance* mit hoher Geschwindigkeit in einer Zangenbewegung näherten. Es war atemberaubend, wie die kleinen Boote, in denen jeweils vier behelmte Männer mit schweren Schutzwesten saßen, über das Meer wischten und mutig auf das große Containerschiff zufuhren. Zwei wendige Davids gegen einen plumpen Goliath.

Auf der *Confiance* rannten einige Männer mit Eisenstangen zu den Stellen, an denen die Schlauchboote beidrehten. Sofort erfasste sie der Scheinwerfer des Helikopters. Über Funk und Megafon kamen Warnungen, dass die Küstenwache von der Schusswaffe Gebrauch machen würde. Die *P 42* war jetzt nahe am Geschehen und hatte den Motor gedrosselt. Robert entdeckte an der geöffneten Ladeluke des Hubschraubers den Lauf eines Maschinengewehrs. Die Warnung wurde wiederholt, der Helikopter sank noch ein wenig tiefer. Die Matrosen suchten ihr Heil in der Flucht. Währenddessen schossen die beiden Teams fast zeitgleich mit großkalibrigen Kurzgewehren Enterhaken über die Reling. Ohne weitere Gefahr von oben kletterten sie in kürzester Zeit über die Seile an Bord. Ihre Waffen im Anschlag sicherten sie einander den Weg bis zur Brücke.

An diesem Punkt meldete der Kapitän der *Confiance* über Funk seine Kapitulation und stoppte die Maschinen. Seine Offiziere und er stellten sich mit erhobenen Händen an die Fenster des Steuerhauses und erwarteten die Männer der Küstenwache.

Zwanzig Minuten später stiegen Micky, Robert, Tol, Jos und zwischen ihnen Charlie van Stutten vom Schlauchboot der *P 42* über eine Strickleiter auf das Containerschiff.

Auf der Brücke erwartete sie der Leiter des Einsatzkommandos. »Wir haben alle Räume, Unterkünfte und den Maschinenraum überprüft. Hier ist keiner der Gesuchten.«

»Das kann nicht sein«, sagte Tol bestürzt.

»Wen suchen Sie denn?«, fragte van Stutten amüsiert.

»Das wissen Sie genau. Sie hätten mir besser Bescheid gegeben, als sich Stefane Bilderberg bei Ihnen meldete.«

»Sind Sie wirklich so blöd zu glauben, dass ich Ihnen meinen Lebensgefährten ausliefere? Kein Staatsanwalt wird mich dafür anklagen.«

»Aber bestimmt dafür, Stefane Bilderberg und Ruud de Kooning auf hoher See ermordet zu haben.«

»Geht es noch ein wenig wirrer?« Van Stutten lachte laut auf, um schlagartig wieder ernst zu werden. »Sie müssen in IJmuiden gepennt haben. Sonst hätten Sie gesehen, dass Ruud de Kooning die *Sebastian* noch vor Einbruch der Nacht verlassen hat. Aber vielleicht hat Ihr Chef ja ein wenig Verständnis für Ihr Versagen. Immerhin herrschte ziemlicher Trubel am *Marina Seaport.* Und dass Stefane gleich hinter dem Hafen an Land geschwommen ist, um Ihre lästigen Schnüffler abzuschütteln«, er spielte mit einem Ring an seinem Finger, »das konnten Sie wirklich nicht mitbekommen.«

Der Einsatzleiter der Küstenwache sah Tol stirnrunzelnd an. »Abbruch?«

Robert hatte die ganze Zeit über Charlie van Stutten anstarren müssen. Wolfgangs Mörder, der Auftraggeber dahinter, der, der den Mord aus Profitgier gebilligt und Wolfgang eiskalt in die Falle gelockt hatte. Mit jedem süffisanten Grinsen und höhnischen Wort des *Duneko*-Chefs wurde die brennende Wut in Patati weiter angefacht. Sein Blick verengte sich immer mehr. Nur noch er und van Stutten. Eine Bewegung, jetzt die befreiende Bewegung, um die Spannung zu lösen, ein für alle Mal zu lösen. Seine Faust stieß unkontrolliert heraus, bohrte sich tief in van Stuttens Magen. Als der Rumpf seines Gegenübers schmerzverkrümmt vornüberklappte, schoss ohne Zögern Patatis Knie nach oben und traf dessen Kinn. Ein zusammenschlagender Kiefer, ein Körper, der nach hinten fiel. Robert sah aus den Augenwinkeln, wie Jos Werst auf ihn zustürzte. Abwehrbereit spannten sich seine Muskeln, aber ein anderer, es war Skieter, hielt den Angreifer zurück. Van Stutten lag vor Schmerz und Zorn schreiend auf dem Boden. Was war das schon gegen Wolfgangs Schmerz? Robert griff nach einer Metallstange, die in einer Halterung an der Wand lag, und stürzte sich auf seinen Gegner. Die Stange, mit beiden Händen gepackt, drückte gegen van Stuttens Hals. Der hatte kein Recht zu schreien, der nicht. Robert spürte den Widerstand des Kehlkopfes und die böse Versuchung, ihn zu brechen. Van Stutten begann zu röcheln.

»Robert! Robert!« Mickys Stimme drang endlich zu ihm durch. »Robert, es ist genug. Du bist anders als die. Hör auf!«, sagte sie ruhig und eindringlich.

Er warf die Stange fort, rollte zur Seite ab und blieb an die Stahlwand gelehnt sitzen, deren Kühle durch sein nass geschwitztes Hemd in den Rücken stieg.

Van Stutten richtete sich ächzend auf. »Dafür wird der Deutsche büßen«, lallte er. Sein Kiefer hatte einiges abbekommen.

»Irrtum, Meneer van Stutten. Dieser Deutsche ist zwar außerordentlich schuldbewusst, aber nicht schuldfähig. Unsere Psychologin hat ein traumatisches Stresssyndrom bei ihm diagnostiziert. Ich bitte um Ihr Verständnis, dass wir deshalb nicht gewaltsam eingreifen durften, solange keine Lebensgefahr für Sie bestand. Sie sind so sensibel, diese Traumatiker«, antwortete Tol gespreizt.

Van Stutten hatte seine Fassung verloren und belferte etwas Unverständliches zurück.

Robert war inzwischen aufgestanden und an die Steueranlage getreten. Sein Blick schweifte über die Container Richtung Horizont.

Skieter hockte sich neben Charlie. »Alles wäre leichter, wenn Sie kooperierten. Ich darf den Verrückten gegen seinen Willen ja nicht einmal entfernen. Ich hasse diese Psychoscheiße. Und die diplomatischen Verwicklungen. Wir Polizisten sind nicht mehr Herr im eigenen Hause. Verstehen Sie?«

Plötzlich löste sich Patati mit einem Ruck von der Steueranlage und trat an die beiden heran. Van Stutten zuckte zusammen und wich zurück. Aber Robert beugte sich nur zu Skieter hinunter und flüsterte ihm etwas ins Ohr.

## 14

Die Übelkeit setzte bei ihr wie üblich erst ein paar Minuten nach dem Anblick der Gewalttätigkeiten ein. Sie versuchte, das Zittern in ihren Beinen zu unterdrücken. Doch ihre Muskeln blieben schlaff und ihr Gesicht wurde trocken und heiß wie unter einer Frisierhaube. Die Geräusche in ihrer Umgebung vermischten sich in einen kakophonischen Mahlstrom.

Micky kannte diese Reaktion. In höchster Anspannung behielt sie einen kühlen Kopf und reagierte mit genau der richtigen Mischung aus energischem Einsatz und Bedächtigkeit. Doch anschließend fühlte sie sich, als hätte sie einen Cocktail aus Tranquilizern geschluckt. An einen Kartenschrank gelehnt holte sie ein paarmal tief Luft. Sie sah Robert an, der seine Selbstbeherrschung wiedergefunden hatte. So hatte sie ihn noch nie erlebt. Sie schloss die Augen bei der Vorstellung, was wohl geschehen wäre, wenn sie nicht eingegriffen hätte. Robert hätte Charlie van Stutten erwürgt, da war sie sich ganz sicher.

Auf der Brücke der *Confiance* herrschte eine unnatürliche

Ruhe. Abgesehen vom Kapitän war die gesamte Mannschaft in die Kombüse ein Deck tiefer gebracht worden. Tol schien nicht recht zu wissen, was er als Nächstes unternehmen sollte. Der Leiter des Sondereinsatzkommandos hatte Charlie van Stutten auf einen Stuhl in der Nähe der Steuereinheit gesetzt. Der *Duneko*-Chef lehnte mit geschlossenen Augen vornüber und atmete röchelnd. Jos stand neben ihm und passte auf ihn auf. Er hatte van Stutten die Hände auf dem Rücken gefesselt.

»Alles okay?« Tol stand auf einmal dicht neben ihr. Er hielt ein Funkgerät in der Hand.

»Ja«, log sie. »Hab nur zu wenig gegessen.«

»Van Stutten weigert sich, zu kooperieren«, sagte Skieter in gedämpftem Ton. »De Kooning und Bilderberg müssen an Bord sein! Wenn sie nicht irgendwo im Meer planschen. Die Kollegen vom SEK befragen momentan die Besatzung, aber die leidet durchweg an einem Anfall akuter Aphasie. Und der Kapitän spricht plötzlich kein Englisch mehr, sobald das Thema auf die beiden Überraschungsgäste kommt. Aber wir können die Aktion jetzt nicht abblasen.«

»Stefane und de Kooning sind zwischen der Ladung untergetaucht«, vermutete Micky. »Etwas anderes ist kaum vorstellbar. Vielleicht in einem der Container? Wie viele das wohl sind?« Sie straffte den Rücken und trat an die Fensterfront. Der Leiter des Einsatzkommandos legte einige Schalter auf dem Steuerpult um. Die Scheinwerfer unter der Brücke flammten auf. Im Flutlicht waren jetzt die Containertürme genauer zu erkennen. Fünfzehn Stück nebeneinander, sechs bis acht Stück übereinander, so weit die Lichtbündel reichten, bis zum Vorderdeck, aber auch hinter ihnen. Es schien, als blickten sie über ein Meer von Hochhäusern.

»Das sind Hunderte«, stellte Tol fest. »Wir können sie unmöglich alle durchsuchen. Es würde tagelang dauern.

Außerdem müssten wir zurück nach Rotterdam ins Terminal, und wenn wir dann nichts finden, haben wir gigantische Schadensersatzforderungen am Hals.«

»Die Ladepapiere«, schlug Micky vor. »Vielleicht helfen die uns weiter.«

Tol Skieter ging zum Kapitän, der sich hinter einem Radarschirm in der äußersten Ecke des Cockpits verschanzt hatte. Wahrscheinlich erlebte er zum ersten Mal, dass sein Schiff von einem vermummten Einsatzkommando geentert wurde und er anschließend den Befehl einem mageren Kerl mit buntscheckigen Haaren, einer offenbar schwer seekranken Frau und einem übergeschnappten Deutschen in Zivil übergeben musste. Doch er hatte offenbar beschlossen, seine Position beherzt zurückzuerobern, denn als Tol Skieter die Frachtdokumente forderte, wollte er wissen, welches Gesetz ihn dazu berechtige.

»Tol's law!«, antwortete Skieter freundlich. Er zog ein Paar Handschellen hervor und hielt sie klirrend hoch. »Izze strong law.«

Der Kapitän warf ihm einen giftigen Blick zu, aber er stand auf, öffnete einen der kleinen Schränke unter dem Steuerpult und übergab Skieter zwei Ordner mit Dokumenten. Anschließend drehte er sich demonstrativ um und nahm seinen Platz am Radarschirm wieder ein.

»Unser deutscher Freund hat eine Idee«, flüsterte Skieter Micky zu. »Also, wir können davon ausgehen, dass Charlie seinen Freund an Bord gebracht hat, um ihm zur Flucht zu verhelfen. Stefane hält sich hier irgendwo in diesem Baukastenspiel verborgen. Was de Kooning auf dem Schiff zu suchen hat, ist mir bisher schleierhaft. Aber es muss ein Versteck geben, in dem sie sich bis zum Verlassen der Zwölfmeilenzone verbergen sollten. Robert glaubt, dass Charlie die beiden in ihren Unterschlupf gebracht hat, denn er wollte sich natürlich von Stefane verabschieden.«

Robert gesellte sich zu ihnen. »Ein Hotel mit tausend Zimmern«, sagte er. »Micky, van Stutten stinkt.«

»Ach ja?«, antwortete sie matt.

»Ja. Ich habe ihn kaum berührt, aber hier.« Robert hob die Hände. Sie zitterten leicht, stellte Micky fest, und sie waren schmutzig. Für einen Moment blickte sie Robert in die Augen. Er hatte sich wieder unter Kontrolle, war ganz ruhig. »Riech mal.«

Sie nahm seine Hand und schnüffelte an der Handfläche. Ein leichter Geruch nach Eisen, Schmieröl und etwas Muffigem ... Genau wie sie hatte er sich an der Schiffswand festgehalten, an der rostigen Reling und an der Strickleiter. Aber sie roch noch etwas anderes – den fettigen Geruch von Tierfellen. Sie musterte van Stuttens Kleidung. Er trug eine weiße Hose, ein gestreiftes Baumwollhemd und einen leichten Schal.

»Van Stutten stinkt nach totem Tier«, sagte Robert. »Nach Schafshäuten oder etwas Ähnlichem. Ich habe es gerochen, als ich auf ihm lag.«

»Könnten es die Lederbezüge auf der *Sebastian* sein?«

»Nein, es riecht strenger.«

Tol ging auf van Stutten zu und zerrte ihn hoch.

»He, was soll das?«, rief er.

Jos Werst hielt Charlie fest, während Tol ihm den Schal vom Hals wickelte. Er hielt ihn unter die Nase, während er zu Robert und Micky zurückkehrte.

»Schlachtabfälle«, stellte er fest.

Micky nahm den Schal und schnupperte ebenfalls daran.

»Kühe«, meinte sie. »Unverkennbar.«

Tol Skieter schlug einen der Ordner auf und begann, ihn durchzublättern. Den anderen reichte er Micky. Gespannt ging sie die Beschreibungen der Containerfrachten durch, begleitet von Angaben über Herkunftsland, Mengen und Containernummern.

Auf der Brücke trat Stille ein. Nur der Leiter des Sondereinsatzkommandos redete leise in sein Headset. Dann wandte er sich Skieter zu.

»Wie soll's jetzt weitergehen?«, fragte er. »Können wir noch mit einem Einsatz rechnen?«

Skieter zeigte auf Charlie.

»Er hat unsere Flüchtigen in einem Container versteckt, in dem Häute transportiert werden«, erklärte Tol. »Und nach dem suchen wir gerade.«

»Dann geht es um die Container auf Deck«, antwortete der Leiter des Einsatzkommandos. »Nicht giftige Ladung wird als Deckfracht transportiert.«

Rasch blätterte Micky weiter und überflog die Seiten. »Wo könnten die Häute herstammen?«, fragte sie sich laut und beantwortete sich ihre Frage selbst, als sie auf einem der Dokumente eine kleine, hellblau gestreifte Flagge entdeckte.

»Hier! Argentinien!« Sie zog das Blatt aus dem Ordner. »Schaut, achthundert präparierte Kuhfelle. Im Container BACI 041050 1.« Sie hielt das Blatt hoch.

»Da ist einer, aber vielleicht gibt es noch mehr«, gab Skieter zu bedenken.

»Warte, wir können das schneller herausfinden«, sagte Micky. »Die Argentinier sind so verdammt chauvinistisch, dass sie alles und jedes mit ihrer Flagge versehen.«

»Nicht nur die Ladepapiere, sondern auch die Container«, sagte der Chef des Sondereinsatzkommandos. »Ich habe schon ein paar gesehen!« Er ging ans Fenster und blickte mit einem Fernglas hinaus.

»Ich hoffe für die beiden, dass die Container nicht mit Brommethan begast worden sind«, bemerkte Jos. »Heutzutage sprüht man die Container mit Giftgas aus, um alles zu töten, was unterwegs die Ladung anknabbern könnte. Insekten, Schimmelpilze, Maden – alles wird gekillt. Es ist ein Gas, das das zentrale Nervensystem schädigt.«

»Wir suchen nach Containern mit argentinischer Flagge«, sagte der Leiter des Einsatzkommandos in sein Headset. »Wenn ihr einen findet, reißt die Türen auf und fordert die beiden auf, herauszukommen. Wenn ihr sie entdeckt und sie bewegen sich nicht, haltet euch so weit wie möglich von ihnen fern!«

Micky blätterte Seite für Seite um und riss die Blätter mit argentinischer Flagge heraus. Sie kontrollierte, welche Ladung aufgeführt wurde. Währenddessen lotste der Leiter des Einsatzkommandos seine Männer bereits über das Deck zu den ersten Containern, die die Flagge mit den hellblauen Streifen und der fröhlichen Sonne in der Mitte trugen. Ein Container nach dem anderen wurde geöffnet, aber niemand kam herausgekrochen. Der SEK-Chef drehte sich zu Tol Skieter um.

»Das geht zu langsam«, meinte er. »Wir könnten in jeden Container eine Tränengasgranate werfen, um sie auszuräuchern.«

»Nein, wartet!«, rief Micky. »Es geht allein um den BACI 041050 1. In den anderen ist Fleisch und Kleidung.«

Sie ging zum Kapitän. »Wir wollen den Container BACI 041050 1«, sagte sie auf Englisch zu ihm. »Entweder Sie kooperieren oder wir verhaften Sie wegen Menschenschmuggels.«

Skieter hielt erneut die Handschellen hoch. Der Kapitän zuckte die Achseln, doch sein Blick huschte über Mickys Schulter hinweg. Widerwillig wies er mit dem Kinn auf die Ladung draußen. Micky sah sich um. Direkt hinter ihnen, auf Augenhöhe, stand auf dem Achterdeck ein Container mit argentinischer Flagge.

»Wie gesellig! Sie haben ihre Gäste in unmittelbarer Nähe untergebracht«, sagte Tol Skieter. Er rannte hinaus auf den Balkon, gefolgt von Jos und Micky.

Robert zeigte auf einen Schlitz in den Türen. »Sie konnten

uns die ganze Zeit beobachten«, sagte er. »Wahrscheinlich sehen sie uns auch jetzt.«

»Dann wissen sie, dass es keinen Ausweg mehr gibt.«

Ein paar Sekunden lang starrten sie die Wand aus gewelltem Stahl an, nicht mehr als zwei Meter entfernt, aber durch einen Abgrund von mindestens fünfzehn Metern Tiefe und fünf Metern Breite von ihnen getrennt.

»Was steht auf dem Aufkleber neben dem Schloss?«, fragte Micky.

Jos reichte ihr das Fernglas und sie las, dass der Container mit Phosphid behandelt worden war. Im Kleingedruckten stand, wie man sich beim Öffnen des Containers zu verhalten hatte.

Micky zuckte zusammen, als neben ihr eine metallische Stimme ertönte. Der Kapitän hatte erkannt, dass ihm keine andere Wahl blieb, als mitzuarbeiten, und forderte seine Passagiere auf, die Türen zu öffnen.

»Wenn sie noch leben!«, flüsterte Micky Robert zu.

Nichts geschah.

Der Kapitän richtete einen Scheinwerfer auf den Container und wiederholte seine Aufforderung. Micky hörte nur, wie der Wind an den Stahlkabeln entlangpfiff, mit denen die Container gesichert waren.

Erst nach der dritten Aufforderung bewegte sich eine der Türen.

De Kooning saß auf einem Stapel von Häuten, den Kopf zwischen den Knien. Stefane stand breitbeinig aufrecht. Er schwankte und hielt eine Hand vor die Augen, um sich vor dem grellen Scheinwerferlicht zu schützen. Sein Gesicht war so weiß wie seine Seemannshose.

Minutenlang standen sie einander gegenüber, bis der Leiter des Einsatzkommandos eine Laufplanke zum Container hinüberschob.

In dem Moment waren auch seine Männer über Leitern zu

dem offen stehenden Container emporgeklommen. Nachdem Stefane Bilderberg und Ruud de Koning herausgewankt waren, zwangen die Einsatzkräfte die beiden mustergültig, sich mit den Händen auf dem Rücken auf den Bauch zu legen. Innerhalb einer Minute waren beide gefesselt und hatten Kapuzen über dem Kopf. Die Männer blickten hinüber zu ihrem Vorgesetzten und warteten auf weitere Befehle.

»Gute Arbeit, Männer«, sagte er. »Und jetzt nehmt ihnen die Handschellen wieder ab, damit wir sie so schnell wie möglich in ein Krankenhaus transportieren können.«

»Mit dem Hubschrauber«, fügte Tol Skieter besorgt hinzu. »Bilderberg muss unbedingt überleben.«

»Sie haben Glück gehabt«, sagte Tol. »Die Giftkonzentration war nur noch sehr niedrig.«

Er legte sein Handy auf die Ablage des Alfas und schaute zu den Scheinwerfern eines kleinen Küstenkutters auf dem Nordseekanal hinüber. »Der Container ist in Buenos Aires mit Phosphid begast worden. Das Zeug müsste eigentlich nach drei Tagen abgebaut sein, vor allem in dieser feuchten Umgebung. Aber zwischen den Häuten bleibt immer ein wenig zurück. Unsere Versteckten haben nur geringe Mengen des Gases eingeatmet. Sie fühlen sich zwar momentan nicht so besonders, aber sie sind auf dem Wege der Besserung und werden keine bleibenden Schäden davontragen.«

Unwillkürlich ging Micky vom Gas. Die Nachricht erleichterte sie, und zwar nicht nur deswegen, weil sie alle Protagonisten dieses Falles würden vernehmen können. Es hätte ihr schwer im Magen gelegen, wenn ein Unglück geschehen wäre, weil sie die Männer durch ihr Eingreifen aufgescheucht hatten. Dass van Stutten mit einer nicht näher definierten Verletzung ins Krankenhaus aufgenommen werden musste, war schlimm genug.

»Stefane wurde vorläufig festgenommen und wird rund

um die Uhr bewacht«, fuhr Skieter fort. »Morgen früh wird er aus dem Krankenhaus entlassen und zu uns in den Zellenblock gebracht. Van Stutten wird noch untersucht und de Kooning muss weiter zur Beobachtung bleiben, aber auch er steht unter Bewachung.«

»Habt ihr ihn auch festgenommen?«, fragte Robert.

»Er steht vorläufig noch nicht unter Verdacht, aber wenn Stefane mit offenen Karten spielt, können wir ihn vielleicht wegen Mittäterschaft an einem oder mehreren der Morde belangen.« Tol wandte sich an Micky. »Morgen setze ich ihm die Daumenschrauben an. Ganz offiziell.«

»Richtig, die Amsterdamer Methode. Fällt dir nichts Eleganteres ein, womit du ihn in die Enge treiben kannst?«

»Vielleicht doch. Ein Dokument des Geheimdienstes. Die Transkription des Gesprächs, das van Stutten mit General Joseph Buakka in der Lounge des *Interconti Hotels* in Genf geführt hat. Kommt morgen früh mit der ersten Post. He, Robert, was bist du so still?« Tol drehte den Schminkspiegel des Beifahrersitzes so, dass er Robert im Blick hatte.

»Es ist halb fünf morgens«, grummelte er.

»Du machst dir doch nicht etwa Vorwürfe, weil van Stutten in den nächsten paar Tagen nur flüssige Nahrung zu sich nehmen kann?«

Robert murmelte, sein Mitleid für Charlie sei äußerst begrenzt.

Stefane Bilderberg wurde um neun Uhr vormittags aus dem Krankenhaus entlassen. Er hatte unruhig geschlafen, so stand es in dem Bericht der Nachtschicht, aber Symptome einer Vergiftung konnten nicht festgestellt werden. De Kooning hingegen musste länger bleiben. Er klagte über Übelkeit, hatte Koordinationsprobleme und begann ab und zu ohne Grund zu zittern.

Van Stutten hatte einen ausgerenkten Kiefer, der nur

heilen würde, wenn er den Mund geschlossen hielt. Was Tol Skieter zu der Bemerkung verleitete, dass van Stutten einen teuren Anwalt sparen könne, weil er sich schon allein deshalb auf sein Schweigerecht berufen durfte.

Stefane Bilderberg wurde mit einem Polizeitransporter abgeholt und traf um zwanzig nach neun im Präsidium ein. Micky hatte gerade die erste von einem guten Dutzend Tassen Kaffee in sich hineingeschüttet, das ihr helfen sollte, diesen Tag zu überstehen. Neben ihr stand eine Packung mit Müsliriegeln.

Robert war am Morgen mit ihr aufgestanden und hatte Anstalten gemacht, sie zu den Vernehmungen zu begleiten. Doch sie hatte ihn in der Bloemgracht zurückgelassen mit dem ausdrücklichen Versprechen, ihn anzurufen, sobald es etwas Neues gäbe.

Stefane hatte im Krankenhaus saubere Kleidung erhalten: eine Hose aus den Fünfzigerjahren und ein Hemd, das ihm zwei Nummern zu groß war. Nachdem man ihm Uhr, Portemonnaie und Gürtel abgenommen hatte, wurde er in die Abteilung Tol Skieters gebracht.

Micky hatte einen Vernehmungsplan aufgestellt, der vorsah, dass Tol und Jos gleich zu Anfang ein unverfängliches Gespräch mit Stefane anknüpfen sollten. Danach sollten sie eine Kaffeepause einlegen und ihn anschließend über seine Rolle als Kursleiter im Asylbewerberheim Vreedenburgh befragen. Fragen von Stefane Bilderberg über Charlie und de Kooning sollten sie nicht beantworten. Auch auf Fragen danach, was ihn erwartete, sollten sie nicht eingehen. Die Ankunft des Rechtsanwalts sollten sie so lange wie möglich hinauszögern, mit dem Ziel, den Verdächtigen zu beunruhigen und zu verunsichern. Micky hatte argumentiert, dass Stefane als ehemaliger Soldat ein Teamspieler sei. Deswegen sollten sie ihn jeder Illusion berauben, dass er auf sein altes Team zurückgreifen könne.

»Er muss sich immer kleiner fühlen«, sagte sie. »Aber nicht so klein, dass er sich zu wehren beginnt. Also lasst ihm Pausen, bietet ihm Kaffee an und lasst euch auf keinen Fall auf eine Auseinandersetzung mit ihm ein. Sorgt dafür, dass er euch als sein Team betrachtet. Wenn ihr eine Vereinbarung trefft, haltet euch daran.«

Tol und Jos nickten ohne große Überzeugung.

»Er denkt in den Kategorien ›Verbündete‹ und ›Feinde‹«, fuhr sie fort. »Ihr müsst ihm den Eindruck vermitteln, dass ihr zur ersten Kategorie gehört.«

Tol schien sich noch am meisten an Mickys Erklärungen zu halten. Beim Hereinkommen reichte er dem Verdächtigen die Hand, erkundigte sich, ob er irgendwelche Beschwerden von seinen nächtlichen Abenteuern zurückbehalten habe, und stellte fest, dass es im Leben doch merkwürdig zugehen könne.

»Vor ein paar Tagen waren wir noch in Schaarsbergen Ihre Gäste …«

Stefane nickte schweigend.

»Haben Sie bei der Festnahme irgendwelche Verletzungen erlitten?«, fragte Jos.

Stefane schüttelte den Kopf. Noch immer sagte er kein Wort.

Logisch, dachte Micky. Es war ein wenig ungeschickt gewesen, dem Verdächtigen unter die Nase zu reiben, dass er hier festsaß.

»Sie sind hier, weil wir glauben, dass Sie an einer Reihe von, sagen wir, aufsehenerregenden Zwischenfällen beteiligt waren«, begann Skieter. »Und wir sind gespannt auf Ihre Version der Ereignisse.«

Gut so, dachte Micky, schön vage bleiben.

»Fühlen Sie sich in der Lage, sich mit uns zu unterhalten?«, fragte Tol.

»Im Prinzip schon, aber viel habe ich nicht zu sagen«,

antwortete Stefane. Seine Stimme klang rau, als habe er mit Meerwasser gegurgelt.

*Halt ihn im Gespräch,* chattete Micky.

»Ich verstehe«, sagte Tol nachgiebig. »Wie geht es Ihnen denn jetzt?«

»Prima«, sagte Stefane. »Geben Sie mir mal 'ne Tasse Kaffee.«

»Haben Sie schon gefrühstückt? Sonst bestelle ich belegte Brötchen.«

Stefane deutete mit dem Zeigefinger auf Tol. »Super Idee!«

Tol verließ bereits den Raum.

»Brav!«, sagte Micky laut. »Kumpels unter sich.«

»Schon öfter auf Großer Fahrt gewesen?«, fragte Jos. Er schob einen Kaugummi aus einem Päckchen und bot Stefane auch einen an.

»Nein, kann man nicht sagen«, antwortete Stefane. »Beim Militär sind wir meistens zu unseren Einsätzen geflogen.«

»Wohin sollte die Reise heute Nacht eigentlich gehen?«, fragte Jos.

»Nach Kamerun«, antwortete Stefane.

»Fliegen war der *Duneko* sicher zu teuer?« Jos lachte, als hätte er einen Witz erzählt.

»Sie sind und bleiben Krämerseelen«, bestätigte Stefane. »Sagen Sie mal, was sollte eigentlich der ganze Quatsch mit der Küstenwache und den harten Jungs vom SEK?«

»Ach, Sie wissen doch, wie das ist«, erwiderte Jos. »Irgendwo beschließt irgendjemand, dass mal alle Register gezogen werden sollen. Gönnen Sie den Jungs doch auch mal einen Ausflug.«

Tol kehrte mit einem Tablett zurück. »Nichts für ungut, aber was haben Sie denn nun auf diesem Schiff gemacht?«, fragte Skieter und reichte Stefane einen Becher Kaffee. »Sie wollen mir doch nicht erzählen, dass Sie sich zum Spaß zusammen mit de Kooning in so einem Giftschrank haben einschließen lassen? Die *Confiance* ist ja nun nicht gerade ein Kreuzfahrtschiff.«

»Sorry, Leute«, sagte Stefane. »Kein Kommentar.« Er trank einen Schluck Kaffee.

»Dann greifen Sie doch erst mal zu«, sagte Skieter, als habe Stefanes Antwort sowieso kaum eine Rolle gespielt.

»Ihr wolltet auskneifen«, sagte Jos. »Wetten?«

»Ja, um deine Unterhose«, erwiderte Stefane.

»Hab keine an«, sagte Jos.

Tol grinste und wollte zweifellos den nächsten Witz reißen, aber Micky chattete: *De Kooning –> Film zeigen.* Sie stellte fest, dass die Vernehmung allmählich zu einem Kammerspiel für drei Herren ausartete. Durch all die Kumpanei drohte das Gespräch in Belanglosigkeiten zu versumpfen.

»Okay«, sagte Skieter. »Dass Sie um die Schiffsreise ein Geheimnis machen, lassen wir einfach mal so stehen. Aber können Sie uns sagen, warum de Kooning Sie begleitet hat?«

»Um der alten Zeiten willen, in denen man noch mit dem Schiff zu den Kolonien reiste«, antwortete Stefane. Dass er nicht an seine eigenen Worte glaubte, war ihm vom Gesicht abzulesen. Skieter fiel es jedoch nicht auf, weil er mit dem Laptop beschäftigt war.

»Hatte es vielleicht etwas hiermit zu tun?«, fragte er, drehte den Computer zu Stefane und tippte auf die Enter-Taste.

Stefanes Gesicht nahm einen herablassenden Ausdruck an, während er sich den kurzen Film ansah. »Und?«, fragte er.

»Das ist de Kooning während des Putsches in Kamerun. Er macht kurzen Prozess mit Anhängern des heutigen Präsidenten – mit dem die *Duneko* letzte Woche feierlich einen Riesendeal abgeschlossen hat.«

»Wenn Sie das sagen, wird es wohl so sein.«

»Ziemlich schlechte Reklame, oder?«

»Was die PR angeht, müssen Sie sich an Anneke Ke wenden«, sagte Stefane.

»Die ist tot«, erwiderte Jos.

Stille legte sich über den Raum.

Sehr gut, denk ein bisschen an sie, dachte Micky und chattete: *Und jetzt nach Genf.*

»Mal eine ganz andere Frage: Kennen Sie eigentlich Joseph Buakka?«

Stefane gähnte.

»Buakka ist der oberste Vorgesetzte der *Brigade Mixte Mobile,* des Geheimdienstes von Kamerun«, sagte Skieter. »Einer der Männer, den de Kooning da eben erschossen hat, war sein Sohn.«

Stefane reagierte nicht.

»Mit diesem Buakka hat sich Charlie gestern in Genf getroffen«, fuhr Skieter fort. »Er ist mal schnell hin- und zurückgejettet, also wird es wohl wichtig gewesen sein. Wissen Sie, worum es bei diesem Gespräch ging?«

»Um die Sicherheit unserer Mitarbeiter in Kamerun«, antwortete Stefane. »Dafür haben wir Garantien verlangt.«

»Es ging nicht um den Film?«

»Den habe ich eben zum ersten Mal gesehen«, behauptete Stefane. »Charlie hat nie mit mir darüber geredet. Und de Kooning natürlich auch nicht.«

»Okay, Charlie war also in Genf, um die Sicherheit des Personals in Kamerun zu regeln«, stellte Skieter fest. »Aber warum waren Sie nicht dabei? Sie sind doch Sicherheitschef der *Duneko?*«

»Charlie fühlt sich wahrscheinlich verantwortlich für das, was mit Anneke passiert ist«, erklärte Stefane. »Er wollte persönliche Garantien dafür, dass wir dort sicher arbeiten können. Außerdem hatte ich alle Hände voll damit zu tun …«

»… die P.C. Hoofdstraat leer zu kaufen?«, unterbrach ihn

Skieter, aber mit einem so verständnisvollen Grinsen, dass Stefane mit einem kurzen Lachen antworten konnte.

»Trotzdem sitzen wir nicht umsonst hier«, fiel Jos ein. »Hören Sie, wir werden Sie natürlich nicht dafür festnageln, weil Sie ohne Ausweis an der Zollgrenze entlanggeschrappt sind, aber mal etwas anderes …«

Er legte Stefane das Foto von dem Granatwerfer vor, mit dem Wolfgang beschossen worden war. »Erkennen Sie diese Waffe?«

Stefane nahm das Blatt Papier in die Hand und sah sich die Abbildung aufmerksam an. »Eine *Brügger & Thomet*«, sagte er nachdenklich. »Sehr gute Qualität.«

»Sehen Sie ruhig genau hin«, sagte Jos.

»Wieso?«

»Kennen Sie diese Waffe?«

»Schön wär's«, sagte Stefane und reichte das Foto zurück.

Jos hielt ihm ein anderes Foto vor. »Diese hübsche kleine Taschenlampe, sehen Sie die? Davon haben wir ein Exemplar bei Ihnen zu Hause gefunden.«

»Ach, fällt die etwa unter das Waffengesetz? Sie können sie gerne behalten.«

Micky chattete: *Weitermachen mit Vreedenburgh.*

»Übrigens, in dem Asylbewerberheim in Arnheim, da haben Sie gute Arbeit geleistet«, sagte Skieter daraufhin.

Micky sah, dass Stefane erstarrte.

»Ich mag es, mit motivierten Schülern zu arbeiten«, sagte er. »Mit Leuten, die wirklich etwas lernen wollen, anders als diese blasierten Typen an den Schulen heutzutage.«

»Zwei Schüler haben Ihren Unterricht nicht überlebt«, bemerkte Skieter.

Stefane holte tief Luft, bevor er antwortete: »Ach, wer denn?«

»Sal Monroe und Winston Lafaylle.«

»An falsche Freunde geraten, nehme ich an.«

»Wer könnte das gewesen sein?« Skieters Ton war immer noch unverbindlich, als frage er nach den Fußballergebnissen, doch Micky spürte seine unterdrückte Wut.

*Abschließen und Beratung,* schrieb sie. Das Gespräch musste persönlicher werden.

»Es gibt Gerüchte, dass sich die Jungs auf dem Strich etwas dazuverdienten«, sagte Stefane.

»Sind sie Ihnen dort mal begegnet?«, fragte Jos.

»Keine Ahnung, in der Nacht sind alle Katzen schwarz«, antwortete Stefane.

»Wir kommen nicht an ihn ran«, klagte Tol. »Er spielt mit uns.« Er zeigte auf die Bildschirme, auf denen zu sehen war, wie Stefane sich auf seinem Stuhl fläzte.

»Stimmt«, bestätigte Micky. »Das spielt aber in diesem Stadium keine Rolle, er soll sich ruhig überlegen fühlen. Vermittelt ihm den Eindruck, dass er euch in der Tasche hat. Währenddessen wird er sich fragen, was Charlie und de Kooning wohl über ihn erzählen.«

»Müssen wir den ganzen Vormittag so weitermachen?«, fragte Skieter. »Ich will was zum Zuschlagen haben. Ich seh mal nach, ob der AIVD-Bericht schon da ist.« Er stand auf und verließ das Regiezimmer.

»Es ist schon eine Leistung, dass ihr ihn am Reden gehalten habt«, sagte Micky. »Er hat sich gut unter Kontrolle. Mit solchen Kerlen muss man eine Menge Geduld haben.«

»Dafür haben wir viel zu viel zu tun«, erwiderte Jos. »Das hier ist die große Stadt, Micky.«

Sie ignorierte diese Bemerkung. »Er weiß, dass er in der Klemme steckt«, sagte sie stattdessen. »Warte nur ab, bis er erkennt, dass er auf uns angewiesen ist, um aus dem Schlamassel herauszukommen.«

Die Tür flog auf und Skieter stürmte herein, ein Päckchen in der Hand. »Hat der Kurier gerade eben abgeliefert«, schnaufte er. Er zog die Versiegelung ab. Heraus kam ein Köcher, dem er einige Blätter Papier und einen USB-Stick entnahm. Er legte alles vor die Bildschirme.

»Auf dem Stick ist das Gespräch gespeichert«, verkündete er. »Und das ist die Transkription der Aufnahmen.«

Sie beugten sich darüber und begannen zu lesen. Charlie und Buakka hatten sich auf Englisch unterhalten. Buakka begann mit der Mitteilung, dass Paul Biya ihm freie Hand gelassen habe, Charlies Probleme zu lösen. Daraufhin hatte Charlie geantwortet, dass er Buakka vertraue wie einem eigenen Sohn.

»Leicht dahingesagt für jemanden, der keine Kinder hat«, bemerkte Skieter.

Das war seine letzte beißende Bemerkung. Nachdem sie die Seiten gelesen und nochmals zur Sicherheit bestimmte Aussagen mithilfe eines Wörterbuchs überprüft hatten, ballte Skieter die Faust.

»Danach kippt er um«, prophezeite er. »Er wird Charlie mit reinreißen. Und de Kooning auch.«

Micky nickte.

»Lest ihm sofort vor, was sie besprochen haben«, riet sie. »Mit verteilten Rollen. Und lasst Stefane gegenüber durchblicken, dass ihm eurer Meinung nach übel mitgespielt wurde.«

Auf dem Bildschirm sahen sie, wie Stefane noch ahnungslos in der Nase bohrte.

Tol und Jos erledigten ihre Aufgabe mit großem Engagement, wie Micky beobachtete. Sie verschwendeten keine Zeit mit nutzlosem Geplänkel, sondern stellten Stefane sofort vor vollendete Tatsachen. Skieter hatte vorher noch rasch Kopien angefertigt und legte die Blätter jetzt vor sich hin.

»Charlie hat de Kooning für die *Duneko* geopfert«, sagte

er. »Aber, was schlimmer ist, Sie auch. Sie sollten uns auf Knien danken, dass wir Sie auf der *Confiance* gefunden haben. Vorausgesetzt, Sie hätten in dem Giftcontainer überlebt, wären Sie in Yaoundé von Bord geholt worden. Doch weiter als bis in das Gefängnis, in dem Buakka seine Gefangenen zu Tode foltert, wären Sie nicht gekommen.«

Er ignorierte Stefanes sarkastischen Blick.

»Hören Sie gut zu«, mahnte er. »Das hier hat sich Ihr treuer Freund und Liebhaber und Arbeitgeber für Sie ausgedacht.«

Jos übernahm augenblicklich und las vor: »Charlie sagt: De Kooning is desperate, he needs an escape. He is yours!«

Tol war an der Reihe: »Buakka fragt: Where and when? Charlie antwortet: I can deliver him any time and place. Tell me.«

»He is a dead man, prophezeit Buakka. He killed my son.«

»Charlie sagt: I know, he is yours.«

»Buakka fängt an zu lachen und sagt: Like Anneke Ke?«

»Charlie lacht mit und sagt: Anneke meant trouble and you are the one and only troubleshooter.«

Tol schob Stefane das erste Blatt zu.

»Ganz nebenbei geht aus diesem Gespräch hervor, dass der Tod Anneke Kes kein Zufall war. Wir werden es wohl kaum beweisen können, denn Buakka wird nicht so verrückt sein, hierherzukommen und seine Aussagen näher zu erläutern. Wie auch immer, über de Kooning waren sie sich danach schnell einig. Buakka ruft bei einer Reederei an und teilt Charlie mit, dass de Kooning auf der *Confiance* mitreisen kann. Wann und wo genau, verspricht er später durchzugeben. Dann fragt er nach der Begleitung für de Kooning. Und zu diesem Zeitpunkt kommen Sie ins Spiel ...« Er schwieg einige Augenblicke lang. »Hören Sie sich einfach an, was er sagt.«

Tol und Jos fuhren mit ihrem Rollenspiel fort.

»Charlie sagt: Stefane will accompany him. Can you take care of him too?«

»Buakka lacht und fragt: Is he a problem?«

»He certainly is, antwortet Charlie.«

Jos setzte eine Pause, bevor er fortfuhr: »Buakka lacht wieder und sagt: Two problems, two solutions, so double price.«

»Yes, double price is okay.«

»Are you serious?, fragt Buakka.«

»Yes, I am, antwortet Charlie.«

»I will take care of him the same way I do with de Kooning, right?, schlägt Buakka vor.«

»It is up to you, stimmt Charlie zu.«

»They disappear without a trace, verspricht Buakka.«

Skieter legte sein Blatt Papier hin und sagte: »Charlie erklärt anschließend nochmals, dass er ihm freie Hand lässt, mit Ihnen zu verfahren, wie es ihm passt, solange er das Problem nur löst. Anschließend besprechen sie die Details der Transaktion, bei der Charlie zwei Mal eine Million britische Pfund auf das Schweizer Konto des Generals überweisen wird. Und auf das seines Chefs natürlich.«

Skieter legte die Transkription vor Stefane hin.

»Ihr wollt mich verarschen!«, sagte er. Er hatte sich in seinem Stuhl aufgerichtet und sah Skieter wütend an.

Skieter schüttelte langsam den Kopf, als bedauere er es sehr, ihm keine andere Antwort geben zu können. »Es sind offizielle Dokumente, Sie können sich die Bandaufnahmen anhören«, sagte Jos und schnippte den USB-Stick über den Tisch zu Stefane.

»Gesichertes Beweismaterial«, fügte Skieter hinzu und schob Stefane die Papiere zu. »Lesen Sie sich alles in Ruhe durch. Charlie hat Sie an Buakka ausgeliefert und noch Geld draufgelegt. Um das Problem Stefane Bilderberg zu lösen.«

*Pause,* chattete Micky. *Lasst ihn das allein verarbeiten.*

Im Regiezimmer herrschte angespannte Stille. Zu dritt hatten sie auf den Monitoren verfolgt, wie Stefane den USB-Stick an Skieters Laptop angeschlossen und das darauf gespeicherte Gespräch hatte ablaufen lassen. Die Aufnahme dauerte eine Viertelstunde. In den ersten Minuten lauschte er dem Dialog und las dazu die Transkription auf den Kopien. Beim zweiten Hören lehnte er sich mit geschlossenen Augen gegen die Stuhllehne. Ab und zu spulte er ein Stück zurück. Dann stoppte er die Aufnahme und schlang die Arme um den Oberkörper.

»Er begreift, was dieses Gespräch bedeutet«, sagte Tol. »Und er zieht Bilanz. Er überlegt, was er noch von Charlie zu erwarten hat.«

Plötzlich stand Stefane auf und trommelte mit beiden Fäusten gegen eine Pinnwand. Dann ließ er die Aufnahme zum dritten Mal laufen. Einen Ausschnitt wiederholte er mehrere Male. Micky drehte die Lautstärke voll auf. Im Hintergrund erklang die Melodie eines Glockenspiels.

»Eine Uhr schlägt zwei!«, sagte Micky.

Stefane ließ sich auf seinen Stuhl sinken und verbarg das Gesicht in den Händen.

»Er glaubt jetzt erst, dass die Aufnahmen authentisch sind«, stellte Micky fest. »Das Glockenspiel! Er kennt es natürlich aus der Lounge des Hotels, weil er oft genug mit Charlie dort gewesen ist. – Geht jetzt wieder rein. Aber vergesst eines nicht: Drängt ihn nicht zu sehr in die Ecke. Gebt ihm die Chance, sich bei Charlie zu revanchieren. Bietet ihm zur Not an, mit dem Staatsanwalt zu reden und eine Kronzeugenregelung zu erwirken.«

Um halb drei schaltete Micky die Mikrofone aus. Sie hatte nicht mehr eingreifen müssen, ganz einfach, weil Stefane Bilderberg alle Fragen ausführlich beantwortete. Während der Mittagspause sprachen sie wenig. Um drei Uhr wurde das Verhör fortgesetzt. Zwischendurch riet Micky ihren Kollegen, eine Tasse Kaffee für Bilderberg kommen zu lassen oder einen Moment mit ihm zu der Luftschleuse im Häftlingsblock zu gehen, damit er ein wenig Sauerstoff bekam. Gegen halb acht hatte er so viel erzählt, dass Tol und Jos beschlossen, ein Briefing des Brantasteams dazwischenzuschieben. Stefane wurde in seine Zelle zurückgebracht.

Nach dem Briefing rief Micky Robert an und fragte, ob er mit ihr in der Stadt zu Abend essen wolle. Auf seine Frage, wonach ihr der Sinn stehe, antwortete sie, alles sei ihr recht, Hauptsache ruhig. Und rauchfrei.

»Und holst du mich ab?«, bat sie.

»Über die Rolle, die Charlie, de Kooning und Stefane jeweils in dieser Geschichte gespielt haben, werden sich ihre Anwälte noch gehörig streiten«, sagte sie und ließ sich in die Kissen ihres Sessels sinken.

Robert hatte auf einem Restaurantschiff einen Tisch für sie reserviert. Vom Oosterdok kommend fuhren sie die Oudeschans hinauf. Die Stadt war mit Lichterketten geschmückt, die die Grenze zum Kitsch weit überschritten.

»Wer von den dreien kommt ungeschoren davon?«, fragte Robert.

»De Kooning«, antwortete Micky. »Er hat Charlie lediglich erzählt, dass Wolfgang ihn mit dem Film erpresste. Und danach ist er natürlich ganz unschuldig in die Sache mit hineingezogen worden. Charlie war der große Regisseur, der den ganzen Plan geschmiedet hat. Er hat Wolfgang in seinem Haus an der Brantasgracht wohnen lassen und ihm erlaubt, sich seinen Jaguar zu leihen.«

»Erzähl mir erst, wie das mit Wolfgang und Anneke war.«

»Sie hatten sich tatsächlich angefreundet. Und mehr als das. Wie Wolfgang an den Film geraten ist, weiß Stefane nicht, aber er geht davon aus, dass dein alter Freund sich

Dutzende von Filmen angesehen hat, während er im Archiv arbeitete. Unglücklicherweise hat Wolfgang die Brisanz des Streifens unterschätzt. Er ging davon aus, dass der Film de Kooning einiges wert wäre. Aber dass er indirekt den Megadeal der *Duneko* mit Paul Biya in Gefahr brachte, konnte er nicht wissen.«

»Und Anneke Ke?«

»Wolfgang muss ihr vollkommen vertraut haben, sonst hätte er sie nicht in seine Pläne eingeweiht. Dieser Fehler hat ihn das Leben gekostet. Anneke Ke hat alles brühwarm Charlie berichtet, vom ersten Moment an, in dem Wolfgang den Film erwähnte. Charlie ist nämlich der Patenonkel ihres Sohnes. Anneke begriff sofort, dass im Falle einer Veröffentlichung nicht nur de Kooning um seinen guten Ruf fürchten musste, sondern dass das gesamte Kamerun-Geschäft dadurch zu scheitern drohte.«

»Charlie hat sie also als Spionin eingesetzt?«

»Ja. Anneke hat dafür gesorgt, dass eine Kopie des Films, die Wolfgang hatte anfertigen lassen und die sie bei einem Notar hinterlegen sollte, in Charlies Hände gelangte. Und der zog natürlich entsprechende Konsequenzen. Anneke war sogar aktiv daran beteiligt, Wolfgang in die Falle zu locken.«

»Sie hat ihn bewusst in den Tod getrieben?«

»Ja, wobei Stefane meint, dass sie im Grunde völlig ungeeignet für diese Art Undercoverjob war. Viel zu nervös. Aber bis kurz vor dem Anschlag auf Wolfgang brauchte sie ja nur so zu tun, als sei sie bis über beide Ohren in ihn verliebt. Sie hat ihn am Morgen des Anschlags angerufen und überprüft, ob er sich wirklich mit dem Film auf den Weg machen würde. Anschließend hat sie Stefane Bescheid gesagt, dass Wolfgang gleich das Haus verließe. Stefane wiederum hat Sal Monroe und Winston Lafaylle losgeschickt.«

»Wusste Anneke, dass Wolfgang liquidiert werden sollte?«

»Stefane behauptet es jedenfalls ... Ob es wirklich so war, werden wir nie erfahren.«

»Aber keiner hat damit gerechnet, dass Wolfgang den Film auch noch auf seinen iPod kopiert hatte.«

»Stimmt«, bestätigte Micky. »Und auch nicht, dass du als Kurier eingesetzt werden würdest.«

Sie bogen rechts ab in die kleine Gracht am Kromboomsloot.

»Dieser Einbruch, war das auch Anneke?«, fragte Robert.

»Das behauptet Stefane. Hätte sie an diesem Abend den Film gefunden, könnte Wolfgang vielleicht noch leben.«

»Hat Charlie auch sie in den Tod geschickt?«

»Das kann niemand beweisen. Auch Stefane nicht. Er behauptet aber, Charlie habe sie am Sonntagabend gezwungen, nach Kamerun zu fliegen. Sie stand kurz vor einem Nervenzusammenbruch und Charlie befürchtete, sie könnte umkippen und alles verraten. In Kamerun war sie dann eine leichte Beute. Wahrscheinlich wurde sie von Buakkas Geheimdienst ermordet.«

»Und jetzt?«

»Stefane hat nichts mehr zu verlieren. Das ist fatal für seine große Liebe. Er arbeitet jetzt mit, schon allein, um Charlie eins auszuwischen. Und er tut es aus vollster Überzeugung. Wo fahren wir eigentlich hin?«

»Jedenfalls nicht hinaus aufs Meer ... Ist das nicht toll hier? Gleich wird uns ein Überraschungsmenü serviert. Und wir sind mittendrin im Trubel der Stadt und können zugleich doch alles in Ruhe vom Rand aus betrachten.«

Micky lag eine Bemerkung über Roberts grundlegende Lebenshaltung auf der Zunge, aber sie beließ es bei einem Augenzwinkern.

»Schau mal, schön, so ein Schnabelgiebel, nicht?« Robert zeigte auf die Schottenburgh. »Eines der ältesten Häuser von Amsterdam. Aber es müsste was daran getan werden. Vielleicht könnte ich hier arbeiten! Wenn ich eine Umschulung machen würde …«

Er winkte einer blonden Frau zu, die am Fenster im ersten Stock stand und ihnen nachblickte. Sie winkte nicht zurück, prostete ihnen aber mit dem Glas zu, das sie in der Hand hielt.

»Deine Sucht nach dem Schönen wird dich noch mal in ernsthafte Schwierigkeiten bringen«, meinte Micky.

»In noch ernsthaftere?«, fragte Robert lächelnd.

Statt einer Antwort schob Micky ihm ein kleines Päckchen über den Tisch.

»Ein Abschiedsgeschenk?«

»Sozusagen. Mach's auf«, sagte sie.

Robert öffnete die Schachtel. Ein neuer iPod lag darin. Robert nahm ihn heraus und sah sie fragend an.

»Ich kann mein Versprechen leider nicht halten. Wir können dir Wolfgangs iPod nicht mehr zurückgeben. Er ist eines unserer wichtigsten Beweismittel. Ich habe unsere Diggis gebeten, alles auf dieses Gerät zu überspielen. Es ist für dich.«

Robert ließ gedankenverloren den Daumen über das Scrollrad des Apparats kreisen.

»Es gibt noch etwas«, fuhr sie fort. »Ich habe dem Team erzählt, dass Wolfgang dir über die Titeländerung des Leine-Songs eine Nachricht geschickt hat. Die Jungs haben sich daraufhin noch einmal die Daten genauer angesehen. Wolfgang hat dir einen Brief hinterlassen.«

Robert schaute sie ungläubig an.

»Er hat ihn unter den Informationen zum Lied als Songtext abgespeichert. Du kannst ihn am Computer aufrufen. Hier ist ein Ausdruck.« Sie legte einen Umschlag neben sein Glas.

Robert wartete eine Weile, ehe er den Brief langsam herauszog.

*Meister Patati,*
*ich wusste, dass Dich der Leine-Song mit diesem hässlichen Smash-Hit-Titel neugierig machen würde.*
*Wenn Du das hier liest und weißt nicht, wo ich bin, ist alles gut. Ich hoffe sehr, dass es so ist. Anderenfalls habe ich wohl einen ziemlich blöden Fehler gemacht.*
*Ich sollte schon das hier nicht schreiben. Der iPod könnte in falsche Hände geraten. Aber ich kann nicht verschwinden, ohne Dir Adieu zu sagen. Du fehlst mir schon jetzt.*
*Na gut, genug gesülzt. Kommen wir zu den dunklen Dingen des Lebens. Auf dem iPod ist eine verschlüsselte Datei. Diese Datei ist meine Lebensversicherung. Lass besser die Finger davon – sie ist gefährlich und nicht schön. Bewahr sie bitte für mich auf.*
*Wenn ich jetzt schon nicht mehr leben sollte, gib das Ding der Polizei. Damit das Schwein seine gerechte Strafe bekommt. Du kennst das Passwort. Ich wollte noch mal mit Dir drüber reden.*
*Du wirst Dich fragen, warum ich abgetaucht bin. Vielleicht ist auch schon bekannt, dass ich ein krummes Ding gedreht habe.*
*Es hat sich so ergeben. Plötzlich leuchtete ein Goldkörnchen in diesem riesigen Scheißhaufen auf, der mich langsam erstickt. Bloß weil man sich vieles kaufen kann, wird man die Scheiße natürlich nicht los. Aber es könnte helfen. Du weißt, was mit meinem Vater geschieht. Ich hab es nicht mehr ausgehalten, wie er da verwahrt wurde. Jetzt geht es ihm gut. Ein großes Zimmer, gutes Essen, gesundheitliche Pflege und geistige Betreuung. Ich hätte es vielleicht auch so irgendwie zusammengekratzt, aber die Frage ist, wie lange noch.*
*Mein lieber Patati-Patata. Die Seuche hat nicht nur meinen Vater erfasst. Ich habe mit meinen neunundvier-*

*zig Jahren die fragwürdige Ehre, zu den knapp ein Prozent Alzheimerkranken unter sechzig zu zählen. Es hat mich noch nicht richtig erwischt. Ein bisschen Vergesslichkeit, an manchen Tagen eine Sprache wie ein Talkshow-Idiot, kleine Depressionen, das, was letztlich jeder kennt – nur nicht in der Kombination und der Menge. Ich habe mir das Rückenmark punktieren lassen. Da schwammen eine Menge Alzheimerproteine herum. Bis es massiv losgeht, kann es noch zwei Jährchen dauern und dann noch mal vier, fünf Jahre bis zum Exitus.*

*Ich will aber nicht als Fünfzigjähriger im Seniorenheim basisversorgt werden, während mein Ich dahinschmilzt, als wäre es eine verdammte Polkappe.*

*Wenn alles gut läuft, werde ich noch ein Jahr mit meiner neuen Familie verbringen können. Dann verdrücke ich mich zum zweiten Mal – was mit mir geschieht, sollen sie nicht ertragen müssen. Ich weiß noch nicht, was genau und wie ich's mache. Aber ich glaube nicht, dass ich warten will, bis andere für mich handeln.*

*Robert, mein Bester, ich weiß, Du wirst mir die Sache nicht übel nehmen. Der Typ, den ich zum Alzheimersponsor mache, hat eh kein Mitleid verdient. Und ansonsten verstehst Du mich sicher auch.*

*Halt mich in guter Erinnerung. Dafür ist der iPod auch gedacht. Ich hab mir einen neuen gekauft und alles rüberkopiert. Das meiste haben wir zusammen gehört.*

*Wenn man Dich aus meiner Lebensgeschichte rausoperieren würde, wäre das so, als schlüge man einem Einbeinigen die Krücken weg. Aber von jetzt an müssen wir alleine weiter. Halt Dich wacker. Ich versuch's auch.*

*Dein alter Wolf*

## 15

In einer spontanen Anwandlung hatte sich Micky auf den Weg zu Robert gemacht. Es war sein letzter Arbeitstag im Museum. Er hatte tatsächlich gekündigt. Micky hatte sich den Nachmittag freigenommen, um ihn ein wenig aufzumuntern. Wie das gute Freunde taten. So hatte sie bis zur Grenze gedacht, aber einmal in Deutschland, war sie sich ihrer Sache nicht mehr so sicher.

Bis zu dem Anschlag auf Wolfgang waren ihre Gefühle Robert gegenüber von der Verbitterung über ihre gescheiterte Beziehung geprägt gewesen. Sie hatte sich in das zwiespältige Gefühl verstrickt, unfair behandelt worden zu sein, aber auch selbst Fehler gemacht zu haben. Die vorübergehende Versetzung nach Amsterdam hatte sie als Chance gesehen, sich abzulenken, als lang anhaltende Narkose, um ihrer Gefühlsverwirrung Herr zu werden. Wolfgangs Tod und die darauf folgenden Ermittlungen hatten sie und Robert gezwungen, herauszufinden, was unausgesprochen geblieben war. Danach hatten sie klarer gesehen. Sie waren einer des anderen Gast gewesen, hatten sie festgestellt. Liebe Gäste, das wohl, aber auch Reisende, die irgendwann weiterzogen. In einer Zeit, in der sie eine feste Basis brauchten, hatten sie für eine Weile beieinander gewohnt, vielleicht, um zu entdecken, dass die ewige Liebe nichts für sie war. Und um zu erleben, dass sie dazu bestimmt waren, Reisende zu bleiben, durch die Landschaft ihrer Existenz zu wandern und ab und zu ein Stück mit verwandten Seelen zu gehen, solange es nötig oder erwünscht war. Während der Ermittlungen zu Wolfgangs Tod war ihnen die Trennung zu etwas Selbstverständlichem geworden, ein Schritt, der Platz schaffte und nicht mehr nur das geringere Übel war.

Und dennoch.

Stand die Falltür der Vertrautheit nicht weit offen? Die Versuchung, in alte Muster zurückzufallen … War sie nicht sogar just in diesem Moment dabei, ihr nachzugeben?

Ein überholendes Auto erschreckte sie. Unbewusst war sie langsamer geworden. Natürlich lauerte die Angst vor einer ungewissen Zukunft im Hinterhalt. Sie würde ihre Gedanken beisammenhalten müssen. Kein intimes Abendessen für zwei, kein Wein-und-Käse-Arrangement auf seinem Elfenbeinturm und schon gar keine Übernachtung bei ihm, weil es doch spät geworden und der Weg nach Amsterdam so weit war. Sie und Robert mussten auf das gute Verhältnis vertrauen, das nach ihrer Liebesbeziehung noch übrig geblieben war, und es vorläufig dabei belassen. Micky gab Gas und verließ die Autobahn an der Abfahrt Mönchengladbach.

Und Tol? Was ihn anging, wollte sie nichts ausschließen. Nach den ersten Anfangsremplern hatten sie sich nach und nach immer besser verstanden. Aber auch für ihn galt, dass sie nichts überstürzen wollte. Es gab eine ausdrückliche Einladung, dauerhaft in Amsterdam zu arbeiten. Sie brauchte nur noch Ja zu sagen. Ein Bewerbungsschreiben hatte sie bereits aufgesetzt, es aber nach einem spontanen, befreienden Fest, das auf Wolfgangs Beerdigung folgte, wieder zerrissen. Arnheim stand in der Kriminalitätsstatistik der Niederlande an dritter Stelle, Amsterdam an erster. Also? Also: Es würde nur mehr Arbeit bedeuten. Es wäre quasi wie ein Umzug von einer Drei- in eine Vierzimmerwohnung. Andererseits ließ sie die Vorstellung, nach Arnheim zurückzukehren, auch nicht jubeln. So sehr unterschieden sich die Amsterdamer Ermittler auch nicht von ihren Arnheimer Kollegen.

Und Duut würde ihr den Vorsitz der *Kommission Kurswechsel* aufs Auge drücken. Da sollte sie die Zeit doch lieber zu einem Kurswechsel in ihrem eigenen Leben nutzen. Irgendwo tief in ihr fraß die Sehnsucht, sich von der großen Polizeifamilie zu lösen.

Wie auch immer. Die Untersuchung des Mordes an Wolfgang mochte zwar improvisiert und chaotisch verlaufen sein, aber es gab jetzt zwei Verdächtige, denen der Prozess gemacht würde. Gerade erst hatte die Beschlusskammer einer Verlängerung der U-Haft von Stefane Bilderberg und Charlie van Stutten zugestimmt. Tol glaubte fest an ihre Verurteilung. Charlie hatte eine Chance, ein wenig glimpflicher davonzukommen, obwohl die Bandaufnahmen aus dem *Interconti* natürlich sehr belastend waren. Abgesehen davon hatte Tol alle Hände voll mit der Aussage von Stefane zu tun, der so ziemlich alles gestanden hatte, was es zu gestehen gab. Es war beinah unterhaltsam, mitzuerleben, wie die beiden ehemaligen Geliebten sich gegenseitig belasteten, aber genau darin lag auch das Problem. Denn es warf immer wieder die Frage auf, wer tatsächlich was und auf wessen Befehl getan hatte. Mit der Klärung dieses Durcheinanders würde Tol auf Monate hinaus beschäftigt sein.

De Kooning hatte nach seiner Freilassung für kurze Zeit im Licht der Öffentlichkeit gestanden. Er hatte sich allerdings auf sein Landgut in Frankreich zurückgezogen, nachdem einige Szenen aus dem Film auf der Website von BFA aufgetaucht waren und er in den Medien als Kriegsverbrecher präsentiert wurde. Er verweigerte jeden Kommentar und schien zu begreifen, dass ihm kein ehrenvoller Ruhestand vergönnt sein würde. Micky hegte den Verdacht, dass es Tol gewesen war, der die Bilder aus lauter Frust Lida und Nilis zugespielt hatte. Im Fall Wolfgang hatte er de Kooning nämlich aus Mangel an Beweisen gehen lassen müssen.

Micky parkte das Auto in einer der engen Straßen in der Nähe des Museums und lief zum Haupteingang. Die Mitarbeiterin am Empfang zeigte auf die Treppe. »Er ist am Saubermachen.«

Micky stieg die Stufen hinauf.

Robert war allein im Saal und kniete mit dem Rücken zu ihr vor einem Kunstwerk. Er rieb so sorgfältig darüber, als bürstete er die Mähne seines Lieblingspferdes. Dabei schien er leise Selbstgespräche zu führen. Das war Robert, wie sie ihn kannte, eins werdend mit der Perfektion, die er wiederherstellte. Wo immer es ihn auch hinverschlagen würde, das würde ihm eigen bleiben. Leise stellte sie ihre Tasche ab.

Er strich mit dem feinen Tuch sanft über die Wölbung. Noch zwei, drei konzentrierte Bewegungen. Das war's.

Robert Patati hatte diese Aufgabe vor seinem Urlaub noch als Strafarbeit vor sich hergeschoben. Jetzt war er dankbar, dass er seinen letzten Tag am Museum Abteiberg mit einer so hochmeditativen Restaurierung verbringen durfte.

Er entdeckte noch einen kleinen Schatten auf der Messingskulptur und begann wieder zu wischen. Er musste lächeln. Wenn zwischen ihm und Wolfgang eine Wette lief, hatte der Spieleinsatz oft aus solchen ungeliebten Reinigungsaktionen in ihren Museen bestanden. Hinterher pflegte sich der Gewinner mit einem besonderen Abendessen zu bedanken. Das letzte Mal hatten sie bis drei Uhr nachts vor dem *Non olet* gesessen und mit dem Wirt über das Abschneiden der *Krefeld Pinguine* bei den Eishockey-Play-offs diskutiert. Das war wenige Wochen vor Wolfgangs Abfahrt nach Amsterdam gewesen. Jetzt lag er auf dem Hauptfriedhof.

»Bist du dir sicher, dass du den Laden nicht vermissen wirst?«

Robert drehte sich überrascht um. Micky lehnte im Eingang.

»Frag mich in ein, zwei Jahren noch mal«, antwortete er. »Im Augenblick fühlt es sich jedenfalls noch sehr gut an:

*freiberuflicher Restaurator und Kunstermittler.* Und? Bereit fürs dicke Ende?«

Micky nickte. Robert hatte ihr von der tief greifenden Wirkung erzählt, die seine Aufenthalte in einer riesigen Außenskulptur des Künstlers Gregor Schneider auf seine Lebensplanung gehabt hatten. So hatte sie sich gerne zu einer Besichtigung überreden lassen.

*End* war ein sechzig Meter langer, schwarzer Tunnel, der für einige Monate seitlich an das Museum andockend aufgebaut worden war. Am Eingang vierzehn Meter, am Ende drei Meter hoch. Micky hatte Robert nichts weiter entlocken können, als dass es darin sehr dunkel sein würde und zuletzt eine Leiter in einen abgeschlossenen Bereich des Museums mit bizarren Wohnräumen führte.

Sie verließen das Museum.

Robert lud Micky ein, den Tunneleingang zu erklimmen.

»Kommst du nicht mit?«, fragte sie erstaunt.

»Da muss man ganz alleine durch. Ich komme nach.«

Drei Minuten später folgte er ihr. Auf den ersten Metern schien noch die Sonne in den Tunnel hinein. Dann knickte er im Neunziggradwinkel ab. Sofort wurde es stockdunkel. Aus der Ferne hörte Robert leise das Rauschen des Straßenverkehrs. Ein funzeliges Lämpchen markierte das Ende des Tunnels. Die Leiter dort führte durch einen engen Schacht.

Unten angekommen trat er durch eine Tür erneut in eine totale Finsternis. Jeder Schritt kostete Überwindung, bis eine kleine Lichtquelle etwas Orientierung bot. Auf dem Boden lagen halb zugedeckte Puppen wie Tote. Robert öffnete die Tür zu den kalkweißen, neonbeleuchteten Räumen des *Haus u r*: ein *Schlafzimmer* nur mit einer Matratze auf grauem Teppich; ein *Atelier*, das einem Kellerverlies für einen Entführten glich; und ein vor Jahrzehnten in Eile verlassenes *Kaffeezimmer*. Keine Farbe, keine Lust, keine Sinnlichkeit, nur Trost- und Lieblosigkeit.

Hier unten, diesem Nichts aus Schwarz und Weiß ausgeliefert, hatte Robert entschieden, sein Leben zu ändern. Es war weniger der Tod, der ihn davon überzeugt hatte, als vielmehr das Vergessen. Herbert und Wolfgang Altenburgs Vergessen, um genau zu sein. Der Schrecken einer unaufhaltsam wuchernden Leere.

Erinnerungen, die ausblichen wie Fotos, bis man erst keine Details und dann überhaupt nichts mehr erkennen konnte; Bilder, auf denen Menschen lächelten, von denen es hieß, man habe sie geliebt. Fremde, die mehr über einen wussten als man selbst. Über ein Leben, geführt von einem Ich, das einem genauso fremd war und das von keinem neuen ersetzt wurde.

Das war es, was Robert mehr fürchtete als den Tod. Dass alles, was ihn ausmachte, allmählich ausgelöscht würde und ein vegetierendes Nichts zurückbliebe, das so beklemmend kalt und leblos wäre wie diese Räume Gregor Schneiders.

Wenn das die Endstation wäre, sollte wenigstens der Weg dorthin, so hatte Robert beschlossen, reicher an Umwegen und neuen Erfahrungen werden.

Er verließ die Installation mit dem guten Gefühl, nie mehr hinein zu müssen. Der Aufzug brachte ihn in den ersten Stock. Er fand dort Micky in seinem liebsten Raum auf einer Bank sitzend.

»Das war ganz schön heftig«, meinte sie. »Wie ein Psychiatrie-Albtraum.«

Er setzte sich neben sie und schaute mit ihr eine Zeit lang auf die sechs großen gelben Polke-Gemälde.

»Schön, dass man gerade hier rauskommt«, brach Micky das Schweigen.

»Ja«, sagte Robert. »Diese Bilder werden mir am meisten fehlen. Und? Was gibt's Neues in good old Amsterdam?«

»Heute stand in der Zeitung, dass ein chinesischer Konzern die *Duneko* übernehmen will. Beziehungsweise das, was von ihr übrig geblieben ist.«

»Ist sie schon so am Boden?«

»Ziemlich. Charlie hat offenbar alles auf eine Karte gesetzt, um seine Vision von der *Duneko* als weltgrößtem Biokraftstofferzeuger zu finanzieren. Abgesehen von seinen großen indonesischen Ölpalmplantagen hat er dazu fast alle Tochterfirmen und Beteiligungen verkaufen müssen. Der Großteil der Erlöse ist in den Kamerun-Deal geflossen. Aber die kamerunische Regierung hat alle *Duneko*-Plantagen einkassiert und die örtlichen Manager verhaftet. Und zwar, halt dich fest, wegen fortgesetzter Bestechung.«

»Dann gibt es ein Happy End für die Bewohner in den Jatropha-Anbaugebieten?«

»Das ist Kamerun, Robert, nicht Hollywood.« Sie tätschelte nachsichtig seine Hand. »Die Pläne der *Duneko* setzt jetzt ein deutsch-französisches Konsortium aus Öl- und Automobilindustrie um. Unsere Energieversorgung bleibt also gesichert«, erklärte sie sarkastisch.

»Und die Arbeit für *Best for Africa* wird nicht weniger.« Er sah auf die Uhr. »Hey, schon fast fünf Uhr. Feierabend. Was machen wir jetzt?«

Micky sah hoch zur Deckenbeleuchtung, als fände sie dort die Antwort. »Sei mir nicht böse, Robert. Aber wir müssen unser Rendezvous verschieben. Wir stehen in der Menschenschmuggelsache kurz vor dem Durchbruch. Ich muss zurück.«

»Schwörst du, es nachzuholen?«

Sie hob sofort die rechte Hand.

»Das genügt«, erklärte Robert großzügig. »Die Amsterdamer haben dich ja ganz schön im Griff. Nicht, dass du dort bleibst.«

»Sie haben mich gefragt.«

»Tol hat dich gefragt.«

»Der auch. Aber ich habe mich noch nicht entschieden.«

»Das wäre ja vielleicht auch etwas früh«, gab er zurück.

»Dann fahre ich jetzt wohl allein nach Hause. Ich muss nur noch meinen Liegestuhl vom Turm holen. Kommst du eben mit?«

Sie schüttelte unwillkürlich heftig den Kopf. Wehmut durchzog sie. Sie hatten schöne Abende dort hoch oben auf dem Dach des Verwaltungsturms verbracht.

»Nein«, wehrte sie mit einem etwas erzwungenen Lächeln ab, »mit dir da oben, das ist mir viel zu gefährlich.«

Vom Dach des Kunstmuseums aus sah Robert Mickys Wagen hinter den Häusern verschwinden. Dann verabschiedete er sich, Etage für Etage hinabsteigend und mit dem Liegestuhl unter dem Arm, von all denen, die blieben.

Als er die Autobahn erreicht hatte, hörte er im Radio jenen markanten orientalischen Gong, mit dem Peter Fox seine bedeutende musikalische Mitteilung namens *Alles neu* ankündigte. Parallel zu den fetten, das Tempo hochschraubenden Streichern im Song drehte Robert den Lautstärkeregler auf.

*Nur noch konkret reden, gib mir ein Ja oder Nein / Schluss mit Larifari, ich lass all die alten Faxen sein* – jede Zeile des Liedes versetzte jede Zelle in Patati in glücklichen Aufruhr. Er sang den Refrain laut mit: »Hey – alles glänzt, so schön neu! / Hey, wenn's dir nicht gefällt, mach neu!«

Vor lauter Aufbruchstimmung suchte das Gaspedal den Boden. Schon verlor sich die Heimatausfahrt im Rückspiegel. Weiter geradeaus ging es zum Flughafen. Davor lag das Autobahnkreuz zur A 57. Nach rechts ging es Richtung Restaurierungszentrum Düsseldorf, links nach Krefeld, Nimwegen, Arnheim, Amsterdam. Die Welt lag offen vor ihm. Robert Patati hatte Zeit und er wollte sie nutzen.

# Dank

Und wieder haben uns einige Menschen bei den Recherchen zu unserem Roman unterstützt.

Unserem Schriftstellerkollegen Alfred van Cleef danken wir für seine warmherzige Gastfreundschaft und eine sehr inspirierende Bootstour durch die Grachten Amsterdams.

Thomas dankt der Leiterin des Restaurierungszentrums der Stadt Düsseldorf Cornelia Weyer, der Restauratorin des Museums Abteiberg Christine Adolphs, dem Berliner Filmrestaurator Egbert Koppe und ganz besonders der Kölner Foto-Restauratorin Heike Koenitz für ihre intensive kollegiale Beratung Robert Patatis und Franziska Brandners.

Jac. dankt Felix Hoogveld für seine große Bereitwilligkeit, seine Kenntnisse über die neuen Entwicklungen beim Anbau von Jatropha in Afrika mit ihm zu teilen.

Die von Robert Patati in Kapitel 6 erinnerten Antworten zur wichtigen Frage, was Liebe ist, entstammen dem im Internet zu findenden Aufsatz *Wie geht Liebe* von Thomas Artmann.

Und weiter danken wir allen, die aus verschiedenen Gründen hier ungenannt bleiben müssen.

# Mickys und Roberts erster Fall

**NOMINIERT ZUM NIEDERLÄNDISCHEN KRIMIPREIS 2008**

Thomas Hoeps/Jac. Toes

**Nach allen Regeln der Kunst**

ISBN 978-3-89425-337-0

Im Museum Abteiberg in Mönchengladbach wird die Leiche einer Frau gefunden – versteckt in einer Kunstinstallation. Robert Patati, Restaurator am Museum, ermittelt auf eigene Faust. Als wenig später neben dem Arnheimer Museum für Moderne Kunst eine weitere Frauenleiche auftaucht – kunstvoll arrangiert in einer ›Todesmaschine‹ –, reist Patati nach Arnheim, wo er auf die Profilerin Micky Spijker trifft. Ein dritter Mord, verübt im Park von Schloss Moyland, bestätigt ihren Verdacht: Ein Serienmörder geht um und mit jeder Tat werden seine Methoden grausamer – und künstlerischer.

Ein in jeder Hinsicht grenzüberschreitender Roman: Ein Niederländer und ein Deutscher schicken ihre Ermittler gemeinsam auf die Jagd nach einem Mörder, der auch die Grenzen der Kunst missachtet …

*»›Nach allen Regeln der Kunst‹ ist nicht nur ein mitreißender Krimi, er eröffnet auch ganz neue Zugänge zur zeitgenössischen Kunst.«*
kult Kulturmagazin

*»Kunstinteressierte werden manch netten Insider-Gag entdecken.«* Heidelberg aktuell

*»Dass es auch in Deutschland Stoff für neue ›Da Vinci Codes‹ gibt, beweisen Thomas Hoeps und Jac. Toes mit ihrem Krimi.«* MDR Figaro

*»So etwas können sich nur zwei Männer ausdenken, die wirklich die Regeln beherrschen.«* Rheinische Post

grafit

# Preisgekrönt: Jac. Toes

**NIEDERLÄNDISCHER KRIMIPREIS 1998**

**Jac. Toes: Fotofinish**
Aus dem Niederländischen von Stefanie Schäfer
ISBN 978-3-89425-534-3
In vier Marathonläufen kämpft Stan Dewende um den ersten Platz – und um das eigene Überleben.

*»Ein nahezu perfekter Thriller, ein echtes Juwel in der niederländischen Kriminalliteratur!«*
Aus dem Urteil der Jury zur Verleihung des ›Gouden Strop‹ für den besten niederländischen Kriminalroman

*»Das Buch liest sich wie ein isotonischer Durstlöscher nach einem anstrengenden Training.«* Runner's World

*»Alles an diesem Kriminalroman ist anders: Es gibt keinen Kommissar, keinen Detektiv oder Journalisten, der ermittelt. Der Mord ereignet sich erst am Ende. Und zwischendurch wird ein Marathon nach dem anderen gelaufen. ... Erst langsam entwickelt sich, recht geschickt in Rückblenden während einsamer Läuferstunden dargestellt, das gesamte berufliche und private Drama um zwei Freunde. Spannend bis zum letzten Finish!«*
Saarbrücker Zeitung

*»Diese genial konstruierte Erzählung ist viel mehr als bloß ein Krimi.«*
Badische Neueste Nachrichten

*»Schnell und elegant erzählt der Niederländer Jac. Toes den Lauf um das eigene Überleben seines Protagonisten, dessen Charakterzüge er ganz langsam ins Gegenteil verkehrt.«* Westfälische Zeitung – Wochenende

*»Von der Komposition her möchte man den Roman eher als große Novelle bezeichnen, die in immer schnelleren Schritten dem Höhepunkt zusteuert. Die Erzählung wird dadurch selbst zum Lauf mit fulminantem Endspurt.«*
Richter ohne Robe

grafit